SERIE ∞ INFINITA

RICK RIORDAN

MAGNUS CHASE
y los DIOSES de ASGARD

III

EL BARCO DE LOS MUERTOS

Traducción de **Ignacio Gómez Calvo**

Montena

Título original: *Magnus Chase and the Gods of Asgard. The Ship of the Dead*

Primera edición: febrero de 2018

© 2017, Rick Riordan
© 2018, Penguin Random House Grupo Editorial, S. A. U.
Travessera de Gràcia, 47-49. 08021 Barcelona
© 2018, Ignacio Gómez Calvo, por la traducción

Printed in Spain – Impreso en España

ISBN: 978-84-9043-824-4
Depósito legal: B-26.471-2017

Compuesto en Compaginem Llibres, S. L.

Impreso en Liberdúplex
Sant Llorenç d'Hortons (Barcelona)

GT 3 8 2 4 4

Penguin
Random House
Grupo Editorial

Para Philip José Farmer,
cuyos libros de la saga Mundo del Río
despertaron mi afición a la historia

1

Percy Jackson se empeña en matarme

—Inténtalo otra vez —me dijo Percy—. Esta vez sin morirte.

De pie en el penol del buque *Constitution*, mientras contemplaba el puerto de Boston sesenta metros por debajo, deseé tener las defensas naturales de un buitre. Así podría vomitar sobre Percy Jackson y hacer que se largase.

La última vez que me había hecho saltar, solo una hora antes, me había roto todos los huesos del cuerpo. Mi colega Alex Fierro me había llevado corriendo al Hotel Valhalla, y había llegado justo a tiempo para morir en mi cama.

Por desgracia, era un einherji, uno de los guerreros inmortales de Odín. No podía morirme definitivamente mientras expirase dentro de los límites del Valhalla. Treinta minutos más tarde, me desperté como nuevo. Y aquí estaba ahora, listo para seguir sufriendo. ¡Viva!

—¿Es estrictamente necesario? —pregunté.

Percy estaba apoyado contra las jarcias, y el viento formaba pequeñas ondas en su cabello moreno.

Parecía un chico normal: camiseta de manga corta naranja, vaqueros, zapatillas de piel blancas Reebok. Si lo vierais andando por la calle, no pensaríais: «¡Eh, mira, un semidiós hijo de Poseidón! ¡Alabados sean los dioses del Olimpo!». No tenía branquias ni manos palmeadas, aunque sus ojos eran de color verde mar: el tono que me imaginaba que debía de tener mi cara en ese momento. El único detalle raro de Jackson era el tatuaje que tenía en la cara interna del antebrazo: un tridente oscuro como la madera quemada, con una línea debajo y las letras SPQR.

Me había dicho que las letras significaban *Sono pazzi quelli romani* («Esos romanos están locos»).

—Mira, Magnus —me dijo—. Vas a navegar en territorio hostil. Un montón de monstruos y dioses marinos y quién sabe qué otras cosas intentarán matarte, ¿vale?

—Sí, me lo imagino.

Con lo que quería decir: «Por favor, no me lo recuerdes. Por favor, déjame en paz».

—En algún momento —continuó Percy— te tirarán del barco, puede que desde más altura. Tendrás que saber sobrevivir al impacto, evitar ahogarte y volver a la superficie, listo para luchar. Y no será fácil, sobre todo en agua fría.

Yo sabía que tenía razón. Por lo que mi prima Annabeth me había contado, Percy había vivido aventuras aún más peligrosas que yo. (Y yo vivía en el Valhalla. Moría al menos una vez al día.) Le agradecía mucho que hubiera venido desde Nueva York para ofrecerme consejos de supervivencia acuática, pero ya me estaba hartando de que las cosas me salieran siempre mal.

El día anterior me había mordido un gran tiburón blanco, me había estrangulado un calamar gigante y me habían picado mil medusas furibundas. Había tragado varios litros de agua marina tratando de contener la respiración y había descubierto que no se me daba mejor el combate cuerpo a cuerpo a diez metros de profundidad que en tierra firme.

Esa mañana, Percy me había llevado a dar una vuelta por el

barco y había intentado impartirme unos conocimientos básicos de navegación, pero yo seguía sin saber distinguir el palo de mesana del castillo de popa.

Y allí estaba ahora: incapaz de tirarme de un mástil.

Miré abajo, donde Annabeth y Alex Fierro nos observaban desde la cubierta.

—¡Tú puedes, Magnus! —me alentó ella.

Él me levantó los dos pulgares, o eso creo... Era difícil saberlo desde tan alto.

Percy respiró hondo. Hasta el momento había tenido paciencia conmigo, pero noté que la tensión acumulada durante el fin de semana también empezaba a afectarle. Cada vez que me miraba, le temblaba el ojo izquierdo.

—Tranqui, tío —dijo—. Te haré otra demostración, ¿vale? Empieza en posición de paracaidista y extiéndete como un águila para reducir la velocidad de descenso. Luego, justo antes de caer al agua, estírate como una flecha: la cabeza en alto, los talones abajo, la espalda erguida, el trasero apretado. La última parte es muy importante.

—Paracaidista... —dije—. Águila, flecha, trasero.

—Eso es —asintió Percy—. Obsérvame.

Saltó del penol y descendió hacia el puerto perfectamente extendido como un águila. En el último momento, se estiró con los talones hacia abajo, cayó al agua y desapareció sin apenas formar ondas. Un instante más tarde, salió a la superficie con las palmas levantadas como diciendo: «¿Lo ves? ¡No tiene ningún misterio!».

Annabeth y Alex aplaudieron.

—¡Venga, Magnus! —me gritó Alex—. ¡Te toca! ¡Pórtate como un hombre!

Supongo que pretendía hacer una gracia. La mayoría de las veces Alex se identificaba con una chica, pero ese día sin duda era un chico. A veces yo metía la pata y me equivocaba de pronombre para referirme a él/ella, de modo que a Alex le gustaba devolverme el favor burlándose de mí sin piedad. Para eso estaban los amigos.

—¡Tú puedes, primo! —chilló Annabeth.

Debajo de mí, la superficie oscura del agua relucía como una plancha para gofres recién fregada, lista para aplastarme.

«Está bien», me dije.

Salté.

Durante medio segundo, me sentí bastante seguro. El viento pasó silbando junto a mis oídos. Estiré los brazos y logré no gritar.

«Está bien», pensé. «Puedo hacerlo.»

Entonces fue cuando mi espada, Jack, decidió aparecer volando de repente y entablar una conversación conmigo.

—¡Hola, señor! —Las runas grabadas a lo largo de su hoja de doble filo brillaron—. ¿Qué haces?

Yo me agitaba, tratando de colocarme en posición vertical para el impacto.

—¡Ahora no, Jack!

—¡Ah, ya lo pillo! ¡Te estás cayendo! ¿Sabes? Una vez Frey y yo nos estábamos cayendo...

Antes de que pudiera continuar su fascinante relato, me estampé contra el agua.

Como Percy me había advertido, el frío embotó mi organismo. Me hundí, momentáneamente paralizado, sin aire en los pulmones. Me dolían los tobillos como si hubiera saltado de un trampolín de ladrillos. Pero por lo menos no estaba muerto.

Busqué heridas graves. Cuando eres un einherji, te vuelves un experto en escuchar tu dolor. Puedes tambalearte por el campo de batalla del Valhalla, herido de muerte, exhalando tu último aliento, y pensar tranquilamente: «Ah, así que esto es lo que se siente cuando te aplastan la caja torácica. ¡Interesante!».

Esta vez me había roto el tobillo izquierdo con seguridad. El derecho solo estaba torcido.

Tenía fácil arreglo. Invoqué el poder de Frey.

Un calor como el sol del verano se extendió desde mi pecho a mis extremidades. El dolor disminuyó. No se me daba tan bien curarme a mí mismo como curar a los demás, pero noté que mis tobillos empezaban a sanar, como si un enjambre de abejas amigas corriese por debajo de mi piel untando las fracturas con barro y tejiendo de nuevo los ligamentos.

«Ah, mucho mejor», pensé mientras flotaba a través de la fría oscuridad. «Pero aparte de eso debería estar haciendo otra cosa. Claro, respirar.»

La empuñadura de Jack se acercó a mi mano como un perro que reclama atención. Rodeé el puño de cuero con los dedos, y la espada me levantó y me sacó del puerto cual Dama del Lago propulsada por cohetes. Aterricé jadeando y tiritando en la cubierta del *Constitution* al lado de mis amigos.

—Vaya. —Percy dio un paso atrás—. Esta vez te ha salido distinto. ¿Estás bien, Magnus?

—Perfectamente —contesté tosiendo, y soné como un pato con bronquitis.

Percy observó las runas brillantes de mi arma.

—¿De dónde ha salido esa espada?

—¡Hola, soy Jack! —dijo Jack.

Annabeth contuvo un grito.

—¿Esa cosa habla?

—¿«Cosa»? —repitió Jack—. Oiga, señora, un poco de respeto. ¡Soy *Sumarbrander*! ¡La Espada del Verano! ¡El arma de Frey! ¡Llevo aquí mucho tiempo! ¡Y también soy colega!

Ella frunció el entrecejo.

—Magnus, cuando me dijiste que tenías una espada mágica, ¿por casualidad se te pasó por alto mencionar que... sabe hablar?

13

—Puede ser... —Sinceramente no me acordaba.

Durante las últimas semanas, Jack había estado a su aire haciendo lo que fuese que hacían las espadas mágicas conscientes. Percy y yo habíamos usado espadas de prácticas del Hotel Valhalla para entrenar. No se me había pasado por la cabeza que Jack podía aparecer de repente y presentarse sin más. La verdad es que el hecho de que hablase era lo menos raro de él. Que se supiera la banda sonora entera de *Jersey Boys* de memoria..., eso sí que era raro.

Parecía que Alex Fierro estuviera haciendo esfuerzos para no reírse. Ese día iba vestido de rosa y verde, como siempre, aunque nunca le había visto ese conjunto en concreto: unas botas de piel con cordones, unos tejanos rosa ultraceñidos, una camisa de vestir color lima por fuera y una corbata fina a cuadros que llevaba suelta como un collar. Con sus gruesas Ray-Ban negras y su pelo verde cortado de forma irregular, parecía salido de la portada de un disco de *new wave* de alrededor de 1979.

—No seas maleducado, Magnus —me reprendió—. Haz las presentaciones como es debido.

—Ejem, claro —dije—. Jack, estos son Percy y Annabeth. Son semidioses... de los griegos.

—Ajá. —Jack no parecía impresionado—. Una vez coincidí con Hércules.

—¿Quién no? —murmuró Annabeth.

—Tienes razón —contestó Jack—. Pero supongo que si sois amigos de Magnus... —Se quedó totalmente inmóvil. Las runas desaparecieron. Acto seguido saltó de mi mano y se fue volando hacia Annabeth, sacudiendo la hoja como si olfatease el aire—. ¿Quién es ella? ¿Dónde está esa nena?

Annabeth retrocedió hacia la barandilla.

—Alto ahí, espada. ¡Estás invadiendo mi espacio vital!

—Pórtate bien, Jack —la regañó Alex—. ¿Qué haces?

—Está aquí, en alguna parte —insistió la espada, y fue volando hasta Percy—. ¡Ajá! ¿Qué llevas en el bolsillo, chico marino?

—¿Perdón? —Parecía que a Percy le pusiera un poco nervioso que la espada le rondase la cintura.

Alex se bajó las Ray-Ban.

—Vale, tengo curiosidad. ¿Qué llevas en el bolsillo, Percy? Las espadas preguntonas quieren saberlo.

Percy sacó un bolígrafo normal y corriente de sus tejanos.

—¿Te refieres a esto?

—¡Bam! —exclamó Jack—. ¿Quién es esa preciosidad?

—Oh, vamos, pero si es un bolígrafo —le dije.

—¡No, no lo es! ¡Enséñamela! ¡Enséñamela!

—Ejem..., claro. —Percy destapó el bolígrafo.

Se transformó de inmediato en una espada de casi un metro de largo con una cuchilla de bronce brillante en forma de hoja. Comparada con Jack, el arma parecía delicada, casi pequeña, pero por la forma en que Percy la empuñaba, no me cabía duda de que podría defenderse con ella en los campos de batalla del Valhalla.

Jack giró su punta hacia mí, mientras sus runas emitían destellos color borgoña.

—¿Lo ves, Magnus? ¡Te dije que no era una tontería llevar una espada camuflada de bolígrafo!

—¡Yo nunca dije que lo fuera! —protesté—. Fuiste tú.

Percy arqueó una ceja.

—¿De qué habláis?

—No tiene importancia —contesté apresuradamente—. Bueno, supongo que este es el famoso *Contracorriente*. Annabeth me ha hablado de él.

—La famosa *Contracorriente* —me corrigió Jack.

Annabeth frunció el ceño.

—¿La espada de Percy es chica?

Jack rio.

—Pues claro.

Percy examinó a *Contracorriente*, aunque podría haberle dicho por experiencia propia que era casi imposible saber el género de una espada con solo mirarla.

—No sé —dijo—. ¿Estás seguro...?

—Percy —terció Alex—. Respeta el género.

—Vale —contestó el hijo de Poseidón—. Es solo que me resulta un poco raro que no lo supiera.

—Bueno, tampoco sabías que podías escribir con un bolígrafo hasta el año pasado —dijo Annabeth.

—Eso ha sido un golpe bajo, Sabionda.

—¡Bueno! —los interrumpió Jack—. ¡Lo importante es que *Contracorriente* está aquí, que es preciosa y que me ha conocido! ¿No podríamos... ya sabéis... estar solos un rato para hablar de, ejem, cosas de espadas?

Alex sonrió burlonamente.

—Me parece una idea maravillosa. ¿Qué tal si dejamos que las espadas se conozcan mientras nosotros comemos? Magnus, ¿crees que podrás comer falafel sin atragantarte?

2

Sándwiches de falafel con guarnición de Ragnarok

Comimos en la cubierta superior de popa. (Fijaos cómo manejo los términos náuticos.)

Después de una dura mañana de fracasos, sentía que me merecía mis tortitas de garbanzos fritas y mi pan de pita, mi yogur y mis rodajas de pepino, y mi guarnición de kebabs de cordero superpicantes. Annabeth había preparado la comida. Me conocía demasiado bien.

Mi ropa se secó rápidamente al sol. Daba gusto notar la brisa cálida en la cara. Los veleros se deslizaban por el puerto mientras que los aviones surcaban el cielo azul, del Aeropuerto de Logan a Nueva York o a California o a Europa. Toda la ciudad de Boston parecía dominada por la impaciencia, como una clase a las 14.59, esperando la campana de salida, con todos los alumnos listos para salir de la ciudad y disfrutar del buen tiempo del verano.

Yo, en cambio, lo único que quería era quedarme allí.

Contracorriente y Jack estaban recostados cerca en un rollo de cuerda, con las empuñaduras apoyadas contra la barandilla de artillería. *Contracorriente* se comportaba como un objeto inanimado cualquiera, pero Jack no paraba de acercarse a ella, camelándola, mientras su hoja emitía el mismo brillo de color bronce oscuro que ella. Afortunadamente, Jack estaba acostumbrado a entablar monólogos, así que contó chistes, le dedicó piropos y no paró de nombrar a gente importante para impresionarla.

—Una vez Thor, Odín y yo estábamos en una taberna, ¿sabes...?

Si a *Contracorriente* le estaba causando buena impresión, no se le notaba.

Percy engulló su falafel. Además de respirar debajo del agua, ese tío tenía la capacidad de aspirar comida.

—Bueno —dijo—, ¿cuándo vais a zarpar, chicos?

Alex me miró arqueando una ceja en plan: «Sí, Magnus. ¿Cuándo vamos a zarpar?».

Yo había estado intentando evitar el tema con él durante las dos últimas semanas sin demasiada suerte.

—Pronto —respondí—. No sabemos exactamente adónde vamos ni cuánto tardaremos en llegar...

—La historia de mi vida —dijo Percy.

—... pero tenemos que encontrar el enorme y horrible barco de la muerte de Loki antes de que zarpe en el solsticio de verano. Está atracado en algún lugar de la frontera de Niflheim y Jotunheim. Calculamos que nos llevará un par de semanas recorrer esa distancia.

—Eso significa que ya deberíamos haber partido —intervino Alex—. Tenemos que salir sin falta a finales de semana, estemos listos o no.

Vi en sus gafas oscuras el reflejo de mi cara de preocupación. Los dos sabíamos que nos encontrábamos tan lejos de estar listos como de Niflheim.

Annabeth metió los pies debajo de su cuerpo. Llevaba su largo cabello rubio recogido en una cola de caballo. Su camiseta de manga corta azul oscuro tenía estampadas las palabras amarillas

FACULTAD DE DISEÑO AMBIENTAL.
UNIVERSIDAD DE CALIFORNIA EN BERKELEY.

—Los héroes nunca tenemos la oportunidad de prepararnos, ¿verdad? —dijo—. Nos limitamos a hacer las cosas lo mejor que podemos.

Percy asintió con la cabeza.

—Sí. Normalmente funciona. Nosotros todavía no la hemos palmado.

—Aunque tú no paras de intentarlo. —Annabeth le dio un codazo y Percy la rodeó con el brazo. Ella se acurrucó entonces cómodamente contra su costado y él besó los rizos rubios de la parte superior de su cabeza.

Esa muestra de afecto hizo que me diera una punzada en el corazón.

Me alegraba de ver a mi prima tan feliz, pero el gesto me recordó lo mucho que estaba en juego si no conseguía detener a Loki.

Alex y yo ya habíamos muerto. No envejeceríamos. Viviríamos en el Valhalla hasta que llegara el fin del mundo (a menos que antes nos mataran fuera del hotel). Lo máximo a lo que podíamos aspirar era a prepararnos para el Ragnarok, aplazar la batalla inevitable el mayor número de siglos posible y, algún día, salir del Valhalla desfilando con el ejército de Odín y tener una muerte gloriosa mientras los nueve mundos ardían a nuestro alrededor. Qué divertido.

Sin embargo, Annabeth y Percy tenían la oportunidad de disfrutar de una vida normal. Ya habían terminado la educación secundaria, un período que según me había dicho mi prima era la época más peligrosa para los semidioses griegos. En otoño irían a la universidad en la Costa Oeste. Si superaban eso, tenían muchas posibilidades de llegar a la edad adulta. Podrían vivir en el mundo

19

de los mortales sin que los monstruos les atacasen cada cinco minutos.

Pero para ello mis amigos y yo teníamos que detener a Loki; si no lo hacíamos, el mundo —todos los mundos— se acabaría dentro de pocas semanas. Pero bueno... sin presiones.

Dejé mi sándwich de pan de pita. Ni siquiera el falafel podía levantarme el ánimo.

—¿Y vosotros, chicos? —pregunté—. ¿Volvéis a Nueva York hoy?

—Sí —contestó Percy—. Esta noche tengo que hacer de canguro. ¡Estoy emocionado!

—Es verdad. —Me acordé—. Tu nueva hermana pequeña.

«Otra vida importante que pende de un hilo», pensé.

Pero forcé una sonrisa.

—Enhorabuena, tío. ¿Cómo se llama?

—Estelle. Era el nombre de mi abuela. Por parte de madre, claro. No de Poseidón.

—Me gusta —dijo Alex—. Tradicional y elegante. Estelle Jackson.

—Bueno, Estelle Blofis —le corrigió Percy—. Mi padrastro se llama Paul Blofis. No puedo hacer nada para cambiarle el apellido, pero mi hermanita es genial. Cinco deditos en la mano. Cinco deditos en el pie. Dos ojos. Babea un montón.

—Como su hermano —comentó Annabeth.

Alex rio.

Me imaginaba perfectamente a Percy meciendo a su hermana en brazos mientras le cantaba «Bajo el mar», de *La sirenita*. Eso me hizo deprimirme todavía más.

Tenía que conseguirle a la pequeña Estelle suficientes décadas para que disfrutara de una vida como es debido. Tenía que encontrar el diabólico barco de Loki lleno de guerreros zombis, impedir que entrase en combate y desencadenase el Ragnarok, y luego atrapar a Loki y encadenarlo para que no pudiera hacer más fechorías que acabasen con el mundo en llamas. (O, por lo menos, no tantas fechorías.)

—Eh. —Alex me lanzó un trozo de pan de pita—. No pongas esa cara tan triste.

—Perdona. —Traté de poner una cara más alegre, pero no era fácil hacerlo mientras me curaba el tobillo echando mano de toda mi fuerza de voluntad—. Me gustaría conocer a Estelle cuando volvamos de la misión... Chicos, os agradezco que hayáis venido a Boston. De verdad.

Percy echó un vistazo a Jack, que seguía intentando ligar con *Contracorriente*.

—Siento no poder ser de más ayuda. El mar es —se encogió de hombros— bastante impredecible.

Alex estiró las piernas.

—Por lo menos Magnus cayó mucho mejor la segunda vez. En el peor de los casos, siempre puedo convertirme en delfín y salvarle el trasero.

La comisura de la boca de Percy se movió.

—¿Puedes convertirte en delfín?

—Soy hijo de Loki. ¿Quieres verlo?

—No, te creo. —Percy miró a lo lejos—. Tengo un amigo que se llama Frank que es transformista. Se convierte en delfín. Y también en pez de colores gigante.

Me estremecí al imaginarme a Alex Fierro como una gigantesca carpa rosa y verde.

—Nos las apañaremos. Tenemos un buen equipo.

—Eso es importante —convino Percy—. Probablemente, más importante que tener habilidades marinas... —Se enderezó y frunció el ceño.

Annabeth se separó de su costado.

—Oh, no. Conozco esa cara. Se te ha ocurrido una idea.

21

—Mi padre me dijo una cosa...—Percy se levantó y se acercó a su espada, interrumpiendo a Jack en medio del fascinante relato de la vez que había bordado la bolsa de los bolos de un gigante. Luego cogió a *Contracorriente* y examinó su hoja.

—Eh, tío —se quejó Jack—. Estábamos empezando a conectar.

—Perdona. —Percy sacó del bolsillo el tapón del bolígrafo y lo acercó a la punta de su espada. Con un tenue sssh, *Contracorriente* se encogió hasta convertirse otra vez en un boli—. Poseidón y yo tuvimos una vez una conversación sobre armas. Me dijo que todos los dioses marinos tienen algo en común: son muy egoístas y posesivos con sus objetos mágicos.

Annabeth puso los ojos en blanco.

—Eso se puede decir de todos los dioses que hemos conocido.

—Cierto —convino Percy—. Pero todavía más de los dioses marinos. Tritón duerme con su trompeta de concha de caracola. Galatea se pasa casi todo el tiempo puliendo la silla de montar de su caballo de mar. Y mi padre está superparanoico con la idea de perder su tridente.

Pensé en mi único encuentro con una diosa marina nórdica. No había ido bien. Ran me había amenazado con acabar conmigo si volvía a navegar en sus aguas, pero se había ofuscado con sus redes mágicas y la colección de basura que se arremolinaba en su interior. Gracias a eso, yo había podido engañarla para que me diera mi espada.

—¿Me estás diciendo que tendré que usar sus propias armas contra ellos? —deduje.

—Exacto —dijo Percy—. Y con respecto a lo de que tienes un buen equipo, a veces ser hijo del dios del mar no ha servido para salvarme, ni siquiera bajo el agua. Una vez, una diosa de las tormentas, Cimopolia, nos arrastró a mi amigo Jason y a mí al fondo del Mediterráneo y yo no pude hacer nada. Fue Jason quien me salvó el trasero ofreciéndose a fabricarle cromos y muñecos.

A Alex por poco se le atragantó el falafel.

—¿Qué?

—Lo que quiero decir —continuó Percy— es que Jason no sabía nada del mar y me salvó de todas formas. Me sentí como un idiota.

Annabeth sonrió burlonamente.

—Me lo imagino. No conocía esa anécdota.

A Percy se le pusieron las orejas tan rosas como los vaqueros de Alex.

—El caso es que a lo mejor hemos enfocado esto de forma equivocada. Yo he intentado enseñarte técnicas marinas, pero lo más importante es saber utilizar lo que tienes a mano: tu equipo, tu ingenio y los objetos mágicos del enemigo.

—Y no hay forma de planificar eso —rematé.

—¡Exacto! —exclamó Percy—. ¡Mi trabajo aquí ha terminado!

Annabeth frunció el ceño.

—Estás diciendo que el mejor plan es no hacer planes, y como hija de Atenea, no puedo compartir esa opinión.

—Yo tampoco —dijo Alex—. A mí, personalmente, me sigue gustando el plan de transformarme en un mamífero marino.

Percy levantó las manos.

—Solo digo que el semidiós más poderoso de nuestra generación está sentado aquí al lado, y no soy yo. —Señaló con la cabeza a Annabeth—. La Sabionda no puede transformarse ni respirar debajo del agua ni hablar con los pegasos. No sabe volar, ni es superfuerte. Pero es lista como ella sola y se le da muy bien improvisar. Eso la convierte en letal. Da igual si está en tierra, en agua, en el aire o en el Tártaro. Magnus, has estado entrenando conmigo todo el fin de semana, pero creo que deberías haber entrenado con Annabeth.

Los ojos grises de mi prima eran difíciles de descifrar.

—Vaya, qué amable —dijo finalmente, y le dio un beso en la mejilla.

Alex asintió con la cabeza.

—No está mal, Cerebro de Alga.

—No empieces tú también con el apodo de marras —murmuró Percy.

Un ruido grave y sordo de puertas de almacén que se abrían sonó en el muelle. Por los costados de los edificios resonaban voces.

—Tenemos que marcharnos —dije—. Este barco acaba de volver del dique seco. Esta noche van a hacer una gran ceremonia para reabrirlo al público.

—Sí —asintió Alex—. El glamour no ocultará nuestra presencia cuando toda la tripulación esté a bordo.

Percy arqueó una ceja.

—¿Glamour? ¿Te refieres a tu ropa?

Alex resopló.

—No. Cuando hablo de glamour, me refiero a la magia de la ilusión, a la fuerza que nubla la vista de los simples mortales.

—Ah —dijo Percy—. Nosotros lo llamamos Niebla.

Annabeth le dio un golpecito en la cabeza con los nudillos.

—Lo llamemos como lo llamemos, será mejor que nos demos prisa. Ayudadme a limpiar.

Llegamos al final de la plancha justo cuando llegaban los primeros marineros. Jack avanzaba flotando delante de nosotros, emitiendo destellos de distintos tonos y cantando «Walk Like a Man» con un falsete terrible. Alex pasó de ser un guepardo a ser un lobo y un flamenco. (El flamenco le sale genial.)

Los marineros nos lanzaban miradas vagas y nos evitaban, pero ninguno nos dio el alto.

Una vez que nos hubimos marchado de los muelles, Jack retomó la forma de colgante de piedra rúnica, cayó en mi mano y volví a engancharlo en la cadena que llevaba alrededor del cuello. No era propio de él callarse tan de repente. Supuse que estaba mosqueado porque habíamos interrumpido su cita con *Contracorriente*.

Cuando paseábamos por Constitution Road, Percy se volvió hacia mí.

—¿A qué vino lo de las transformaciones y el número de la espada cantarina? ¿Es que queríais que nos cogieran?

—No —contesté—. Si utilizas tus poderes mágicos raros, los mortales se quedan aún más confundidos. —Me hizo sentir bien poder enseñarle algo—. Es como si provocase un cortocircuito en los cerebros de los mortales; consigue que te eviten.

—Vaya... —Annabeth sacudió la cabeza—. ¿Todos estos años moviéndonos a escondidas, y podríamos haber sido nosotros mismos?

—Siempre debéis ser vosotros mismos. —Alex andaba cerca, de nuevo en forma humana, aunque todavía tenía unas cuantas plumas de flamenco en el pelo—. Y tenéis que lucir vuestra rareza, amigos míos.

—¿Puedo citar lo que acabas de decir? —preguntó Percy.

—Más te vale.

Nos detuvimos en la esquina donde estaba el Toyota Prius de Percy en un parquímetro. Le estreché la mano, y Annabeth me dio un fuerte abrazo.

Mi prima me agarró por los hombros y examinó mi cara con una mirada tensa de preocupación en sus ojos grises.

—Cuídate, Magnus. Vuelve sano y salvo. Es una orden.

—Sí, señora —le prometí—. Los Chase tenemos que mantenernos unidos.

—Hablando del tema... —Bajó la voz—. ¿Has ido ya allí?

Me sentí como si estuviera cayendo otra vez en picado, haciendo el salto del ángel hacia una muerte dolorosa.

25

—Todavía no —admití—. Hoy. Te lo prometo.

La última imagen de Percy y Annabeth fue doblando la esquina de la Primera Avenida en su Prius mientras él cantaba con Led Zeppelin en la radio y ella se reía de su horrible voz.

Alex se cruzó de brazos.

—Si esos dos fueran más monos, provocarían una explosión nuclear y destruirían la Costa Este.

—¿Eso es lo que tú entiendes por un cumplido? —pregunté.

—Es lo más parecido que me oirás decir. —Echó un vistazo—. ¿Adónde has prometido a Annabeth que irás?

Noté un sabor en la boca como si hubiera masticado papel de aluminio.

—A casa de mi tío. Hay algo que tengo que hacer.

—Oooh. —Asintió con la cabeza—. Odio ese sitio.

Había evitado esa tarea durante semanas. No quería hacerlo solo. Tampoco quería pedírselo a ninguno de mis demás amigos: Samirah, Hearthstone, Blitzen o el resto de la panda de la planta diecinueve del Hotel Valhalla. Me resultaba demasiado personal, demasiado doloroso. Pero Alex ya había estado conmigo en la mansión de los Chase. No me molestaba la idea de que me acompañase. De hecho, descubrí sorprendido que tenía muchas ganas de que viniera.

—Ejem... —Me aclaré la voz para librarme de los restos de falafel y agua marina—. ¿Te apetece venir conmigo a una mansión que da mucho yuyu y buscar entre las cosas de un muerto?

Alex sonrió.

—Creía que no me lo ibas a pedir nunca.

3

Heredo un lobo muerto y ropa interior

—Eso no estaba así —dijo Alex.

La puerta principal de piedra rojiza había sido forzada y la cerradura de seguridad arrancada a golpes del marco. En el vestíbulo, tumbado sobre la alfombra oriental, se hallaba el cuerpo de un lobo muerto.

Me estremecí.

En los nueve mundos no podías blandir un hacha de combate sin darle a un lobo: el lobo Fenrir, los lobos de Odín, los lobos de Loki, hombres lobo, lobos feroces y lobos autónomos dispuestos a matar a cualquiera por el precio justo.

El lobo muerto del vestíbulo del tío Randolph se parecía mucho a los animales que habían atacado a mi madre hacía dos años, la noche que murió.

Su pelaje negro tenía unas volutas luminiscentes azules pegadas. Su boca estaba crispada en un gruñido permanente. En la parte superior de la cabeza, marcada en la piel, había una runa vikinga, aunque el pelaje de alrededor estaba tan chamuscado que no pude distinguir de qué símbolo se trataba. Mi amigo Hearthstone tal vez lo supiera.

Alex rodeó el cuerpo del tamaño de un poni y le dio una patada en las costillas. El animal tuvo la amabilidad de seguir muerto.

—El cuerpo todavía no ha empezado a deshacerse —observó—. Normalmente, los monstruos se desintegran muy poco después de que los matas. Todavía se puede oler el pelo quemado de este. Ha debido de morir hace poco.

—¿Crees que la runa era una especie de trampa?

Alex sonrió.

—Creo que tu tío sabía mucho de magia. El lobo pisó la alfombra, activó la runa y... ¡bam!

Me acordaba de todas las veces que, durante mi etapa de sintecho, me había colado en casa del tío Randolph cuando él estaba ausente para robar comida, hurgar en su despacho o simplemente incordiar un poco. A mí la alfombra nunca me había hecho ¡bam! Siempre había considerado a Randolph un desastre en materia de medidas de seguridad. Sentí unas ligeras náuseas al preguntarme si podría haber acabado muerto en el felpudo con una runa grabada a fuego en la frente.

¿Era esa trampa el motivo por el que el testamento de Randolph insistía tanto en que Annabeth y yo visitáramos la finca antes de tomar posesión de ella? ¿Intentaba mi tío vengarse desde la tumba?

—¿Crees que podemos investigar en el resto de la casa sin peligro? —pregunté.

—No —contestó Alex alegremente—. Vamos.

En la primera planta no vimos más lobos muertos. Ninguna runa nos explotó en la cara. Lo más asqueroso que descubrimos se encontraba en el frigorífico, donde había yogur caducado, leche agria y zanahorias mohosas que se estaban transformando en una sociedad preindustrial. Randolph ni siquiera me había dejado chocolate en la despensa, el muy canalla.

En la segunda planta no había cambiado nada. En el estudio, el sol entraba a raudales por la vidriera de colores y proyectaba sesgadamente luz roja y naranja sobre la estantería y las vitrinas con objetos vikingos. En un rincón había una gran piedra rúnica que tenía grabada la amenazante cara roja de (como no podía ser de otra forma) un lobo. El escritorio estaba lleno de mapas rotos y pergaminos desvaídos y amarillentos. Eché un vistazo a los documentos buscando algo nuevo, algo importante, pero no vi nada que no hubiera visto la última vez que había estado allí.

Me acordé de los términos del testamento de Randolph, que Annabeth me había enviado.

«Es crucial —había estipulado mi tío— que mi querido sobrino Magnus examine mis posesiones materiales lo antes posible. Deberá prestar especial atención a mis documentos.»

No sabía por qué había incluido esas frases en su testamento. En los cajones de su escritorio no encontré ninguna carta dirigida a mí, ni ninguna sentida disculpa en plan: «Querido Magnus, siento haber sido el culpable de tu muerte, haberte traicionado luego poniéndome de parte de Loki, haber apuñalado después a tu amigo Blitzen y haber estado a punto de causarte otra vez la muerte».

Ni siquiera me había dejado la contraseña del wifi de la mansión.

Miré por la ventana del despacho. Al otro lado de la calle, en la alameda de Commonwealth, la gente paseaba sus perros, jugaba con el disco volador y disfrutaba del buen tiempo. La estatua de Leif Erikson se alzaba sobre su pedestal luciendo orgullosamente su sostén metálico, vigilando el tráfico de Charlesgate y preguntándose seguramente qué hacía fuera de Escandinavia.

—Vaya. —Alex se me acercó—. ¿Así que has heredado todo esto?

Durante el trayecto a la mansión, le había contado lo básico del testamento del tío Randolph, pero él seguía mostrándose escéptico, casi ofendido.

—Randolph nos dejó la casa a Annabeth y a mí —dije—, pero como, técnicamente, yo estoy muerto, ahora es solo de mi prima. Los abogados de nuestro tío se pusieron en contacto con el padre de Annabeth; él se lo contó a ella y luego ella me lo contó a mí y me pidió que le echara un vistazo y —me encogí de hombros— decidiera qué hacer con ella.

Alex cogió una foto enmarcada del tío Randolph con su esposa y sus hijas en el estante más cercano. Yo no había conocido ni a Caroline ni a Emma ni a Aubrey, que habían muerto en el mar a causa de una tormenta hacía muchos años, pero las había visto en pesadillas. Sabía que eran el instrumento que Loki había utilizado para manipular a mi tío, al que había prometido que podría volver a ver a su familia si le ayudaba a escapar de sus ataduras. Y, en cierto modo, Loki decía la verdad. La última vez que había visto al tío Randolph se había caído por un abismo directo a Helheim, la tierra de los muertos deshonrosos.

Alex dio la vuelta a la foto, quizá con la esperanza de encontrar una nota secreta en el dorso. La otra vez que habíamos estado en ese despacho habíamos encontrado una invitación de boda de esa forma, y nos había metido en un montón de líos. En esta ocasión no había ningún mensaje oculto: solo un papel de estraza en blanco, mucho menos doloroso de mirar que las caras sonrientes de mis parientes muertas.

Alex volvió a poner la foto en el estante.

—¿A Annabeth le da igual lo que hagas con la casa?

—La verdad es que sí. Ya tiene bastante con la universidad y toda la movida de ser semidiosa. Solo quiere que la avise si encuentro algo interesante: viejos álbumes de fotos, objetos de la historia de la familia y todas esas cosas.

Arrugó la nariz.

—La historia de la familia. —Su cara tenía la misma expresión ligeramente asqueada, ligeramente intrigada que cuando le había dado la patada al lobo muerto—. ¿Y qué hay arriba?

—No estoy seguro. Cuando era niño, no nos dejaban pasar de las dos primeras plantas. Y las pocas veces que me colé hace poco... —Levanté las palmas de las manos—. Creo que no llegué tan lejos.

Alex me miró por encima de sus gafas; su ojo marrón oscuro y su ojo color ámbar parecían lunas desiguales asomando en el horizonte.

—La cosa promete. Vamos.

La tercera planta constaba de dos grandes dormitorios. El de la parte delantera era pulcro, frío e impersonal. Dos camas gemelas. Un tocador. Paredes desnudas. Puede que hubiera sido un cuarto de invitados, aunque dudaba que Randolph recibiera a muchas personas. O puede que hubiera sido la habitación de Emma y Aubrey. De ser así, mi tío había borrado todo rastro de sus personalidades y había dejado un hueco blanco en medio de la casa. No nos detuvimos mucho.

El segundo dormitorio debía de haber sido el de Randolph. Olía a su anticuada colonia de clavo. Había torres de libros con olor a moho apoyados contra las paredes. La papelera estaba llena de envoltorios de chocolatinas. Debió de haberse zampado todo su botín justo antes de irse de casa para ayudar a Loki a destruir el mundo.

Tampoco podía echarle la culpa. Yo siempre digo: «Primero comer chocolate, después destruir el mundo».

Alex subió de un brinco a la cama de columnas y se puso a dar saltos sonriendo mientras los muelles chirriaban.

—¿Qué haces? —pregunté.

—Ruido. —Se inclinó y revolvió el cajón de la mesita de noche—. A ver... Pastillas para la tos, clips, un pañuelo de papel hecho una bola que no pienso tocar y... —Silbó—. ¡Un medicamento para las molestias intestinales! ¡Magnus, todo este botín es tuyo!

—Eres una persona extraña.

—Prefiero la expresión «maravillosamente rara».

Registramos el resto del dormitorio, aunque no estaba seguro de qué buscaba. «Prestar especial atención a mis documentos», establecía el testamento de Randolph. Dudaba que se refiriese a los pañuelos de papel hechos una bola.

Annabeth no había podido sacar mucha información a los abogados de nuestro tío, quien, por lo visto, había revisado su testamento el día antes de morir. Eso podía significar que sabía que no le quedaba mucho de vida, que se sentía culpable por haberme traicionado y que quería dejarme un último mensaje. O bien podía significar que había revisado el testamento porque Loki se lo había mandado. Pero si era una trampa para atraerme hasta allí, ¿por qué había un lobo muerto en el vestíbulo?

No encontré documentos secretos en el armario de Randolph. Su cuarto de baño no tenía nada especial, salvo una impresionante colección de botellas de Listerine medio vacías. En su cajón de la ropa interior había suficientes calzoncillos azul marino para vestir a un escuadrón de Randolphs: todos perfectamente almidonados, planchados y doblados. Había cosas muy difíciles de explicar.

En la siguiente planta, otros dos dormitorios vacíos. Ningún elemento peligroso como lobos, runas explosivas o gayumbos de viejo.

El último piso era una extensa biblioteca todavía más grande que la estancia reservada al despacho. Los estantes estaban llenos de una desordenada colección de novelas y había una cocina pequeña en un rincón, con una mininevera y una tetera eléctrica y —¡maldito seas, Randolph!— nada de chocolate. Las ventanas daban a los tejados con tejas verdes de Back Bay. Al fondo de la sala, una escalera subía a lo que supuse debía de ser una terraza.

Una butaca de cuero de aspecto cómodo se hallaba orientada hacia la chimenea y, tallada en el centro del faldón de mármol, se encontraba (como no podía ser de otra forma) la cabeza de un lobo amenazante. Sobre la repisa de la chimenea, en un trípode de plata, había un cuerno nórdico para beber con una correa de cuero y el borde de plata con motivos rúnicos grabados. Había visto miles de cuernos como ese en el Valhalla, pero me sorprendió encontrar uno allí. Randolph nunca me había parecido un hombre aficionado al hidromiel. Puede que lo utilizase para beber su té Earl Grey.

—Madre de Dios —dijo Alex.

Lo miré fijamente. Era la primera vez que le oía exclamar algo así.

Él dio unos golpecitos en una de las fotos enmarcadas en la pared y me sonrió maliciosamente.

—Por favor, dime que este eres tú.

La foto era una imagen de mi madre con su habitual peinado de duendecilla y una sonrisa radiante, vestida con unos tejanos y una camisa a cuadros. Estaba dentro del tronco ahuecado de un sicomoro y posaba ante la cámara sosteniendo en brazos a un Magnus bebé; yo tenía por pelo un mechón de color oro blanco, en mi boca relucían babas y mis ojos grises estaban muy abiertos como si pensara: «¿Qué narices hago aquí?».

—Ese soy yo —reconocí.

—Eras monísimo. —Alex me miró—. ¿Qué te pasó?

—Ja, ja.

Examiné la pared con fotos. Me sorprendió que el tío Randolph hubiera conservado una de mi madre y de mí donde la veía cada vez que se sentase en su cómoda butaca, como si le importásemos.

En otra foto aparecían los tres hermanos Chase de niños —Natalie, Frederick y Randolph—, vestidos con uniformes militares de la Segunda Guerra Mundial y empuñando rifles de juguete. Halloween, deduje. Al lado había una fotografía de mis abuelos: una pareja ceñuda de pelo canoso ataviada con ropa a cuadros de los setenta que desentonaba, como si se fueran o a la iglesia o a una discoteca para personas mayores.

Debo confesar una cosa: tenía problemas para diferenciar a mi abuelo y mi abuela. Habían muerto antes de que pudiera conocerlos, pero por sus fotos se podía decir que eran una de esas parejas que habían llegado a parecerse tanto a lo largo de los años que eran prácticamente imposibles de distinguir. El mismo pelo canoso en forma de casco. Las mismas gafas. Los mismos bigotillos. En la foto, unos cuantos objetos vikingos, incluido el cuerno de hidromiel que ahora se encontraba en la repisa de la chimenea de Randolph, aparecían colgados en la pared de detrás de ellos. No tenía ni idea de que a mis abuelos también les iba el rollo nórdico. Me preguntaba si habrían viajado alguna vez a los nueve mundos. Eso podría explicar sus expresiones ligeramente bizcas de confusión.

Alex examinó los libros de las estanterías.

—¿Algo destacable?

Se encogió de hombros.

—*El Señor de los Anillos*. No está mal. Sylvia Plath. Estupendo. Oh, *La mano izquierda de la oscuridad*. Me encanta este libro. El resto..., bah. Hay demasiados hombres blancos muertos para mi gusto.

—Yo soy un hombre blanco muerto —comenté.

Me miró arqueando una ceja.

—Sí, es verdad.

No sabía que Alex fuera aficionado a la lectura. Estuve tentado de preguntarle si le gustaban algunos de mis cómics favoritos, como *Scott Pilgrim* o *Sandman*. Eran maravillosamente raros. Pero decidí que no era el momento adecuado para formar un club de lectura.

Busqué diarios o compartimentos ocultos en los estantes.

Alex se acercó al último tramo de escaleras y, cuando miró hacia arriba, su tez se puso tan verde como su pelo.

—Ejem, ¿Magnus? Deberías ver esto.

Me acerqué a él.

En lo alto de la escalera, una trampilla abovedada de plexiglás daba a la azotea, donde, paseándose y gruñendo, había otro lobo.

4

Un momento. Si actúas ahora, te llevas un segundo lobo gratis

—¿Qué propones que hagamos? —pregunté.

Alex sacó de las presillas de su cinturón el alambre dorado que tenía la triple función de accesorio de moda, herramienta para cortar cerámica y arma de combate cuerpo a cuerpo.

—Estaba pensando que deberíamos matarlo.

El lobo gruñó y arañó la trampilla. Unas runas mágicas brillaron en el plexiglás. El pelo facial del animal estaba humeando y chamuscado debido a sus intentos previos de entrar.

Me preguntaba cuánto llevaba en la azotea y por qué no había intentado buscar otra vía de acceso. A lo mejor no quería acabar como su amigo de abajo. O a lo mejor se había centrado exclusivamente en esa habitación.

—Quiere algo —aventuré.

—Matarnos —dijo Alex—. Por eso deberíamos matarlo nosotros antes. ¿Quieres abrir la trampilla o...?

—Espera. —Normalmente, habría estado a favor de matar a un lobo azul resplandeciente, pero ese animal tenía algo que me inquietaba: el modo en que sus fríos ojos oscuros parecían mirar más allá de nosotros, como si buscasen otra presa—. ¿Y si le dejamos entrar?

Alex me miró como si estuviera loco. Lo hacía muy a menudo.

—¿Quieres ofrecerle una taza de té? ¿Prestarle un libro, quizá?

—Tiene que estar aquí cumpliendo alguna misión —insistí—. Alguien ha enviado a esos lobos para que recuperen algo; puede que lo mismo que yo busco.

Mi amigo lo consideró.

—¿Crees que ha sido Loki quien ha mandado a los lobos?

Me encogí de hombros.

—Loki es mucho Loki.

—Y si lo dejamos entrar, ¿crees que irá directo a por lo que busca?

—Estoy seguro de que no ha venido a por el medicamento para las molestias intestinales.

Alex se aflojó más su corbata a cuadros.

—Vale. Abrimos la trampilla, vemos adónde va el lobo y luego lo matamos.

—De acuerdo. —Me quité el colgante de la piedra rúnica del cuello. Jack adquirió forma de espada, aunque pesaba más de lo normal, como un niño que tiene una rabieta en el suelo de unos grandes almacenes.

—¿Qué pasa ahora? —La espada suspiró—. ¿No ves que tengo el corazón roto y que muero de pena?

Yo podría haberle recordado que no podía morirse y que en realidad no tenía corazón, pero pensé que sería cruel.

—Perdona, Jack. Tenemos que enfrentarnos a un lobo.

Le expliqué lo que pasaba.

La hoja de la espada emitió un brillo violeta.

—Pero los bordes afiladísimos de *Contracorriente...* —dijo en tono soñador—. ¿Te fijaste en sus bordes?

—Sí. Unos bordes estupendos. Y ahora, ¿qué tal si impedimos que Loki bote su poderoso barco de la muerte y provoque el

Ragnarok? Luego tal vez podamos concertarte una segunda cita con *Contracorriente*.

Otro profundo suspiro.

—Lobo, azotea, trampilla... Entendido.

Miré a Alex y reprimí un chillido. Mientras yo no miraba, se había transformado en un gran lobo gris.

—¿Tienes que convertirte en animales a mis espaldas? —pregunté.

Me enseñó los colmillos en una mueca canina y luego, con el hocico, me indicó lo alto de la escalera, como diciendo: «¿A qué esperas? Soy un lobo. Yo no puedo abrir la trampilla».

Subí. La temperatura allí era como la del interior de un invernadero. Al otro lado de la trampilla, el lobo husmeaba, mordía el plexiglás y dejaba manchas de baba y marcas de colmillos. Las runas protèctoras debían de estar riquísimas. Estar tan cerca de un lobo enemigo hacía que el vello de la nuca se me rizase como tirabuzones.

¿Qué pasaría si abría la trampilla? ¿Me matarían las runas? ¿Matarían al lobo? ¿O se desactivarían si dejaba entrar al lobo por voluntad propia, considerando que era lo más estúpido que podía hacer?

El animal babeaba contra el plexiglás.

—Eh, colega —dije.

Jack zumbó en mi mano.

—¿Qué?

—No te lo digo a ti, Jack. Estoy hablando con el lobo. —Sonreí al animal y, acto seguido, me acordé de que enseñar los dientes era un gesto agresivo para los caninos. Opté por hacer un mohín—. Voy a dejarte entrar. ¿A que te gustaría? Así podrás conseguir lo que has venido a buscar, porque no has venido a matarme, ¿verdad?

El gruñido del lobo no fue muy tranquilizador.

38

—Vale —dije—. ¡Una, dos, tres!

Empujé la trampilla con todas mis fuerzas de einherji e impulsé al lobo hacia atrás cuando salí a la terraza de la azotea. Me dio tiempo a ver una barbacoa, unos tiestos rebosantes de hibiscos y dos tumbonas con una vista increíble del río Charles. Me entraron ganas de darle un guantazo al tío Randolph por no decirme que tenía un sitio tan chulo para organizar fiestas.

El lobo se apartó de detrás de la trampilla y gruñó, con el pelo del lomo erizado como una aleta dorsal greñuda. Tenía un ojo cerrado debido a la hinchazón y el párpado quemado del contacto con la trampa rúnica de mi tío.

—¿Ahora? —preguntó Jack, sin un entusiasmo especial.

—Todavía no. —Flexioné las rodillas, listo para entrar en acción si era necesario. Le enseñaría a ese lobo lo bien que podía luchar... o lo rápido que podía huir, dependiendo de lo que exigiese la situación.

El animal me observó con su ojo bueno, resopló despectivamente y bajó como un rayo a la casa por la escalera.

No sabía si sentirme aliviado u ofendido.

Corrí tras él. Cuando llegué al pie de la escalera, Alex y el lobo estaban gruñéndose en medio de la biblioteca. Enseñaban los dientes y daban vueltas uno alrededor del otro, buscando señales de miedo o debilidad. El lobo azul era mucho más grande. Las volutas fosforescentes que brillaban en su pelaje le daban cierto encanto, pero también estaba medio ciego y hacía muecas de dolor. Alex, que era como era, no mostraba señales de estar intimidado. Se mantenía firme mientras el otro lobo lo iba rodeando.

Una vez que nuestro brillante visitante azul estuvo seguro de que Alex no iba a atacarlo, levantó el morro y olfateó el aire. Yo esperaba que echase a correr hacia la estantería y mordiese un libro secreto de cartas náuticas o quizá una copia de *Cómo detener el barco de la muerte de Loki en tres sencillos pasos.* En cambio, se lanzó hacia la chimenea, saltó a la repisa y agarró el cuerno de hidromiel con la boca.

Una parte lenta de mi cerebro pensó: «Creo que debería detenerlo».

Alex se me adelantó. Con un movimiento fluido, recuperó la forma humana, avanzó y atacó con su garrote como si lanzase una bola para jugar a los bolos. (En realidad, fue mucho más grácil. Lo había visto jugar a los bolos, y no había sido un bonito espectáculo.) El cordón dorado envolvió el pescuezo del lobo y, con un fuerte tirón hacia atrás, mi amigo libró al animal de cualquier problema de jaqueca futuro.

El cuerpo decapitado se sacudió contra la alfombra. Empezó a chisporrotear y se desintegró hasta que solo quedaron el cuerno para beber y unos cuantos mechones de pelo.

La hoja de Jack me pesó más en la mano.

—Bueno, supongo que al final no me necesitabas —dijo—. Me voy a componer unos poemas de amor y a llorar a moco tendido. —Se transformó otra vez en el colgante de la piedra rúnica.

Alex se agachó junto al cuerno de hidromiel.

—¿Tienes idea de por qué un lobo querría una vasija decorativa?

Me arrodillé a su lado, recogí el cuerno y miré dentro. Enrollado y embutido en el cuerno, había un librito de cuero como un diario. Cuando lo saqué y desplegué las páginas, puede ver dibujos de runas vikingas intercalados con párrafos escritos con la apretada letra cursiva del tío Randolph.

—Creo que hemos encontrado al escritor blanco muerto correcto —dije.

Nos recostamos en las tumbonas de la terraza.

Mientras yo hojeaba el cuaderno de mi tío, tratando de entender sus frenéticos dibujos de runas y sus demenciales palabras en cursiva, Alex se relajaba y bebía zumo de guayaba por el cuerno de hidromiel.

Por qué el tío Randolph tenía zumo de guayaba en la mininevera de su biblioteca es algo que no puedo deciros.

De vez en cuando, solo para fastidiarme, Alex sorbía con exagerado entusiasmo y se lamía los labios.

—Aaah.

—¿Estás seguro de que se puede beber por ese cuerno sin peligro? —pregunté—. Podría estar maldito o algo por el estilo.

Se llevó las manos al cuello e hizo ver que se ahogaba.

—¡Oh, no! ¡Me estoy convirtiendo en rana!

—Por favor, no.

Señaló el diario.

—¿Has tenido suerte?

Miré las páginas. Las runas daban vueltas ante mis ojos. Las anotaciones estaban escritas en una mezcla de idiomas: nórdico antiguo, sueco y algo que no alcanzaba a adivinar. Ni siquiera los pasajes escritos en nuestro idioma tenían mucho sentido. Me sentía como si estuviera intentando leer un libro de texto de física cuántica avanzada al revés en un espejo.

—Casi todo lo que pone es incomprensible —reconocí—. Las primeras páginas parece que tratan de la búsqueda de la Espada del Verano que llevó a cabo mi tío. Reconozco algunas referencias. Pero al final...

Las últimas páginas estaban escritas más apresuradamente. El trazo de la letra se volvía tembloroso y agitado, y el papel estaba salpicado de manchas de sangre seca. Me acordé de que el tío Randolph había perdido varios dedos en la tumba de los zombis vikingos de Provincetown, así que esas páginas podrían haber sido escritas después del incidente, con la mano con la que no acostumbraba a escribir. La cursiva deslavazada me recordaba cómo escribía yo en la escuela primaria, cuando el profesor me obligaba a utilizar la mano derecha.

En la última página, Randolph había garabateado mi nombre: «Magnus».

Debajo había hecho un boceto de dos serpientes entrelazadas que formaban la figura del ocho. La calidad del dibujo era terrible, pero reconocí el símbolo. Alex tenía el mismo motivo tatuado en la nuca: el símbolo de Loki.

Debajo había una palabra que deduje que era de nórdico antiguo: mjöð. Luego unas notas en inglés: «Podría detener a L. Piedra de afilar de Bolverk > guardias. ¿Dónde?».

La última palabra se torcía hacia abajo; el signo de interrogación, un garabato desesperado.

—¿Qué te parece esto?

Le pasé el diario a Alex, que frunció el ceño.

—Es evidente que es el símbolo de mi madre.

(Habéis oído bien. Normalmente, Loki era un dios masculino, pero daba la casualidad de que era la madre de Alex. Es una larga historia.)

—¿Y el resto? —pregunté.

—Esta palabra parece *moo* con una jota. A lo mejor las vacas escandinavas tienen acento.

—Deduzco que no sabes leer nórdico antiguo o el idioma que sea.

—Magnus, puede que te sorprenda descubrir que no tengo todas las habilidades del mundo. Solo la mayoría de las importantes.

Miró la página entornando los ojos. Cuando se concentraba, la comisura izquierda de la boca le temblaba como si se estuviera riendo de un chiste privado. Ese tic me distraía. Quería saber qué le parecía tan gracioso.

—«Podría detener a L» —leyó—. Supongamos que se refiere a Loki. «Piedra de afilar de Bolverk.» ¿Crees que es lo mismo que la piedra *Skofnung*?

Me estremecí. Habíamos perdido la piedra y la espada *Skofnung* durante una celebración de boda en la cueva de Loki, cuando el dios había escapado de las ataduras que lo habían retenido durante mil años. (Uy, culpa nuestra.) No quería volver a ver esa piedra de afilar en concreto.

—Espero que no —dije—. ¿Habías oído el nombre de Bolverk?

—No. —Terminó su zumo de guayaba—. Aunque me está molando este cuerno. ¿Te importa si me lo quedo?

—Todo tuyo. —La idea de que se llevara un recuerdo de la mansión de mi familia me resultaba extrañamente agradable—. Entonces, si Randolph quería que encontrara ese libro, y Loki mandó a los lobos para que se hicieran con él antes que yo...

Alex me lanzó el diario.

—¿Suponiendo que lo que acabas de decir sea cierto, y suponiendo que no sea una trampa, y suponiendo que esas notas no sean las divagaciones de un loco?

—Ejem..., sí.

—Entonces, en el mejor de los casos, a tu tío se le ocurrió la idea de detener a Loki. Como él no podía hacerlo, confiaba en que tú sí que pudieras. Intervienen una piedra de afilar, un tal Bolverk y es posible que una vaca escandinava.

—Dicho así, la cosa no promete mucho.

Alex dio con el dedo en la punta del cuerno de hidromiel.

—Siento chafarte, pero la mayoría de los planes para detener a Loki fracasan. Ya lo sabemos.

El tono amargo de su voz me sorprendió.

—Estás pensando en tus sesiones de entrenamiento con Sam —aventuré—. ¿Cómo van?

Su cara me sirvió de respuesta.

Entre las muchas características perturbadoras de Loki, una era que podía mandar a sus hijos que hicieran lo que a él le diera la gana cuando estaban delante de él, cosa que convertía las reuniones familiares en un rollazo.

Alex era la excepción. Había aprendido a resistirse al poder de Loki, y durante las últimas seis semanas había tratado de enseñar a su hermanastra Samirah al-Abbas a hacer lo mismo. El hecho de que ninguno de los dos hablase mucho del entrenamiento hacía pensar que no había sido un éxito rotundo.

—Lo está intentando —dijo Alex—. Tampoco ayuda que ella esté... —Se interrumpió.

—¿Qué?

—Da igual. Prometí que no diría nada.

—Pues ahora tengo mucha curiosidad. ¿Va todo bien entre ella y Amir?

Alex resopló.

—Oh, sí. Siguen enamorados hasta las trancas, soñando con el día en que puedan casarse. Te lo juro, si esos dos no me tuvieran de carabina, harían una locura como cogerse de la mano.

—Entonces, ¿cuál es el problema?

Descartó mi pregunta con un gesto de la mano.

—Solo digo que no deberías fiarte de nada que provenga de tu tío Randolph. Ni del consejo de este libro. Ni de esta casa. Cualquier cosa que heredes de tu familia... siempre tendrá condiciones.

Considerando que había estado disfrutando del paisaje desde la espléndida terraza de mi tío mientras bebía zumo de guayaba helado con su cuerno vikingo, me extrañaba que dijera eso, pero me daba la impresión de que en realidad no estaba pensando en mi disfuncional pariente.

—Nunca hablas mucho de tu familia —comenté—. Me refiero a tu familia mortal.

Me miró de manera amenazante.

—Y no pienso empezar a hacerlo ahora. Si supieras la mitad de...

«¡Cruac!» En medio de un aleteo de plumas negras, un cuervo se posó en la punta de la bota de Alex.

En Boston no se ven muchos cuervos salvajes. Barnaclas canadienses, gaviotas, patos, palomas, incluso halcones, sí; todos los que queráis. Pero cuando una enorme ave de rapiña negra se posa en tu pie, solo puede significar una cosa: un mensaje del Valhalla.

Alex alargó la mano. (Un gesto normalmente desaconsejado con los cuervos. Su picadura es atroz.) El pájaro saltó a su muñeca, le vomitó una bolita dura en la palma de la mano y, habiendo cumplido con su misión, se fue volando.

Sí, nuestros cuervos transmiten mensajes por correo vomitónico. Estas aves poseen una capacidad natural para regurgitar sustancias incomestibles como huesos y pelo, de modo que no tienen reparos en tragarse una cápsula con un mensaje, volar a través de los nueve mundos y vomitarla a su destinatario. Yo no habría elegido esa profesión, pero, eh, ¿quién soy yo para juzgar a nadie?

Alex abrió la bolita. Desdobló la carta y se puso a leerla. La comisura de la boca le empezó a temblar otra vez.

—Es de T. J. —anunció—. Por lo visto, tenemos que salir hoy. Ahora mismo, de hecho.

—¿Qué? —Me incorporé en la silla reclinable—. ¿Por qué?

Obviamente, yo sabía que se nos acababa el tiempo. Teníamos que irnos pronto para alcanzar el barco de Loki antes del solsticio de verano. Pero había una gran diferencia entre «pronto» y «ahora mismo». Yo no era muy partidario del «ahora mismo».

Alex siguió leyendo.

—¿Algo sobre una tormenta? No sé. Será mejor que vaya a buscar a Samirah al instituto. Estará en clase de cálculo. No le hará gracia tener que irse.

Se levantó y me ofreció la mano.

Yo no quería levantarme. Quería quedarme con él allí en la terraza y contemplar cómo el sol de la tarde tornaba el azul del río en color ámbar. Tal vez podríamos leer unos viejos libros de bolsillo de Randolph y bebernos todo su zumo de guayaba. Pero el cuervo había vomitado nuestras órdenes, y un vómito de cuervo no admitía discusión.

Cogí la mano de Alex y me levanté.

—¿Quieres que te acompañe?

Frunció el ceño.

—No, tonto. Tienes que volver al Valhalla. Tú eres el del barco. Hablando del tema, ¿has avisado a los demás de...?

—No —contesté, con la cara encendida—. Todavía no.

Alex rio.

—Será interesante. No nos esperéis a Sam y a mí. ¡Os alcanzaremos por el camino!

Antes de que pudiera preguntarle a qué se refería, se transformó en flamenco, se lanzó al cielo y alegró el día a los observadores de aves de Boston.

5

Me despido de Erik, Erik, Erik
y también de Erik

Según las leyendas, el Valhalla tiene quinientas cuarenta puertas, convenientemente repartidas por los nueve mundos para poder acceder a ellos con facilidad.

Las leyendas no dicen que una de esas entradas está en la tienda Forever 21 de Newbury Street, justo detrás del perchero de la ropa de deporte para mujer.

No era la entrada que me gustaba usar normalmente, pero era la más cercana a la mansión del tío Randolph. Nadie en el Valhalla sabía explicarme por qué teníamos un portal en una tienda Forever 21. Algunos especulaban que era un vestigio de una época en la que el edificio no era una tienda. Personalmente, me parecía que la ubicación podía ser una de las bromitas de Odín, ya que muchos de sus einherjar tenían, literalmente, veintiún años para siempre, o dieciséis, o sesenta.

Mi amigo enano Blitzen, en particular, odiaba esa entrada. Cada vez que yo mencionaba Forever 21, empezaba a despotricar, a decir cuán mejores eran sus diseños y a hablar de algo relacionado con dobladillos. No sé...

Atravesé tranquilamente la sección de lencería, donde una dependienta me lanzó una mirada extraña, me lancé al perchero de la ropa de deporte y cuando salí por el otro lado aparecí en una de las salas de juegos del Hotel Valhalla. Se estaba celebrando un torneo de billar, que los vikingos jugaban con lanzas en lugar de tacos. (Un consejo: nunca te quedes detrás de un vikingo cuando lanza.) Erik el Verde, de la planta 135, me saludó jovial. (Por lo que he visto, aproximadamente un setenta y dos por ciento de la población del Valhalla se llama Erik.)

—¡Salve, Magnus Chase! —Me señaló el hombro—. Tienes ahí alguna cosa de licra.

—Oh, gracias. —Me quité los pantalones de yoga que se me habían quedado enganchados en la camiseta y los lancé al contenedor en el que ponía PARA RENOVAR.

A continuación me fui a buscar a mis amigos.

Nunca te cansabas de pasear por el Hotel Valhalla. Al menos a mí todavía no me había pasado, y algunos einherjar que llevaban allí cientos de años me habían dicho lo mismo. Gracias al poder de Odín, a la magia de las nornas o al simple hecho de que teníamos un IKEA en el complejo, la decoración cambiaba constantemente, aunque siempre había muchas lanzas y escudos, y más motivos lobunos de los que me habría gustado.

Solo para dar con los ascensores, tuve que recorrer pasillos que habían cambiado de tamaño y dirección desde la mañana y pasar por delante de salas que no había visto nunca. En un enorme salón revestido con paneles de roble, unos guerreros jugaban al tejo con remos, en lugar de palos, y con escudos de combate, en lugar de discos. Muchos jugadores lucían tablillas en las piernas, brazos en cabestrillo y vendajes en la cabeza porque —cómo no— los einherjar jugaban al tejo a muerte.

El vestíbulo principal había sido enmoquetado de nuevo de color carmesí intenso, un color fantástico para disimular las manchas de sangre. Las paredes ahora estaban adornadas con tapices que representaban a valquirias combatiendo con gigantes de fuego. Eran unas obras maravillosas, aunque la proximidad de tantas antorchas en las paredes me ponía nervioso. En el Valhalla eran bastante laxos en materia de normativas de seguridad. A mí no me gustaba morir chamuscado. (Era una de las formas de morir que menos gracia me hacía, junto con morir atragantado con las chocolatinas que ponían después de la cena en el salón de banquetes.)

Subí en el ascensor a la planta diecinueve. Lamentablemente, la música del ascensor no había cambiado. Estaba llegando al punto en que podía cantar con Frank Sinatra en noruego. Menos mal que vivía en una planta baja. Si viviera por encima de la planta cien, se me habría ido la olla.

En la planta diecinueve, todo estaba extrañamente silencioso. De la habitación de Thomas Jefferson, Jr. no salía ningún sonido violento de videojuego. (A los soldados muertos de la guerra de Secesión les encantaban los videojuegos casi tanto como lanzarse a la carga.) No vi rastro de que Mallory Keen hubiera estado practicando el lanzamiento de cuchillos en el pasillo. La habitación de Medionacido Gunderson se hallaba abierta y estaba siendo limpiada por una bandada de cuervos, que revoloteaban por su biblioteca y su colección de armas quitando el polvo de libros y hachas de combate. No se veía al grandullón por ninguna parte.

Mi propia habitación estaba recién limpiada. La cama estaba hecha. En el atrio central, los árboles habían sido podados, y la hierba, cortada. (Nunca llegaba a entender cómo los cuervos podían manejar un cortacésped.) En la mesita para servir el café, una nota con la elegante letra de T. J. rezaba:

Estamos en el muelle 23, subnivel 6. ¡Nos vemos allí!

La televisión estaba puesta en el canal del Hotel Valhalla y mostraba la lista de las actividades de la tarde: ráquetbol, combate con metralletas (como el combate con pistolas láser, pero con metralletas), pintura en acuarela, cocina italiana, afilado de espadas avanzado y algo llamado duelo verbal; todo a muerte.

Me quedé mirando tristemente la pantalla. Nunca había querido practicar la pintura en acuarela a muerte, pero ahora sentía la tentación. Parecía mucho más fácil que el viaje que estaba a punto de emprender en el muelle veintitrés, subnivel seis.

Lo primero era lo primero: me di una ducha para quitarme el olor del puerto de Boston, me puse ropa nueva y cogí mi kit de supervivencia: material de acampada, provisiones básicas y, por supuesto, chocolatinas.

A pesar de lo bonita que era mi suite del hotel, yo no tenía muchos artículos personales: solo algunos de mis libros favoritos y unas fotos de mi pasado que aparecían por arte de magia con el paso del tiempo e iban llenando poco a poco la repisa de la chimenea.

El hotel no estaba diseñado para ser un hogar eterno. Los einherjar podíamos pasar allí siglos, pero no era más que una escala en nuestra travesía al Ragnarok. Todo el Valhalla irradiaba una sensación de transitoriedad y premonición. «No te pongas muy cómodo», parecía que dijera. «En cualquier momento podrías tener que salir corriendo para tu muerte final el día del fin del mundo. ¡Hurra!»

Miré mi reflejo en el espejo de cuerpo entero. No estaba seguro de por qué las pintas tenían tanta importancia. Durante los dos años que había vivido en la calle, siempre me habían dado igual las apariencias, pero últimamente Alex Fierro había estado metiéndose conmigo sin parar, cosa que me hizo cobrar conciencia de mi aspecto.

Además, en el Valhalla, si no te mirabas de vez en cuando en el espejo, podías ir por ahí durante horas con una caca de cuervo en el hombro, con una flecha en el trasero o con unos pantalones de yoga alrededor del cuello.

Botas de montaña: sí. Vaqueros nuevos: sí. Camiseta verde del

Hotel Valhalla: sí. Chaqueta de plumón ideal para expediciones en agua fría y caídas de mástiles: sí. Colgante de piedra rúnica que se convierte en espada mágica con el corazón partido: sí.

No estaba acostumbrado a tener la cara tan limpia después de haber vivido en la calle, y desde luego no estaba acostumbrado a mi nuevo corte de pelo; me lo había hecho Blitz durante nuestra expedición a Jotunheim. Desde entonces, cada vez que me empezaba a crecer el pelo, Alex volvía a cortármelo y me dejaba el flequillo hasta los ojos y la parte de atrás a la altura del cuello de la camiseta. Yo estaba acostumbrado a llevar el pelo mucho más alborotado y tieso, pero Alex disfrutaba tanto eliminando mis greñas rubias que era imposible decirle que no.

«¡Es perfecto!», decía. «¡Ahora, aunque sigue sin vérsete la cara, por lo menos vas más decente!»

Metí el cuaderno de Randolph en la mochila, junto con un último objeto en el que había intentado no pensar: cierto pañuelo de seda que me había dado mi padre.

Suspiré al ver al Magnus del espejo.

—Bueno, señor, más vale que se ponga en marcha. Sus amigos esperan impacientes para reírse de usted.

—¡Ahí está! —gritó Medionacido Gunderson, berserker extraordinario, portavoz de lo evidente.

Vino disparado hacia mí como un amistoso tráiler Mack. Tenía el pelo todavía más alborotado de lo que yo solía llevarlo. (Estaba seguro de que se lo cortaba él mismo a oscuras con un hacha.) Ese día llevaba una camiseta de manga corta, cosa inusual en él, pero sus brazos seguían siendo un paisaje agreste de músculos y tatuajes. Sujeta a la espalda con una correa, se hallaba su hacha de combate llamada Hacha de Combate, y enfundados en sus pantalones de cuero había media docena de cuchillos.

Me dio un abrazo de oso y me levantó del suelo, tal vez para asegurarse de que mi caja torácica no se rompería bajo la presión. Luego me dejó en el suelo y me dio unas palmaditas en los brazos, aparentemente satisfecho.

—¿Estás listo para la misión? —bramó—. ¡Yo estoy listo para la misión!

En la orilla del canal, donde estaba enrollando unas cuerdas, Mallory Keen gritó:

—¡Cállate, zoquete! Sigo pensando que deberíamos utilizarte de timón.

La cara de Medionacido se tiñó de rojo, pero no apartó la vista de mí.

—Estoy haciendo un esfuerzo para no matarla, Magnus. De verdad. Pero es tan difícil... Será mejor que me mantenga ocupado o haré algo de lo que me arrepienta. ¿Tienes el pañuelo?

—Ejem, sí, pero...

—Así me gusta. ¡El tiempo es oro!

Volvió con paso pesado al muelle y empezó a ordenar sus provisiones: enormes bolsas de lona llenas sin duda de comida, armas y montones de pantalones de cuero de repuesto.

Escudriñé la cueva a lo largo. Un río corría por el canal junto a la pared izquierda, salía de un túnel del tamaño del de un ferrocarril por un lado y desaparecía por un túnel idéntico por el otro. El techo abovedado era de madera encerada, un detalle que amplificaba el rugido del agua y me hacía sentir como si estuviera dentro de un antiguo barril de cerveza de raíz. El muelle estaba lleno de provisiones y equipaje a la espera de un barco en el que cargarlos.

Al fondo de la estancia, Thomas Jefferson, Jr. se hallaba enfrascado en una conversación con el gerente del hotel, Helgi, y su ayudante, Hunding, mientras los tres echaban un vistazo a unos documentos en una carpeta sujetapapeles. Como yo tenía aversión por los documentos y también por Helgi, me acerqué a Mallory, que estaba metiendo unos garfios en un saco de arpillera.

Iba vestida con unas pieles negras y unos tejanos del mismo color, y llevaba el cabello pelirrojo recogido en un sobrio moño. A la luz de la antorcha, sus pecas tenían un brillo anaranjado. Como siempre, llevaba su fiel par de dagas a los costados.

—¿Va todo bien? —pregunté, pues era evidente que no iba bien.

Ella frunció el ceño.

—No empieces tú también, don... —Me llamó una palabra gaélica que no reconocí, pero estaba seguro de que no quería decir «amigo del alma»—. Os hemos estado esperando a ti y al barco.

—¿Dónde están Blitzen y Hearthstone?

Habían pasado varias semanas desde la última vez que había visto a mis colegas el enano y el elfo, y me hacía mucha ilusión que navegasen con nosotros. (Una de las pocas cosas que me hacían ilusión.)

Mallory gruñó con impaciencia.

—Los recogeremos por el camino.

Eso podía querer decir que pasaríamos por otra parte de Boston, o que pasaríamos por otro mundo, pero no parecía que Mallory tuviera ganas de extenderse. Echó un vistazo al espacio situado detrás de mí y frunció el entrecejo.

—¿Y Alex y Samirah?

—Alex me ha dicho que se reunirá con nosotros más tarde.

—Vale. —Hizo un gesto para señalarme que me fuera—.Ve a firmar nuestra salida.

—¿Firmar nuestra salida?

—Síí... —Alargó la palabra para indicar lo lento que yo le parecía—. Habla con Helgi, el gerente. ¡Largo!

Como todavía sostenía un puñado de garfios, hice lo que me mandó.

T. J., que tenía el pie encima de una caja de provisiones y el rifle colgado a la espalda, me saludó con su gorra de infantería. Los botones de latón de su uniforme del ejército de la Unión relucían.

—¡Justo a tiempo, amigo mío!

Helgi y Hunding se cruzaron una mirada de nerviosismo, como hacían cada vez que Odín anunciaba una de sus jornadas motivacionales con el personal del hotel.

—Magnus Chase —dijo Helgi, tirando de su barba greñuda. Iba vestido con su habitual traje de raya diplomática verde oscuro, que seguramente creía que le hacía parecer un profesional del sector servicios, pero solo le hacía parecer un vikingo con traje de raya diplomática—. Estábamos empezando a preocuparnos. La marea alta llegará en cualquier momento.

Miré el agua que corría furiosa por el canal. Sabía que varios ríos subterráneos se abrían paso a través del Valhalla, pero no entendía cómo podían estar sometidos a las mareas. Tampoco comprendía cómo el nivel del agua podía subir más sin que inundase toda la sala. Claro que estaba manteniendo una conversación con dos vikingos muertos y un soldado de la guerra de Secesión, de modo que decidí dejar aparcada la lógica.

—Lo siento —dije—. Estaba...

Hice un gesto vago con la mano, tratando de indicar que había estado leyendo misteriosos diarios, matando lobos y rompiéndome la pierna en el puerto de Boston.

T. J. bullía de emoción.

—¿Tienes el barco? ¡Estoy deseando verlo!

—Ejem, sí. —Me puse a rebuscar en la mochila, pero parecía que el pañuelo había acabado al fondo de todo.

Hunding se retorció las manos. Llevaba el uniforme de botones mal abotonado, como si se hubiera vestido deprisa por la mañana.

—No lo habrás perdido, ¿verdad? ¡Mira que te advertí del peligro de dejar objetos mágicos sin vigilar en tu cuarto! Les dije a los cuervos de la limpieza que no lo tocaran. «¡Es un buque de guerra!», les advertí. «¡No una servilleta!» Pero ellos seguían queriendo lavarlo con la ropa blanca. Como haya desaparecido...

—Tú te responsabilizarás —gruñó Helgi al botones—. La planta diecinueve es tu zona de servicio.

Hunding hizo una mueca. Él y Helgi tenían una disputa que se remontaba a varios siglos antes. El gerente aprovechaba cualquier excusa para hacer trabajar a Hunding horas extras echando basura en las incineradoras o regando las madrigueras de lindworms.

—Tranquilos. —Saqué el trozo de tela—. ¿Lo veis? Aquí está. Y, Hunding, esto es para ti. —Le di una de mis chocolatinas—. Gracias por echar un ojo a mi habitación mientras yo no estaba.

Al botones se le empañaron los ojos.

—Eres el mejor, chaval. ¡Puedes dejar objetos mágicos en tu habitación siempre que quieras!

—Hum. —Helgi frunció el ceño—. Bueno, Magnus Chase, necesitaré que firmes la salida. —Me metió la carpeta sujetapapeles en las manos—. Lee atentamente y firma con tus iniciales al final de cada página.

Hojeé una docena de páginas de denso lenguaje contractual. Leí por encima frases como «En caso de muerte por ataque de ardilla» y «No se responsabilizará al propietario de cualquier desmembramiento que tenga lugar fuera de las instalaciones». No me extrañaba que mis amigos prefiriesen irse del hotel sin permiso, los formularios de autorización eran brutales.

T. J. se aclaró la garganta.

—Bueno, Magnus, mientras tú haces eso, yo podría preparar el barco. ¿Puedo? ¡Estoy listo para hacer zarpar a este regimiento!

Yo daba fe de ello. Estaba cargado de suficientes cartucheras, mochilas y cantimploras para una marcha de treinta días. Le brillaban tanto los ojos como la bayoneta. Como T. J. solía ser la voz de la razón de la planta diecinueve, me alegraba de que viniera con nosotros, aunque se emocionara un pelín de más con los ataques frontales sobre posiciones enemigas.

—Sí —dije—. Claro, tío.

—¡Yupi! —Me arrancó el pañuelo de la mano y se fue a toda prisa hacia el muelle.

Firmé los formularios de autorización, procurando no obsesionarme con las cláusulas sobre el arbitraje en caso de que fuéramos incinerados en los fuegos de Muspelheim o pulverizados por gigantes de hielo, y le devolví la carpeta a Helgi.

El gerente frunció el ceño.

—¿Seguro que lo has leído todo?

—Esto..., sí. Leo rápido.

Me agarró por el hombro.

—Entonces buena suerte, Magnus Chase, hijo de Frey. Y, recuerda, debes impedir que el barco de Loki, *Naglfar*, zarpe en el solsticio de verano...

—Ya.

—... o el Ragnarok dará comienzo.

—Vale.

—Eso significa que las reformas del salón de banquetes no se acabarán nunca, y no volveremos a tener conexión a internet de banda ancha en la planta doscientos cuarenta y dos.

Asentí con la cabeza seriamente. No necesitaba la presión adicional de ser el responsable de la conexión a internet de toda una planta.

—Lo conseguiremos. No se preocupe.

Helgi se tiró de la barba.

—Pero si provocas el Ragnarok, ¿puedes hacer el favor de volver lo antes posible o mandarnos un mensaje de texto?

—Vale. Ejem, ¿un mensaje de texto?

Que yo supiera, el personal del hotel solo utilizaba cuervos. No sabían usar dispositivos móviles. Ninguno tenía número de teléfono. Pero eso no les impedía dárselas de entendidos.

—Para acelerar sus muertes, necesitaremos que todo el mundo empiece a responder las encuestas de satisfacción antes de que emprendamos la marcha al fin del mundo —me explicó—. Si no puedes volver, también puedes rellenar la encuesta por internet. Y si no te importa marcar la casilla de «excelente» donde se pregunta por el gerente, te lo agradecería. Odín las lee.

—Pero si todos vamos a morir...

—Así me gusta. —Me dio una palmadita en el hombro—. En fin, que tengáis buen... ¡ejem, próspero viaje!

Se metió la carpeta sujetapapeles debajo del brazo y se fue, probablemente a inspeccionar las reformas del salón de banquetes.

Hunding suspiró.

—Ese hombre no tiene dos dedos de frente. Pero gracias por el chocolate, amigo mío. Ojalá pudiera hacer algo más por ti.

Noté un hormigueo en el cuero cabelludo y se me ocurrió una idea. Durante mi estancia en el hotel, Hunding se había convertido en mi mejor fuente de información. Conocía todos los tejemanejes. Sabía todas las opciones secretas del menú del servicio de habitaciones y cómo se podía llegar del vestíbulo a la terraza con vistas situada por encima del bosquecillo de Glasir sin tener que pasar por el suplicio de las tiendas de artículos de regalo. Era una Vikingpedia andante.

Saqué el diario de Randolph y le mostré la última página.

—¿Tienes idea de lo que significa esta palabra? —Le señalé mjöð.

Hunding rio.

—¡Significa «hidromiel», claro!

—Ah. Entonces, ¿no tiene nada que ver con vacas?

—¿Cómo?

—Da igual. ¿Y este nombre, Bolverk?

Se estremeció tan violentamente que se le cayó la chocolatina.

—¿Bolverk? ¡No! No, no, no... ¿Qué es este libro, por cierto? ¿Qué haces tú...?

—¡Grrr! —gritó Medionacido desde el muelle—. ¡Magnus, te necesitamos aquí ya!

El río estaba empezando a levantarse y lamía la orilla del canal formando espuma. T. J. agitaba desesperadamente el pañuelo gritando:

—¿Cómo funciona? ¿Cómo funciona?

No se me había pasado por la cabeza que el barco plegable, al ser un regalo de mi padre, solo podía funcionar si yo lo manejaba. Corrí a ayudarle.

Mallory y Medionacido recogían a toda prisa las provisiones.

—¡Tenemos un minuto como mucho antes de que la marea alta lo inunde todo! —chilló Medionacido—. ¡El barco, Magnus! ¡Vamos!

Cogí el pañuelo y procuré que no me temblaran las manos. Había practicado el truco del desdoblamiento del barco un par de veces en aguas más tranquilas, una estando solo y otra con Alex, pero todavía me costaba creer que funcionase. Desde luego no estaba deseando ver los resultados.

Tiré el pañuelo hacia el agua y, en cuanto la tela tocó la superficie, las esquinas se desdoblaron y se desdoblaron y siguieron desdoblándose. Era como ver la construcción de una maqueta de Lego en un vídeo a velocidad rápida. En un abrir y cerrar de ojos, había un barco vikingo anclado en el canal, con el agua turbulenta corriendo alrededor de su popa.

Pero, claro está, nadie me felicitó por su casco de maravillosas líneas estilizadas, ni por los intrincados escudos vikingos que decoraban las barandillas, ni por las cinco filas de remos replegados, trabados y listos para su uso. Nadie comentó que el palo mayor tenía bisagras y se plegaba para poder pasar por el túnel bajo sin hacerse pedazos. Nadie se quedó boquiabierto ante la belleza del mascarón de proa con la efigie tallada de un dragón, ni elogió el hecho de que el barco fuera mucho más grande y más espacioso que el típico barco vikingo y contase incluso con una zona bajo la cubierta, para que pudiéramos dormir resguardados, aunque lloviese y nevase.

El primer comentario de Mallory Keen fue el siguiente:

—¿Podemos hablar del color?

T.J. frunció el entrecejo.

—¿Por qué es...?

—¡No lo sé! —protesté—. ¡No sé por qué es amarillo!

Mi padre, Frey, me había enviado el barco hacía semanas y me había asegurado que era la embarcación perfecta para nuestro viaje. Nos llevaría adonde teníamos que ir. Nos protegería en los mares más traicioneros.

Mis amigos se habían entusiasmado. Habían confiado en mí, incluso cuando me había negado a adelantarles cómo era nuestro barco mágico.

Pero ¿por qué, oh, decidme, mi padre había hecho el barco de color margarina?

Todo estaba pintado de un amarillo fosforescente que hacía daño a la vista: las amarras, los escudos, el casco, la vela, el timón, hasta el dragón del mascarón de proa. Si el fondo de la quilla también era amarillo, cegaríamos a todos los peces con los que nos cruzásemos.

—Bueno, ya no importa —dijo Medionacido, mirándome con el ceño fruncido como si sí importase mucho—. ¡A cargar! ¡Deprisa!

Un ruido parecido al de un tren de mercancías que se acercase resonó en el túnel río arriba y el barco golpeó contra el muelle. Medionacido lanzó las provisiones a la cubierta al mismo tiempo que T. J. levaba el ancla y Mallory y yo trincábamos las amarras con todas nuestras fuerzas de einherji.

Justo cuando Medionacido lanzó los últimos sacos, un muro de agua se alzó repentinamente detrás de nosotros.

—¡Vamos! —gritó T. J.

Saltamos a bordo cuando la ola rompió contra la popa y nos impulsó hacia delante como la coz de una mula de trescientos millones de litros.

Miré hacia atrás, para ver el muelle por última vez. Hunding, el botones, estaba con el agua hasta las rodillas agarrando su chocolatina y mirándome con la cara pálida de la impresión mientras nos internábamos como un cohete en la oscuridad. Parecía como, si después de todos aquellos siglos tratando con los muertos del Valhalla, por fin hubiera visto un fantasma de verdad.

6

Tengo una pesadilla con uñas de pies

Me gustan los ríos y los enemigos lentos, anchos y perezosos. Pero casi nunca consigo lo que me gusta.

Nuestro barco recorría a toda velocidad los rápidos en una oscuridad casi absoluta. Mis amigos se movían con dificultad por la cubierta, agarrando cuerdas y tropezando con los remos. El barco se balanceaba de un lado a otro y me hacía sentir como si surfease sobre un péndulo. Mallory abrazaba el timón apoyando todo su peso, tratando de mantenernos en medio de la corriente.

—¡No te quedes ahí! —me gritó—. ¡Ayúdanos!

El viejo refrán es cierto: no hay formación náutica que sobreviva al primer contacto con el agua.

Estoy seguro de que es un viejo refrán.

Todo lo que había aprendido de Percy Jackson se esfumó de mi cerebro. Me olvidé de lo que era estribor y babor, popa y proa. Me olvidé de cómo evitar ataques de tiburón y cómo caer de un mástil como es debido. Me puse a saltar por la cubierta gritando «¡Voy a ayudar! ¡Voy a ayudar!», sin tener ni idea de qué hacer.

Virábamos y chapoteábamos por el canal a velocidades de vértigo, y el mástil replegado casi daba contra el techo. Las puntas de los remos raspaban las paredes de piedra y dejaban regueros de chispas amarillas como si unas hadas se deslizasen con patines de cuchilla a nuestro lado.

T. J. pasó corriendo junto a mí en dirección a la proa y estuvo a punto de empalarme con la bayoneta.

—¡Agarra ese cabo, Magnus! —gritó, señalando con la mano prácticamente todas las cuerdas del barco.

Cogí la que encontré más cerca y tiré de ella lo más fuerte que pude, con la esperanza de haber elegido el cabo correcto, o como mínimo de parecer que colaboraba mientras hacía lo que no debía.

Descendimos dando sacudidas por una serie de cataratas. Me castañeteaban los dientes como si estuvieran enviando mensajes telegráficos, mientras que olas gélidas rompían por encima de los escudos y la barandilla. Entonces el túnel se ensanchó y golpeamos de refilón una roca que apareció de la nada. El barco dio un giro de trescientos sesenta grados y nos precipitamos por una cascada hacia una muerte segura. Cuando el aire se convirtió en una sopa fría y neblinosa a nuestro alrededor..., todo se oscureció.

¡Qué momento más ideal para tener una visión!

Me vi de pie en la cubierta de otro barco.

A lo lejos, unos acantilados glaciales bordeaban una inmensa bahía veteada de hielo y el aire era tan frío que una capa de escarcha crujía sobre las mangas de mi abrigo. Bajo mis pies, en lugar de tablas de madera, se extendía una superficie desigual de reluciente color gris y negro como el caparazón de un armadillo.

El barco entero, una nave vikinga del tamaño de un portaviones, estaba hecho del mismo material. Y, por desgracia, yo sabía lo que era: las uñas de las manos y los pies de los muertos deshonrosos, miles y miles de millones de asquerosos pedazos de zombi, ensamblados con magia maléfica de pedicuro hasta crear el *Naglfar*, el Barco de Uñas, también conocido como Barco de los Muertos.

Por encima de mí, unas velas grises ondeaban al viento glacial.

Miles de cáscaras humanas resecas vestidas con armaduras oxidadas atravesaban la cubierta arrastrando los pies; eran draugrs, zombis vikingos. Entre ellos había gigantes que daban grandes zancadas, gritando órdenes y propinándoles patadas para que formaran filas. Con el rabillo del ojo, también vislumbré criaturas más oscuras: sombras incorpóreas que podrían haber sido lobos, o serpientes, o caballos esqueléticos hechos de humo.

—¡Mira quién está aquí! —dijo una voz alegre.

Delante de mí, vestido con el uniforme blanco de un almirante de la marina, se hallaba el mismísimo Loki. Su cabello del color de las hojas de otoño se arremolinaba por fuera de su gorra de oficial superior de la marina. Sus intensos iris brillaban como anillos de ámbar endurecido y apagaban la vida de las pobres pupilas atrapadas en ellos. A pesar de los daños que lucía su cara llena de marcas, deteriorada tras siglos de gotas de veneno caídas entre sus ojos, a pesar de sus labios poblados de cicatrices y retorcidos que habían sido cosidos por un enano furioso, sonreía de una forma tan cordial y afable que era casi imposible no devolverle la sonrisa.

—¿Vienes a visitarme? —preguntó—. ¡Genial!

Traté de gritarle. Tenía ganas de reprenderlo por hacer que mi tío muriese, por torturar a mis amigos, por arruinarme la vida y provocarme seis meses seguidos de indigestión, pero tenía la garganta llena de cemento húmedo.

—¿No tienes nada que decir? —Loki soltó una risita—. No pasa nada, porque yo tengo muchas cosas que contarte. En primer lugar, una advertencia de amigo: yo me lo pensaría dos veces antes de seguir el plan del viejo Randolph. —Su expresión se endureció con una falsa compasión—. Me temo que el pobre hombre chocheaba un poco al final de su vida. ¡Tendrías que estar loco para hacerle caso!

Quería estrangular a Loki, pero las manos me pesaban de una forma extraña. Miré hacia abajo y vi que las uñas me estaban creciendo a una velocidad antinatural y se alargaban hacia la cubierta como raíces en busca de tierra. Y como los pies me apretaban demasiado en las botas, comprendí que las uñas de los pies también me estaban creciendo y que estaban atravesando los calcetines y tratando de escapar de los confines de mis botas de montaña.

—¿Qué más? —Loki se dio unos golpecitos en la barbilla—. ¡Ah, sí! ¡Mira!

Señaló más allá de las hordas de zombis que andaban arrastrando los pies y extendió el brazo a través de la bahía como si me mostrase un premio maravilloso que yo acabase de ganar. En el horizonte brumoso, uno de los acantilados glaciales había empezado a desprender escarcha y arrojaba enormes cortinas de hielo al agua. Oí el sonido un segundo más tarde: un rugido amortiguado como un trueno a través de nubes densas.

—Mola, ¿verdad? —Loki sonrió—. El hielo se está derritiendo mucho más rápido de lo que pensaba. ¡Me encanta el calentamiento global! Podremos zarpar antes de que termine la semana, de modo que llegas tarde. Yo de ti me daría la vuelta y regresaría al Valhalla. Solo te quedan unos pocos días para pasártelo bien antes de que llegue el Ragnarok. ¡Incluso podrías recibir unas de esas fabulosas clases de yoga!

Mis uñas rebeldes llegaron a la cubierta. Se abrieron paso a través de la reluciente superficie gris, tiraron de mí hacia abajo y me obligaron a inclinarme. Las uñas de mis pies rompieron la puntera de mis botas y me afianzaron a la cubierta mientras las uñas de los muertos empezaban a crecer hacia arriba como árboles jóvenes, se enroscaban con avidez alrededor de los cordones de mis botas y ascendían como enredaderas por mis tobillos.

Loki me miraba con una sonrisa dulce, como si estuviera viendo a un niño pequeño dar sus primeros pasos.

—Sí, es una semana maravillosa para el fin del mundo. Pero si insistes en retarme... —Suspiró y sacudió la cabeza como si estuviera pensando: «Estos chicos tontos y sus misiones»—. En ese caso, deja a mis hijos fuera, ¿vale? Pobres Sam y Alex. Ya han sufrido bastante. Si te importan algo... Esta misión acabará con ellos. Te lo aseguro. ¡No tienen ni idea de a lo que se enfrentan!

Caí de rodillas. Ya no sabía dónde terminaban las uñas de mis manos y mis pies y dónde empezaba el barco. Ramas espinosas de queratina gris y negra me apretaban alrededor de las pantorrillas y las muñecas, me ataban a la cubierta, me rodeaban las extremidades y tiraban de mí contra la estructura del barco.

—¡Cuídate, Magnus! —gritó Loki—. ¡De una forma u otra, volveremos a hablar pronto!

Una mano áspera me agarró el hombro y me despertó sacudiéndome.

—¡Magnus! —chilló Medionacido Gunderson—. ¡Espabila, tío! ¡Coge un remo!

Me encontraba otra vez en la cubierta de nuestro barco amarillo chillón. Navegábamos de lado a la deriva a través de una bruma fría y densa, y la corriente nos arrastraba a babor, donde el río descendía abruptamente y se internaba en una rugiente oscuridad.

Me tragué el cemento húmedo que me obstruía la garganta.

—¿Es eso otra cascada?

Mallory se dejó caer en el banco de al lado.

—Sí, una que nos mandará directos al Ginnungagap y nos matará. ¿Te apetece remar ya?

T. J. y Medionacido se sentaron en el banco de enfrente de nosotros. Juntos, los cuatro remamos con todas nuestras fuerzas y conseguimos girar a estribor y apartar el barco del precipicio. Me ardían los hombros y los músculos de mi espalda protestaban a gritos. Finalmente, el rugido se fue apagando detrás de nosotros. La bruma se disipó y vi que estábamos en el puerto de Boston, cerca del *Constitution*. A mi izquierda se alzaban las casas adosadas de ladrillo y los campanarios de las iglesias de Charlestown.

T. J. se volvió y sonrió.

—¿Lo veis? ¡No ha ido tan mal!

—Claro —dijo Mallory—. Si no fuera porque casi nos caemos por el borde del mundo y nos esfumamos.

Medionacido extendió los brazos.

—Me siento como si hubiera subido un elefante en brazos por Bunker Hill, pero buen trabajo, chicos... —Vaciló al ver mi cara—. ¿Magnus? ¿Qué pasa?

Me miré las manos temblorosas. Me sentía como si las uñas me siguiesen creciendo, como si siguiesen tratando de regresar al Barco de los Muertos.

—He tenido una visioncilla —murmuré—. Dadme un segundo.

Mis amigos cruzaron miradas de recelo entre ellos. Todos sabían que no existían las «visioncillas».

Mallory Keen se me acercó.

—Gunderson, ¿por qué no te pones tú al timón?

Medionacido frunció el ceño.

—Yo no recibo órdenes de...

Ella lo fulminó con la mirada y él murmuró entre dientes y se colocó al timón.

Mallory me clavó los ojos, con sus iris verdes moteados de marrón y naranja como la cáscara de los huevos de cardenal.

—¿Has visto a Loki?

Normalmente, no me hallaba tan cerca de Mallory a menos que ella estuviera sacándome un hacha del pecho en el campo de batalla. La chica valoraba su espacio personal. Había algo perturbador en su mirada: una especie de ira general, como un fuego que saltase de tejado en tejado. Nunca sabías lo que quemaría y lo que dejaría intacto.

—Sí. —Le expliqué lo que había visto.

Frunció el labio, indignada.

—Ese embustero... Últimamente todos lo hemos visto en nuestras pesadillas. Cuando le ponga las manos encima...

—Oye, Mallory —la reprendió T. J.—. Sé que tienes más ganas de vengarte que la mayoría de nosotros, pero...

Ella le impidió que continuara lanzándole una mirada severa.

Me preguntaba a qué se refería T. J. Había oído que Mallory había muerto intentando desactivar un coche bomba en Irlanda, pero, aparte de eso, sabía muy poco de su pasado. ¿Había sido Loki el responsable de su muerte?

Me agarró la muñeca; el tacto poco agradable de sus dedos callosos me recordó las enredaderas de queratina del *Naglfar*.

—Magnus, Loki te está llamando. Si vuelves a tener ese sueño, no hables con él. No piques el anzuelo.

—¿Qué anzuelo? —pregunté.

Detrás de nosotros, Medionacido gritó:

—¡Valquiria a las diez! —Señaló el puerto de Charlestown. Aproximadamente un kilómetro y medio más adelante distinguí dos figuras de pie en el muelle: una con un hiyab verde y la otra con el pelo verde.

Mallory lo miró otra vez frunciendo el entrecejo.

—¿Es necesario que seas tan escandaloso, zoquete?

—¡Es mi voz normal!

—Sí, lo sé: fuerte y molesta.

—Si no te gusta...

—Magnus —dijo Mallory—, ya hablaremos luego. —Se dirigió dando fuertes pisotones a la escotilla de cubierta, donde se había caído el hacha de Medionacido en medio de la confusión. Recogió el arma y la blandió contra él—. Tendrás esto cuando empieces a comportarte como es debido.

Se deslizó por la escalera y desapareció bajo la cubierta.

—¡Oh, no, venga ya! —Medionacido abandonó su puesto y fue tras ella.

El barco empezó a escorarse a estribor, así que T. J. se acercó corriendo y cogió el timón.

Suspiró.

—Esos dos han elegido un momento pésimo para romper.

—Espera, ¿qué? —pregunté.

T. J. arqueó las cejas.

—¿No lo sabías?

Medionacido y Mallory discutían tanto que era difícil saber cuándo estaban enfadados y cuándo se mostraban afecto. Sin embargo, pensándolo bien, durante los últimos días habían estado un poco más agresivos de lo normal el uno con el otro.

—¿Por qué han roto?

T. J. se encogió de hombros.

—El más allá es un maratón, no un esprint. Las relaciones duraderas son complicadas cuando vives eternamente. No es raro que las parejas de einherjar rompan sesenta o setenta veces en el curso de varios siglos.

Traté de imaginármelo. Claro que yo nunca había tenido una relación, duradera o no, así que me resultaba imposible de imaginar.

—Y mientras resuelven sus diferencias, rodeados de toda clase de armas, ¿tenemos que convivir en un barco con ellos? —comenté.

—Los dos son profesionales —dijo T. J.—. Estoy seguro de que todo irá bien.

Pum. Bajo mis pies, la cubierta vibró con el sonido de un hacha que atravesó la madera.

—De acuerdo —dije—. ¿Y lo que Mallory ha dicho sobre Loki?

La sonrisa de T. J. se desvaneció.

—Todos tenemos nuestros problemas con ese tramposo.

Me preguntaba cuáles eran los de T. J. Había vivido meses con mis amigos de la planta diecinueve, pero estaba empezando a darme cuenta de lo poco que sabía de su pasado. Thomas Jefferson, Jr., ex soldado de infantería del regimiento Cincuenta y Cuatro de Massachusetts, hijo del dios de la guerra Tyr y esclavo liberado. T. J. nunca parecía ponerse nervioso, ni siquiera cuando lo mataban en el campo de batalla o cuando tenía que interceptar a Medionacido Gunderson porque se paseaba dormido y en pelotas por los pasillos y debía llevarlo de vuelta a su habitación. De todas las personas muertas que conocía, T. J. era la que tenía el temperamento más alegre, pero debía de haber presenciado bastantes horrores.

Me preguntaba qué munición usaría Loki para provocarlo en sueños.

—Mallory me ha dicho que Loki me está llamando —recordé—. Y que no debo picar el anzuelo.

Flexionó los dedos, como si estuviera experimentando un dolor simpático derivado de su padre, Tyr, a quien el lobo Fenrir había arrancado la mano a mordiscos.

—Tiene razón. Hay retos que no debes aceptar, sobre todo si vienen de Loki.

Fruncí el ceño. Loki también había utilizado la palabra «retar». No «luchar». Ni «detener». Había dicho: «Si insistes en retarme...».

—T. J., ¿tu padre no es el dios de los retos personales y los duelos y no sé cuántas cosas más?

—Exacto. —Su voz sonó dura e insípida como la galleta que tanto le gustaba comer. Señaló los muelles—. Mira, Sam y Alex tienen visita.

No me había fijado antes, pero a escasa distancia detrás de los hijos de Loki, apoyado contra el capó de su coche, con unos tejanos y una camisa de trabajo verde azulado, estaba mi proveedor favorito de sándwiches de falafel. Amir Fadlan, el prometido de Samirah, había venido a despedirnos.

7

Todos nos ahogamos

—Qué pasada —dijo Samirah cuando nos acercamos al muelle—. Tienes razón, Alex. Es un barco muy amarillo.

Suspiré.

—Tú también, no.

Alex sonrió.

—Voto por que lo llamemos *Plátano Grande*. ¿Todos a favor?

—Ni se te ocurra —dije.

—Me encanta —comentó Mallory, lanzando una amarra a Alex.

Ella y Medionacido habían salido de debajo de la cubierta tras firmar una aparente tregua, aunque los dos lucían ojos morados.

—¡Decidido, pues! —bramó él—. ¡El barco *Milkillgulr*!

T. J. se rascó la cabeza.

—¿Existe una palabra en nórdico antiguo para decir «plátano grande»?

—Bueno, no exactamente —reconoció Medionacido—. Los vikingos nunca llegaron lo bastante al sur para descubrir los plátanos, pero *Milkillgulr* significa «amarillo grande». ¡Se le acerca bastante!

Miré al cielo elevando una plegaria silenciosa: «Frey, dios del verano, papá, gracias por el barco. Pero ¿puedo recordarte que el verde selva también es un maravilloso color veraniego y pedirte que, por favor, dejes de avergonzarme delante de mis amigos? Amén».

Desembarqué y ayudé a amarrar la *Gran Humillación Amarilla*; todavía me temblaban las piernas debido al río agitado y la visión de Loki. Si me sentía tan agradecido de volver a estar en tierra firme después de solo unos minutos de travesía, el viaje por mar prometía ser divertidísimo.

Amir me estrechó la mano.

—¿Qué tal, J... Magnus?

Después de todos los meses que habían pasado, él a veces se equivocaba y me llamaba «Jimmy». Era culpa mía. Durante los dos años que había vivido en la calle, Amir y su padre habían sido una de mis pocas fuentes de comida caliente segura. Me daban los restos de su restaurante en el Transportation Building. Y a cambio de su amabilidad, yo les había ocultado mi verdadero nombre. Todavía me sentía culpable.

—Estoy bien... —Me di cuenta de que estaba engañándole otra vez—. O sea, todo lo bien que se puede esperar considerando que nos hemos embarcado en otra misión peligrosa.

Samirah me dio en las costillas con el mango de su hacha.

—Eh, no me lo pongas nervioso. Me he pasado los últimos días intentando convencerlo de que no tiene por qué preocuparse.

Alex sonrió.

—Y yo me he pasado los últimos días haciendo de carabina de los dos mientras ella intentaba convencerlo de que no se preocupase. Ha sido enternecedor.

Samirah se ruborizó. Iba vestida con su típica ropa de viaje: botas de piel, pantalones militares resistentes equipados con dos hachas, un jersey de cuello alto y una chaqueta verde oscuro que combinaba con su hiyab mágico. La tela del pañuelo ondeaba con la brisa y reflejaba los colores del entorno, lista para pasar a la modalidad de camuflaje de un momento a otro.

Sin embargo, Sam lucía una cara un poco apagada. Tenía los labios secos y pelados, y los ojos hundidos y sin brillo como si le faltaran vitaminas.

—¿Estás bien? —le pregunté.

—Claro. ¡Perfectamente!

No obstante, yo percibía el olor a acetona de su aliento: un aroma amargo y rancio como el de los limones dejados al sol. Era el olor de alguien que hacía bastante que no comía. Me había acostumbrado a él en las calles.

—No —concluí—. Tú no estás bien.

Ella empezó a negarlo, pero Amir intervino.

—El Ramadán empezó hace dos semanas —dijo—. Los dos estamos ayunando.

—¡Amir! —protestó Sam.

—¿Qué? Magnus es un amigo. Se merece saberlo.

Alex apretaba la mandíbula tratando de reprimir la impotencia. Era evidente que lo sabía. Se había referido a eso en casa del tío Randolph: el motivo por el que Sam estaba teniendo tantos problemas para concentrarse en su entrenamiento. Yo no sabía gran cosa del Ramadán, pero era un experto en pasar hambre. Y puede fastidiarte gravemente la concentración.

—Y, ejem, ¿cuáles son las normas del Ramadán? —pregunté.

—No afectará a mi papel en la misión —prometió Sam—. No quería decir nada porque no quería que nadie se preocupase. Consiste en no beber ni comer durante las horas de luz.

—Ni bañarse —añadió Amir—. Ni decir tacos. Ni fumar. Ni ser violento.

—No hay problema —dijo Alex—, porque en nuestras misiones nunca hay violencia.

Sam puso los ojos en blanco.

—Puedo defenderme si me atacan. Solo es un mes...

—¿Un mes? —pregunté.

—Llevo haciéndolo cada año desde que tenía diez años —me explicó Sam—. Creedme, no hay problema.

A mí sí que me parecía que había problemas, sobre todo en verano, cuando los días eran tan largos e íbamos a enfrentarnos a toda clase de situaciones de vida o muerte que no esperarían a que el horario de trabajo terminase.

—¿No podrías, no sé, aplazarlo hasta después de la misión?

—Sí que podría —contestó Amir—. Está permitido cuando se viaja o cuando el ayuno es demasiado peligroso, y las dos cosas se cumplen en este caso.

—Pero no lo hará —terció Alex—. Porque es más terca que una mula devota.

Sam le dio un codazo en las costillas.

—Cuidadito, hermano.

—Ay —se quejó Alex—. ¿Y lo de la violencia?

—Me estaba defendiendo —dijo ella.

—Eh, vosotros —gritó Medionacido desde el barco—. Ya hemos cargado y estamos listos para zarpar. ¿Qué hacéis dándole al palique? ¡Venga!

Miré a Amir, tan arreglado como siempre, con la ropa inmaculada y perfectamente planchada, y el pelo moreno cortado totalmente recto. Yo jamás habría dicho que estaba débil a causa del hambre y la sed, pero sus músculos faciales estaban más tirantes que de costumbre. Sus dulces ojos marrones no paraban de parpadear como si esperase que le salpicara una gota de agua fría en la frente. Estaba sufriendo, pero el motivo de su dolor no tenía nada que ver con el Ramadán.

—Tened cuidado —rogó—. Todos vosotros. Magnus, te pediría que cuidaras de Samirah, pero si lo hiciera, ella me golpearía con el hacha.

73

—Nunca haría eso —replicó su chica—. De todas formas, yo cuidaré de Magnus, no al revés.

—Yo cuidaré de Sam —se ofreció Alex—. Para eso está la familia, ¿no?

Amir parpadeó todavía más. Me daba la impresión de que todavía no sabía qué opinar de Alex Fierro, el hermanastro de Sam, de pelo verde y género fluido, que había sido su funesta carabina.

—Vale. —Asintió con la cabeza—. Gracias.

No podía evitar sentirme culpable de la angustia de Amir. Hacía meses, cuando él había empezado a descubrir la extraña doble vida de Samirah como valquiria de Odín, yo había curado su mente para evitar que se volviera loco. Ahora sus ojos de mortal estaban permanentemente abiertos. En lugar de vivir feliz en la ignorancia, podía ver a los gigantes de tierra que de vez en cuando paseaban por Commonwealth Avenue, las serpientes que retozaban en el río Charles y las valquirias que volaban por el cielo y llevaban las almas de los héroes abatidos a registrarse en el Hotel Valhalla. Incluso podía ver nuestro enorme buque de guerra vikingo que parecía un plátano cargado de armas.

—Tendremos cuidado —le dije—. Además, nadie se atrevería a atacar este barco. Es demasiado amarillo.

Él logró esbozar una débil sonrisa.

—Eso es cierto. —Metió la mano detrás de él. Del capó de su coche sacó un gran envase aislante verde como los que usaban en El Falafel de Fadlan para las entregas a domicilio—. Esto es para ti, Magnus. Espero que te guste.

Del recipiente salía un aroma a falafel recién hecho. Sí, había comido falafel hacía pocas horas, pero me rugió el estómago porque..., en fin, me apetecía más falafel.

—Eres el mejor, tío. No me lo puedo creer... Un momento. Estás en pleno ayuno, ¿y me has traído comida? No me parece justo.

—Que yo esté ayunando no quiere decir que tú no puedas disfrutar. —Me dio una palmadita en el hombro—. Estarás en mis oraciones. Todos vosotros lo estaréis.

Sabía que lo decía de verdad. Yo, sin embargo, era ateo. Solo recé en tono sarcástico a mi padre para pedirle otro color de barco. El descubrimiento de la existencia de las deidades nórdicas y los nueve mundos no había hecho más que convencerme de que no existía un gran plan divino. ¿Qué clase de dios permitiría que Zeus y Odín convivieran en el mismo cosmos, los dos asegurando que eran el rey de la creación, fulminando mortales con rayos e impartiendo seminarios de motivación?

Pero Amir era un hombre de fe. Él y Samirah creían en algo más grande, una fuerza cósmica a la que realmente le preocupaban los humanos. Supongo que era reconfortante saber que Amir me cubría las espaldas rezando por mí, aunque dudaba que hubiera alguien al otro lado.

—Gracias, tío. —Le estreché la mano por última vez.

Él se volvió hacia Sam. Se quedaron a escasos centímetros uno del otro, sin tocarse. Durante todos los años que hacía que se conocían, nunca se habían tocado. No sabía si eso atormentaba más a Amir que el ayuno.

Yo tampoco era muy aficionado al contacto físico, pero de vez en cuando me venía muy bien un abrazo de alguien que me importaba. Con lo mucho que Sam y Amir se querían, y sin poder cogerse siquiera de la mano... Me costaba imaginarlo.

—Te quiero —le dijo él.

Samirah retrocedió dando traspiés como si le hubieran dado en la cabeza con un huevo de águila gigante. Alex la sostuvo.

—Yo... sí —dijo con voz aguda—. También... lo mismo.

Amir asintió con la cabeza. Se volvió y subió a su coche. Un momento más tarde, las luces traseras de su vehículo desaparecieron por Flagship Way.

Samirah se dio un manotazo en la frente.

—¿«También»? ¿«Lo mismo»? Qué idiota soy.

Alex le dio una palmadita en el brazo.

—Yo te he visto muy suelta. Vamos, hermana. Tu buque amarillo fosforescente te espera.

Soltamos las amarras, extendimos el mástil, izamos la vela e hicimos un montón de cosas náuticas más. Pronto dejábamos Boston atrás y navegábamos por el embocadero del canal entre el Aeropuerto de Logan y el Distrito de Seaport.

Me gustaba mucho más *El Plátano Grande* cuando no saltaba por rápidos subterráneos ni se desviaba a cascadas interdimensionales. Un fuerte viento llenaba la vela y la puesta de sol teñía los edificios del centro recortados contra el horizonte de color dorado rojizo. El mar se extendía ante nosotros en sedosas capas azules, y de momento lo único que tenía que hacer era estar en la proa y disfrutar de la vista.

Después de un largo y duro día, podría haberme relajado, pero no paraba de pensar en el tío Randolph. Él había zarpado una vez de ese mismo puerto buscando la Espada del Verano. Su familia no había regresado.

«Esto es distinto», me decía a mí mismo. «Nosotros tenemos una tripulación bien adiestrada formada por einherjar y por la valquiria más terca y más devota del Valhalla.»

La voz de Loki resonaba en mi cabeza. «Pobres Sam y Alex. Esta misión acabará con ellos. ¡No tienen ni idea de a lo que se enfrentan!»

—Cállate —murmuré.

—¿Cómo?

No me había dado cuenta de que Samirah estaba a mi lado.

—Ejem. Nada. Bueno…, miento. He recibido una visita de tu padre. —Le conté los detalles.

Hizo una mueca.

—Lo típico, entonces. Alex también ha estado teniendo visiones y pesadillas, casi a diario.

Eché un vistazo a la cubierta, pero Alex debía de estar abajo.

—¿De verdad? No me ha dicho nada.

Samirah se encogió de hombros como diciendo: «Mi hermano es así».

—¿Y tú? —pregunté—. ¿Alguna visión?

Ella ladeó la cabeza.

—No, y es curioso. El Ramadán suele ayudar a concentrarse y a reforzar la voluntad. Puede que por eso Loki no se haya metido en mi cabeza. Espero...

Dejó la frase en el aire, pero capté su significado. Esperaba que a su padre le costase más controlarla a causa del ayuno. A mí me parecía poco probable. Claro que si mi padre pudiera obligarme a hacer lo que le diera la gana ordenándomelo, habría estado dispuesto a intentar cualquier cosa, incluso privarme de sándwiches de falafel, con tal de frustrar sus planes. Cada vez que Sam pronunciaba el nombre de su padre, yo percibía la ira que bullía dentro de ella. Odiaba estar bajo su influjo.

Un avión de pasajeros despegó del Aeropuerto de Logan y pasó por el cielo con gran estruendo. Desde su puesto de observación en lo alto del mástil, T. J. levantó los brazos y gritó: «¡Yuju!» mientras el viento alborotaba su cabello moreno rizado.

Al ser de la década de 1860, a T. J. le encantaban los aviones. Creo que le parecían más mágicos que los enanos, los elfos o los dragones.

Noté unos golpes debajo de nosotros; probablemente, eran Alex y Mallory, que estaban guardando las provisiones. Medionacido Gunderson se encontraba en popa, apoyado en el timón y silbando «Fly Me to the Moon». (Malditas melodías pegadizas del ascensor del Valhalla.)

—Sam, estarás lista —aseguré finalmente—. Esta vez vencerás a Loki.

Ella se volvió para contemplar la puesta de sol. Me preguntaba si estaba esperando a que llegara el crepúsculo, momento en el que podía volver a comer y beber y, lo más importante, decir tacos.

—Lo malo —dijo— es que no lo sabré hasta que me enfrente a él. Alex me ha entrenado para que me relaje, para que me sienta más cómoda con las transformaciones, pero... —Tragó saliva—. No sé con qué quiero sentirme más cómoda. Yo no soy como mi hermano.

Eso era innegable.

La primera vez que Sam me había hablado de sus dotes de transformación, me había dicho que odiaba utilizarlas. Lo consideraba una forma de sucumbir a Loki, de parecerse más a él.

Alex creía en la posibilidad de reclamar el poder de su padre como propio. Sam veía su herencia jotun como un veneno que tenía que ser expulsado. Confiaba en la disciplina y la organización: rezar más; renunciar a la comida y la bebida, costase lo que costase... Pero el transformismo, ser fluido como lo eran Alex y Loki..., eso era ajeno a ella, aunque lo llevase en la sangre.

—Encontrarás la forma de que te funcione —dije.

Ella estudió mi rostro, quizá tratando de evaluar si me creía lo que le decía.

—Te lo agradezco, pero mientras tanto tenemos otras cosas de las que preocuparnos. Alex me ha contado lo que pasó en casa de tu tío.

Me estremecí, a pesar de la calurosa tarde. Solía pasarme cuando pensaba en lobos.

—¿Tienes idea de lo que pueden querer decir las notas de mi tío? ¿Hidromiel? ¿Bolverk?

Negó con la cabeza.

—Podemos preguntárselo a Hearthstone y Blitzen cuando los recojamos. Han estado viajando, haciendo mucho..., ¿cómo se llama?, trabajo de reconocimiento.

Sonaba impresionante. Tal vez habían estado tratando con sus contactos de la extraña mafia interdimensional de Mimir, buscándonos la ruta más segura a través de los mares de los nueve mundos. Pero la imagen que acudía continuamente a mi mente era la de Blitzen comprando nuevos atuendos mientras Hearthstone esperaba a su lado, lanzando hechizos con runas para que el tiempo pasara más rápido.

Había echado de menos a esos chicos.

—¿Dónde hemos quedado con ellos exactamente? —pregunté.

Señaló al frente.

—En el faro de Deer Island. Prometieron que estarían allí al atardecer. O sea, ahora.

El litoral de Boston estaba salpicado de docenas de islas. Yo no las identificaba todas, pero el faro al que se refería Sam era bastante fácil de distinguir: un edificio achaparrado con una especie de mástil en lo alto, que sobresalía de las olas como la torre de mando de un submarino de hormigón.

A medida que nos acercábamos, esperaba divisar la brillante cota de malla de un elegante enano o a un elfo de negro agitando una bufanda a rayas.

—No los veo —murmuré. Miré a T. J.—. Oye, ¿tú ves algo?

Nuestro vigía parecía paralizado. Tenía la boca abierta y los ojos como platos en una expresión que jamás habría asociado con Thomas Jefferson, Jr.: puro terror.

A mi lado, Sam emitió un sonido estrangulado. Se apartó de la proa y señaló el agua que se interponía entre nuestro barco y el faro.

Enfrente de nosotros, el mar había empezado a revolverse y a arremolinarse en forma de embudo como si alguien hubiera quitado el tapón de la bahía de Massachusetts. Del torbellino surgieron las gigantescas figuras acuosas de unas mujeres: nueve en total, todas más grandes que nuestra nave, con vestidos de espuma y hielo y caras verde azuladas crispadas de rabia.

Solo me dio tiempo a pensar: «Percy no llegó a esta parte en las clases de náutica elemental».

Entonces las mujeres gigantes se lanzaron sobre nosotros como un tsunami vengativo y sumieron nuestro espléndido buque de guerra amarillo en el abismo.

8

En el palacio del hipster malhumorado

Zambullirse al fondo del mar ya era suficientemente chungo. No necesitaba también los cánticos.

Mientras nuestro barco se precipitaba en caída libre a través del ojo del ciclón de agua salada, las nueve doncellas gigantes giraban en espiral a nuestro alrededor apareciendo y desapareciendo de la tempestad de tal forma que daba la impresión de que se ahogasen una y otra vez. Tenían las caras crispadas de ira y regocijo. Su largo cabello nos azotaba con espuma helada. Cada vez que aparecían, gemían y chillaban, pero no hacían ruidos al azar. Sus gritos tenían un elemento tonal, como un coro de canciones de ballena reproducidas con muchos acoples. Incluso distinguí fragmentos de letra: «hidromiel hirviendo...», «hijas de las olas...», «¡vuestra muerte!». Me recordó la primera vez que Medionacido Gunderson me tocó *black metal* noruego. Después de unos cuantos compases, caí en la cuenta. «Un momento. ¡Se supone que es música!»

Sam y yo entrelazamos los brazos en las jarcias. T. J. estaba sentado a horcajadas en lo alto del mástil, gritando como si estuviera montado en el poni del tiovivo más aterrador del mundo. Medionacido se peleaba con el timón, aunque yo no veía de qué serviría eso en plena zambullida. En la bodega, oía cómo Mallory y Alex eran zarandeados (¡cataplán!, ¡cataplán!, ¡cataplán!) como un par de dados humanos.

El barco daba vueltas. Lanzando un grito de desesperación, T. J. se resbaló y se precipitó al torbellino. Sam se fue zumbando detrás de él —menos mal que las valquirias tenían poderes de vuelo—, lo agarró por la cintura y volvió zigzagueando al barco con él mientras esquivaba las manos de las gigantas del mar y las distintas piezas de equipaje que estábamos perdiendo como si fueran lastre.

En cuanto llegó a la cubierta, ¡zas!

Nuestro barco aterrizó chapoteando y se sumergió por completo.

La mayor impresión fue el calor. Yo esperaba una muerte heladora. En cambio, me sentía como si me hubiera sumergido en una bañera de agua hirviendo. Arqueé la espalda. Mis músculos se contrajeron. Logré no aspirar ningún líquido, pero cuando parpadeé, tratando de orientarme, el agua poseía un extraño color dorado turbio.

«Eso no puede ser bueno», pensé.

La cubierta se elevó detrás de mí y *El Plátano Grande* salió a la superficie de... dondequiera que estuviésemos. La tempestad había desaparecido y no se veía a las nueve gigantas por ninguna parte. Nuestro barco cabeceaba y crujía en la plácida agua dorada que burbujeaba alrededor del casco, desprendiendo un olor a especias exóticas, flores y productos de panadería. Por todas partes se alzaban escarpados acantilados marrones: un círculo perfecto de aproximadamente un kilómetro y medio de diámetro. Lo primero que pensé fue que habíamos caído en medio de un lago volcánico.

Por lo menos nuestro barco parecía intacto. La vela amarilla mojada ondeaba contra el mástil y las jarcias relucían y echaban vapor.

Samirah y T.J. se levantaron primero. Se resbalaron y se dirigieron tambaleándose a popa, donde Medionacido Gunderson se hallaba desplomado sobre el timón, con un desagradable corte en la frente que goteaba sangre.

Por un momento pensé: «Eh, Medionacido siempre la palma de esa forma». Entonces me acordé de que ya no estábamos en el Valhalla. No sabía dónde estábamos, pero si moríamos allí, no tendríamos una segunda oportunidad.

—¡Está vivo! —anunció Sam—. ¡Pero inconsciente!

Todavía me zumbaban los oídos de la extraña música que había sonado antes. Me costaba pensar. Me preguntaba por qué me miraban T.J. y Sam.

Entonces lo entendí: «Ah, claro. Yo soy el curandero».

Corrí a ayudar. Invoqué el poder de Frey para curar la herida de la cabeza de Gunderson mientras Mallory y Alex, ambos magullados y sangrando, salían tambaleándose de debajo de la cubierta.

—¿Qué hacéis aquí arriba, tontos? —preguntó ella.

Entonces, como en respuesta, un nubarrón se deslizó en lo alto y tapó la mitad del cielo. Una voz bramó desde arriba:

—¡¿Qué hacéis en mi caldero?!

El nubarrón descendió, y caí en la cuenta de que se trataba de una cara: una cara que no parecía alegrarse de vernos.

Gracias a mis anteriores tratos con gigantes, había descubierto que la única forma de asimilar su inmenso tamaño era centrarse en sus partes de una en una: una nariz del tamaño de un petrolero, una barba espesa e inmensa como un bosque de secoyas, unas gafas redondas de montura dorada que parecían círculos en campos de cultivo. Y en la cabeza del gigante, lo que había confundido con un frente tormentoso era el ala del panamá más grande del universo.

La forma en que su voz resonaba en la cuenca y emitía un

sonido metálico con pequeñas reverberaciones contra los acantilados me hizo dar cuenta de que en realidad no estábamos en un cráter volcánico: los acantilados eran el borde metálico de una enorme olla, el lago humeante era una suerte de brebaje, y nosotros acabábamos de convertirnos en el ingrediente secreto.

Mis amigos se quedaron con la boca abierta, tratando de entender lo que estaban viendo; todos, menos Medionacido Gunderson, que sabiamente permaneció inconsciente.

Yo fui el primero en recuperar el habla. Detesto cuando eso ocurre.

—Hola —le dije al gigante.

Así de diplomático soy; siempre sé qué saludo requiere cada ocasión.

Megacareto Mustio frunció el ceño y me retrotrajo a la clase de ciencias de sexto sobre las placas tectónicas. Miró a cada lado y gritó:

—¡Hijas! ¡Venid aquí!

Más caras gigantes aparecieron alrededor del borde de la olla: las nueve mujeres del torbellino, pero esta vez mucho más grandes, con el pelo espumoso flotando alrededor de sus rostros, unas sonrisas un pelín desquiciadas y los ojos brillantes de emoción o de hambre. (Esperaba que no fuera de hambre... Seguro que era de hambre.)

—¡Los hemos atrapado, papá! —chilló una de ellas..., o habría sido un chillido si la giganta no hubiera tenido las dimensiones del sur de Boston.

—Sí, pero ¿por qué? —preguntó su padre.

—¡Son amarillos! —intervino otra giganta—. ¡Los vimos enseguida! ¡Con ese color, pensamos que merecían ahogarse!

Empecé a elaborar mentalmente una lista de palabras que empezaban por efe: Frey, familiar, falso, favor, filibustero...Y algunas más.

—¡Además —dijo una tercera hija—, uno mencionó el hidromiel! ¡Sabíamos que querrías hablar con ellos, papá! ¡Es tu palabra favorita!

—¡Bueno, bueno, bueno! —Alex Fierro agitó las manos como si se hubiera cometido una falta en un partido—. Aquí nadie ha hablado de hidromiel. Ha habido un error... —Vaciló y acto seguido me miró frunciendo el entrecejo—. ¿Verdad?

—Ejem... —Señalé a Samirah, quien retrocedió y se situó fuera del alcance del alambre cortante de Alex—. Yo solo estaba explicando...

—¡Da igual! —bramó Mustio—. Ahora estáis aquí, pero no puedo teneros en mi caldero. Estoy terminando de preparar el hidromiel. ¡Un barco vikingo podría arruinar el sabor de la miel!

Miré el líquido que burbujeaba a nuestro alrededor. De repente me alegré de no haber aspirado nada.

—¿Miel? ¿Como la de las abejitas? —pregunté.

—No se te ocurra repetir esa cursilada —gruñó Alex. Es posible que lo dijera en broma. No quise preguntar.

Una mano enorme se cernió sobre nosotros, y Mustio levantó nuestro barco por el mástil.

—Son demasiado pequeños para verlos bien —se quejó—. Vamos a reducir la escala.

Detestaba cuando los gigantes cambiaban las proporciones de la realidad. El mundo se plegó de inmediato a mi alrededor. El estómago me implosionó, se me taponaron los oídos y los ojos se me dilataron en las cuencas de forma dolorosa.

¡Bum! ¡Ras! ¡Pam!

Me tropecé con mis propios pies y me encontré con mis amigos en medio de un enorme salón vikingo.

Nuestro barco yacía de costado en un rincón, mientras seguían cayendo gotas de hidromiel del casco. Las paredes de la estancia estaban sostenidas por docenas de quillas de barco a modo de columnas, que se elevaban decenas de metros y se curvaban hacia dentro para formar las vigas de un techo a dos aguas. En lugar de estar lleno de tablas o de yeso, en el espacio entre las columnas no había más que agua verde ondulada, que se mantenía en su sitio gracias a unas leyes físicas cuya lógica se me escapaba. Aquí y allá, en las paredes acuosas, había puertas que daban a otras estancias submarinas, suponía. El suelo estaba alfombrado de fangosas algas marinas, cosa que me hizo alegrar de llevar las botas puestas.

La distribución del salón no se diferenciaba mucho del típico garito de fiesta vikingo. Una mesa de banquetes rectangular dominaba el espacio, con sillas de coral rojo tallado repartidas a cada lado y un recargado trono en el otro extremo, decorado con perlas y quijadas de tiburón. En unos braseros de pie ardían espectrales llamas verdes que inundaban el salón de un olor a algas marinas tostadas y, sobre el fuego de la chimenea principal, colgaba el caldero en el que habíamos estado flotando, aunque ahora parecía mucho menos inmenso (solo lo bastante grande para cocinar a un grupo de bueyes). Los lados de bronce bruñido del caldero tenían grabados motivos de olas y caras amenazantes.

Nuestro huésped/captor el papá gigante con cara mustia se encontraba ante nosotros, cruzado de brazos y con el ceño fruncido. Ahora solo era el doble de alto que un humano. Los bajos de sus ceñidos vaqueros verdes asomaban por encima de unas puntiagudas botas negras. Llevaba un chaleco abotonado sobre una camisa de vestir blanca arremangada para lucir los numerosos tatuajes rúnicos de sus antebrazos. Con su panamá y sus gafas de montura dorada, parecía un cliente de un supermercado de comida saludable nervioso, atrapado en la cola rápida detrás de un montón de gente con muchos artículos cuando él solo quería comprar su *smoothie* macrobiótico de té matcha.

Detrás de él, formando un amplio corro, estaban las nueve chicas de las olas, que (sorprendentemente) no estaban haciendo la ola. Cada giganta era aterradora a su manera, pero todas miraban maliciosamente, se reían como tontas y se empujaban unas a otras con el mismo entusiasmo, como unas fans que esperasen a que una estrella cruzase la entrada de artistas para poder hacerla trizas en muestra de su amor.

Me acordé de mi encuentro con la diosa del mar Ran, que había descrito a su marido como un hipster aficionado a la cerveza artesanal. En aquel momento la descripción me había parecido demasiado rara para entenderla. Después me había parecido graciosa. Ahora me parecía demasiado real, porque estaba convencido de que el dios hipster en cuestión estaba justo delante de mí.

—Es usted Aegir —aventuré—. El dios del mar.

Aegir gruñó de una forma que daba a entender: «Sí, ¿y qué? Aun así habéis echado a perder mi hidromiel».

—¿Y estas...? —Tragué saliva—. ¿Estas preciosas damas son sus hijas?

—Por supuesto —contestó—. ¡Las nueve gigantas de las olas! Estas son Himinglaeva, Hefring, Hrönn...

—Yo soy Hefring, papá —le corrigió la chica más alta—. Ella es Hrönn.

—Claro —dijo Aegir—. Y Unn. Y Bylgja...

—¿Bigly? —preguntó Mallory, que hacía lo que podía por sostener a Medionacido semiconsciente.

—¡Encantados de conocerlos a todos! —gritó Samirah, antes de que Aegir pudiera presentarnos también a Comet, Cupid y Rudolph—. ¡Reclamamos nuestros derechos de invitados!

Samirah era lista. En determinadas familias de jotuns educados, reclamar tus derechos de invitado podía salvarte de morir masacrado, al menos temporalmente.

Aegir carraspeó.

—¿Por quién me habéis tomado, por un salvaje? Por supuesto que tenéis derechos de invitados. A pesar de haber echado a perder mi hidromiel y de tener un barco de un amarillo ofensivo, estáis en mi casa. Como mínimo tenemos que compartir una comida antes de que decida qué hacer con vosotros. A menos que uno de vosotros sea Magnus Chase, claro, en cuyo caso tendría que mataros de inmediato. Espero que ninguno de vosotros responda a ese nombre.

Nadie contestó, aunque todos mis amigos me lanzaron miradas asesinas en plan: «Jo, Magnus».

—Solo hipotéticamente... —dije—. Si hubiera un Magnus Chase entre nosotros, ¿por qué lo mataría?

—¡Porque se lo prometí a Ran, mi esposa! —gritó—. ¡Por algún motivo, odia a ese chico!

Las nueve hijas asintieron enérgicamente con la cabeza murmurando:

—Lo odia. Mucho. Sí, un montón.

—Ah. —Me alegré de estar empapado en hidromiel. Tal vez ocultara el sudor que me brotaba de la frente—. ¿Y dónde está su preciosa esposa?

—Esta noche no está aquí —respondió Aegir—. Ha salido a recoger basura con sus redes.

—¡Gracias a los dioses! —suspiré—. Quiero decir..., ¡gracias a los dioses por al menos poder disfrutar de la compañía del resto de la familia!

El dios del mar ladeó la cabeza.

—Sí... Bueno, hijas, deberíais poner más platos en la mesa para nuestros invitados. ¡Yo le diré al chef que cocine a esos suculentos prisioneros!

Señaló con la mano una de las puertas laterales, que se abrió sola. Dentro había una enorme cocina. Cuando vi lo que había suspendido encima del horno, tuve que echar mano de toda mi fuerza de voluntad para no gritar como una giganta de las olas. Colgados en dos jaulas de canario extragrandes se hallaban nuestros expertos en reconocimiento Blitzen y Hearthstone.

9

Me vuelvo vegetariano temporal

Y viví ese embarazoso momento en el que tu mirada coincide con la de dos amigos colgados en jaulas en la cocina de un gigante, y uno de ellos te reconoce y empieza a gritar tu nombre, pero tú no quieres que nadie grite tu nombre.

Blitzen se levantó tambaleándose, agarró los barrotes de su jaula y gritó:

—¡Mag...!

—¡... níficos! —grité por encima de él—. ¡Qué especímenes más hermosos!

Corrí hacia las jaulas, seguido de cerca por Sam y Alex.

Aegir frunció el entrecejo.

—¡Hijas, ocupaos de los demás invitados! —Hizo un gesto amplio como quien tira la basura hacia Mallory y T. J., que seguían tratando de impedir que nuestro berserker semiconsciente cayera de bruces a las algas marinas. A continuación el dios del mar nos siguió a la cocina.

Todos los electrodomésticos eran el doble de grandes que los humanos. Los botones del horno solos habrían servido perfectamente de platos llanos. Hearthstone y Blitzen, que parecían ilesos pero humillados, pendían sobre la cocina de cuatro fogones, y sus jaulas golpeaban contra los azulejos con las palabras

BUON APPETITO!

pintadas en cursivas rojo chillón. Hearthstone llevaba su conjunto habitual de motero; su bufanda a rayas blancas y rojas era su único toque de color. Su cara pálida y su cabello rubio platino hacían difícil saber si estaba anémico, aterrorizado o simplemente le mortificaba el rótulo de BUON APPETITO!

Blitzen se alisó la chaqueta deportiva azul marino y se aseguró de que tenía bien remetida la camisa de seda malva por dentro de los tejanos. Su pañuelo y su fular a juego estaban un poco torcidos, pero tenía bastante buena pinta para ser un prisionero que aparecía en el menú de la cena. Llevaba bien cortados el pelo moreno rizado y la barba, y su tez morena combinaba maravillosamente con los barrotes de hierro de su jaula.

Como mínimo, Aegir debería haberlo soltado por vestir de forma tan llamativa como él.

Hice una rápida serie de gestos en lengua de signos para advertirles: «No digáis mi nombre. A-E-G-I-R me matará».

Deletrée el nombre del dios porque no sabía qué signo podíamos emplear para referirnos a él. «Mustio», «Cervecero» o la hache de «hipster» eran opciones lógicas.

El dios apareció a mi lado.

—Son unos magníficos especímenes —convino—. Siempre intentamos tener presas frescas del día por si vienen invitados.

—¡Claro! Muy inteligente —dije—. Pero ¿normalmente comen enanos y elfos? Creía que los dioses no...

—¿Dioses? —Aegir soltó una carcajada—. Te equivocas, pequeño mortal. ¡Yo no soy uno de esos remilgados Aesir o Vanir! ¡Soy una deidad jotun, ciento por ciento gigante!

No había oído la palabra «remilgado» desde las clases de educación física de tercero con el entrenador Wicket, pero me acordaba de que no era un cumplido.

—Entonces..., ¿comen enanos y elfos?

—A veces. —Parecía un poco a la defensiva—. Y algún que otro trol o humano, aunque no soporto los duendes. Tienen un sabor demasiado fuerte. ¿Por qué lo preguntas? —Entornó los ojos—. ¿Seguís alguna dieta especial?

De nuevo, Sam fue más rápida de reflejos.

—¡La verdad es que sí! Yo soy musulmana.

Aegir hizo una mueca.

—Entiendo. Perdona. Sí, creo que los enanos no son *halal*. No sé los elfos.

—Tampoco —dijo ella—. De hecho, es el Ramadán, y eso significa que tengo que romper el ayuno en compañía de enanos y elfos, y no comérmelos o estar cerca de alguien que los come. Está terminantemente prohibido.

Estaba convencido de que se lo estaba inventando, pero ¿qué sabía yo? Supongo que Sam confiaba en que Aegir supiera menos aún que yo sobre las restricciones coránicas.

—Qué lástima. —Nuestro anfitrión suspiró—. ¿Y el resto de vosotros?

—Yo soy vegetariano —dije, cosa que no era cierta, pero, eh, el falafel tenía verduras. Miré a Blitz y a Hearth. Ellos levantaron los cuatro pulgares con entusiasmo.

—Y yo tengo el pelo verde. —Alex extendió los brazos como diciendo: «¿Qué se le va a hacer?»—. Comer enanos o elfos va en contra de mis creencias. Pero le agradezco muchísimo la oferta.

Aegir echaba chispas por los ojos, como si hubiéramos puesto a prueba los límites de su hospitalidad culinaria. Miró a Blitzen y Hearthstone, que estaban apoyados despreocupadamente contra los barrotes de las jaulas tratando de parecer lo menos *halal* posible.

—Qué forma de desaprovechar las presas del día —masculló el gigante—. Pero siempre hacemos todo lo posible por complacer a nuestros invitados. ¡Eldir!

Gritó tan fuerte la última palabra que me sobresalté y me di con la cabeza contra el mango de la puerta del horno.

Una puerta lateral se abrió, y un anciano salió arrastrando los pies de la despensa envuelto en una nube de humo. Llevaba un uniforme blanco de chef, con gorro y todo, pero su ropa parecía en proceso de combustión. En sus mangas y su delantal ardían llamas. Le salía humo del cuello de la bata como si su pecho estuviera entrando en ebullición. Le saltaban chispas entre las cejas y la barba. Aparentaba unos seiscientos años, con una expresión tan avinagrada que podría haberse pasado todo ese tiempo oliendo cosas terribles.

—¿Qué pasa? —espetó—. ¡Estaba preparando mi salado élfico!

—Vamos a tener que cambiar el menú de la cena —ordenó Aegir—. Nada de elfos ni de enanos.

—¿Qué? —gruñó Eldir.

—Nuestros invitados siguen dietas especiales: *halal*, vegetariana, peliverde.

—Y es el Ramadán —añadió Sam—. Así que tendrá que liberar a esos presos para que puedan romper mi ayuno conmigo.

—Ja —exclamó Eldir—. Y espera que yo [murmullo, murmullo] poca antelación [murmullo, murmullo] menú peliverde. Puede que tenga unas hamburguesas de algas marinas en la nevera. —Volvió con paso pesado a la despensa, sin dejar de quejarse y de arder.

—No pretendo ser maleducado —le dije a Aegir—. Pero ¿está su chef en llamas?

—Oh, Eldir lleva siglos así. Desde que mi otro criado, Fimafeng, murió a manos de Loki, Eldir tiene el doble de trabajo y siempre está que echa chispas.

Un atisbo de esperanza nació en mi pecho.

—¿Murió a manos de Loki, dice?

—¡Sí! —Frunció el ceño—. Sabes que ese canalla mancilló mi palacio, ¿no?

Miré a Sam y Alex en plan: «¡Eh, chicos, Aegir también es enemigo de Loki!».

Entonces me acordé de que Sam y Alex eran hijos de Loki. Era posible que Aegir no simpatizase con mis amigos como tampoco simpatizaba con la gente que se llamaba Magnus Chase.

—Lord Aegir —dijo Sam—. Cuando Loki mancilló su palacio..., ¿fue en el banquete de los dioses?

—Sí, sí —asintió él—. ¡Un desastre absoluto! ¡Los blogueros de cotilleos se pusieron las botas!

Casi podía ver la mente de Sam en funcionamiento. Si hubiera sido Eldir, le habría salido humo por el borde del hiyab.

—Me acuerdo de la historia —dijo, y agarrando a su hermano por el brazo añadió—: Tengo que rezar y Alex tiene que ayudarme.

Él parpadeó.

—¿Ah, sí?

—Lord Aegir —continuó Sam—, ¿puedo utilizar un rincón de su palacio para rezar una oración rápida?

El dios del mar se tiró del chaleco.

—Bueno, supongo que sí.

—¡Gracias!

Sam y Alex salieron a toda prisa de la cocina. Yo esperaba que fueran a idear un plan ingenioso para sacarnos a todos con vida del palacio de Aegir. Si realmente Sam iba a rezar... en fin, me preguntaba si alguna vez había intentado pronunciar una oración musulmana en el hogar de un dios nórdico (perdón, una deidad jotun). Temía que el edificio entero se viniera abajo ante semejante paradoja religiosa.

Aegir me miró fijamente. Ese embarazoso silencio en una cena en la que has intentado servir enano y elfo a un vegetariano.

—Voy a buscar hidromiel a la bodega —dijo finalmente—. Por favor, dime que tú y tus amigos podéis beber hidromiel.

—¡Creo que no tenemos problema! —contesté, pues no quería ver llorar a un jotun adulto.

—Gracias a las olas. —Aegir sacó unas llaves del bolsillo de su chaleco y me las lanzó—. Libera la cena..., digo, a los prisioneros, si eres tan amable. Luego ponte...

Señaló vagamente el salón de banquetes, se fue dando fuertes pisadas y me dejó imaginándome cómo habría acabado la frase: «cómodo», «en un lugar seguro», «algo de comer».

Trepé por el horno y liberé a Blitz y Hearth de sus jaulas de canario. Tuvimos una emotiva reunión delante del hornillo izquierdo delantero.

—¡Chaval! —Blitzen me dio un abrazo—. ¡Sabía que vendrías a rescatarnos!

—Ejem, en realidad no sabía que estabais aquí, chicos. —Utilicé la lengua de signos mientras hablaba para hacerme entender por Hearthstone, aunque habían pasado varias semanas y tenía las manos torpes. Uno pierde la costumbre rápido—. Pero me alegro mucho de haberos encontrado.

Hearthstone nos llamó la atención chasqueando los dedos. «Yo también me alegro», dijo en lengua de signos. Tocó el saquito de runas de su cinturón. «Malditas jaulas a prueba de magia. Blitzen ha llorado un montón.»

—Yo no he llorado —protestó el enano, a la vez que hablaba con gestos—. Tú sí que has llorado.

«Yo no he llorado», repuso Hearthstone. «Has sido tú.»

La conversación en lengua de signos degeneró hasta que acabaron dándose golpecitos en el pecho.

—Chicos...—los interrumpí—. ¿Qué ha pasado? ¿Cómo habéis acabado aquí?

—Es una larga historia —contestó Blitz—. Estábamos de lo más tranquilos esperándoos en el faro.

«Luchando contra una serpiente marina», dijo Hearth por señas.

—Sin hacer nada malo —continuó el enano.

«Tirándole piedras a la serpiente a la cabeza.»

—¡Bueno, nos estaba amenazando! —aclaró Blitz—. ¡Y entonces apareció una ola y nos tragó!

«En la ola había nueve mujeres cabreadas. La serpiente era su mascota.»

—¿Cómo iba a saberlo yo? —gruñó Blitz—. No parecía que la serpiente estuviera jugando a coger la pelota. Pero eso no importa, chaval. Mientras hacíamos nuestra labor de reconocimiento descubrimos cierta información, y es negativa...

—¡Invitados! —gritó Aegir desde el salón principal—. ¡Venid! ¡Comed y bebed hidromiel con nosotros!

«Déjalo para más tarde», dijo Hearthstone con gestos, dando un último golpecito a Blitz en el pecho.

En la época en que los tres vivíamos en las calles de Boston, si alguien nos hubiera llamado a cenar, habríamos ido corriendo. Ahora nos acercamos de mala gana. Esa comida de gorra no me hacía tanta gracia.

Las nueve hijas de Aegir corrían de un lado a otro poniendo platos, tenedores y copas en la mesa, mientras su padre manipulaba un estante con barriles de hidromiel etiquetados con runas al tiempo que tarareaba algo. T. J., Mallory y Medionacido ya se habían sentado y parecían incómodos en sus asientos de coral rojo, separados unos de otros por sillas vacías. Medionacido Gunderson, que ya estaba más o menos consciente, no paraba de parpadear y mirar a su alrededor como si esperase estar soñando.

Samirah terminó sus oraciones junto a *El Plátano Grande*. Enrolló su alfombra portátil, mantuvo una breve conversación urgente con Alex y luego los dos se reunieron con nosotros. Si de verdad tenía un plan brillante, me alegraba de que no pasase por que ella y Alex se transformasen en delfines y gritasen: «¡Nos vemos, pringados!», antes de escapar ellos solos.

La mesa parecía hecha con el mástil más grande del mundo, partido por la mitad y desplegado en forma de dos alas. En lo alto, colgada de las vigas con la cadena de un ancla, había una araña de luces de cristal marino. En lugar de velas o luces eléctricas, las almas brillantes de los muertos giraban en descomunales candelabros. Para crear ambiente, supuse.

Estaba a punto de sentarme entre Blitz y Hearth cuando me di cuenta de que en los cubiertos había etiquetas con nombres: ENANO, HRÖNN, ELFO, HEFRING, PAÑUELO VERDE. Encontré el mío en el otro lado de la mesa: CHICO RUBIO.

Genial. Los sitios estaban asignados.

Se me sentó a cada lado una hija de Aegir. Según las etiquetas identificativas, la señora de mi izquierda era Kolga. La de mi derecha... Caray. Por lo visto se llamaba Blodughadda. Me preguntaba si ese era el ruido que había hecho su madre anestesiada después de dar a luz a su novena hija. Podía llamarla Blod.

—Hola —dije.

Blod sonrió. Tenía los dientes manchados de rojo. Su cabello ondulado estaba salpicado de sangre.

—Hola. Fue un placer arrastraros bajo el mar.

—Gracias.

Su hermana Kolga se inclinó y en mi antebrazo empezó a formarse escarcha. Su vestido parecía tejido con fragmentos de hielo y aguanieve.

—Espero que podamos quedárnoslos, hermana —dijo—. Serían unos magníficos espíritus torturados.

Blod rio a carcajadas. El aliento le olía a carne picada recién sacada de la nevera.

—¡Ya lo creo! Perfectos para nuestra araña de luces.

—Agradezco la oferta —dije—. Pero lo cierto es que tenemos una agenda bastante apretada.

—Qué maleducada soy —declaró Blod—. En vuestro idioma, yo me llamo Pelo Rojo Sangre. Mi hermana se llama Ola Helada. Y tú te llamas... —Frunció el ceño al leer mi tarjeta—. ¿Chico Rubio?

No me parecía peor que Pelo Rojo Sangre o Bigly.

—Podéis llamarme Jimmy —propuse—. En vuestro idioma, es... Jimmy.

Blod no quedó satisfecha con mi explicación.

—Hay algo en ti que me suena. —Me olfateó la cara—. ¿Has navegado antes por mis aguas rojas en una batalla naval?

—Estoy seguro de que no.

—Tal vez mi madre Ran me habló de ti. Pero ¿por qué haría...?

—¡Invitados! —bramó Aegir, y en mi vida me había alegrado tanto de que me interrumpieran—. A continuación, mi primera cerveza artesanal de la noche. Se trata de hidromiel lámbico aromatizado con melocotones, ideal para el aperitivo. Agradeceré vuestros comentarios cuando lo hayáis probado.

Sus nueve hijas exclamaron «Oooh» y «Aaah» mientras él levantaba el tonel de hidromiel e iba cargando con él alrededor de la mesa para servirnos a todos.

—Notaréis que tiene un toque afrutado —dijo Aegir—. Con un ligerísimo sabor a...

—¡Magnus Chase! —chilló Blod, levantándose de golpe y señalándome—. ¡Este es Magnus Chase!

10

¿Podemos hablar de hidromiel?

Lo típico. Alguien dice «toque afrutado» e inmediatamente mi nombre le viene a la mente al personal.

Venga ya. Un poco de respeto.

Las hijas de Aegir se levantaron de golpe. Algunas cogieron cuchillos para la carne, tenedores o servilletas para clavárnoslos, pincharnos o estrangularnos.

—¿Magnus Chase? —gritó Aegir—. ¿Qué es esta farsa?

Mis amigos no movieron un músculo. Todos sabíamos cómo funcionaban los derechos de invitado. Todavía podíamos evitar una pelea hablando, pero una vez que sacásemos nuestras armas, dejaríamos de ser considerados invitados y pasaríamos a ser la presa del día. No me gustaban nuestras posibilidades de éxito frente a una familia entera de deidades jotuns en su propio territorio.

—¡Un momento! —dije lo más tranquilamente que pude, con una mujer llamada Pelo Rojo Sangre apuntándome con un cuchillo—. Seguimos siendo invitados a su mesa y no hemos infringido ninguna norma.

A Aegir le salió humo de debajo del ala del panamá. Sus gafas de montura dorada se empañaron. Bajo su brazo, el tonel de hidromiel empezó a crujir como una nuez en un cascanueces.

—Me has mentido —gruñó—. ¡Dijiste que no eras Magnus Chase!

—Va a romper el tonel —le advertí.

Eso captó su atención, y movió el tonel de hidromiel hacia delante y lo sostuvo con los dos brazos como si fuera un bebé.

—¡Los derechos de invitado no son aplicables en este caso! ¡Has recurrido a engaños para que te conceda un sitio en esta mesa!

—Yo nunca dije que no era Magnus Chase —le recordé—. Además, sus hijas nos trajeron aquí porque mencionamos el hidromiel.

Kolga gruñó.

—Y porque tenéis un barco amarillo muy feo.

Me preguntaba si todo el mundo podía ver cómo me latía el corazón a través de la camiseta. Desde luego yo lo notaba así de fuerte.

—Cierto, pero también por el hidromiel. ¡Hemos venido a hablar de hidromiel!

—¿De verdad? —preguntó Medionacido.

Mallory lo miró con ganas de golpearlo, pero una giganta del mar se interponía entre ellos.

—¡Pues claro, zoquete!

—¿Lo ven? —continué—. Eso no fue un engaño. ¡Eso fue totalmente cierto!

Las hijas de Aegir murmuraron entre ellas, incapaces de responder a mi aplastante lógica.

El dios del mar meció su barril.

—¿Qué tenéis que decir exactamente sobre el hidromiel?

—¡Me alegro de que lo pregunte! —Entonces me di cuenta de que no sabía qué contestar.

Una vez más, Samirah acudió a mi rescate.

—¡Vamos a explicárselo! —prometió—. Pero las anécdotas se cuentan mejor cenando y bebiendo un buen hidromiel, ¿verdad?

Aegir acarició afectuosamente su barril.

—Un aperitivo, con un toque afrutado.

—Exacto —convino Sam—. Así que rompamos juntos nuestro ayuno. Si al final de la cena no ha quedado totalmente satisfecho con nuestras explicaciones, podrá matarnos.

—¿De verdad? —preguntó T. J.—. O sea..., claro. Podrá matarnos.

A mi derecha, las uñas como garras de Blod goteaban agua salada roja. A mi izquierda, una granizada en miniatura daba vueltas alrededor de Kolga. Intercaladas con mis amigos, las otras siete hijas gruñían como trombas marinas desenfrenadas.

Blitzen se llevó las manos a la cota de malla. Después de recibir una estocada con la espada *Skofnung* hacía unos meses, le preocupaban un poco los ataques con espada. Hearthstone desplazaba rápidamente la vista de una cara a otra, tratando de no perder el hilo de la conversación. Leer los labios a una sola persona ya era bastante difícil, así que intentar leer los de una sala entera era casi imposible.

Mallory Keen cogió su copa de hidromiel, dispuesta a estampar su motivo decorativo en la cara de la giganta más cercana. Medionacido fruncía el entrecejo con aire soñoliento, convencido sin duda a esas alturas de que todo era un sueño. T. J. trataba de no llamar la atención mientras hurgaba en su mochila con detonadores, y Alex Fierro permanecía sentado tranquilamente bebiendo su hidromiel lámbico aromatizado con melocotones. Él no necesitaba preparación para la batalla. Yo había visto lo rápido que podía sacar su garrote.

Todo dependía del dios del mar Aegir. Solo tenía que decir «Matadlos», y estaríamos acabados. Lucharíamos ferozmente, sin duda, pero moriríamos.

—No sé...—meditó—. Mi esposa dijo que te matase si te veía. Tenía que ahogarte despacio, reanimarte y volverte a ahogar.

Eran palabras dignas de Ran.

—Gran lord —terció Blitzen—, ¿usted juró solemnemente que mataría a Magnus Chase?

—Pues no —reconoció Aegir—, pero cuando mi esposa me pide...

—¡Tiene que considerar sus deseos, cómo no! —convino Blitz—. Pero también tiene que contrastarlos con los derechos de los invitados, ¿verdad? ¿Y cómo puede estar seguro de qué debe hacer si no nos ha dado tiempo a contar nuestra historia?

—¡Déjame matarlos, padre! —gruñó la hija de manos extraordinariamente grandes—. ¡Les apretaré hasta que griten!

—Silencio, Ola que Aprieta —ordenó Aegir.

—¡Déjame hacer los honores a mí! —intervino otra hija, tirando su plato al suelo—. ¡Los lanzaré a la boca de Jormungandr!

—Espera, Ola que Lanza. —El dios del mar frunció el entrecejo—. El enano tiene razón. Es un dilema...

Acarició su barril. Yo esperaba que dijera: «Mi tonel de hidromiel está enfadado. ¡Y cuando mi tonel de hidromiel se enfada, muere gente!».

En cambio, al final suspiró.

—Sería una lástima desperdiciar todo este estupendo hidromiel. Comeremos y beberemos juntos. Me contaréis vuestra historia y prestaré especial atención a la relación que tiene con el hidromiel.

Indicó con la mano a sus hijas que volvieran a sentarse.

—Pero te aviso, Magnus Chase: si decido matarte, mi venganza será terrible. ¡Soy una deidad jotun, una fuerza primordial! ¡Como mis hermanos Fuego y Aire, yo, el Mar, soy un poder imposible de contener!

La puerta de la cocina se abrió bruscamente. Eldir apareció en medio de una nube de humo, con la barba todavía ardiendo y el gorro de chef en llamas. En sus brazos había una torre inclinada de fuentes tapadas.

—¿Para quién era la comida sin gluten? —gruñó.

—¿Sin gluten? —preguntó Aegir—. Creo que no había nadie celíaco.

—Es para mí —dijo Blod. Reparó en mi expresión y frunció el ceño en actitud defensiva—. ¿Qué? Estoy siguiendo una dieta a base de sangre.

—De acuerdo —contesté con voz aguda.

—Está bien —dijo el dios del mar, haciéndose cargo de las comandas—. La comida *halal*... es de Samirah. La vegetariana es de Magnus Te-Mataremos-Luego Chase. El plato principal peli-verde...

—Aquí —indicó Alex, un apunte probablemente innecesario. Incluso en una sala llena de gigantas del mar, él era el único presente con el pelo verde.

Las fuentes se repartieron y el hidromiel se sirvió.

—Bueno —dijo Aegir, sentándose en su trono—, ¿todo el mundo tiene comida?

—¡Me queda un plato! —gritó Eldir—. ¿La comida budista?

—Para mí —contestó el dios.

«No mires», me dije, mientras la deidad primordial destapaba su fuente de tofu y brotes de soja. «Esto es de lo más normal.»

—A ver, ¿por dónde iba? —continuó Aegir—. Ah, sí. ¡Un poder imposible de contener! ¡Os descuartizaré a todos miembro a miembro! La amenaza habría resultado más aterradora si no hubiera agitado un guisante humeante contra nosotros.

Alex bebió un sorbo de su copa.

—Con su permiso, este hidromiel es excelente. Si no me equivoco, tiene un toque afrutado. ¿Cómo lo prepara?

A Aegir se le iluminaron los ojos.

—¡Tienes el paladar fino! Verás, el secreto está en la temperatura de la miel.

El dios empezó a soltar una larga perorata mientras Alex asentía educadamente con la cabeza y hacía más preguntas.

Me di cuenta de que estaba ganando tiempo, confiando en alargar la cena mientras pensábamos comentarios increíbles sobre el hidromiel. Pero yo acababa de quedarme sin ideas relacionadas con la peculiar bebida.

Miré el plato de Blod. Craso error. La giganta estaba sorbiendo ruidosamente un gran molde de gelatina roja.

Me volví hacia el otro lado. La comida de Kolga consistía en un plato de granizados de distintos colores, dispuestos en forma de abanico como plumas de pavo real.

Al advertir que la estaba mirando, gruñó, con sus dientes como cubitos de hielo esculpidos. La temperatura descendió tan rápido que en mis canales auditivos crujieron cristales de escarcha.

—¿Qué miras, Magnus Chase? ¡No puedes comerte mis granizados!

—¡No, no! Me preguntaba... en qué bando lucharéis en el Ragnarok.

Ella siseó.

—El mar lo traga todo.

Esperé a que siguiera. Ese parecía todo su plan de batalla.

—Está bien —dije—. Así que sois neutrales. Una postura refrescante.

—Lo refrescante es bueno. Lo frío es mejor.

—Claro. Pero vuestro padre no es amigo de Loki.

—¡Por supuesto que no! ¿Después de aquel horrible duelo verbal? ¡Loki mancilló este palacio, a los dioses, a mi padre e incluso su hidromiel!

—Claro. El duelo verbal.

La expresión me sonaba. Estaba seguro de que la había visto en la pantalla de televisión del Valhalla, pero no sabía exactamente en qué consistía.

—Me imagino que no habrás oído el nombre de Bolverk —dije, tentando mi suerte—. O que no sabrás qué relación puede tener con el hidromiel.

Kolga me miró desdeñosamente como si fuera tonto.

—Bolverk era el seudónimo del ladrón del hidromiel.

—El ladrón del hidromiel. —Me sonaba a título de novela nefasta.

—¡El que robó el hidromiel de Kvasir! —gritó—. ¡El único hidromiel que mi padre no puede preparar! Bah, no tienes ni idea. Estoy deseando meter tu alma en la araña de luces. —Volvió a disfrutar de sus granizados.

Kvasir. Estupendo. Preguntaba por un nombre que no conocía y me daban otro. Pero tenía la sensación de que me estaba acercando a algo importante: una combinación de piezas de rompecabezas que explicaría el significado del diario del tío Randolph, me revelaría su plan para vencer a Loki y puede que me proporcionase una solución basada en el hidromiel para salir de ese palacio con vida.

Aegir siguió con su perorata sobre la elaboración de hidromiel y le explicó a Alex las virtudes de los nutrientes para la levadura y los hidrómetros. Mi amigo logró heroicamente parecer interesado.

Mi mirada se cruzó con la de Hearthstone a través de la mesa. «¿Qué es un D-U-E-L-O-V-E-R-B-A-L?», dije por señas.

Él frunció el ceño. «Competición.» Levantó el dedo índice y le dio vueltas como si estuviera metiéndolo en algún sitio... Ah, sí. El símbolo de «insultos» en lengua de signos.

«¿Y K-V-A-S-I-R?», pregunté.

Hearthstone retiró las manos como si hubiera tocado un fogón caliente. «Entonces, ¿lo sabes?»

Sam golpeó la mesa con los nudillos para llamar mi atención. Hizo pequeños gestos furiosos con las manos en lengua de signos: «¡He estado intentando decírtelo! Loki estuvo aquí. Hace mucho. Competición de insultos. Tenemos que prometer venganza a Aegir. Alex y yo creemos que podemos utilizar el hidromiel...».

«Yo me encargo», contesté con gestos.

Sorprendentemente, sentí que tenía un plan. No todos los detalles. Ni siquiera la mayoría. Más bien como si me hubieran hecho dar vueltas con los ojos vendados y luego alguien me hubiera puesto un palo en la mano, me hubiera orientado en dirección a una piñata y hubiera dicho: «Empieza a pegarle».

Pero era mejor que nada.

—¡Gran Aegir! —Me puse de pie de un salto en mi asiento y me subí a la mesa antes de pararme a pensar lo que estaba haciendo—. ¡Le explicaré por qué no debe matarnos y qué relación guarda con el hidromiel!

Se hizo el silencio alrededor de la mesa. Nueve gigantas de la tormenta me fulminaron con la mirada como si estuvieran considerando las distintas maneras en que podían tirarme, apretarme, lanzarme o helarme hasta matarme.

En el margen de mi campo de visión, Alex me transmitió un mensaje en lengua de signos: «Tienes la bragueta abierta».

Echando mano de una fuerza de voluntad sobrehumana, conseguí no mirar abajo. Me mantuve centrado en Aegir, que fruncía el ceño, y en el brote de soja que le colgaba de la barba.

—Estaba explicando cómo desinfectar un fermento —gruñó el dios del mar—. Más vale que la interrupción valga la pena.

—¡Lo vale! —le prometí, comprobando furtivamente el estado de mi bragueta, que en realidad no estaba abierta—. ¡Nuestra tripulación surca los mares para ajusticiar a Loki! Él ha escapado de sus ataduras, pero tenemos intención de hallar su barco, el *Naglfar*, antes de que pueda zarpar en el solsticio de verano, capturar a Loki y volver a encadenarlo. Si nos ayuda, podrá vengarse de aquel terrible duelo verbal.

Una bocanada de humo levantó el panamá de Aegir como la tapa de una cazuela para hacer palomitas.

—¿Osas hablar de esa desgracia? —preguntó—. ¿Aquí, en la misma mesa donde ocurrió?

—¡Ya sé que le venció en un duelo verbal! —grité—. ¡Que le dio una paliza! ¡Que los humilló a usted y a todos sus invitados divinos! ¡Que incluso humilló su hidromiel! Pero podemos derrotar a Loki y pagarle con la misma moneda. Yo... ¡yo mismo lo retaré!

Sam se tapó la cara con las manos y Alex se quedó mirando el techo y esbozó silenciosamente con los labios un: «Qué fuerte, ¿no?».

Mis demás amigos me miraban horrorizados, como si acabara de quitarle la anilla a una granada. (Lo hice una vez en el campo de batalla del Valhalla antes de entender del todo cómo funcionaban las granadas. Ni la granada ni yo habíamos acabado bien.)

Aegir se quedó callado. Se inclinó hacia delante, y los cristales de sus gafas doradas destellaron.

—¿Tú, Magnus Chase, retarías a Loki a un duelo verbal?

—Sí. —A pesar de las reacciones de mis amigos, estaba convencido de que era la respuesta correcta, aunque no acababa de entender lo que significaba—. Lo machacaré en un duelo.

El dios del mar se acarició la barba, dio con el brote de soja y se lo quitó con un movimiento rápido.

—¿Y cómo lo lograrás? ¡Ni siquiera los dioses han podido competir con Loki en un duelo verbal! ¡Necesitarías un arma secreta increíble que te diera ventaja!

«Puede que también un toque afrutado», pensé, porque esa era la otra cosa de la que estaba seguro, aunque no lo entendía del todo. Me puse erguido y anuncié con la voz más grave que empleaba para aceptar misiones:

—¡Utilizaré el hidromiel de Kevin!

Alex se unió a Samirah en el club de las caras tapadas.

Aegir entornó los ojos.

—¿Te refieres al Hidromiel de Kvasir?

—¡Sí! —dije—. ¡Ese!

—¡Imposible! —protestó Kolga, con la boca teñida de los seis colores distintos de los granizados—. ¡Padre, no les creas!

—Además, gran Aegir —insistí—, si nos deja marchar, incluso le traeremos... le traeremos una muestra del Hidromiel de Kvasir, puesto que es el único que usted no puede preparar.

Mis amigos y las nueve gigantas se volvieron hacia Aegir, esperando su veredicto.

Una débil sonrisa se dibujó en los labios del dios del mar. Parecía que hubiera conseguido ponerse en una caja rápida recién abierta y por fin hubiera pagado su *smoothie* de té matcha en el supermercado de comida saludable.

—Bueno, eso lo cambia todo —dijo.

—¿Ah, sí? —pregunté.

Él se levantó del trono.

—Me encantaría ver a Loki ajusticiado, y en un duelo verbal, nada menos. También me encantaría tener una muestra del Hidromiel de Kvasir. Y preferiría no matarte, ya que te he concedido los derechos de invitado.

—¡Estupendo! —dije—. Entonces, ¿nos dejará libres?

—Lamentablemente —contestó Aegir—, sigues siendo Magnus Chase, y mi esposa te quiere muerto. Si te dejo libre, se enfadará conmigo. Pero si escapases mientras yo no miro, y mis hijas no lograsen matarte... Bueno, creo que tendríamos que considerarlo la voluntad de las nornas.

Se alisó el chaleco.

—¡Me voy a la cocina a por un poco de hidromiel! Espero que no pase nada desagradable mientras no estoy. ¡Ven, Eldir!

El cocinero me lanzó una última mirada ardiente.

—Reta a Loki por Fimafeng, ¿quieres? —A continuación siguió a su amo a la cocina.

En cuanto la puerta se cerró, las nueve hijas de Aegir se levantaron de sus asientos y atacaron.

11

Mi espada te lleva a (pausa dramática) Funkytown

Cuando era un chico mortal normal y corriente, no sabía mucho sobre combate.

Tenía la vaga idea de que los ejércitos se ponían en fila, tocaban trompetas y luego marchaban a matarse de manera ordenada. Si pensaba en el combate vikingo, me imaginaba a un tío gritando: «¡Muro de escudos!», y a una panda de rubios melenudos formando filas tranquilamente y uniendo sus escudos para crear una figura geométrica molona como un poliedro o un Megazord de los Power Rangers.

Una batalla real no tenía nada que ver con eso. Por lo menos, ninguna versión en la que yo había participado. Se parecía más a un cruce de danza, lucha libre y una pelea de una tertulia de televisión.

Las nueve gigantas marinas se abalanzaron sobre nosotros con un grito colectivo de regocijo. Mis amigos estaban listos. Mallory Keen se subió a la espalda de Onda que Aprieta y clavó sus cuchillos en los hombros de la giganta. Medionacido Gunderson empuñó una copa de hidromiel con cada mano y golpeó a Hefring en la cara y a Unn en la barriga.

T. J. perdió un tiempo precioso tratando de cargar su rifle y, antes de que pudiera disparar, Himinglaeva se convirtió en una ola gigantesca y lo arrastró a través del salón.

Hearthstone lanzó una piedra rúnica que yo no había visto nunca:

ᚱ

Impactó a Bigly —digo, a Bylgja— con un brillante destello y la licuó en un gran charco furioso.

La lanza de luz de Sam brillaba en su mano. La chica alzó el vuelo, se situó fuera del alcance de nuestras enemigas y empezó a lanzar arcos de fulgor valquiriano a las gigantas. Mientras tanto, Blitzen daba saltos por aquel caos y distraía a las nueve hermanas con feroces críticas de moda como «¡Llevas el dobladillo demasiado alto!», «¡Tienes una carrera en la media!» o «¡Ese pañuelo no te pega con el vestido!».

Kolga y Blod se lanzaron sobre mí una por cada lado. Me deslicé valientemente bajo la mesa y traté de escapar a gatas, pero Blod me agarró por la pierna y me sacó.

—De eso nada —gruñó, mientras le caían gotas rojas de los dientes—. ¡Voy a arrancarte el alma del cuerpo, Magnus Chase!

Entonces un gorila de montaña se estrelló contra ella, la derribó al suelo y le arrancó la cara. (Suena asqueroso. En realidad, cuando el gorila golpeó a Blod en la cara, la cabeza entera de la giganta se deshizo en agua salada y empapó la alfombra de algas.)

El gorila se volvió hacia mí, con su ojo marrón y su ojo dorado, y me gruñó con impaciencia, como diciendo: «Levántate, idiota. ¡Lucha!».

Luego se volvió para mirar a Kolga.

Retrocedí tambaleándome. Explosiones mágicas, haces de luz, hachas, espadas e insultos sobre moda poco glamurosa volaban por todas partes, respondidos con chorros de agua salada, fragmentos de hielo y pegotes de gelatina teñidos de sangre.

Mi instinto me decía que las gigantas serían mucho más poderosas si uniesen fuerzas, como habían hecho cuando habían hundido nuestro barco. Si seguíamos vivos era porque cada hermana estaba empeñada en matar a su objetivo particular. Así de insoportables habíamos llegado a ser por separado. Si las nueve gigantas empezaban a entonar otra vez su extraña música, actuando en equipo, estaríamos acabados.

Incluso luchando contra ellas por separado teníamos problemas. Cada vez que una giganta se evaporaba o quedaba reducida a un charco, rápidamente volvía a cobrar forma. Ellas eran nueve y nosotros ocho. Por muy bien que luchasen mis amigos, ellas contaban con la ventaja de luchar en su territorio... y también de la inmortalidad, que era un toque afrutado bastante importante.

Teníamos que hallar una forma de subir al barco y largarnos de allí, volver a la superficie y alejarnos de aquel lugar. Para eso necesitaríamos una distracción, de modo que llamé al ser con mayor capacidad para distraer que conocía.

Desenganché la piedra rúnica de la cadena que me colgaba del cuello.

Jack adoptó forma de espada.

—¡Hola, señor! Ahora mismo estaba pensando en *Contracorriente*. ¿Quién la necesita? Hay montones de espadas en la armería y... ¡Hala! ¿El palacio de Aegir? ¡Cómo mola! ¿Qué hidromiel sirve hoy?

—¡Socorro! —grité cuando Blod se alzó delante de mí, con la cabeza recolocada y las garras goteando sangre.

—¡Claro! —exclamó Jack afablemente—. ¡Pero el hidromiel Oktoberfest con especias de tarta de calabaza de Aegir está para morirse, tío!

Se acercó volando a Pelo Rojo Sangre y se situó entre mi agresora y yo.

—¡Oiga, señora! —dijo—. ¿Quiere bailar?

—¡No! —gruñó Blod.

La giganta trató de esquivarlo, pero Jack era muy ágil. (Sí, y rápido, aunque nunca lo había visto saltar por encima de candelabros.) Se desviaba a un lado y a otro, ofreciendo su filo a la giganta y cantando «Funkytown».

Blod parecía reticente o incapaz de superar la hoja mágica de Jack, lo que me brindó unos segundos de seguridad mientras él bailaba música disco.

—¡Magnus! —Samirah pasó zumbando a tres metros por encima de mí—. ¡Prepara el barco!

Se me cayó el alma a los pies. Me di cuenta de que mis amigos estaban entreteniendo a las gigantas con la esperanza de que yo pudiera preparar el barco para volver a zarpar. Pobres ilusos.

Volví corriendo a *El Plátano Grande*.

El barco yacía de costado, con el mástil asomando a través de la pared de agua. La corriente del exterior debía de ser fuerte porque empujaba ligerísimamente la nave por la alfombra, y la quilla dejaba marcas en las algas.

Toqué el casco. Afortunadamente, el barco respondió y se plegó en forma de pañuelo, que cogí con la mano. Si conseguía reunir a todos mis amigos, tal vez pudiéramos saltar a la vez a través de la pared de agua e invocar el barco mientras la corriente nos alejaba de allí. Tal vez el barco, al ser mágico, nos devolviera a la superficie. Tal vez no nos ahogáramos ni acabáramos aplastados por la presión del agua.

Eran muchas suposiciones. Aunque lo lográsemos, las nueve hijas de Aegir ya nos habían arrastrado bajo el agua una vez. No veía por qué no podrían repetirlo, así que tenía que impedir de algún modo que nos siguieran.

Escudriñé la batalla. Hearthstone pasó corriendo a mi lado lanzando runas a las gigantas que intentaban perseguirlo. La runa ᛚ parecía la más efectiva. Cada vez que impactaba a una giganta, esta se convertía en un charco durante varios segundos. No era mucho, pero era más que nada.

Miré las paredes del salón de banquetes y se me ocurrió una idea.

—¡Hearth! —chillé.

Maldije mi estupidez. Algún día perdería la costumbre de llamar a gritos a mi amigo sordo. Corrí tras él y me escondí detrás de Ola que Aprieta, a quien Mallory Keen conducía por la sala con los mangos de sus dagas como un robot de combate.

Agarré la manga de Hearth para llamar su atención. «Esa runa», dije por señas. «¿Cuál es?»

«L-A-G-A-Z», deletreó él con los dedos. «Agua. O...» Hizo un gesto que yo no había visto nunca: una mano en horizontal, y los dedos de la otra como si fuesen gotas que chorreasen de ella. Capté la idea: «gotear», «perder agua». O quizá «licuar».

«¿Puedes hacerlo a la pared?», pregunté. «¿O al techo?»

Su boca se torció, cosa que en él equivalía a una sonrisa perversa. Asintió con la cabeza.

«Espera mi señal», dije con gestos.

Ola que Lanza se levantó entre nosotros chillando «¡Aaarrrg!» y Hearthstone se metió otra vez en la refriega.

Tenía que averiguar cómo separar a mis amigos de las gigantas. Así podríamos desplomar parte del salón de banquetes encima de las nueve hermanas mientras escapábamos. Dudaba que nuestras enemigas resultasen heridas, pero por lo menos las sorprendería y las retrasaría. El problema era que no sabía cómo interrumpir la batalla. Dudaba que pudiera tocar un silbato o solicitar un salto entre dos.

Jack volaba de un lado a otro hostigando a las gigantas con su filo letal y su versión todavía más letal de un clásico disco de los setenta. Kolga lanzaba capas de hielo sobre la alfombra y obligaba a Medionacido Gunderson a limpiar. Bylgja luchaba contra T. J., espada de coral rojo contra bayoneta. Ola que Aprieta había conseguido por fin quitarse a Mallory de la espalda y la habría hecho trizas, pero Blitzen le lanzó un plato de la cena que le dio en la cara.

(Una de las habilidades no reconocidas de Blitz es que era un crack jugando al disco volador enanil.)

Himinglaeva se abalanzó sobre Samirah y la agarró por las piernas, pero Alex la atacó con el garrote. De repente, la giganta perdió varios centímetros de cintura; en realidad, toda la cintura, se desplomó en el suelo, cortada limpiamente en dos, y se deshizo en espuma marina.

Hearthstone me llamó la atención. «¿Cuándo la runa?»

Ojalá hubiera sabido qué contestarle. Mis amigos no podrían seguir luchando eternamente. Consideré invocar la Paz de Frey —mi superpoder capaz de arrebatar las armas de las manos de la gente—, pero las gigantas no estaban utilizando armas, y no creía que a mis amigos les hiciera gracia que los desarmase.

Necesitaba ayuda. Desesperadamente. De modo que hice algo que no me resultaba fácil: miré al techo acuoso y recé en serio, sin sarcasmo:

—Bueno, Frey, papá, te lo pido por favor. Ya sé que antes he parecido un desagradecido con lo del barco amarillo chillón, pero estamos a punto de palmarla aquí abajo, así que si pudieras enviarme algún tipo de ayuda, te lo agradecería un montón. Amén. Besos, Magnus. Magnus Chase, por si tienes dudas.

Hice una mueca. Se me daba fatal rezar. Además, no sabía qué ayuda podría enviarme un dios del verano al fondo de la bahía de Massachusetts.

—Hola —dijo una voz justo a mi lado.

Salté unos treinta centímetros por los aires, una reacción bastante moderada dadas las circunstancias.

A mi lado había un hombre que rondaba los sesenta con la piel curtida por el sol como si se hubiera pasado décadas trabajando de guardacostas. Llevaba un polo azul claro y un pantalón bermudas, e iba descalzo. Su cabello ondulado y su barba muy corta eran de color miel y estaban salpicados de canas. Sonreía como si fuéramos viejos amigos, aunque yo estaba seguro de que no lo había visto nunca.

—Ejem, ¿hola? —dije.

Viviendo en el Valhalla, te acostumbras a que extrañas entidades aparezcan de repente. Aun así, ese momento en concreto me parecía inoportuno para un encuentro casual.

—Soy tu abuelo —anunció.

—Vale —dije.

¿Qué se suponía que tenía que decir? El tío no parecía el abuelo (o la abuela) Chase, pero supuse que se refería a la otra rama de mi árbol familiar. La rama Vanir. Si me hubiese acordado de cómo se llamaba el padre de Frey, habría sido ideal.

—Hola..., abuelo.

—Tu padre no puede hacer gran cosa en el mar —explicó el abuelo papá de Frey—. Pero yo sí. ¿Necesitas ayuda?

—Sí —dije (una respuesta ridícula). No podía estar seguro de que ese tío fuese quien afirmaba ser, y aceptar ayuda de un ser poderoso siempre te hace contraer una deuda con él.

—¡Estupendo! —Me dio una palmada en el brazo—. Te veré en la superficie cuando todo esto haya acabado, ¿vale?

Asentí con la cabeza.

—Ajá.

Mi abuelo recién descubierto se internó en la batalla con paso resuelto.

—¡Hola, chicas! ¿Qué tal?

El combate se interrumpió. Las gigantas se retiraron con cautela hacia la mesa. Mis amigos se tambalearon y vinieron en dirección a mí dando traspiés.

Blod enseñó sus dientes manchados de sangre.

—¡Njord, aquí no eres bienvenido!

«¡Njord! ¡Así se llamaba!» Tomé nota mental de mandarle una tarjeta de felicitación el Día de los Abuelos. ¿Celebraban los vikingos el Día de los Abuelos?

—Venga ya, Blodughadda —dijo el dios alegremente—. ¿No puede beber una copita de hidromiel este viejo amigo? Hablemos como deidades civilizadas.

—¡Estos mortales son nuestros! —gruñó Ola que Aprieta—. ¡No tienes ningún derecho!

—Ah, pero es que ahora están bajo mi protección. Eso quiere decir que volvemos a nuestro antiguo conflicto de intereses, ¿verdad?

Las gigantas sisearon y gruñeron. Saltaba a la vista que querían hacer trizas a Njord, pero les daba miedo intentarlo.

—Además —añadió mi abuelo—, uno de mis amigos tiene un truco que enseñaros. ¿Verdad que sí, Hearthstone?

La mirada de Hearthstone coincidió con la mía. Asentí con la cabeza.

Hearth lanzó la runa de lagaz todo recto hacia arriba, más allá de la araña de luces de las almas perdidas. Yo no sabía cómo llegaría al techo situado treinta metros por encima, pero la piedra parecía volverse cada vez más ligera a medida que ascendía. Dio en la arista de las vigas y explotó en una llameante ↑ dorada, y el tejado acuoso se hundió hacia dentro y sepultó a las gigantas y a Njord bajo una lluvia de más de cuatro millones de litros.

—¡Ahora! —grité a mis amigos.

Nos juntamos en un desesperado abrazo de grupo cuando la ola nos alcanzó. Mi pañuelo se extendió a nuestro alrededor y el salón derrumbado nos expulsó a las profundidades como la pasta de dientes de un tubo, y salimos disparados hacia la superficie en nuestro buque vikingo amarillo chillón.

12

El tío de los pies

¡No hay nada como salir de las profundidades del mar en un barco vikingo mágico!

Qué mal rollo. Malísimo.

Mis ojos parecían uvas que hubieran sido lagaz-eadas. Se me taponaron los oídos de tal forma que creí que me habían disparado en la parte trasera de la cabeza. Me agarré a la barandilla, temblando y desorientado, mientras El Plátano Grande aterrizaba sobre las olas (¡zummm!) y se me desencajaba la mandíbula.

La vela se desplegó sola y los remos se destrabaron, se hundieron en el agua y empezaron a remar sin ayuda. Zarpamos bajo el cielo estrellado, con las olas relucientes y en calma, sin tierra a la vista en ninguna dirección.

—El barco... navega solo —observé.

Njord se materializó de repente a mi lado; no tenía aspecto desmejorado, a pesar de haber quedado atrapado en el derrumbamiento del palacio de Aegir.

—Pues sí, Magnus, claro que navega solo —dijo riéndose entre dientes—. ¿Pensabas pilotarlo a la antigua usanza?

Hice caso omiso de las miradas asesinas de mis amigos.

—Ejem, a lo mejor.

—Solo tienes que desear que el barco te lleve adonde quieres ir —me explicó—. No hace falta más.

Pensé en todo el tiempo que había pasado con Percy Jackson aprendiendo lo que eran las bolinas y los palos de mesana, para luego descubrir que los dioses vikingos habían inventado los barcos autónomos de Google. Seguro que el barco también me ayudaría mágicamente si necesitaba saltar del mástil.

—¿Magnus? —Alex escupió un mechón de pelo de giganta. Un momento. No sabía cuándo había ocurrido, pero estaba seguro de que Alex había cambiado de género—. ¿No vas a presentarnos a tu amigo?

—Claro —dije—. Gente, este es el papá de Frey. Quiero decir, Njord.

Blitzen frunció el entrecejo.

—Debería habérmelo imaginado —murmuró entre dientes.

Medionacido Gunderson abrió mucho los ojos.

—¿Njord? ¿El dios de los barcos? ¿El auténtico Njord? —A continuación el berserker se volvió y vomitó por encima de la barandilla.

T. J. dio un paso adelante con las manos levantadas como diciendo: «Venimos en son de paz».

—Medionacido no expresaba la opinión del grupo, gran Njord. ¡Agradecemos su ayuda! Es que se ha hecho una herida en la cabeza.

El dios sonrió.

—Tranquilos. Todos deberíais descansar. He hecho lo que he podido para aliviaros el síndrome de descompresión, pero os encontraréis mal durante un día o dos. Además, os sangra la nariz. Ah, y también os sale sangre por los oídos.

Me di cuenta de que se refería a todos. Estábamos perdiendo

líquido rojo como Blodughadda, pero por lo menos mis amigos parecían sanos y salvos.

—Bueno, Njord —dijo Mallory, limpiándose la nariz—, antes de que nos vayamos a descansar, ¿está seguro de que las nueve gigantas no aparecerán en cualquier momento y, ya sabe, acabarán con nosotros?

—No, no —prometió él—. ¡Por el momento estáis a salvo y bajo mi protección! ¿Me dejáis un momento para hablar con mi nieto?

Alex se quitó un último mechón de pelo de giganta de la lengua.

—No hay problema, papá de Frey. Ah, por cierto, amigos, ahora soy chica. ¡Ha amanecido un día nuevo!

(Bravo por mí. Había acertado.)

Samirah dio un paso adelante con los puños apretados. Tenía el hiyab mojado pegado a la cabeza como un pulpo cariñoso.

—Magnus, en el salón de banquetes... ¿Eres consciente de lo que has aceptado? ¿Tienes idea...?

Njord levantó la mano.

—¿Me dejas tratar eso con él, querida? Está amaneciendo. ¿No deberías comer tu *suhur*?

Sam miró al este, donde las estrellas estaban empezando a apagarse, y apretó los músculos de la mandíbula.

—Supongo que tiene razón, aunque no me apetece mucho. ¿Alguien me acompaña?

T. J. se echó el rifle al hombro.

—Si se trata de comer, siempre puedes contar conmigo, Sam. Vamos abajo a ver si la cocina sigue intacta. ¿Alguien se apunta?

—Yo. —Mallory observó al dios del mar. Por algún motivo, parecía fascinada con sus pies descalzos—. Vamos a dejar a Magnus un rato con su pariente.

Alex los siguió, sosteniendo a Medionacido Gunderson lo

mejor que pudo y, tal vez fueron imaginaciones mías, pero me pareció ver que, antes de bajar por la escalera, me lanzaba una mirada en plan «¿Estás bien?». O a lo mejor simplemente se preguntaba por qué era tan rarito, como de costumbre.

Solo quedaban Blitz y Hearth, que estaban arreglándose mutuamente la vestimenta. A Hearth se le había quedado atada la bufanda alrededor del brazo y parecía que lo llevara en cabestrillo y Blitzen llevaba ahora el pañuelo alrededor de la cabeza como si fuera una elegante bandana. Intentaban ayudarse mientras se daban manotazos disuasorios, de modo que no lograban gran cosa.

—Enano y elfo. —Njord empleó un tono relajado, pero mis amigos interrumpieron su actividad de inmediato y se volvieron hacia el dios—. Quedaos con nosotros —les pidió—. Debemos deliberar.

Hearthstone se mostró bastante dispuesto, pero Blitz frunció más el ceño.

Nos pusimos cómodos en la cubierta de proa, que era el único sitio donde no podríamos tropezarnos con los remos autónomos o ser golpeados con la botavara o estrangulados por el aparejo mágico.

Njord se sentó de espaldas a la barandilla, con las piernas separadas, y movió los dedos de los pies como si quisiera que se le broncearan bien. Al resto de nosotros no nos quedaba mucho espacio, pero como él era un dios y acababa de salvarnos, supuse que se había ganado el privilegio de despatarrarse.

Blitz y Hearth se sentaron uno al lado del otro enfrente del dios y yo me puse en cuclillas contra la proa, aunque nunca me había sentado bien ponerme hacia atrás en un vehículo en movimiento. Esperaba no convertirme en el segundo miembro de la tripulación que vomitaba delante de Njord.

—Vaya —dijo mi abuelo—, qué agradable.

Yo me sentía como si me hubieran metido la cabeza por una prensa de Play-Doh, estaba empapado de hidromiel y agua salada, como apenas había tocado la comida vegetariana mi estómago estaba devorándose a sí mismo, y las gotas de sangre de la nariz me salpicaban el regazo, pero por lo demás, sí, era muy agradable.

En algún momento durante el ascenso, Jack había recobrado la forma de colgante y ahora pendía de la cadena de mi cuello, zumbando contra mi esternón como si tararease un mensaje: «Alaba sus pies».

Debía de habérmelo imaginado o haber entendido mal. A lo mejor quería decir: «Alaba sus proezas».

—Gracias de nuevo por la ayuda, abuelo —dije.

Njord sonrió.

—Llámame Njord. ¡Abuelo me hace sentir viejo!

Calculé que tenía dos mil o tres mil años, pero no quería ofenderle.

—Claro. Perdone. Entonces, ¿le envió Frey o daba la casualidad de que estaba en el barrio?

—Oh, oigo todas las oraciones desesperadas que se pronuncian en el mar.

Njord movió los dedos de los pies. ¿Eran imaginaciones mías o estaba presumiendo de pies? Estaban bien cuidados. No tenían callos. Ni una mota de suciedad o de brea. Las uñas cortadas, perfectamente pulidas. Nada de mugre ni de pelo de pie de *hobbit*. Aun así...

—Ha sido un placer ayudaros —continuó—. Aegir y yo nos conocemos desde hace mucho. Él y Ran y sus hijas representan las fuerzas embravecidas de la naturaleza, la potencia bruta del mar, blablablá. Mientras que yo...

—Usted es el dios de la pesca —le interrumpió Blitzen.

Njord frunció el ceño.

—Y también de otras cosas, señor Enano.

—Por favor, llámeme Blitz —dijo mi amigo—. Señor Enano era mi padre.

Hearthstone gruñó con impaciencia, como solía hacer cuando Blitzen estaba a punto de morir a manos de una deidad.

«Njord es dios de muchas cosas», explicó por señas. «Navegación, construcción marina...»

—¡Exacto! —dijo mi abuelo, quien aparentemente no tenía problemas con la lengua de signos de Hearth—. El comercio, la pesca, la navegación: cualquier ocupación relacionada con el mar. ¡Hasta la agricultura, porque las mareas y las tormentas afectan al crecimiento de las cosechas! Aegir es la cara desagradable y brutal del mar, ¡yo soy al que rezáis cuando queréis que el mar os sea propicio!

—Bah —exclamó Blitz.

No sabía por qué se mostraba tan hostil. Entonces me acordé de que su padre, Bilì, había muerto revisando las cadenas que sujetaban al lobo Fenrir en su isla. La ropa cortada y raída de Bilì había acabado arrastrada hasta las costas de Nidavellir. No había tenido una travesía feliz a casa. ¿Por qué no iba a considerar Blitzen que el mar era cruel?

Yo quería hacerle saber que lo entendía, que lo sentía, pero él no levantaba la vista de la cubierta.

—En fin —dijo Njord—, Aegir y su familia han sido mis... competidores durante siglos. Ellos intentan ahogar a los mortales; yo intento salvarlos. Ellos destruyen barcos; yo construyo mejores barcos. ¡No somos exactamente enemigos, pero tanto ellos como yo estamos permanentemente alerta, pendientes de lo que hace el otro!

Tras decir esto, estiró un poco más los dedos de los pies. La cosa se estaba poniendo oficialmente rara.

La voz de Jack zumbó de forma más enérgica en mi cabeza. «Alaba sus pies.»

—Tiene unos pies maravillosos, abu... ejem, Njord.

El dios sonrió.

—Oh, ¿estas reliquias? Eres muy amable. ¿Sabías que una vez gané un concurso de belleza gracias a mis pies? ¡El premio fue mi esposa!

Miré a mis amigos para ver si me estaba imaginando toda la conversación.

«Por favor», dijo Hearth con gestos, sin el más mínimo entusiasmo. «Cuéntenos la historia.»

—Bueno, si insistes. —Njord contempló las estrellas; tal vez estaba recordando sus días de gloria en el circuito de los concursos de belleza de pies—. La mayor parte de la historia no es importante. Los dioses mataron a un gigante, Thjassi, y su hija Skadi exigió venganza. Sangre. Muertes. Blablablá. Para evitar más guerras y poner fin a la enemistad, Odín accedió a que Skadi se casara con un dios de su elección.

Blitzen frunció el entrecejo.

—¿Y ella le eligió... a usted?

—¡No! —Njord aplaudió alborozado—. Oh, fue divertidísimo. Verás, Odín solo dejó a Skadi elegir a su marido mirando los pies de los dioses.

—¿Por qué? —pregunté—. ¿Por qué no... las narices? ¿O los codos?

Njord hizo una pausa.

—Nunca me lo había planteado. ¡No sé! El caso es que Skadi pensó que el marido más atractivo tendría los pies más atractivos. De modo que nos pusimos todos detrás de una cortina y ella fue recorriendo la fila buscando a Balder, porque todo el mundo lo consideraba el dios más guapo. —Puso los ojos en blanco y esbozó mudamente con los labios: «No era para tanto»—. Pero yo tenía los pies más bonitos de todos los dioses, como bien debía de saber Odín. ¡Skadi me eligió a mí! ¡Deberíais haber visto la cara que se le quedó cuando descorrió la cortina y vio con quién tenía que casarse!

Blitzen se cruzó de brazos.

—Así que Odín le utilizó para engañar a la pobre mujer. Usted era un premio de consolación.

—¡Por supuesto que no! —Njord parecía más sorprendido que furioso—. ¡Yo era un buen partido!

—Seguro que sí —dije, tratando de evitar que Blitzen acabase convertido en un bote o padeciendo otro castigo que el dios de los barcos pudiera imponerle—. ¿Y vivieron felices y comieron perdices?

Njord movió la espalda contra la barandilla.

—Pues no. Nos separamos poco después. Ella quería vivir en las montañas. A mí me gustaba la playa. Luego Skadi tuvo una aventura con Odín y nos divorciamos. ¡Pero eso no viene al caso! El día del concurso mis pies estuvieron increíbles. ¡Ganaron la mano de Skadi, la preciosa giganta de hielo!

Estuve tentado de preguntarle si solo había ganado su mano o también el resto de ella, pero decidí no hacerlo.

Blitzen me miró fijamente y retorció las manos como si quisiera decirme algo desagradable sobre Njord, pero luego debió de acordarse de que el dios entendía la lengua de signos y, suspirando, se quedó mirando su regazo.

Njord frunció el ceño.

—¿Qué pasa, señor Enano? ¡No parece impresionado!

—Oh, sí que lo está —aseguré—. Se ha quedado sin palabras. Todos podemos ver que... sus pies son muy importantes para usted.

«¿Cuál es su secreto de belleza?», preguntó educadamente Hearthstone.

—Llevan varios siglos entre las olas —confesó Njord—. Gracias a ello, el agua ha suavizado mis pies y los ha convertido en los monumentos perfectamente esculpidos que podéis contemplar hoy. Eso y pedicuras regulares con tratamiento de parafina. —Movió las relucientes uñas de sus pies—. Estaba debatiéndome entre pulírmelas o no pulírmelas, pero creo que el pulido hace que estos deditos brillen de lo lindo.

Asentí con la cabeza y convine en que tenía unos deditos muy brillantes. También deseé no tener una familia tan rara.

—De hecho, Magnus —continuó Njord—, ese es uno de los motivos por los que quería conocerte.

—¿Para enseñarme los pies?

El dios rio.

—No, tonto. —Estaba seguro de que quería decir que sí—. Para aconsejarte.

—¿Sobre cómo pulirse las uñas de los pies? —preguntó Blitz.

—¡No! —El dios vaciló—. Aunque también podría aconsejarte sobre eso. Tengo dos importantes recomendaciones que pueden ayudaros en vuestra misión para detener a Loki.

«Nos encantan las recomendaciones», comentó Hearth por señas.

—La primera es la siguiente —prosiguió Njord—: para llegar al Barco de los Muertos, deberéis pasar por la frontera entre Niflheim y Jotunheim, y es un territorio peligroso. Los mortales pueden perecer de frío en segundos. Si eso no os mata, los gigantes y los draugrs lo harán.

—No me está gustando esa recomendación en concreto —masculló Blitz.

—Pero hay un puerto seguro —añadió Njord—. O al menos un puerto potencialmente seguro. O al menos un puerto donde puede que no os maten al instante. Debéis buscar el Hogar del Trueno, la fortaleza de mi querida Skadi. Decidle que yo os mando.

—¿Su querida Skadi? —pregunté—. ¿No están divorciados?

—Sí.

—Pero siguen siendo amigos.

—Hace siglos que no la veo. —Njord adoptó una mirada distante—. Y no lo dejamos precisamente como amigos. Pero quiero creer que todavía siente algo de afecto por mí. Buscadla. Si os concede puerto seguro gracias a mí, querrá decir que me ha perdonado.

«¿Y si no nos recibe bien?», preguntó Hearth.

—Sería una decepción.

Supuse que eso significaba: «Todos acabaréis en la cámara frigorífica de Skadi».

No me gustaba la idea de hacer de conejillo de Indias de mi abuelo para que se reconciliase con su exmujer. Por otra parte, un puerto potencialmente seguro pintaba mejor que morir congelado en veinte segundos.

Por desgracia, me daba la impresión de que todavía no habíamos oído el peor consejo «útil» de Njord. Esperé a que soltase la bomba.

—¿Cuál es la segunda recomendación? —pregunté.

—¿Mmm? —Mi abuelo volvió a centrar su atención en mí—. Ah, sí. El asunto principal de la historia sobre mis preciosos pies.

—¿Tenía un asunto principal? —Blitz parecía sinceramente sorprendido.

—¡Claro! —dijo Njord—. El elemento más inesperado puede ser la clave de la victoria. Balder era el dios más guapo, pero gracias a mis pies, conseguí a la chica.

—De la que luego se separó y se divorció —puntualizó Blitz.

—¿Quieres hacer el favor de no recrearte en eso? —Njord puso los ojos en blanco como pensando: «Estos enanos de hoy día»—. Lo que quiero decir, querido nieto, es que tendrás que utilizar medios inesperados para vencer a Loki. Empezaste a comprenderlo en el palacio de Aegir, ¿verdad?

No recordaba haber mordido ningún mechón de pelo de giganta del mar, pero parecía que se me estuviera formando una bola de pelo en la garganta.

—Un duelo verbal —dije—.Tendré que vencer a Loki en una competición... ¿de insultos?

Nuevas canas aparecieron en la barba de Njord.

—Un duelo verbal es mucho más que una serie de comentarios sarcásticos —advirtió—. Es un duelo de prestigio, poder y confianza.Yo estuve presente en el palacio de Aegir cuando Loki humilló a los dioses. Nos abochornó terriblemente... —Pareció desanimarse, como si el simple recuerdo le hiciera sentirse más viejo y más débil—. Las palabras pueden ser más letales que las espadas, Magnus.Y Loki es un maestro de las palabras. Para vencerlo, deberás hallar al poeta que llevas dentro. Solo hay una cosa que puede ayudarte a vencerlo en su propio juego.

—El hidromiel —aventuré—. El Hidromiel de Kvasir.

La respuesta no me convencía. Había pasado suficiente tiempo en las calles para saber cómo el alcohol mejoraba las capacidades de la gente. ¿Con qué te apetecía envenenarte: cerveza, vino, vodka, whisky? La gente decía que lo necesitaba para pasar el día. Aseguraban que les daba valor, que les volvía más divertidos, más inteligentes, más creativos. Pero no era verdad. Simplemente, les impedía ver lo poco graciosos y estúpidos que resultaban.

—No es simple hidromiel —dijo mi abuelo, descifrando mi expresión—. El Hidromiel de Kvasir es el elixir más valioso jamás creado. Hallarlo no será fácil. —Se volvió hacia Hearthstone y Blitzen—. Lo sabéis, ¿verdad? ¿Sabéis que esta misión puede costaros la vida a los dos?

13

Malditos abuelos explosivos

—Debería haber empezado por ahí —dije mientras el pulso me palpitaba en el cuello como un martillo neumático—. Hearth y Blitz no morirán. No es negociable.

La sonrisa dentuda de Njord era blanca como la nieve escandinava. Ojalá supiera su secreto para permanecer tan tranquilo. ¿La meditación zen? ¿La pesca? ¿Las clases de yoga del Hotel Valhalla?

—Ah, Magnus, te pareces mucho a tu padre.

Parpadeé.

—¿En que los dos somos rubios y nos gusta el aire libre?

—En que los dos tenéis buen corazón —contestó—. Frey haría cualquier cosa por un amigo. Nunca ha tenido problemas para amar y quiere con toda el alma, a veces imprudentemente. Tienes la prueba alrededor del cuello.

Rodeé con los dedos la piedra rúnica de Jack. Conocía su historia: Frey había entregado la Espada del Verano para poder ganarse el amor de una hermosa giganta. Como había renunciado a su arma, moriría en el Ragnarok. La moraleja de la historia, como le gustaba decir a Jack: primero el acero y luego el «Te quiero».

El caso es que prácticamente todo el mundo moriría en el Ragnarok. Yo no culpaba a mi padre de sus decisiones. Si no se enamorase fácilmente, yo no habría nacido.

—Está bien, soy como mi padre —dije—. Aun así, prefiero a mis amigos que una copa de hidromiel. Me da igual si tiene especias de tarta de calabaza o si es lámbico aromatizado con melocotón.

—En realidad, es sangre —explicó Njord—. Y saliva de dios.

Empecé a sentirme mareado, y no creía que fuera por la dirección en la miraba.

—¿Perdón?

El dios abrió la mano. Sobre su palma flotaba la figura brillante en miniatura de un hombre con barba vestido con una túnica de lana. Tenía un rostro franco y alegre, con una expresión congelada en plena risa. Viéndolo, resultaba difícil no inclinarse hacia delante, sonreír y querer saber de qué se reía.

—Este era Kvasir. —El tono de Njord adquirió un matiz de tristeza—. El ser más perfecto jamás creado. Hace milenios, cuando los dioses de los Vanir y de los Aesir terminaron su guerra, todos nosotros escupimos en una copa dorada. ¡De esa mezcla salió Kvasir, nuestro tratado de paz viviente!

De repente se me quitaron las ganas de acercarme al hombrecillo brillante.

—Ese tío estaba hecho de saliva.

—Tiene lógica —gruñó Blitzen—. La saliva divina es un magnífico ingrediente en la artesanía.

Hearthstone ladeó la cabeza. Parecía fascinado con la figura holográfica. «¿Por qué lo asesinaron?», dijo con gestos.

—¿Asesinarlo? —pregunté.

Njord asintió con la cabeza, mientras sus ojos relampagueaban. Por primera vez, me dio la impresión de que mi abuelo no era un simple pachón con pies bonitos. Era una deidad poderosa que seguramente podía chafar nuestro barco con solo pensarlo.

—Kvasir vagó por los nueve mundos llevando sabiduría, consejos y justicia a donde iba. Todo el mundo lo quería. Y entonces lo mataron. Horrible. Imperdonable.

—¿Loki? —aventuré, pues me parecía la siguiente palabra lógica de la lista.

Njord rio amargamente por un momento.

—Esta vez no. Fueron unos enanos. —Miró a Blitzen—. Sin ánimo de ofender.

Mi amigo se encogió de hombros.

—No todos los enanos son iguales. Como los dioses.

Si Njord lo consideró una ofensa, no lo dejó entrever. Cerró la mano, y el hombrecillo de saliva desapareció.

—Los detalles del asesinato no son importantes. Después se extrajo la sangre de Kvasir y se mezcló con miel para crear hidromiel mágico. Se convirtió en la bebida más preciada y codiciada de los nueve mundos.

—Uf. —Me llevé la mano a la boca. Mi concepto de los detalles de una historia que se podían omitir distaba mucho del de Njord—. ¿Quiere que beba un hidromiel hecho con sangre hecha con saliva divina?

Él se acarició la barba.

—Dicho así, no suena bien. Pero sí, Magnus. Quien bebe el Hidromiel de Kvasir encuentra al poeta que lleva dentro. Las palabras perfectas acuden a ti, la poesía fluye, el discurso deslumbra. Las anécdotas cautivan a todo el que las oye. Con semejante poder, podrías enfrentarte a Loki cara a cara, insulto a insulto en un duelo verbal.

Me empezó a dar vueltas la cabeza además del estómago. ¿Por qué tenía que ser yo el que retase a Loki?

Respondió mi voz interior, o puede que fuese Jack: «Porque tú te ofreciste en el banquete, idiota. Todos te oyeron».

Me froté las sienes, preguntándome si era posible que el cerebro explotase literalmente debido al exceso de información. Era una muerte que nunca había experimentado en el Valhalla.

Hearthstone me miraba fijamente preocupado. «¿Quieres una runa?», preguntó por señas. «¿O una aspirina?»

Negué con la cabeza.

De modo que el cuaderno del tío Randolph no era un timo. Había dejado un plan real y viable para que yo lo siguiera. Al final, a pesar de todo lo que había hecho, parecía que el viejo infeliz había tenido remordimientos. Había intentado ayudarme. No sabía si eso me hacía sentir mejor o peor.

—¿Y qué puede decirnos sobre Bolverk? —pregunté—. ¿Quién es?

Njord sonrió.

—Era el seudónimo de Odín. Durante mucho tiempo, los gigantes poseyeron todo el Hidromiel de Kvasir, pero Odín se disfrazó y consiguió robar un poco para los dioses, e incluso esparció unas gotas de hidromiel por Midgard para inspirar a los bardos mortales. Pero la reserva de los dioses se agotó hace siglos. Ahora solo queda una pequeña parte celosamente guardada por los gigantes. Para conseguirla, tendréis que seguir los pasos de Bolverk y robar lo que solo Odín pudo robar.

—Perfecto —murmuró Blitz—. ¿Y cómo lo haremos?

—Y lo que es más importante —dije—, ¿por qué es tan peligroso para Hearth y Blitz? ¿Y cómo podemos hacer que no corran peligro?

Sentí el imperioso deseo de escribir una carta en su nombre: «Queridas fuerzas cósmicas, dispensad a mis amigos de su destino fatal, por favor. Hoy no se encuentran bien». O al menos quería equiparlos con cascos protectores, chalecos salvavidas y calcomanías reflectantes antes de enviarlos fuera.

Njord se volvió hacia Hearthstone y Blitzen.

«Ya sabéis vuestra tarea», dijo con gestos.

Formó un muñeco de palitos de pie en la palma de su mano: «suelo»; luego dos puños, golpeando con uno la parte superior del otro: «trabajo».

«Preparar el terreno.» Al menos, pensé que significaba eso. O eso o «Vosotros cultiváis los campos». Como Njord era el dios de las cosechas, no estaba seguro.

Hearthstone se tocó la bufanda. «¿La piedra?», dijo por señas de mala gana.

El dios asintió con la cabeza. «Sabéis dónde debéis buscarla.»

Blitzen intervino en la conversación haciendo gestos tan rápido que su mensaje resultó un poco confuso. «¡Deje al elfo en paz! ¡No podemos volver a hacerlo! ¡Es demasiado peligroso!»

O pudo haber dicho: «¡Deje al elfo en el cuarto de baño! ¡No podemos hacer ese reloj de pulsera! ¡Demasiada basura!».

—¿De qué estáis hablando? —pregunté.

Mis palabras sonaron estridentes y desagradables en medio del diálogo silencioso.

Blitzen se limpió el chaleco de malla.

—De nuestro trabajo de reconocimiento, chaval. Mimir nos dijo que buscásemos el Hidromiel de Kvasir. Luego oímos rumores sobre cierto artículo que necesitaríamos...

—La piedra de afilar de Bolverk —aventuré.

Él asintió tristemente con la cabeza.

—Es la única forma de vencer —abrió las manos— a lo que vigila el hidromiel. No tenemos claro quién, cómo ni por qué.

A mí me parecían unos puntos bastante importantes.

—El caso —continuó Blitz— es que si la piedra está donde creemos que está...

«No pasa nada», declaró Hearthstone con gestos. «Debemos hacerlo. Y lo haremos.»

—No, colega —repuso Blitz—. No puedes...

—El elfo tiene razón —terció Njord—. Los dos debéis hallar

la piedra mientras Magnus y el resto de la tripulación siguen con la travesía hasta descubrir el lugar en el que se encuentra el hidromiel. ¿Estáis listos?

—Alto, alto, alto —dije—. ¿Los va a mandar ahora mismo? ¡Si acaban de llegar!

—Nieto, disponéis de muy poco tiempo antes de que el barco de Loki zarpe. Solo dividiéndoos podréis vencer.

Yo estaba convencido de que el viejo dicho «Divide y vencerás» significaba que el ejército dividido acababa vencido, pero no parecía que Njord tuviera ganas de debatir.

—Déjeme ir a mí. —Me levanté tambaleándome. Acababa de vivir el día más largo de la historia. Estaba a punto de desmayarme. Pero de ninguna manera pensaba quedarme sin mover un dedo mientras mis dos viejos amigos debían hacer frente a un peligro mortal—. O por lo menos déjeme ir con ellos.

—Chaval —dijo Blitz, y se le quebró la voz—, tranquilo.

«Es mi responsabilidad», dijo Hearth por señas, llevándose las dos manos a un hombro.

Njord me dedicó otra sonrisa serena. Estuve a punto de pegarle un puñetazo en su perfecta dentadura.

—La tripulación del barco te necesitará con ellos, Magnus —dijo—. Pero te garantizo una cosa: cuando Hearthstone y Blitzen hayan encontrado la piedra de afilar, cuando hayan preparado el terreno para el ataque, los enviaré contigo. Entonces los tres podréis enfrentaros juntos al verdadero peligro. Si fracasáis, moriréis como un equipo. ¿Qué te parece?

Su propuesta no me hizo gritar «Viva», pero supuse que era la mejor oferta que iba a recibir.

—Está bien. —Ayudé a Blitz a levantarse y le di un abrazo. Olía a alga marina tostada y *eau de toilette* Enano Noir—. No se te ocurra morirte sin mí.

—Haré lo que pueda, chaval.

Me volví hacia Hearthstone y posé suavemente la mano en su pecho, un gesto élfico de profundo afecto. «Tú, sano y salvo», dije por señas. «O yo, enfadado.»

Las comisuras de sus labios se curvaron hacia arriba, aunque seguía pareciendo distraído y preocupado. Su corazón revoloteó bajo las puntas de mis dedos como una paloma asustada.

«Tú, también», contestó con gestos.

El dios chasqueó los dedos, y mis amigos se deshicieron en espuma de mar, como olas al romper contra la proa.

Me tragué la rabia.

Me dije que Njord solo había enviado a Hearth y Blitz de misión. En realidad no los había volatilizado. Había prometido que volvería a verlos. Tenía que creérmelo.

—¿Y ahora qué? —le pregunté—. ¿Qué hago yo mientras ellos no están?

—Ah. —Njord cruzó las piernas en la postura del loto, probablemente para lucir las plantas de sus pies esculpidos por las olas—. Tu tarea es igual de difícil, Magnus. Debes descubrir dónde está el Hidromiel de Kvasir. Se trata de un secreto celosamente guardado que solo conocen unos pocos gigantes. Pero hay uno al que podrías convencer para que te lo revelara: Hrungnir, que merodea por el reino humano de Jorvik.

El barco topó con una ola que desprendió mi estómago de su tren de aterrizaje.

—He tenido encuentros desagradables con gigantes.

—¿Acaso no los hemos tenido todos? —preguntó él—. Cuando llegues a Jorvik, debes encontrar a Hrungnir y retarlo. Si lo vences, exígele que te dé la información que necesitas.

Me estremecí pensando en la última vez que había estado en Jotunheim.

—Por favor, dígame que el reto no será un torneo de bolos.

—¡Oh, no, estate tranquilo! —contestó—. Lo más probable es

que sea un duelo a muerte. Deberás llevar a un par de amigos. Yo te recomendaría a esa chica tan atractiva, Alex Fierro.

Me pregunté si el comentario halagaría o asquearía a Alex, o si simplemente se reiría, y si Alex tenía unos pies tan bien cuidados como los de Njord. Qué cosas más tontas me preguntaba.

—De acuerdo —dije—, iré a Jorvik, esté donde esté.

—Tu barco conoce el camino —aseguró Njord—. Puedo concederte paso franco hasta allí, pero si sobrevives y sigues navegando, tu barco volverá a ser vulnerable a los ataques de Aegir, Ran, sus hijas o... cosas peores.

—Intentaré contener la alegría.

—Sabia decisión —declaró—. Tu elfo y tu enano hallarán la piedra de afilar que necesitas, luego descubriréis el lugar secreto en el que se encuentra el hidromiel, ¡conseguiréis el Hidromiel de Kvasir, venceréis a Loki y volveréis a encadenarlo!

—Le agradezco el voto de confianza.

—Bueno, es que, si no, Loki te reducirá a una sombra patética y desvalida de ti mismo en el duelo. Entonces tendrás que ver morir a todos tus amigos, uno a uno, hasta que solo quedes tú en Helheim y tengas que sufrir eternamente mientras los nueve mundos arden. Ese es el plan de Loki.

—Ah.

—¡En fin! —dijo Njord alegremente—. ¡Buena suerte!

Mi abuelo estalló en una fina bruma marina y me salpicó la cara de sal.

14

No ocurre nada. Es un milagro

Viento en popa.

Nunca había entendido esa expresión hasta que la experimenté de verdad. Los dos días siguientes fueron de una tranquilidad sorprendente y perversa. El cielo se mantuvo despejado y los vientos suaves y frescos. El mar se extendía por todos lados como seda verde y me recordaba las fotos que mi madre solía enseñarme de su artista favorito, un tío llamado Christo que trabajaba al aire libre y envolvía bosques, edificios e islas enteros de tela reluciente. Parecía que Christo hubiera convertido el Atlántico Norte en una enorme instalación artística.

El Plátano Grande siguió navegando alegremente. Nuestros remos amarillos giraban solos, la vela daba bordadas y escoraba el barco según las necesidades.

Cuando informé a la tripulación de que íbamos a Jorvik, Medionacido gruñó con tristeza, pero no explicó lo que sabía sobre el lugar. No obstante, el barco parecía entender adónde íbamos.

La segunda tarde me encontraba en medio del barco con Mallory Keen, que había estado mostrándose más descontenta que de costumbre.

—Sigo sin entender por qué Blitz y Hearth han tenido que irse —gruñó.

Yo tenía la leve sospecha de que la señorita Keen estaba enamorada de Blitzen, pero no me atrevía a preguntárselo. Cada vez que él visitaba el Valhalla, pillaba a Mallory fijándose en su barba inmaculada y su atuendo perfecto, y luego mirando a Medionacido Gunderson como si se preguntara por qué su novio/exnovio/renovio/exnovio no podía vestir tan elegantemente.

—Njord aseguró que era necesario —dije, aunque desde entonces no había hecho otra cosa que preocuparme por Blitz y Hearth—. Que había que aprovechar el tiempo al máximo.

—Hum. —Mallory señaló el horizonte—. Y sin embargo aquí estamos, navegando y navegando. ¿No podía habernos mandado tu abuelo de golpe a Jorvik? Habría sido más útil.

Medionacido Gunderson se acercó con una fregona y un cubo.

—Útil —murmuró—. No como determinadas personas.

—¡Cállate y limpia! —le espetó Mallory—. En cuanto a ti, Magnus, te advertí de que no mordieses el anzuelo de Loki. ¿Y qué hiciste? Te ofreciste a participar en un duelo. ¡Eres igual de tonto que este *berserker*!

Acto seguido trepó a lo alto del mástil, el lugar más solitario del barco, y empezó a lanzar cuchillos por los ojos al mar.

—Bruja irlandesa pelirroja —masculló Medionacido mientras limpiaba la cubierta—. No le hagas caso, Magnus.

Ojalá no tuviéramos que viajar mientras ellos estaban peleados. O mientras Sam ayunaba por el Ramadán. O mientras Alex trataba de enseñar a Sam a resistirse al control de Loki. Pensándolo bien, ojalá no tuviéramos que hacer ese viaje en absoluto.

—¿Qué le pasa a Mallory con Loki? —pregunté—. Parece...

No sabía qué palabra usar: ¿«preocupada»?, ¿«resentida»?, ¿«asesina»?

Medionacido destensó los hombros, y los tatuajes de serpientes se ondularon en su espalda. Miró a lo alto del mástil como si estuviera pensando más insultos dirigidos a Mallory.

—No me corresponde a mí decirlo, pero ella sabe lo que es que te arrastren a hacer algo de lo que más tarde te arrepientes. Así es como murió.

Rememoré mis primeros días en el Valhalla, cuando Medionacido tomaba el pelo a Mallory por intentar desactivar un coche bomba con la cara. Debía de haber algo más sobre su muerte que no sabía, pues había sido tan valiente que había llamado la atención de una valquiria.

—Magnus, tienes que entender —dijo Medionacido— que los dos nos dirigimos a los sitios donde morimos. Tu caso es distinto. Tú moriste en Boston y te quedaste en Boston. No has estado muerto suficiente tiempo para ver el mundo cambiar a tu alrededor. En cambio, Mallory no quiere volver a ver Irlanda, aunque solo pasemos cerca de la costa. Y yo... nunca he querido regresar a Jorvik.

Me sentí culpable.

—Lo siento, tío. ¿Es allí donde moriste?

—No exactamente, pero cerca. Ayudé a conquistar la ciudad con Ivar el Deshuesado. Nos sirvió de campamento base. En aquel entonces apenas se le podía llamar pueblo. Espero que no sigan teniendo vatnavaettirs en el río. —Se estremeció—. Mal asunto.

Yo no tenía ni idea de lo que eran los vatnavaettirs, pero si Medionacido los consideraba mal asunto, no tenía ganas de conocerlos.

Más tarde esa noche fui a ver a T.J., que estaba de pie en la proa, contemplando las olas, bebiendo café y mordisqueando un trozo de galleta marinera. No sé decirte por qué le gustaba la galleta. Era como una gran galleta salada hecha de cemento en lugar de harina, y sin sal.

—Hola —dije.

A él le costó fijar la vista en mí.

—Ah, hola, Magnus. —Me ofreció una galleta de cemento—. ¿Quieres una?

—No, gracias. A lo mejor luego necesito los dientes.

Él asintió con la cabeza como si no hubiera entendido el chiste.

Desde que había contado a la tripulación mi conversación con Njord, T. J. había estado callado y encerrado en sí mismo; nunca lo había visto tan taciturno.

Mojó la galleta en el café.

—Siempre he querido ir a Inglaterra. Solo que no pensaba que sería una vez muerto, de misión y en un buque de guerra amarillo chillón.

—¿Inglaterra?

—Es adonde vamos. ¿No lo sabías?

Cuando pensaba en Inglaterra, cosa que no ocurría muy a menudo, pensaba en los Beatles, Mary Poppins y tíos con bombín y paraguas que utilizaban saludos cursis. No pensaba en hordas de vikingos ni en lugares llamados «Jorvik». Entonces me acordé de que, cuando conocí a Medionacido Gunderson, me dijo que había muerto invadiendo Anglia Oriental, que había sido un reino de Inglaterra hacía unos mil doscientos años. Los vikingos se movían bastante.

T. J. se apoyó en la barandilla. A la luz de la luna, una fina raya color ámbar le brillaba a través del cuello: la trayectoria de la bala Minié que le había rozado durante su primera batalla como soldado del Ejército de la Unión. Me chocaba que pudieras morir, llegar al Valhalla, resucitar a diario durante ciento cincuenta años y seguir teniendo una pequeña cicatriz que te hiciste en tu vida de mortal.

—En la guerra —dijo—, a todos nos preocupaba que Gran Bretaña se pronunciase a favor de los rebeldes. Los británicos habían abolido la esclavitud mucho antes que nosotros (me refiero a la Unión), pero necesitaban el algodón del sur para sus fábricas textiles. El hecho de que el Reino Unido se mantuviera neutral y no se pusiera de parte del Sur fue uno de los factores clave para que el Norte ganase la guerra. Eso siempre me hizo sentir simpatía por los británicos. Soñaba con ir allí algún día y darles las gracias en persona.

Intenté detectar sarcasmo o ironía en su tono. T. J. era hijo de un esclavo liberado y había luchado y muerto por un país que mantuvo a su familia encadenada durante generaciones, e incluso llevaba el nombre de un famoso negrero. Pero hablaba en primera persona del plural cuando se refería a la Unión y no solo llevaba orgullosamente su uniforme después de más de un siglo, sino que soñaba con cruzar el océano para dar las gracias a los británicos porque le habían hecho el favor de mantenerse neutrales.

—¿Cómo haces para ver siempre el lado positivo de las cosas? —pregunté asombrado—. Eres tan... optimista.

Se rio y por poco se atragantó con la galleta.

—Magnus, tendrías que haberme visto cuando llegué al Valhalla, colega. Aquellos primeros años fueron duros. Los soldados de la Unión no eran los únicos que llegaron allí. Muchos rebeldes murieron con espadas en las manos. A las valquirias les da igual el lado de la guerra en el que combates o lo justa que es tu causa. Ellas buscan la valentía y el honor personal. —Allí estaba. Un ligerísimo dejo de desaprobación en su voz—. Durante el primer par de años como einherji vi algunas caras conocidas cruzando el salón de banquetes...

—¿Cómo moriste? —pregunté—. La historia verdadera.

Recorrió con el dedo el borde de su taza.

—Ya te lo he contado. Atacando las almenas del fuerte Wagner, en Carolina del Sur.

—Eso no es todo. Hace unos días me advertiste de los riesgos de aceptar retos. Hablaste como si tuvieras experiencia personal en el tema.

Escudriñé el contorno de su mandíbula, la tensión acumulada en esa zona. Tal vez por eso le gustaba la galleta marina. Le ofrecía algo duro que triturar con los dientes.

—Un teniente confederado me eligió —dijo por fin—. No tengo ni idea de por qué. Nuestro regimiento estaba resguardado esperando la orden de atacar las almenas. El fuego enemigo estaba remitiendo. Ninguno de nosotros podía moverse.

Me miró.

—Y entonces ese oficial confederado se puso de pie en las líneas enemigas. Señaló a través de tierra de nadie con su espada, directamente a mí, como si me conociera. Y gritó: «Tú, ne...». Te puedes imaginar lo que me llamó. «¡Sal a luchar conmigo de hombre a hombre!»

—Eso habría sido un suicidio.

—Yo prefiero considerarlo una muestra de valor desesperada.

—¿Quieres decir que lo hiciste?

La taza de café le tembló entre las manos. El trozo de galleta sumergido empezó a deshacerse y a hincharse como una esponja a medida que el líquido marrón penetraba en el almidón blanco.

—Cuando eres hijo de Tyr —dijo—, no puedes rechazar un duelo personal. Si alguien te dice «Lucha contra mí», lo haces. Todos los músculos de mi cuerpo respondieron al desafío. Créeme, yo no quería enfrentarme con ese... tío.

Era evidente que había pensado una palabra que no era «tío».

—Pero no podía negarme. Salí de las trincheras y ataqué las fortificaciones confederadas yo solo. Más tarde, después de morirme, me enteré de que mi acción desencadenó la ofensiva que provocó la caída del fuerte Wagner. El resto de mis compañeros siguieron mi ejemplo. Supongo que pensaron que estaba tan loco que salieron a apoyarme. Yo solo quería matar a ese teniente. Y lo hice. Jeffrey Toussaint. Le pegué un tiro en el pecho y luego me acerqué lo suficiente para clavarle la bayoneta en la barriga. Claro que para entonces los confederados me habían disparado unas treinta veces. Caí entre sus filas y morí sonriendo a un montón de caras confederadas furiosas. Cuando quise darme cuenta, estaba en el Valhalla.

—Por los gayumbos de Odín —murmuré, que era un juramento reservado para ocasiones especiales—. Un momento... ¿Cómo te enteraste del nombre del teniente que mataste?

T. J. me sonrió tristemente.

Finalmente, lo entendí.

—Él también acabó en el Valhalla.

Asintió con la cabeza.

—En la planta setenta y seis. El viejo Jeffrey y yo... nos pasamos unos cincuenta años matándonos a diario una y otra vez. Yo estaba lleno de odio. Ese hombre representaba todo lo que odiaba, y viceversa. Tenía miedo de que acabásemos como Hunding y Helgi: convertidos en enemigos inmortales que siguieran atacándose miles de años más tarde.

—Pero ¿no acabasteis así?

—Pasó algo curioso. Al final, simplemente me cansé. Dejé de buscar a Jeffrey Toussaint en el campo de batalla. Descubrí que no puedes aferrarte eternamente a ese odio. A la persona que odias no le afecta, pero a ti te envenena.

Recorrió la cicatriz de la bala con el dedo.

—Jeffrey, por su parte, dejó de presentarse en el salón de banquetes. No volví a verlo. Lo mismo les pasó a muchos einherjar confederados. No duraron. Se encerraron en sus habitaciones y no salieron nunca más. Se esfumaron.

Se encogió de hombros y continuó.

—Supongo que a ellos les costó más adaptarse. Crees que el mundo es de una forma y un buen día descubres que es mucho más grande y más extraño de lo que imaginabas. Si no eres capaz de abrir tu mente, en el más allá lo tienes crudo.

Me acordé de cuando estuve en la azotea del edificio Citgo con Amir Fadlan, meciendo su cabeza y deseando que su mente mortal no se quebrase después de ver el puente Bifrost y los nueve mundos.

—Sí —convine—. Abrir el cerebro duele.

T. J. sonrió, pero ya no me pareció una sonrisa fácil. Era fruto del esfuerzo, valiente como un soldado solitario que ataca las líneas enemigas.

—Tú has aceptado tu reto personal, Magnus. Tendrás que enfrentarte a Loki cara a cara. No hay vuelta atrás. Pero si te sirve de algo, no atacarás esas fortificaciones solo. Estaremos contigo.

Me dio una palmadita en el hombro.

—Con permiso... —Me dio su sopa de café y galleta como si fuera un regalo fabuloso—. ¡Me voy a echar un sueñecito!

La mayoría de la tripulación dormía resguardada abajo. Habíamos descubierto que *El Plátano Grande* podía desplegar tantos camarotes como fuera necesario para que estuviéramos cómodos, independientemente del tamaño exterior del casco. Yo no estaba seguro de cómo funcionaba. Aunque me entusiasmaba *Doctor Who*, no me apetecía forzar los límites de nuestra TARDIS amarillo chillón. Prefería dormir en la cubierta, bajo las estrellas, que era donde me encontraba la tercera mañana de travesía cuando Alex me despertó sacudiéndome.

—Venga, Chase —anunció—. Vamos a poner a prueba a Samirah. Voy a enseñarle a desafiar a Loki, aunque acabe con nosotros. Y con nosotros me refiero a ti.

15

¡Mono!

Enseguida vi el problema.

Nunca debería haberle presentado a Alex a Percy Jackson, porque había aprendido demasiado de sus despiadados métodos de entrenamiento. Ella no podía invocar animales marinos, pero podía transformarse en ellos. Y era igual de chungo.

Empezamos por combates entre Samirah y Alex: en la cubierta, en el agua, en el aire. Mi labor consistía en nombrar animales al azar a partir del montón de fichas que Alex había preparado. Yo gritaba: «¡Mono!», y Sam tenía que transformarse en mono en mitad del combate, mientras Alex pasaba sin parar de humano a animal y a humano, esforzándose por pegar a Sam.

Cada vez que Alex tenía forma humana, se dedicaba a provocar a su contrincante diciendo cosas como «¡Venga ya, al-Abbas! ¿Eso te parece un tití cabeciblanco? ¡Cúrratelo más!».

Después de una hora de simulación de combate, a Sam le relucía la cara de sudor. Se había quitado el hiyab y se había recogido el largo cabello castaño para poder pelear mejor. (Nos consideraba a todos de la familia, de modo que no tenía problemas en ir sin hiyab cuando hacía falta.) Se apoyó contra la barandilla y se tomó un respiro. Estuve a punto de ofrecerle agua, pero me acordé de que estaba ayunando.

—Deberíamos hacer un descanso hasta la noche —propuse—. Por la noche podrás comer y beber. Esto debe de estar matándote.

—Estoy bien. —Sam no mentía muy bien, pero forzó una sonrisa—. De todas formas, gracias.

Alex se paseaba por la cubierta consultando su carpeta sujetapapeles. Una carpeta, habéis leído bien, como si aspirase a ser la asistente del gerente del Hotel Valhalla. Llevaba unos tejanos verdes ceñidos y una camiseta sin mangas, con un grosero gesto de mano cosido en la parte delantera con lentejuelas brillantes. Le había empezado a crecer el pelo, y las raíces morenas le daban un aire todavía más imponente, como una leona con una saludable melena.

—Bueno, Magnus, te toca —me dijo—. Saca a Jack y prepárate para luchar.

Mi espada se alegró de ayudar.

—¿Hora de pelear? ¡Mola! —Dio una vuelta a mi alrededor flotando—. ¿Contra quién luchamos?

—Contra Sam —contesté.

Se quedó paralizado.

—Pero Sam me cae bien.

—Solo estamos practicando —le expliqué—. Intenta matarla sin matarla de verdad.

—¡Uf! Vale. Eso sí que puedo hacerlo.

Alex tenía un pulsador que hacía clic. Su crueldad era ilimitada. Jack y yo formamos un equipo contra Sam: él atacaba con su hoja, obviamente, y yo con el mango de una fregona, que dudo que le infundiese terror. Sam se echaba a un lado y zigzagueaba e intentaba asestarnos hachazos, con la hoja envuelta en lona de la vela. Tenía que transformarse cada vez que Alex le daba al pulsador, cosa que hacía a intervalos aleatorios sin ninguna consideración por la situación de su hermana.

La idea, suponía, era condicionarla para que cambiase de forma en cualquier momento y cualquier lugar que lo necesitase sin pensárselo dos veces.

Noté que Jack se contenía. Solo atizó a Sam un par de veces. Yo no tuve mucho éxito con la fregona. Hacer maniobras de combate en la cubierta de un barco vikingo resultó ser una de las muchas aptitudes importantes de las que carecía. Tropecé con los remos, me enganché en el aparejo, me di dos veces con la cabeza contra el mástil y caí al mar... O sea, lo normal en mí.

Sam no tuvo tantos problemas. Me dejó herido y magullado. El único golpe que yo asesté fue cuando Alex le dio al pulsador en un momento especialmente inoportuno. En plena arremetida, Sam se transformó en loro y voló de cabeza contra el mango de mi fregona. Graznó, se convirtió de nuevo en humana y se dio una culada en la cubierta, con una nube de plumas azules y rojas revoloteando a su alrededor.

—Perdona, Sam. —Me moría de vergüenza—. Es la primera vez que le pego a un loro.

Ella rio a pesar de tener la nariz sangrando.

—No pasa nada. Vamos a intentarlo otra vez.

Luchamos hasta que los dos estuvimos agotados. Alex dio la práctica por acabada, y los tres nos desplomamos contra los escudos de la barandilla.

—¡Uf! —Jack se apoyó a mi lado—. ¡Estoy reventado!

Como toda la energía que él había gastado saldría de mí en cuanto lo cogiera, decidí dejarlo en forma de espada un poco más. No estaba dispuesto a quedarme grogui hasta después de haber comido.

Pero por lo menos yo podía comer.

Miré a Samirah.

—No sé cómo aguantas esa movida del Ramadán, en serio.

Arqueó una ceja.

—¿Te refieres a por qué lo hago?

—Eso también. ¿De verdad tienes que ayunar un mes entero?

—Sí, Magnus —respondió—. Te sorprenderá, pero el mes del Ramadán dura un mes.

—Me alegro de que no hayas perdido el sarcasmo.

Ella se secó la cara con una toalla, cosa que por lo visto no estaba prohibida.

—Llevo más de la mitad de mes. No es para tanto. —Frunció el entrecejo—. Claro que si todos morimos antes de que acabe el mes, sería un rollo.

—Sí —convino Alex—. Loki incendia los nueve mundos mientras tú estás en ayuno y ni siquiera puedes beber un trago de agua. Uf.

Sam le dio un manotazo en el brazo.

—Tienes que reconocer que hoy he estado más concentrada, Fierro. El Ramadán ayuda.

—Bueno, es posible —dijo Alex—. Pero sigo pensando que debes de estar loca para ayunar, pero ya no me preocupa tanto como antes.

—Me siento más despejada —explicó Sam—. Más vacía, en el buen sentido. Ya no me quedo tan bloqueada. Estaré lista cuando me enfrente a Loki, *insha' Allah*.

Sam no utilizaba mucho esa expresión, pero yo sabía que significaba «Si Dios quiere». Aunque era evidente que a ella le ayudaba, a mí nunca me inspiró mucha confianza. «Voy a hacerlo estupendamente, *insha' Allah*» era como decir «Voy a hacerlo estupendamente, suponiendo que antes no me atropelle un camión».

—Bueno —dijo Alex—, no sabemos lo que pasará hasta que te enfrentes a nuestra querida mamá-barra-papá. Pero soy moderadamente optimista. Y no has matado a Magnus, que supongo que es algo bueno.

—Gracias —murmuré.

Incluso esa pequeña muestra de consideración por parte de Alex —la idea de que mi muerte pudiera resultarle ligeramente desagradable— me provocaba una sensación de bienestar. Sí. Era patético.

El resto de la tarde ayudé en *El Plátano Grande*. A pesar de contar con navegación automática, había muchas cosas que hacer: limpiar las cubiertas, desenredar cuerdas, impedir que Mallory y Medionacido se matasen... Las tareas me ayudaban a no pensar demasiado en mi inminente enfrentamiento con Loki o en lo que Blitz y Hearth estaban haciendo. Ya hacía tres días que se habían ido, y ahora faltaban menos de dos semanas para el solsticio de verano, puede que menos para que el hielo se deshiciera y permitiera navegar al barco de Loki. ¿Cuánto podían tardar mis amigos en encontrar una piedra?

Naturalmente, la idea de localizar una piedra de afilar me traía malos recuerdos de mi última misión con ellos dos, en la que habíamos buscado la piedra *Skofnung*. Me decía que no había ninguna relación entre ambas, ya que esta vez no tendríamos que aguantar el brutal sol de Alfheim, ni a malvados nøks que tocaban el violín, ni a un padre elfo malencarado y sádico.

Hearth y Blitz no tardarían en volver e informar de que teníamos que superar una serie de nuevos obstáculos peligrosos. Cada vez que una ola rompía por encima de la proa, miraba la espuma del mar esperando que se solidificara y se transformara en mis amigos. Pero no reaparecían.

Esa tarde pasaron nadando serpientes marinas un par de veces: animales de unos seis metros de largo. Las criaturas observaron el barco, pero no atacaron. Supuse que o no les gustaban las presas con sabor a plátano o les espantaron los cánticos de Jack.

Mi espada me seguía por la cubierta alternando los éxitos de Abba (los vikingos son superfans de Abba) con las anécdotas sobre los viejos tiempos en los que él y Frey recorrían los nueve mundos, repartiendo sol y felicidad y matando a gente de vez en cuando.

A medida que transcurría el día, se convirtió en mi prueba de resistencia personal: ¿quería que Jack recuperase la forma de piedra rúnica y desmayarme debido al efecto de nuestros esfuerzos combinados o quería seguir escuchándolo cantar?

Finalmente, al anochecer, ya no pude aguantar más. Me dirigí dando traspiés al lugar de popa donde había colocado el saco de dormir y me tumbé, disfrutando del sonido que hacía Samirah al rezar su oración vespertina en la cubierta de proa, con su poesía cantarina tenue y relajante.

La oración de *magrib* resultaba extraña a bordo de un barco vikingo lleno de ateos y paganos. Por otra parte, los antepasados de Samirah habían tratado con los vikingos desde la Edad Media, así que dudaba que esa fuera la primera vez que se dedicaban oraciones a Alá a bordo de un barco vikingo. El mundo, los mundos, eran mucho más interesantes gracias a la mezcla continua.

Devolví la forma de piedra a Jack y apenas lo había enganchado a la cadena de mi cuello cuando me desmayé.

En sueños, presencié un asesinato.

16

El hombre de babas contra la sierra mecánica. Adivinad quién gana

Me encontraba con cuatro dioses en la cima de una montaña, al lado de las ruinas de una choza de paja.

Odín se apoyaba en un grueso bastón de roble, con la cota de malla reluciendo bajo su capa de viaje azul, una lanza sujeta a la espalda con una correa y una espada colgada en su costado. Su ojo bueno brillaba a la sombra de su sombrero de ala ancha azul y, con su barba canosa, su parche y sus distintas armas, parecía que tuviera problemas para decidir si ir a una fiesta de Halloween disfrazado de mago o de pirata.

A su lado estaba Heimdal, el guardián del puente Bifrost. Los *smartphones* todavía no debían de haberse inventado, porque no hacía fotos cada cinco segundos como de costumbre. Llevaba una coraza de gruesa lana blanca con dos espadas envainadas formando una equis a la espalda. *Gjallar*, el Cuerno del Fin del Mundo, pendía de su cinturón, cosa que no me parecía muy segura. Cualquiera podría habérsele acercado corriendo por detrás, haber tocado el cuerno y haber provocado el Ragnarok para gastarle una broma.

El tercer dios, mi padre, Frey, se hallaba arrodillado junto a las cenizas de una fogata. Llevaba unos tejanos desteñidos y una camisa a cuadros, aunque no entendía cómo esa ropa podía haber sido inventada ya. Tal vez trabajaba probando ropa de montaña en el medievo. El cabello rubio le caía sobre los hombros y la barba rasposa le brillaba a la luz del sol. Si hubiera habido justicia en el mundo, el dios del trueno Thor habría sido así: rubio y guapo y regio, no una máquina de tirar pedos pelirroja y musculosa.

Con el cuarto dios no había coincidido nunca, pero lo reconocí gracias al holograma explicativo de Njord: Kvasir, el tratado de paz viviente entre los Aesir y los Vanir. Era un tipo atractivo, considerando que había nacido como copa de saliva divina. Su cabello moreno rizado y su barba ondeaban con la brisa e iba envuelto en una túnica hilada a mano que le daba un aire de maestro jedi. Estaba arrodillado al lado de mi padre y mantenía los dedos sobre los restos carbonizados de la fogata.

Odín se inclinó hacia él.

—¿Qué opinas, Kvasir?

Esa simple pregunta me reveló lo mucho que los dioses lo respetaban. Normalmente Odín no pedía la opinión a los demás; se limitaba a dar respuestas, normalmente en forma de acertijos o de presentaciones de PowerPoint.

Kvasir tocó las cenizas.

—Sin duda es una hoguera de Loki. Ha estado aquí hace poco. Todavía anda cerca.

Heimdal oteó el horizonte.

—No lo veo por ninguna parte en un radio de ochocientos kilómetros, a menos... No, ese es un irlandés con un bonito corte de pelo.

—Debemos atrapar a Loki —gruñó Odín—. El duelo ha sido la gota que ha colmado el vaso. ¡Hay que encarcelarlo y castigarlo!

—Una red —anunció Kvasir.

Frey frunció el ceño.

—¿A qué te refieres?

—¿Lo veis? Loki ha estado quemando las pruebas. —Kvasir trazó un dibujo de líneas cruzadas apenas distinguible en las cenizas—. Ha intentado adelantarse a nuestros pasos considerando todas las formas en las que podíamos capturarlo. Tejió una red y luego la quemó rápido.

Kvasir se levantó.

—Caballeros, Loki se ha disfrazado de pez. ¡Necesitamos una red!

Los demás se quedaron asombrados, en plan: «Holmes, ¿cómo lo ha averiguado?».

Yo esperaba que Kvasir gritase: «¡Comienza el juego!». En cambio, chilló: «¡Al río más cercano!», y se fue con paso resuelto, seguido apresuradamente por los otros dioses.

El sueño cambió. Vi instantes fugaces de la vida de Kvasir mientras viajaba por los nueve mundos aconsejando a los lugareños acerca de todo tipo de asuntos, de la agricultura al parto y las deducciones fiscales. Todos los seres mortales lo adoraban. En cada ciudad, castillo y pueblo, era recibido como un héroe.

Entonces un buen día, después de rellenar unos impresos de la declaración de la renta especialmente difíciles de una familia de gigantes, se encontraba camino de Midgard cuando lo detuvieron un par de enanos: unos hombrecillos raquíticos, verrugosos y peludos con sonrisas maliciosas.

Lamentablemente, los reconocí: los hermanos Fjalar y Gjalar. En una ocasión me habían vendido un viaje de ida en barco. Según Blitzen, también tenían fama de ladrones y asesinos.

—¡Hola! —gritó Fjalar a Kvasir desde lo alto de una roca—. ¡Usted debe de ser el famoso Kvasir!

A su lado, Gjalar saludó entusiasmado con la mano.

—¡Bien hallado! ¡Hemos oído cosas maravillosas sobre usted!

Kvasir, que era el ser más inteligente jamás creado, debería haber tenido suficientes luces para decir: «Lo siento, no llevo nada suelto» y seguir andando.

Por desgracia, Kvasir también era bueno y saludó levantando la mano.

—¡Hola, buenos enanos! En efecto, soy Kvasir. ¿En qué puedo ayudaros?

Los hermanos se cruzaron una mirada como si no pudieran creerse la suerte que tenían.

—¡Puede aceptar nuestra invitación a cenar! —Gjalar señaló una ladera próxima, donde había una entrada a una cueva tapada con unas cortinas de cuero raído.

—No nos interesa asesinarle —prometió Fjalar—. Ni robarle. Ni sacarle la sangre, que debe de tener increíbles propiedades mágicas. ¡Simplemente queremos mostrarle nuestra hospitalidad!

—Muchas gracias —declaró Kvasir—. Pero me esperan por la noche en Midgard. Muchos humanos necesitan mi ayuda.

—Ah, entiendo —dijo Fjalar—. Le gusta... ayudar a la gente. —Lo dijo como otro podría decir: «Le gusta la carne de ternera»—. Pues da la casualidad de que nosotros estamos teniendo unos problemas terribles con, ejem, los impuestos estimados trimestrales.

Kvasir frunció el entrecejo por solidaridad.

—Entiendo. Pueden ser difíciles de calcular.

—¡Sí! —Gjalar juntó las manos—. ¿Puede ayudarnos, oh, sabio?

La escena me recordó la parte de una película de terror en la que el público gritaba: «¡¡No lo hagas!!». Pero la compasión de Kvasir se impuso a su sabiduría.

—Muy bien —dijo—. ¡Enseñadme los papeles!

Siguió a los enanos a la cueva.

Me dieron ganas de correr detrás de él, de advertirle de lo que iba a pasar, pero mis pies siguieron clavados al suelo. Dentro de la cueva, Kvasir empezó a gritar. Momentos más tarde, oí un sonido de sierra mecánica y luego uno de líquido borboteando en un caldero grande. Si hubiera podido vomitar en sueños, lo habría hecho.

La escena cambió por última vez.

Me encontraba en el jardín de una mansión de tres plantas, una vivienda de una hilera de casas de estilo colonial que daban a un parque público. Podría haber sido Salem o Lexington, uno de esos pueblos tranquilos de antes de la revolución en las afueras de Boston. Unas columnas pintadas de blanco flanqueaban la entrada de la casa y las madreselvas impregnaban el aire de un perfume dulce mientras una bandera de Estados Unidos ondeaba en el porche. La escena era tan bucólica que podría haberse tratado de Alfheim si la luz del sol hubiera sido un poco más fuerte.

La puerta principal se abrió, y una figura huesuda rodó por los escalones de ladrillo como si la hubieran lanzado.

Alex Fierro aparentaba unos catorce años, puede que dos o tres menos que cuando yo la había conocido. Un hilo de sangre le caía de la sien izquierda. Recorrió a gatas el camino de la entrada; tenía las palmas de las manos hechas trizas de parar la caída, e iba dejando gotas de sangre por el cemento como un cuadro pintado con esponja.

No parecía tan asustada como resentida y furiosa, con lágrimas de impotencia en los ojos.

En la puerta de la casa apareció un hombre de mediana edad: cabello moreno corto con canas, pantalones negros planchados, brillantes zapatos negros y una camisa de vestir blanca tan limpia y resplandeciente que hacía daño a la vista. Me imaginaba a Blitzen diciendo: «¡Necesita urgentemente un toque de color, señor!».

El hombre tenía la constitución menuda de Alex y su cara

poseía el mismo atractivo duro y anguloso, como un diamante que podías admirar, pero que no podías tocar sin cortarte.

No debería haber dado miedo. No era corpulento ni fuerte ni malencarado. Vestía como un banquero. Pero había algo aterrador en su mandíbula apretada, en la intensidad de su mirada, en la forma en que sus labios se torcían y se estiraban sobre sus dientes como si no acabase de dominar las expresiones humanas. Me dieron ganas de interponerme entre él y Alex, pero no podía moverme.

El hombre levantó un objeto de cerámica del tamaño de un balón de fútbol americano que sujetaba en una mano: era un óvalo marrón y blanco. Vi que se trataba de un busto con dos caras distintas una al lado de la otra.

—¡Normal! —Lanzó contra Alex la escultura de cerámica, que se hizo añicos en el sendero—. ¡Es lo único que quiero de ti! ¡Que seas un chico normal! ¿Tan difícil es?

Alex se levantó con dificultad y se volvió para mirar a su padre. Llevaba una falda color malva por las rodillas encima de unas mallas negras y un top verde sin mangas que no le había protegido del pavimento. Tenía los codos como si le hubieran pegado con un mazo para la carne. Y se había recogido el pelo, más largo de lo que se lo había visto nunca, en una coleta verde que salía de entre sus raíces morenas como una llama del hogar de Aegir.

—Soy normal, padre. —Pronunció la palabra entre dientes como si fuera el insulto más perverso que se le ocurriera.

—Se acabó la ayuda. —El tono de su padre era duro y frío—. Se acabó el dinero.

—No quiero tu dinero.

—¡Vaya, eso está bien! Porque irá a parar a mis verdaderos hijos. —Escupió en los escalones—. Tenías mucho potencial. Entendías el oficio casi tan bien como tu abuelo. Pero mírate.

—El arte —le corrigió Alex.

—¿Qué?

—Es un arte. No un oficio.

Su padre señaló asqueado los trozos de cerámica rotos.

—Eso no es arte. Es basura.

Su opinión estaba clara, aunque no la manifestó: «Tú también has decidido ser basura».

Alex lo fulminó con la mirada. El aire se volvió seco y glacial entre ellos. Los dos parecían esperar a que el otro hiciera un gesto definitivo: que se disculpara y cediera o que cortara para siempre el hilo que los unía.

Alex no tomó esa determinación.

Su padre movió la cabeza con gesto de consternación, como si no pudiera creer que su vida hubiera llegado a ese punto. A continuación se volvió, entró en la casa y cerró la puerta detrás de él.

Me desperté sobresaltado.

—¿Qué?

—Tranquilo, dormilón. —Alex Fierro estaba a mi lado; la Alex Fierro del presente, vestida con un chubasquero amarillo tan chillón que me pregunté si el barco había empezado a absorberla. Los sonidos de golpes que había oído en el sueño los había hecho ella tirando una cafetería entera al lado de mi cabeza. Me lanzó una manzana al pecho.

—Desayuno y comida —dijo.

Me froté los ojos. Todavía podía oír la voz de su padre y oler las madreselvas de su jardín.

—¿Cuánto he estado fuera de combate?

—Unas dieciséis horas —contestó—. No te has perdido gran cosa, así que te hemos dejado dormir. Pero ha llegado la hora.

—¿De qué?

Me incorporé en el saco de dormir. Mis amigos se movían por la cubierta, atando cabos y fijando remos. Una fría llovizna flotaba en el aire. Nuestro barco estaba amarrado a un malecón de piedra, en un río bordeado de casas adosadas de ladrillo parecidas a las de Boston.

—Bienvenido a Jorvik. —Medionacido echaba chispas por los ojos—. O, como lo llamáis los modernos, York, en Inglaterra.

17

Un montón de piedras nos tienden una emboscada

Por si os lo estáis preguntando, el viejo York no se parece en nada a Nueva York.

Es más viejo.

Magnus Chase, maestro de la descripción. De nada.

A Medionacido no le hacía gracia volver a su antiguo campamento base.

—Ninguna ciudad vikinga que se precie debería estar lejos del mar —gruñó—. No sé por qué Ivar el Deshuesado se molestó en venir a este sitio. Hemos desperdiciado toda la mañana navegando hasta aquí: ¡unos cuarenta kilómetros por el río Ouse!

—¿El río Louis? —pregunté.

—El río Ouse —me corrigió T. J., sonriendo—. Rima con «autobús». ¡He leído sobre él en una guía de viaje!

Me estremecí. Nada bueno rima con «autobús». «Obús.» «Pus.» «Patatús.» También me inquietaba que T. J. hubiera investigado tanto sobre Inglaterra. Por otra parte, ciento cincuenta años es mucho tiempo de espera en el Valhalla, y la biblioteca del hotel es impresionante.

Miré por el lado de babor. La turbia agua verde se encrespaba y subía alrededor de nuestro casco, y la lluvia salpicaba la superficie del río de dianas que se superponían unas a otras. La corriente parecía demasiado viva, demasiado despierta. Por mucho que Percy Jackson me hubiera entrenado, no quería caer allí.

—Los percibes, ¿verdad? —Medionacido agarró su hacha como si estuviera dispuesto a soltar amarras—. Los vatnavaettirs.

Pronunció la palabra como si le pareciera realmente espantosa, como «cobardía» o «máquina de afeitar eléctrica».

—¿Qué son? —pregunté.

—¿Y tienen un nombre más pronunciable? —añadió Alex.

—Son espíritus de la naturaleza —explicó Mallory—. En Irlanda tenemos leyendas parecidas. Los llamamos *each-uisce*: «caballos de agua».

Medionacido resopló.

—Los irlandeses tenéis leyendas parecidas porque las copiasteis de los nórdicos.

—Mentira —gruñó ella—. Los celtas llevaban mucho tiempo en Irlanda cuando los patanes de los nórdicos la invadisteis.

—¿Patanes? ¡El reino vikingo de Dublín fue la única potencia digna de mención de vuestra deprimente isla!

—Bueno... —Samirah se interpuso entre los dos tortolitos—. ¿Por qué son peligrosos esos caballos de agua?

Medionacido frunció el entrecejo.

—Pueden formar una manada y, si se cabrean, salir en estampida y destrozar nuestro barco. Me imagino que si se han aguantado hasta ahora es porque no saben qué pensar de nuestro color amarillo chillón. Además, si alguien comete la tontería de tocarlos...

—Se te pegan a la piel —continuó Mallory—, te sumergen y te ahogan.

Sus palabras hicieron que se me cerrara el estómago. Una vez me había quedado pegado a un águila mágica que me había llevado de pasajero en una carrera de destrucción sobre las azoteas de Boston. La idea de sumergirme bajo el Ouse parecía todavía menos divertida.

Alex rodeó con los brazos a Mallory y Medionacido.

—Bueno, pues como parece que vosotros dos sois los expertos en caballos de agua, deberíais quedaros a bordo y defender *El Plátano Grande* mientras el resto vamos a cazar gigantes.

—Ejem —dije—. Puedo convertir el barco en pañuelo...

—¡Oh, no! —repuso Medionacido—. No tengo el más mínimo deseo de volver a poner el pie en Jorvik. De todas formas, no os serviría de nada. Este sitio ha cambiado un poco en mil doscientos años. Me quedaré en el barco, pero no necesito que Mallory me ayude a defenderlo.

—¿Crees que no? —Le lanzó una mirada asesina, con las manos en las empuñaduras de sus dagas—. ¿Sabes alguna canción en gaélico para calmar a los caballos de agua? No pienso dejar este barco a tu cargo.

—¡Pues yo no pienso dejarlo a tu cargo!

—¡Chicos!

Samirah levantó las manos como un árbitro de boxeo. Nunca había soltado muchos tacos, pero me dio la impresión de que estaba haciendo esfuerzos para no infringir la norma del Ramadán que prohíbe decir palabrotas. Es curioso: en cuanto te dicen que no puedes hacer algo, sientes el deseo irresistible de hacerlo.

—Si los dos insistís en quedaros a bordo —dijo—, yo también me quedaré. Se me dan bien los caballos. Puedo volar si tengo problemas. Y en caso de apuro —movió rápidamente la muñeca y desplegó su lanza de luz—, puedo fulminar cualquier cosa que nos ataque. O puedo fulminaros a los dos, si no os portáis bien.

Medionacido y Mallory se mostraron igual de descontentos, y eso significaba que era un buen arreglo.

—Ya habéis oído a la señora —dijo Alex—. El equipo de reconocimiento estará compuesto por T. J., Chico Rubio y yo.

—¡Magnífico! —T. J. se frotó las manos—. ¡Estoy deseando darles las gracias a los británicos!

T. J. no bromeaba.

Mientras recorríamos las estrechas calles de York bajo una fría llovizna gris, saludaba a todo el que veía e intentaba estrecharle la mano.

—¡Hola! —decía—. Soy de Boston. ¡Gracias por no apoyar a la Confederación!

Las reacciones de los yorquinos iban de «¿Eh?» a «¡Basta!», pasando por algunas frases tan subidas de tono que me preguntaba si quienes las decían eran descendientes de Medionacido Gunderson.

T. J. no desistió. Avanzaba saludando con la mano y señalando.

—¡Lo que necesitéis! —ofreció—. Os debo una. —Me sonrió—. Me encanta este sitio. La gente es muy simpática.

—Ajá. —Escudriñé las bajas azoteas, pensando que si había un gigante en la ciudad, debería poder verlo—. Si fueras un jotun y estuvieras en York, ¿dónde te esconderías?

Alex se detuvo delante de una serie de carteles indicadores. Con el pelo verde asomando de la capucha de su chubasquero amarillo, parecía la portavoz *punk* de unos palitos de pescado congelados.

—Podríamos empezar por allí. —Señaló el cartel de arriba del todo—. El centro vikingo de Jorvik.

Parecía un plan tan bueno como cualquier otro, sobre todo considerando que no teníamos ninguno más.

Seguimos los letreros serpenteando por calles angostas y tortuosas bordeadas de casas adosadas de ladrillo, pubs y escaparates.

Podría haber sido el barrio North End de Boston, solo que York estaba formado por más elementos de períodos históricos distintos. Un edificio de ladrillo victoriano lindaba con una construcción de piedra medieval, que lindaba con una casa isabelina blanca y negra, que lindaba con un salón de bronceado que ofrecía sesiones de veinte minutos por cinco libras.

Nos cruzamos con pocas personas. El tráfico era escaso. Me preguntaba si era fiesta o si los vecinos se habían enterado de que un barco vikingo amarillo chillón estaba invadiendo el Ouse y habían corrido a las montañas.

Decidí que era mejor así. Si hubiera habido más ingleses a los que conocer y saludar, T. J. nos habría retrasado mucho.

Avanzamos por una calle llamada The Shambles, «caos» en inglés, que me pareció una buena descripción, aunque un mal reclamo. La calzada tenía la anchura justa para que pasara una bicicleta, suponiendo que el ciclista fuera flaco. Las casas asomaban por encima de la acera en ángulos dignos de un espejo deformante; cada piso era un poco más ancho que el inferior, con lo que daba la impresión de que todo el barrio se vendría abajo si dábamos un paso en falso. Apenas respiré hasta que salimos a una avenida más amplia.

Finalmente, los letreros nos llevaron a una zona de tiendas peatonal, donde había un edificio de ladrillo achaparrado adornado con carteles verdes:

¡VIKINGOS! ¡HISTORIA VIVA! ¡EMOCIONES FUERTES!
¡EXPERIENCIA INTERACTIVA COMPLETA!

Todo pintaba muy bien menos el letrero de la entrada:

CERRADO.

—¿Eh? —T. J. sacudió el pomo de la puerta—. ¿La echamos abajo?

Yo no veía de qué nos serviría. Saltaba a la vista que el local era un museo para turistas. Por muy buena que fuera la experiencia interactiva que ofrecía, sería una decepción después de vivir en el Valhalla. Tampoco necesitaba ninguna parafernalia vikinga de la tienda de artículos de regalo. Con mi colgante rúnico/espada parlante me bastaba y me sobraba.

—Chicos —dijo Alex en tono tenso—. ¿Acaba de moverse esa pared?

Seguí su mirada. Al otro lado de la plaza peatonal, sobresaliendo del lateral de un supermercado Tesco Express, había una sección desmoronada de bloques de piedra caliza toscamente labrados que podría haber formado parte de un castillo o de la antigua muralla de la ciudad.

Al menos eso pensé hasta que el montón de piedra caliza se movió.

Había visto a Samirah surgir de debajo de su hiyab de camuflaje unas cuantas veces: parecía que saliera del tronco de un árbol o de una pared en blanco o de la vitrina de un Dunkin Donuts. La imagen que presencié me produjo un vértigo parecido.

Mi mente tuvo que volver a procesar lo que estaba viendo: no una sección de muro en ruinas, sino un gigante de seis metros de altura cuya apariencia imitaba perfectamente la piedra caliza. Su áspera piel marrón y beige tenía forma de cuentas como la de un lagarto de Gila. Su pelo y su barba largos y enmarañados tenían escombros incrustados y llevaba una túnica y unos leotardos de lona gruesa acolchada que le daban ese aspecto de muro de fortaleza. Qué hacía apoyado contra el supermercado, no lo sabía. ¿Dormitar? ¿Pedir limosna? ¿Pedían limosna los gigantes?

Nos clavó sus ojos color ámbar: la única parte de su cuerpo que parecía verdaderamente viva.

—Vaya, vaya —tronó—. He esperado una eternidad a que aparecieran vikingos en el centro vikingo. ¡Estoy deseando mataros!

—Buena idea, Alex —chillé—. Sigamos los letreros al centro vikingo. Sí, señor.

Por una vez, ella no soltó ninguna réplica mordaz. Se quedó mirando al gigante con la boca abierta, y la capucha del chubasquero se le resbaló de la cabeza.

A T. J. le temblaba el rifle en las manos como una varilla de zahorí.

Yo no me sentía con mucho más valor. Sí, había visto gigantes más altos. Había visto águilas gigantescas, gigantes de fuego, gigantes borrachos y gigantes con camisas de bolos estrafalarias. Pero nunca había visto a un gigante de piedra aparecer delante de mis narices y ofrecerse alegremente a matarme.

Erguido, los hombros le llegaban a la altura de las azoteas de los edificios de dos plantas que nos rodeaban. Los pocos peatones de las calles andaban a su alrededor como si fuera una molesta obra de construcción.

Agarró el poste de teléfono más próximo y lo arrancó del suelo junto con una gran porción circular de pavimento. Hasta que apoyó el poste en el hombro, no me di cuenta de que se trataba de su arma: un mazo con una cabeza del tamaño de un jacuzzi.

—Los vikingos eran antes más sociables —tronó—. Yo pensaba que vendrían a su centro para celebrar juicios por combate. ¡O por lo menos para jugar al bingo! Pero vosotros sois los primeros que he visto en... —Ladeó su greñuda cabeza, un gesto que asemejó una avalancha de perros pastores—. ¿Cuánto llevo aquí sentado? ¡Debo de haberme dormido! En fin. Decidme vuestros nombres, guerreros. Me gustaría saber a quién voy a matar.

En ese momento yo habría gritado: «¡Reclamo mis derechos

de invitado!». Pero, desgraciadamente, no estábamos en la casa de un gigante. Dudaba que los derechos de invitado se aplicasen en una calle pública de una ciudad humana.

—¿Es usted el gigante Hrungnir? —pregunté, esperando sonar más seguro que aterrorizado—. Yo soy Magnus Chase. Estos son Thomas Jefferson, Jr. y Alex Fierro. ¡Hemos venido a negociar con usted!

El peludo coloso de piedra miró de un lado a otro.

—¡Claro que soy Hrungnir! ¿Ves a algún otro gigante por aquí? Me temo que mataros no es negociable, pequeño einherji, pero podemos discutir los detalles, si te apetece.

Tragué saliva.

—¿Cómo ha sabido que somos einherjar?

Hrungnir sonrió; sus dientes eran como las almenas de la torrecilla de un castillo.

—¡Oléis a einherjar! A ver, ¿qué esperabais negociar: una muerte rápida, una muerte por estornudo o tal vez una bonita muerte por pisotón y que luego os raspe de la suela de mi zapato?

Miré a T. J., que negó enérgicamente con la cabeza como pensando: «¡El zapato no!».

Alex seguía sin moverse. Sabía que todavía estaba viva porque se quitaba la lluvia de los ojos parpadeando.

—¡Oh, gran y beige Hrungnir —dije—, estamos buscando el lugar donde se halla el Hidromiel de Kvasir!

El gigante frunció el ceño, y sus cejas rocosas se llenaron de surcos y sus labios como ladrillos formaron un arco escarzano.

—Vaya, vaya. Conque queréis robarlo como Odín, ¿eh? ¿El viejo truco de Bolverk?

—Ejem…, quizá.

Hrungnir rio entre dientes.

—Podría daros esa información. Estaba con Baugi y Suttung cuando se apropiaron del hidromiel en su nuevo escondite.

—Bien. —Añadí en silencio «Baugi» y «Suttung» a mi lista mental de cosas de las que no tengo ni repajolera idea—. Es lo que hemos venido a averiguar. ¡Dónde está el Hidromiel de Kvasir!

Me di cuenta de que ya lo había dicho antes.

—¿Cuál es su precio, oh, Beige?

Hrungnir se acarició la barba e hizo que le cayeran escombros y polvo por la parte de delante de la túnica.

—Para que considere semejante trato, vuestras muertes tendrían que ser muy entretenidas. —Estudió a T. J., luego a mí y, finalmente, sus ojos se posaron en Alex Fierro—. Ah. ¡Esta huele a barro! Tienes las aptitudes necesarias, ¿no?

Miré a Alex.

—¿Aptitudes necesarias?

—¿Eh? —dijo Alex.

—¡Magnífico! —rugió Hrungnir—. ¡Hace siglos que los gigantes de piedra no encuentran un adversario digno para un duelo tradicional de dos contra dos! ¡Un combate a muerte! Por ejemplo, ¿mañana al amanecer?

—Un momento —dije—. ¿No podríamos hacer un torneo de curación?

—¿O una partida de bingo? —propuso T. J.—. El bingo está bien.

—¡No! —gritó Hrungnir—. Mi nombre significa «peleón», pequeño einherji. ¡No me engañaréis para que no luche! Seguiremos las antiguas reglas de combate. Yo contra... Mmm.

No quería ofrecerme voluntario, pero había visto a Jack cargarse a gigantes más grandes que ese. Levanté la mano.

—Está bien, contra mí...

—No, tú estás demasiado flacucho. —Hrungnir señaló a T. J.—. ¡Lo reto a él!

—¡Acepto! —gritó T. J.

A continuación parpadeó, como pensando: «Muchas gracias, papá».

—Bien —dijo el gigante—. ¡Y mi segundo luchará contra vuestro segundo, que estará hecho por ella!

Alex retrocedió tambaleándose como si la hubieran empujado.

—No... no puedo. Yo nunca.

—O puedo mataros a los tres ahora mismo —amenazó Hrungnir—. Entonces no tendréis ninguna oportunidad de encontrar el Hidromiel de Kvasir.

Me dio la impresión de que se me llenaba la boca de polvo como la barba del gigante.

—¿De qué está hablando, Alex? ¿Qué se supone que tienes que hacer?

Por su mirada de cautiva, supe que entendía la exigencia de Hrungnir. Solo la había visto tan asustada en una ocasión: su primer día en el Valhalla, cuando creía que no podría cambiar de género durante el resto de la eternidad.

—Yo... —Se humedeció los labios—. De acuerdo. Lo haré.

—¡Así me gusta! —dijo Hrungnir—. En cuanto al rubito, supongo que puede ser tu aguador o algo por el estilo. Bueno, me voy a preparar a mi segundo. Vosotros deberíais hacer lo mismo. ¡Os veré mañana, al amanecer, en el Konungsgurtha!

El gigante se volvió y recorrió las calles de York dando grandes zancadas, mientras los peatones se apartaban de él como si fuera un autobús fuera de control.

Me volví hacia Alex.

—Explícate. ¿Qué has aceptado?

El contraste entre sus ojos heterocromáticos era más marcado aún de lo normal, como si el dorado y el marrón se estuvieran separando y acumulando a la izquierda y la derecha.

—Tenemos que encontrar un taller de alfarería —dijo—. Rápido.

18

Amaso plastilina a muerte

No se oye mucho a los héroes decir eso.

«¡Rápido, Chico Maravilla! ¡Al taller de alfarería!»

Pero el tono de Alex no dejaba ninguna duda de que era cuestión de vida o muerte. El taller de alfarería más próximo —un sitio llamado Earthery— resultó estar en mi calle favorita, The Shambles. No me pareció un buen augurio. Mientras T. J. y yo esperábamos fuera, Alex se pasó unos minutos hablando con el dueño, que al final salió sonriendo y sujetando un gran fajo de dinero multicolor.

—¡Que lo paséis bien, chicos! —dijo mientras enfilaba la calle a toda prisa—. ¡Genial! ¡Gracias!

Pasamos al interior, donde Alex estaba haciendo inventario: mesas de trabajo, tornos de alfarero, estanterías metálicas llenas de vasijas a medio terminar, recipientes con un montón de herramientas, un armario repleto de pedazos de arcilla húmeda en bolsas de plástico. Al fondo del taller, una puerta daba a un pequeño cuarto de baño y otra a algo que parecía un almacén.

—Esto podría servir —murmuró—. Quizá.

—¿Has comprado el local? —pregunté.

—No seas tonto. He pagado al dueño a cambio de veinticuatro horas de uso exclusivo. Pero le he pagado bien.

—En libras británicas —observé—. ¿De dónde has sacado tanto dinero local?

Ella se encogió de hombros, centrada en el recuento de bolsas de arcilla.

—Se llama preparación, Chase. Me imaginé que viajaríamos por el Reino Unido y Escandinavia. He traído euros, coronas suecas, coronas noruegas y libras. Obsequio de mi familia. Y con «obsequio» quiero decir que lo he robado.

Me acordé del sueño en el que Alex aparecía delante de su casa y gruñía: «No quiero tu dinero». Tal vez se refería a que solo lo quería si ella ponía las condiciones. Podía entenderlo. Pero no se me ocurría cómo había conseguido tantas monedas extranjeras distintas.

—Deja de mirarme embobado y ayúdame —ordenó.

—No estoy... No estaba mirándote embobado.

—Tenemos que juntar estas mesas —dijo ella—. T. J., ve a ver si hay más arcilla al fondo. Necesitamos mucha más.

—¡De acuerdo! —dijo él, y corrió al almacén.

Alex y yo unimos cuatro mesas y formamos una superficie de trabajo lo bastante grande para jugar al ping-pong, y T. J. consiguió más bolsas de arcilla; calculé que teníamos una cantidad suficiente para hacer un Volkswagen de cerámica.

Alex paseó la mirada de la arcilla a los tornos de alfarero y, nerviosa, empezó a darse golpecitos en los dientes con la uña del pulgar.

—No tendremos suficiente tiempo —murmuró—. Secar, vidriar, cocer...

—Alex, si quieres que te ayudemos, vas a tener que explicarnos qué estamos haciendo —dije.

T. J. se apartó poco a poco de mí, por si ella sacaba el garrote.

Pero se limitó a fulminarme con la mirada.

—Sabrías lo que estoy haciendo si hubieras hecho el curso de alfarería elemental en el Valhalla como te pedí.

—Yo... yo tenía un problema de horario. —En realidad, no me gustaba la idea de la cerámica a muerte, sobre todo si te metían en un horno abrasador.

—Los gigantes de piedra tienen una tradición llamada tveirvigi —explicó—. Combate doble.

—Es como el combate individual vikingo, el einvigi —añadió T. J.—. Solo que con *tveir* en lugar de *ein*.

—Fascinante —dije.

—¡Lo sé! Leí sobre el tema en...

—Por favor, no me digas que en una guía de viaje.

T. J. miró al suelo.

Alex cogió una caja de herramientas de madera variadas.

—Sinceramente, Chase, no tenemos tiempo para ponerte al día. T. J. lucha contra Hrungnir. Yo hago un guerrero de cerámica que luche contra el guerrero de cerámica del gigante. Tú haces de aguador o curas o lo que sea. Está bastante claro.

Me quedé mirando las bolsas de arcilla.

—Un guerrero de cerámica. ¿En plan alfarería mágica?

—Alfarería elemental —dijo Alex, como si fuera evidente—. T. J., ¿puedes empezar a cortar esos trozos? Necesito tiras de dos centímetros de grosor, unas sesenta o setenta en total.

—¡Claro! ¿Puedo usar el garrote?

Ella se rio a carcajadas un buen rato.

—Por supuesto que no. Debería haber un cortador en ese recipiente gris.

T. J. se fue malhumorado a buscar una cizalla normal y corriente.

—Y tú vas a hacer rollos —me dijo Alex.

—¿Rollos?

—Sé que puedes hacer rollos con arcilla. Es como hacer serpientes con plastilina.

Me preguntaba cómo conocía mi oscuro secreto: que de niño me gustaba la plastilina. (Y cuando digo «niño», me refiero hasta los once años.) Reconocí a regañadientes que estaba entre mis aptitudes.

—¿Y tú?

—Lo más difícil es manejar el torno —dijo ella—. Hay que echar los elementos más importantes.

Con «echar» yo sabía que quería decir «dar forma en el torno», no «echar por la sala», aunque con Alex las dos actividades solían ir juntas.

—Está bien, chicos —dijo—. Manos a la obra.

Después de pasar varias horas haciendo rollos, me dolían los hombros y tenía la camiseta pegada a la piel sudada. Cuando cerraba los ojos, veía serpientes de arcilla reptando por la cara interior de mis párpados.

Mi único consuelo era levantarme a cambiar de emisora en la pequeña radio del dueño cada vez que a Alex o a T. J. no les gustaba una canción. Él prefería la música marcial, pero en la radio inglesa ponían una cantidad sorprendentemente limitada de melodías de bandas de música. Alex se decantaba por las canciones de anime japonés, que también escaseaban en el dial AM/FM. Finalmente, los dos escogieron a Duran Duran por motivos inexplicables.

De vez en cuando llevaba refrescos a Alex de la mininevera del dueño. Su favorito era el Tizer, una especie de refresco de cereza con picor extra. A mí no me gustaba, pero ella se enganchó rápidamente. Se le pusieron los labios rojos como los de un vampiro, cosa que me resultaba al mismo tiempo perturbadora y extrañamente fascinante.

Mientras tanto, T. J. iba y venía del sitio donde cortaba tiras al horno, que estaba calentando para la memorable jornada de cocción. Parecía disfrutar especialmente haciendo muescas del tamaño del cabo de un lápiz en las tiras para que no se agrietasen al cocerlas. Hacía eso mientras tarareaba «Hungry Like the Wolf», una canción que no se encontraba precisamente entre mis favoritas, considerando mi historia personal. T. J. parecía de buen humor para ser alguien que tenía un duelo concertado con un gigante de piedra de seis metros de altura por la mañana. Decidí no recordarle que si moría en Inglaterra permanecería muerto por muy simpáticos que fueran sus habitantes.

Había colocado mi mesa de trabajo lo más cerca posible del torno de Alex para poder hablar con ella. Normalmente, esperaba a que estuviera dando vueltas a un nuevo trozo de arcilla para hacerle una pregunta. Con las dos manos ocupadas, era menos probable que me pegase.

—¿Habías hecho antes un hombre de arcilla? —pregunté.

Ella me miró, con la cara salpicada de porcelana blanca.

—Lo he intentado unas cuantas veces, aunque nunca algo tan grande. Pero mi familia... —Presionó la arcilla y la moldeó como un cono con forma de colmena—. Como dijo Hrungnir, tenemos las aptitudes necesarias.

—Tu familia. —Traté de imaginarme a Loki sentado a una mesa haciendo serpientes de arcilla.

—Los Fierro. —Me lanzó una mirada de recelo—. ¿De verdad no lo sabes? ¿No has oído hablar de Cerámicas Fierro?

—Ejem..., ¿debería?

Sonrió como si le agradase mi ignorancia.

—Si supieras algo sobre cocina o decoración, tal vez. Fue una marca importante hará diez años. No importa. De todas formas, no me refiero a la basura hecha a máquina que vende mi padre. Me refiero a las obras de arte de mi abuelo. Él fundó el negocio cuando emigró de Tlatilco.

—Tlatilco. —Traté de ubicar el nombre—. Supongo que está fuera de la Interestatal Noventa y Cinco.

Alex se rio.

—No tiene por qué sonarte. Es un sitio muy pequeño de México. Hoy no es más que un barrio de Ciudad de México. Según mi abuelo, nuestra familia ha hecho cerámica allí desde antes de los aztecas. La civilización de Tlatilco fue una cultura superantigua. —Presionó el centro de la colmena con los pulgares y abrió los lados de la nueva vasija.

Seguía pareciéndome magia cómo daba forma a una vasija delicada y totalmente simétrica con solo fuerza y giros. Las pocas veces que yo había intentado manejar un torno, había estado a punto de romperme los dedos y lo único que había logrado había sido convertir un trozo de arcilla en un trozo de arcilla un poco más feo.

—¿Quién sabe cuál es la verdad? —continuó Alex—. No son más que cuentos familiares, leyendas. Pero mi abuelo se las tomaba en serio. Cuando se trasladó a Boston, siguió haciendo las cosas a la antigua usanza. Aunque tuviera que hacer un simple plato o una copa, creaba cada pieza a mano, con mucho orgullo y atención por el detalle.

—A Blitzen le gustaría.

Alex se recostó observando su vasija.

—Sí, mi abuelo habría sido un buen enano. Luego mi padre se hizo cargo del negocio y decidió darle un giro comercial. Se vendió. Fabricó en serie líneas de vajillas de cerámica e hizo tratos con cadenas de muebles para el hogar. Ganó millones antes de que la gente empezara a darse cuenta de que la calidad se había resentido.

Recordé las amargas palabras que su padre había pronunciado en mi sueño: «Tenías mucho potencial. Entendías el oficio casi tan bien como tu abuelo».

—Quería que tú llevaras el negocio de la familia.

Ella me observó, preguntándose sin duda cómo lo había adivinado. Estuve a punto de explicarle mi sueño, pero a Alex no le gustaba que nadie se metiera en su cabeza, ni siquiera involuntariamente. Y a mí no me gustaba que me gritasen.

—Mi padre es un idiota —dijo—. No entendía cómo me podía gustar la alfarería, pero no quería ganar dinero con ella. Desde luego no comprendía que yo escuchase las ideas disparatadas de mi abuelo.

—¿Como cuáles?

En su mesa de trabajo, T. J. seguía haciendo agujeros en las tiras de arcilla con una espiga y creando distintos motivos como estrellas y espirales.

—Esto es bastante divertido —reconoció—. ¡Terapéutico!

Los labios teñidos de Tizer de Alex se curvaron en las comisuras.

—Mi abuelo se ganaba la vida haciendo cerámica, pero lo que realmente le interesaba eran las esculturas de nuestros antepasados. Quería entender su espiritualidad. Pero no era fácil. Después de tantos siglos, intentar comprender tu legado cuando ha estado sepultado bajo muchas otras culturas: la olmeca, la azteca, la española, la mexicana... ¿Cómo sabes lo que es auténtico? ¿Cómo lo reclamas?

Me dio la impresión de que sus preguntas eran retóricas y no necesitaban que yo las contestase, cosa que me parecía perfecta. No podía pensar con claridad mientras T. J. tarareaba «Río» y hacía caritas sonrientes en la arcilla.

—Pero tu abuelo lo consiguió —aventuré.

—Eso creyó. —Alex hizo girar otra vez el torno, a la vez que pasaba una esponja por los lados de la vasija—. Yo también. Mi padre... —Su expresión se avinagró—. Le gustaba echar la culpa de... ya sabes, mi forma de ser..., a Loki. No le gustó un pelo cuando encontré aprobación en la familia Fierro.

Notaba el cerebro como las manos: como si una capa de arcilla se estuviera endureciendo sobre él y absorbiendo toda la humedad.

—Perdona, no lo entiendo. ¿Qué tiene que ver eso con guerreros de cerámica mágicos?

—Ya lo verás. Sácame el teléfono del bolsillo y llama a Sam. Ponla al día. Y luego cállate para que pueda concentrarme.

Incluso obedeciendo órdenes, sacar algo del bolsillo de los pantalones de Alex mientras llevaba puestos esos pantalones me parecía una buena forma de acabar muerto.

Lo conseguí con solo un par de ataques de pánico y descubrí que su teléfono contaba con servicio de datos en el Reino Unido. Debía de haberlo preparado cuando organizó el robo de las múltiples divisas.

Envié un mensaje de texto a Samirah y se lo conté todo.

Unos minutos más tarde, el teléfono zumbó con su respuesta. «OK. Suerte. Combate. GAM.»

Me preguntaba si GAM significaba «Ganaremos al malo», «Gunderson ahoga Mallory» o «Gigantes atormentan Gunderson». Decidí pensar de manera optimista y me incliné por la primera opción.

A medida que transcurría la tarde, las mesas del fondo se llenaron de cuadrados de porcelana cocidos que parecían placas de blindaje. Alex me enseñó a hacer cilindros que servirían de brazos y piernas mezclando mis rollos. Sus esfuerzos dieron lugar a pies, manos y una cabeza, todos con forma de jarrones y decorados meticulosamente con runas vikingas.

Se pasó horas trabajando en las caras: dos, una al lado de la otra, como la obra de arte que el padre de Alex había hecho añicos en mi sueño. La cara izquierda tenía los párpados gruesos, unos ojos suspicaces, un bigote rizado de malo de dibujos animados y una enorme boca con una mueca. La cara derecha era un cráneo sonriente con las cuencas oculares huecas y la lengua colgando. Al mirar los dos semblantes juntos, no pude evitar pensar en los ojos de distinto color de Alex.

Por la noche colocamos todas las piezas del guerrero de cerámica en nuestra mesa cuádruple y formamos un monstruo de Frankenstein de dos metros y medio de largo que requería el montaje de sus partes.

—Bueno. —T. J. se secó la frente—. Si tuviera que enfrentarme a esta cosa en combate, me daría miedo.

—Yo pienso lo mismo —dije—. Y hablando de caras...

—Es una máscara de la dualidad —explicó Alex—. Mis antepasados de Tlatilco hacían muchas estatuillas con dos caras, o una cara con dos mitades. Nadie sabe por qué. Mi abuelo creía que representaban dos espíritus en un solo cuerpo.

—¡Como mi viejo amigo lenape Madre William! —dijo T. J.—. ¡Supongo que en las culturas indígenas de México también había argr! —Rápidamente se corrigió a sí mismo—. Quiero decir personas transgénero, personas de género fluido.

Argr, la palabra vikinga para referirse a alguien de género cambiante, significaba literalmente «poco viril», una expresión que Alex no aprobaba.

Observé la máscara.

—No me extraña que te identificases con el arte dual. Tu abuelo... comprendió quién eras.

—Lo comprendió y lo respetó. Cuando murió, mi padre hizo todo lo que pudo por desacreditar sus ideas, destruir sus obras de arte y convertirme en una buena empresaria, pero yo no se lo permití.

Se frotó la nuca, tal vez para tocarse inconscientemente el símbolo tatuado de las serpientes en forma de ocho. Había abrazado el transformismo y no había dejado que Loki lo empañase. Había hecho lo mismo con la cerámica, aunque su padre había convertido el negocio familiar en algo que ella despreciaba.

—Alex, cuanto más sé de ti, más te admiro —dije.

Su expresión era una mezcla de diversión y rabia, como si yo fuera una mascota adorable que acabara de hacerse pipí en la alfombra.

—No me admires tanto hasta que pueda dar vida a esta cosa, pelota. Esa es la clave. Mientras tanto, todos necesitamos aire fresco. —Me lanzó otro fajo de dinero—. Vamos a cenar. Tú invitas.

19
Asisto a una reunión motivacional
de zombis

Cenamos pescado y patatas fritas en un sitio llamado Mr. Chippy. A T. J. el nombre le pareció divertidísimo. Mientras comía no paraba de decir «¡¡Mr. Chippy!!» en voz alta y jovial, cosa que no hacía ninguna gracia al dependiente de la caja registradora.

Después regresamos al taller de alfarería para pasar la noche. T. J. propuso que volviéramos al barco para estar con el resto de la tripulación, pero Alex insistió en que tenía que vigilar al guerrero de cerámica.

Informó a Sam con un mensaje de texto.

La respuesta de su hermana: «Sin problemas. Aquí OK. Luchando contra caballos de agua».

«Luchando contra caballos de agua» estaba escrito con emoticonos: puño, ola, caballo. Supuse que Sam había luchado contra tantos que había optado por la fórmula más simplificada.

—También cuentas con su cobertura internacional —observé.

—Pues sí —dijo Alex—. Tengo que mantenerme en contacto con mi hermana.

Me dieron ganas de preguntarle por qué no había hecho lo

mismo por mí. Entonces me acordé de que yo no tenía teléfono. La mayoría de los einherjar no tenían. En primer lugar, conseguir un número y pagar la factura es difícil cuando estás oficialmente muerto. Además, ninguna tarifa de datos cubre el resto de los nueve mundos. Y la recepción en el Valhalla es horrible. Yo echo la culpa al techo de escudos dorados. A pesar de todo, Alex insistía en tener un teléfono. No tenía ni idea de cómo lo conseguía. Tal vez Samirah la había apuntado a algún programa para amigos, familiares y parientes muertos.

En cuanto llegamos al taller, Alex revisó su obra de cerámica. Yo no sabía si alegrarme o disgustarme por que no se hubiera montado solo y cobrado vida.

—Volveré a echarle un vistazo dentro de unas horas —dijo—. Voy a...

Se dirigió tambaleándose al único asiento cómodo de la sala —un sillón reclinable salpicado de arcilla— y acto seguido se durmió y empezó a roncar. Ostras, cómo roncaba. T. J. y yo decidimos pasar la noche en el almacén, donde estaríamos mejor aislados de la imitación de un cortacésped en las últimas que Alex estaba perpetrando.

Improvisamos unos colchones con unas lonas.

Él limpió su rifle y afiló su bayoneta: su ritual nocturno.

Yo me tumbé y observé cómo la lluvia golpeaba contra los tragaluces. En el cristal entraba agua que goteaba sobre la estantería metálica y llenaba la sala de un olor a óxido mojado, pero no me molestaba. Agradecía el tamborileo continuo.

—¿Qué pasará mañana? —pregunté a T. J.—. Exactamente, quiero decir.

Él se rio.

—¿Exactamente? Yo lucharé contra un gigante de seis metros hasta que uno de los dos muera o no pueda luchar más. Mientras tanto, el guerrero de arcilla del gigante luchará contra el guerrero de arcilla de Alex hasta que uno de los dos quede reducido a escombros. Alex, no sé, brindo por su creación. Tú cúrame si puedes.

—¿Está permitido?

Se encogió de hombros.

—Que yo sepa, está permitido todo mientras tú y Alex no luchéis.

—¿No te molesta que tu rival sea cuatro metros y medio más alto que tú?

Enderezó la espalda.

—¿Crees que soy tan bajo? ¡Mido casi un metro ochenta!

—¿Cómo puedes estar tan tranquilo?

Inspeccionó el filo de su bayoneta, acercándolo a su rostro de tal forma que parecía que le partiese la cara en dos como una máscara dual.

—He tentado a la suerte muchas veces, Magnus. En James Island, Carolina del Sur, estaba al lado de un amigo, Joe Wilson, cuando un tirador confederado... —Formó una pistola con los dedos y apretó el gatillo—. Podría haber sido yo. Podría haber sido cualquiera de nosotros. Me tiré al suelo, me di la vuelta y miré al cielo, y me invadió una sensación de serenidad. Ya no tenía miedo.

—Sí, se llama estado de shock.

Él negó con la cabeza.

—No, vi valquirias, Magnus, mujeres montadas a caballo que daban vueltas en el cielo por encima de nuestro regimiento. Por fin me creí lo que mi madre me contaba de mi padre: que era el dios Tyr, y todas aquellas historias absurdas sobre dioses nórdicos en Boston. Justo entonces me dije: «Vale. Lo que tenga que ser será. Si mi padre es el dios de la valentía, más vale que le haga sentirse orgulloso».

No estaba seguro de cuál habría sido mi reacción. Me alegré

de tener un padre que se enorgullecía de que curase a la gente, me gustase el aire libre y soportase su espada parlante.

—¿Has conocido a tu padre? —pregunté—. Él te dio esa bayoneta, ¿verdad?

Envolvió la cuchilla en su gamuza como si estuviera arropándola en la cama.

—La bayoneta estaba esperándome cuando me registré en el Valhalla. No lo he conocido en persona. —Se encogió de hombros—. Aun así, cada vez que acepto un reto, me siento más cerca de él. Cuanto más peligroso, mejor.

—Pues ahora mismo debes de sentirte supercerca de él —supuse.

Sonrió.

—Sí. Son buenos tiempos.

Me preguntaba cómo un dios podía aguantar ciento cincuenta años sin reconocer a un hijo tan valiente como T. J., pero mi amigo no estaba solo. Conocía a muchos einherjar que no habían visto nunca a sus padres. Pasar tiempo con sus hijos no era una prioridad de las deidades nórdicas; tal vez porque tenían cientos de miles de hijos. O tal vez porque los dioses eran unos capullos.

Mi amigo se recostó en su colchón de lona.

—Ahora solo tengo que descubrir cómo matar a ese gigante. Me preocupa que un ataque frontal directo no dé resultado.

Para ser un soldado de la guerra de Secesión, tenía una forma de pensar creativa.

—A ver, ¿cuál es tu plan? —pregunté.

—¡Ni idea! —Se caló la gorra de la Unión sobre los ojos—. A lo mejor se me ocurre algo en sueños. Buenas noches, Magnus.

Empezó a roncar casi tan alto como Alex.

Era mi triste destino.

Me quedé despierto preguntándome cómo les iría a Sam, Medionacido y Mallory a bordo del barco. Me preguntaba por qué

182

Blitzen y Hearthstone no habían vuelto todavía, y por qué tardarían cinco días en explorar el lugar en el que se encontraba una piedra de afilar. Njord había prometido que volvería a verlos antes de que llegara el verdadero peligro. Debería habérselo hecho jurar por sus pies impecablemente cuidados.

Sin embargo, por encima de todo me preocupaba mi inminente duelo con Loki: una competición de insultos con la deidad nórdica más elocuente. ¿Qué me había creído? Por muy mágico que fuera el Hidromiel de Kvasir, ¿cómo podría ayudarme a vencer a Loki en su propia especialidad?

Eso sí, sin presiones. Si perdía, quedaría reducido a una sombra de mí mismo y sería encarcelado en Helheim mientras todos mis amigos morían y el Ragnarok destruía los nueve mundos. Tal vez pudiera comprar un libro de insultos vikingos en la tienda de artículos de regalo del centro vikingo.

T. J. seguía roncando. Yo admiraba su coraje y su positividad. Me preguntaba si tendría una décima parte de su presencia de ánimo cuando tuviera que enfrentarme a Loki.

Mi conciencia respondió «¡¡¡No!!!», y acto seguido rompió a llorar histéricamente.

Gracias a la lluvia, al final conseguí dormirme, pero no tuve unos sueños relajantes ni tranquilizadores.

Me encontraba otra vez en el *Naglfar*, el Barco de los Muertos. Multitudes de draugrs pululaban por la cubierta, con harapos y armaduras mohosas colgando de sus cuerpos, y lanzas y espadas oxidadas como cerillas quemadas. Los espíritus de los guerreros se agitaban dentro de sus cajas torácicas como llamas azules aferrándose a los últimos restos de leña.

Miles y miles de ellos se encaminaban arrastrando los pies a la cubierta de proa, donde numerosas pancartas pintadas a mano colgaban de las barandillas y ondeaban en los penoles movidas por el viento glacial:

y otros eslóganes tan terribles que solo podrían haber sido escritos por los muertos deshonrosos.

No veía a Loki. Pero al timón, en una tarima improvisada con uñas de muertos, había un gigante tan viejo que casi pensé que podía tratarse de uno de los muertos vivientes. Nunca lo había visto, pero había oído historias sobre él: Hrym, el capitán del barco. Su propio nombre significaba «decrépito». Sus brazos descubiertos estaban tan demacrados que daban pena. Tenía mechones de pelo blanco pegados como carámbanos a su cabeza curtida; me recordó a unos hombres prehistóricos hallados en glaciares derretidos que había visto en unas fotos. Su cuerpo consumido estaba cubierto de pieles blancas mohosas.

Sin embargo, sus ojos azul claro estaban llenos de vida. No podía ser tan frágil como aparentaba. Con una mano blandía un hacha de combate más grande que yo y en la otra sostenía un escudo hecho con el esternón de un animal enorme, con el espacio entre las costillas provisto de planchas de hierro tachonado.

—¡Soldados de Helheim! —bramó el gigante—. ¡Contemplad!

Señaló a través del agua gris. Al otro lado de la bahía, los acantilados glaciales se desmoronaban más rápidamente, el hielo se agrietaba y caía al mar con un sonido de artillería lejana.

—¡El camino pronto estará despejado! —gritó el gigante—. ¡Entonces zarparemos a la batalla! ¡Muerte a los dioses!

A mi alrededor sonaron gritos por todas partes: voces apagadas y odiosas de los que habían muerto hacía mucho entonando ese cántico.

Afortunadamente, el sueño cambió. Ahora estaba en un campo de trigo recién arado un día cálido y soleado. A lo lejos, las colinas onduladas se hallaban cubiertas de flores silvestres. Más allá, cascadas blancas como la leche caían por las laderas de montañas pintorescas.

Una parte de mi cerebro pensó: «¡Por fin un sueño agradable! ¡Estoy en un anuncio de pan de trigo integral!».

Entonces un anciano con una túnica azul se dirigió a mí cojeando. Tenía la ropa manchada y salpicada de barro de un largo viaje. Su sombrero de ala ancha le oscurecía la cara, aunque podía distinguir su barba canosa y su sonrisa misteriosa.

Cuando llegó hasta mí, alzó la vista y mostró un ojo que brillaba con un humor malicioso. La otra cuenca estaba oscura y vacía.

—Soy Bolverk —dijo, aunque naturalmente yo sabía que era Odín. Dejando de lado su disfraz nada original, una vez que has oído a Odín dar un discurso de apertura sobre las mejores costumbres de los berserkers, no olvidas jamás su voz—. He venido para ofrecerte un trato único en la vida.

Sacó de debajo de su capa un objeto del tamaño de un queso redondo cubierto con una tela. Temí que fuera una de las colecciones de compactos inspiradores de Odín, pero entonces lo desenvolvió y dejó a la vista una piedra de afilar circular de cuarzo gris. Me recordaba el extremo para golpear del mazo de Hrungnir, solo que más pequeño y menos digno de un mazo.

Odín/Bolverk me lo ofreció.

—¿Pagarás el precio?

De repente desapareció y ante mí surgió una cara tan grande que no podía abarcarla por entero: ojos verdes brillantes con rendijas verticales a modo de pupilas y fosas nasales curtidas que goteaban mocos. El hedor a ácido y carne podrida me quemaba los pulmones. La criatura abrió la boca y mostró unas hileras de dientes triangulares y puntiagudos listos para hacerme trizas... y me incorporé de golpe, gritando en mi cama hecha con lonas.

Por encima de mí, una tenue luz gris se filtraba por las claraboyas. Había dejado de llover y tenía a T. J. sentado frente a mí, masticando un bagel, con unas gafas extrañas en la cara. Cada cristal tenía un centro transparente bordeado de un círculo de vidrio color ámbar, de modo que parecía que tuviera un segundo par de iris.

—¡Por fin te despiertas! —observó—. Pesadillas, ¿eh?

Me temblaba todo el cuerpo como monedas agitándose dentro de una máquina separadora de cambio.

—¿Qu-qué pasa? —pregunté—. ¿Por qué llevas esas gafas?

Alex Fierro apareció en la puerta.

—Un grito tan agudo solo podía ser de Magnus. Bien. Estás despierto. —Me lanzó una bolsa de papel marrón que olía a ajo—. Vamos. El tiempo es oro.

Nos llevó a la sala principal, donde su guerrero dual de cerámica seguía desmembrado. Rodeó la mesa revisando su obra y asintiendo satisfecha con la cabeza, aunque yo no veía que hubiera cambiado nada.

—¡Vale! Sí. Estamos listos.

Abrí la bolsa de papel y fruncí el ceño.

—¿Me habéis dejado un bagel de ajo?

—El que se despierta el último escoge el último —dijo Alex.

—Me va a oler fatal el aliento.

—Ya te huele fatal —me corrigió—. Bueno, no pasa nada. Yo no te voy a besar. ¿Vas a besarlo tú, T. J.?

—No tenía pensado hacerlo. —Se metió el último trozo de bagel en la boca y sonrió.

—Yo... yo no he dicho nada de... —dije tartamudeando—. No me refería... —Noté la cara como si la tuviera llena de hormigas de fuego—. En fin. ¿Por qué llevas esas gafas, T. J.?

Se me da bien cambiar sutilmente de tema cuando me siento incómodo. Es un don.

Mi amigo movió sus nuevas gafas.

—¡Anoche me ayudaste a refrescar la memoria hablando de aquel tirador, Magnus! Luego soñé con Hrungnir y esos extraños ojos suyos color ámbar, y me vi riendo y matándolo de un disparo. Cuando me desperté, me acordé de que tenía estas gafas en la mochila. ¡Me había olvidado por completo de ellas!

Parecía que había tenido mejores sueños que yo, cosa que no me sorprendía.

—Son unas gafas de francotirador —explicó—. Es lo que usábamos antes de que se inventaran las miras telescópicas. Me compré estas en el Valhalla hará, no sé, cien años, así que estoy seguro de que son mágicas. ¡Estoy deseando probarlas!

Dudaba que Hrungnir fuese a quedarse quieto mientras T. J. le disparaba a una distancia prudencial. También dudaba que alguno de nosotros riese hoy, pero no quería amargarle la fiesta a mi amigo antes del combate.

Me volví hacia el guerrero de cerámica.

—Bueno, ¿qué tal nuestro amigo Caras de Barro? ¿Sigue hecho pedazos?

Alex sonrió.

—¿Caras de Barro? ¡Buen nombre! Pero no presupongamos el género de Caras de Barro.

—Ah. Vale.

—Deséame suerte. —Respiró hondo y deslizó los dedos por las dos caras del guerrero de cerámica.

Los trozos de cerámica repiquetearon y salieron volando todos juntos como si estuvieran imantados. Caras de Barro se incorporó y se centró en Alex. Las caras seguían siendo de arcilla endurecida, pero las dos muecas congeladas parecían de repente más furiosas, más ávidas. En las cuencas oculares del lado derecho brillaba una luz dorada.

—¡Sí! —Alex espiró aliviada—. Vale. Caras de Barro es no

187

binario, como sospechaba. Prefiere que usemos el pronombre «elle». Y está listo para luchar.

Caras de Barro saltó de la mesa. Sus extremidades chirriaban y rechinaban como piedras contra cemento. Medía unos dos metros con cincuenta, una estatura que a mí me daba bastante respeto, pero me preguntaba si tenía alguna posibilidad de éxito contra el guerrero de arcilla que Hrungnir había creado.

Caras de Barro debió de percibir mis dudas. Giró sus caras hacia mí y levantó el puño derecho: un grueso jarrón de cerámica vidriada rojo sangre.

—¡Alto! —ordenó Alex—. ¡Él no es el enemigo!

Caras de Barro se volvió hacia ella como si quisiera preguntarle: «¿Estás segura?».

—A lo mejor no le gusta el ajo —conjeturó Alex—. Magnus, termínate rápido ese bagel y pongámonos en marcha. ¡No podemos hacer esperar a nuestros enemigos!

20

Tveirvigi = el peor vigi

Mientras recorríamos las calles de York de madrugada, me comí el bagel de ajo y les expliqué a mis amigos los sueños que había tenido. Nuestro nuevo colega Caras de Barro avanzaba con gran estruendo a nuestro lado y atraía miradas de reproche de los ciudadanos adormilados, como si pensasen: «Bah, turistas».

Por lo menos mi historia captó la atención de T. J., de modo que no molestó a demasiados habitantes de Yorkshire con agradecimientos y apretones de manos.

—Mmm —dijo—. Ojalá supiera por qué necesitamos la piedra de afilar. Es posible que Odín tratase el episodio de Bolverk en uno de sus libros: ¿*El camino Aesir a la victoria*? ¿O era *El arte del robo*? No me acuerdo de los detalles. ¿Una bestia grande con ojos verdes, dices?

—Y muchos dientes. —Intenté borrar el recuerdo de mi cabeza—. A lo mejor Odín mató a la bestia para conseguir la piedra. O a lo mejor le pegó a la bestia en la cara con la piedra y así consiguió el hidromiel.

T. J. frunció el ceño. Se había apoyado las gafas nuevas en la visera de su gorra.

—Ninguna de las dos opciones me convence. No me acuerdo de ningún monstruo. Estoy seguro de que Odín les robó el hidromiel a los gigantes.

Recordé el sueño de la matanza de la sierra mecánica perpetrada por Fjalar y Gjalar.

—Pero ¿no mataron los enanos a Kvasir? ¿Cómo consiguieron los gigantes el hidromiel?

T. J. se encogió de hombros.

—Según todas las versiones, un grupo asesinó a otro grupo para robarle lo que tenía. Seguramente así es cómo pasó.

Eso me hizo enorgullecerme de ser un vikingo.

—Vale, pero no tenemos mucho tiempo para averiguarlo. Los glaciares que vi se están derritiendo rápido. Dentro de unos doce días será el solsticio de verano, pero creo que el barco de Loki podrá zarpar mucho antes.

—Chicos, ¿qué tal si primero derrotamos al gigante y luego hablamos de nuestro próximo encargo imposible? —dijo Alex.

Me pareció acertado, aunque sospechaba que solo quería que me callase para que no le echara más aliento con sabor a ajo.

—¿Alguien sabe adónde vamos? —pregunté—. ¿Qué es un *Konungsgurtha*?

—Significa «palacio del rey» —contestó T. J.

—¿Lo dice en tu guía de viaje?

—No. —Se rio—. Nórdico elemental. ¿Todavía no has hecho el curso?

—Tuve un problema de horario —murmuré.

—Bueno, estamos en Inglaterra. Tiene que haber el palacio de algún rey en alguna parte.

Alex se detuvo en el siguiente cruce. Señaló uno de los indicadores.

—¿Qué tal King's Square, la «plaza del rey»? ¿Servirá?

Caras de Barro parecía creer que sí. Giró su cara doble en esa dirección y se fue dando grandes zancadas. Le seguimos, porque habría sido una irresponsabilidad dejar a un montón de cerámica de dos metros y medio andando solo por la ciudad.

Encontramos el sitio. Viva.

King's Square no era una plaza, ni tampoco era un lugar muy regio. Las calles formaban una Y alrededor de un parque empedrado con pizarra gris, con unos árboles achaparrados y un par de bancos. Los edificios de alrededor estaban a oscuras y las tiendas cerradas. La única alma que se veía era el gigante Hrungnir, con las botas plantadas a cada lado de una farmacia llamada, de forma bastante adecuada, Boots. Llevaba la misma armadura acolchada, su enmarañada barba de piedra caliza acababa de sufrir un alud, y tenía un brillo sangriento en sus ojos color ámbar. Su mazo permanecía derecho a su lado como el poste de Festivus más grande del mundo.

Cuando Hrungnir nos vio, su boca se abrió en una sonrisa que habría hecho palpitar los corazones de peones y albañiles.

—¡Vaya, vaya, os habéis presentado! Estaba empezando a pensar que habíais huido. —Frunció su pedregoso entrecejo—. La mayoría de la gente huye. Me da mucha rabia.

—No se me ocurre por qué —dije.

—Mmm. —Señaló con la cabeza a Caras de Barro—. ¿Así que ese es vuestro segundo de cerámica? No parece gran cosa.

—Espera y verás —prometió Alex.

—¡Estoy deseándolo! —rugió el gigante—. Me encanta matar a gente aquí. Hace mucho —señaló hacia un pub cercano—, la corte del rey nórdico de Jorvik estaba ahí mismo. Y donde vosotros estáis, los cristianos tenían una iglesia. ¿Lo veis? Estáis pisando la tumba de alguien.

Efectivamente, la losa de pizarra situada bajo mis pies tenía grabado un nombre y unas fechas, pero estaba demasiado gastada para poderse leer. Toda la plaza estaba empedrada con lápidas, tal vez pertenecientes al suelo de la antigua iglesia. La idea de estar pisando a tantos muertos me revolvió el estómago, aunque técnicamente yo también era un muerto.

El gigante rio entre dientes.

—Muy adecuado, ¿verdad? Aquí hay tantos humanos muertos que no pasa nada si de repente hay unos cuantos más. —Se volvió hacia T. J.—. ¿Estás preparado?

—Nací preparado —respondió mi amigo—. Morí preparado. Resucité preparado. Te doy una última oportunidad, Hrungnir. Todavía no es tarde para elegir una partida al bingo.

—¡Ja! ¡No, pequeño einherji! He trabajado toda la noche en mi compañero de combate. No pienso desaprovecharlo en una partida de bingo. ¡Mokkerkalfe, ven aquí!

El suelo tembló con un ¡¡pam, pam!! fangoso. Un hombre de barro apareció doblando la esquina. Medía casi tres metros, estaba toscamente moldeado y relucía porque todavía no se había secado. Parecía algo que yo podría haber hecho en el curso de alfarería elemental: una criatura fea y desigual con los brazos demasiado finos y las piernas demasiado gruesas, y una cabeza que no pasaba de un amasijo con dos agujeros para los ojos y una cara ceñuda labrada en ella.

A mi lado, Caras de Barro empezó a hacer ruido, y no me pareció que fuera de la emoción.

—Más grande no significa más fuerte —le dije entre dientes.

Caras de Barro giró sus rostros hacia mí. Sus expresiones no variaron, claro, pero intuí que las dos bocas me decían lo mismo: «Cállate, Magnus».

Alex se cruzó de brazos. Se había atado el chubasquero amarillo alrededor de la cintura dejando a la vista el chaleco rosa y verde que yo consideraba su uniforme de combate.

—Eres un chapucero, Hrungnir. ¿Eso te parece un hombre de barro? ¿Y qué nombre es Mokkerkalfe?

El gigante arqueó las cejas.

—Ya veremos cuál es una chapuza cuando empiece el combate. ¡Mokkerkalfe significa «Ternero de Niebla»! ¡Un nombre poético y honorable para un guerrero!

—Ajá —dijo Alex—. Pues este es Caras de Barro.

Hrungnir se rascó la barba.

—Debo reconocer que también es un nombre poético para un guerrero. Pero ¿sabe luchar?

—Sabe luchar perfectamente —aseguró Alex—. Y se cargará a ese montón de escombros tuyo sin problema.

Caras de Barro miró a su creadora como diciendo: «¿Ah, sí?».

—¡Basta de cháchara! —Hrungnir levantó su mazo y se volvió hacia T. J. frunciendo el ceño—. ¿Empezamos, hombrecillo?

Thomas Jefferson, Jr. se puso sus gafas de montura color ámbar, se descolgó el rifle y sacó un pequeño paquete de papel cilíndrico —un cartucho de pólvora— de su petate.

—Este rifle también tiene un nombre poético —dijo—. Es un Springfield mil ochocientos sesenta y uno. Fabricado en Massachusetts, como yo. —Abrió el cartucho con los dientes y acto seguido vertió el contenido en la boca del rifle. Sacó la baqueta y presionó la pólvora y la bala—. Antes podía disparar tres balas por minuto con esta preciosidad, pero he estado practicando varios cientos de años. Veamos si hoy puedo disparar cinco balas por minuto.

Extrajo un pequeño pistón metálico de su morral y lo colocó debajo del percutor. Ya le había visto hacer todo el proceso antes, pero su capacidad para cargar, hablar y andar al mismo tiempo me resultaba tan mágica como la destreza de Alex con el torno de alfarero. Para mí, habría sido como intentar atarme las botas y silbar el himno de Estados Unidos mientras corría.

—¡Muy bien! —gritó Hrungnir—. ¡Que empiece el tveirvigi!

Mi primer cometido era mi favorito: quitarme de en medio.

Me lancé hacia la derecha cuando el mazo del gigante se estampó contra un árbol y lo hizo astillas. El rifle de T. J. se descargó con un ¡pum! seco y el gigante rugió de dolor. Retrocedió tambaleándose mientras le salía humo del ojo izquierdo, teñido ahora de color negro en lugar de ámbar.

—¡Qué mala educación! —Hrungnir levantó otra vez el mazo, pero T. J. se dirigió a su lado ciego y volvió a cargar. Su segundo disparo hizo saltar chispas de la nariz del gigante.

Mientras tanto, Mokkerkalfe avanzó pesadamente agitando sus bracitos, pero Caras de Barro fue más rápido. (Me dieron ganas de atribuirme el mérito de sus articulaciones.) Se agachó hacia un lado, apareció detrás del hombre de barro del gigante y le golpeó la espalda con sus dos puños con forma de jarrón.

Lamentablemente, sus puños se hundieron en la carne blanda y pegajosa de Mokkerkalfe, y cuando este se volvió, tratando de ponerse de cara a su rival, Caras de Barro se vio levantado y zarandeado como una cola de cerámica.

—¡Suéltate! —gritó Alex—. ¡Caras de Barro! Oh, meinfretr.

Aflojó el garrote, aunque yo no sabía cómo podría ayudar sin participar en la pelea.

¡Pum! La bala del mosquete de T. J. rebotó en el cuello del gigante e hizo añicos una ventana de la segunda planta. Me asombraba que los vecinos todavía no hubieran salido a ver a qué venía tanto alboroto. Tal vez el glamour era muy potente. O tal vez la buena gente de York estaba acostumbrada a las peleas entre vikingos y gigantes a primera hora de la mañana.

T. J. volvió a cargar mientras Hrungnir le obligaba a retroceder.

—¡Quédate quieto, pequeño mortal! —rugió—. ¡Quiero machacarte!

King's Square era un lugar reducido para un jotun. T. J. trataba de mantenerse en el lado ciego de Hrungnir, pero este solo necesitaba dar un paso a tiempo o asestar un golpe afortunado para convertir a mi amigo en una tortita de infantería.

Blandió de nuevo su mazo y T. J. saltó a un lado justo a tiempo mientras el gigante de un golpe reducía a esquirlas una docena de lápidas y dejaba un agujero de tres metros de profundidad en el patio.

Mientras tanto, Alex atacó con su alambre. Rodeó las piernas de Caras de Barro con el garrote como si fuera un lazo y las liberó de un tirón. Por desgracia, se pasó de fuerza justo cuando Mokkerkalfe se estaba girando en la misma dirección. Debido al excesivo impulso, Caras de Barro salió volando a través de la plaza y atravesó el escaparate de un establecimiento de préstamos.

Mokkerkalfe se volvió hacia Alex y emitió un sonido borboteante con el pecho, como el gruñido de un sapo carnívoro.

—Vale, chico —dijo ella—. No estaba luchando de verdad. No soy tu...

«¡Gluglú!» Mokkerkalfe se abalanzó sobre ella como un luchador, más rápido de lo que yo habría creído posible, y mi amiga desapareció bajo ciento treinta kilos de barro húmedo.

—¡No! —grité.

Antes de que pudiera moverme o pensar cómo ayudarla, T. J. gritó en el otro extremo del patio.

—¡Ja!

Hrungnir levantó el puño. Envuelto en sus dedos, forcejeando en vano, se hallaba Thomas Jefferson, Jr.

—¡Un apretón —dijo vanagloriándose el gigante—, y el combate habrá terminado!

Me quedé paralizado. Quería dividirme en dos, ser dual como nuestro guerrero de cerámica. Pero aunque hubiera podido lograrlo, no veía cómo podría ayudar a ninguno de mis dos amigos.

Entonces el gigante cerró el puño, y T. J. gritó de dolor.

21

Nos divertimos operando a corazón abierto

Caras de Barro nos salvó.

(Y no. Es una frase que no creía que utilizaría nunca.)

Nuestro amigo de cerámica explotó desde una ventana del tercer piso por encima de la oficina de préstamos. Se abalanzó sobre la cara de Hrungnir, le hizo una llave con las piernas en el labio superior y le atizó en la nariz con los dos puños.

—¡Pfff! ¡Suelta! —El gigante se tambaleó y soltó a T. J., que cayó redondo.

Mientras tanto, Mokkerkalfe logró ponerse de pie, cosa que debió de costarle con Alex Fierro estampada en su pecho. La oí gemir bajo su cuerpo y me invadió una sensación de alivio. Por lo menos estaba viva y podía seguir así unos segundos más. Tomé una decisión basándome en la prioridad: corrí hacia T. J., con cuyo estado no era tan optimista.

Me arrodillé a su lado y puse la mano sobre su pecho. Casi la aparté del grave daño que percibí. Un hilillo rojo le surcaba la comisura de la boca como si hubiera estado bebiendo Tizer..., pero yo sabía que no era refresco.

—Aguanta, colega —murmuré—. Yo cuido de ti.

Miré a Hrungnir, que seguía dando traspiés intentando quitarse a Caras de Barro de la cabeza. De momento, todo iba bien. En el otro lado de la plaza, Mokkerkalfe se había despegado de Alex y ahora se elevaba por encima de ella, borboteando airadamente y entrechocando sus puños amorfos. No tan bien.

Tiré de la piedra rúnica de la cadena e invoqué a *Sumarbrander*.

—¡Jack! —chillé.

—¿Qué? —contestó él.

—¡Defiende a Alex!

—¿Qué?

—¡Pero hazlo sin luchar!

—¿Qué?

—¡Tú no dejes que ese gigante de barro se acerque a ella!

—¿Qué?

—Distráelo. ¡Vamos!

Me alegré de que no dijera otra vez «qué», o habría temido que mi espada se estuviera quedando sorda.

Jack se acercó volando a Mokkerkalfe y se situó entre el hombre de barro y Alex.

—¡Eh, colega! —Las runas de mi espada subían y bajaban por su hoja como las luces de un ecualizador—. ¿Quieres oír una historia? ¿Una canción? ¿Te apetece bailar?

Mientras Mokkerkalfe se esforzaba por comprender la extraña alucinación que estaba experimentando, yo volví a centrar mi atención en T. J.

Puse las dos manos contra su esternón e invoqué el poder de Frey.

La luz del sol se difundió a través de las fibras de lana azul de su chaqueta. El calor penetró en su pecho, soldó sus costillas rotas, curó sus pulmones perforados y descomprimió varios órganos internos que no funcionaban bien estando comprimidos.

A medida que mi poder curativo entraba en Thomas Jefferson,

Jr., sus recuerdos inundaron mi mente. Vi a su madre con un vestido de guinga descolorido, su cabello prematuramente canoso, su cara demacrada por los años de trabajo duro y las muchas preocupaciones. Estaba arrodillada delante de T. J., que tenía diez años, y le sujetaba fuerte los hombros como si temiera que fuese a llevárselo una tormenta.

—No se te ocurra volver a apuntar con eso a un hombre blanco —lo reprendió.

—Pero si solo es un palo, mamá —dijo él—. Estoy jugando.

—Tú no puedes jugar —le espetó ella—. Como juegues a disparar a un hombre blanco con un palo, él te disparará de verdad por la espalda con una pistola. No pienso perder a otro hijo, Thomas. ¿Me oyes?

Lo zarandeó tratando de inculcarle el mensaje.

Otra imagen: T. J. de adolescente leyendo un folleto fijado a un muro de ladrillo junto al muelle:

¡A LOS HOMBRES DE COLOR!
¡LIBERTAD! ¡PROTECCIÓN, SUELDO Y LLAMADA A FILAS!

Percibí que el pulso de T. J. se aceleraba. Nunca había estado tan emocionado. Sus manos ansiaban sostener un rifle. Sentía una llamada: un impulso indiscutible, como todas las veces que lo habían retado a pelearse en el callejón de detrás de la taberna de su madre. Esta vez se trataba de un reto personal, y no podía rechazarlo.

Lo vi en la bodega de un barco de la Unión, mientras el mar se agitaba y sus compañeros vomitaban en cubos a cada lado de él. Un amigo suyo, William H. Butler, gimió de pena.

—Traen a nuestra gente en barcos de esclavos. Nos liberan. Nos prometen que nos pagarán para que luchemos. Luego nos meten otra vez en la barriga de un barco. —Pero T. J. sostenía con entusiasmo su rifle, con el corazón palpitante de emoción. Estaba orgulloso de su uniforme. Orgulloso de las estrellas y las barras que ondeaban en el mástil por encima de sus cabezas. La Unión le había dado un arma de verdad. Estaban pagándole para que matase a rebeldes: hombres blancos que sin duda lo matarían si se les daba la oportunidad. T. J. sonrió a oscuras.

Luego lo vi corriendo en tierra de nadie en la batalla del Fuerte Wagner, con humo de cañones elevándose como gas volcánico a su alrededor. En el aire flotaba el sulfuro y los gritos de los heridos, pero él permanecía centrado en su enemigo, Jeffrey Toussaint, que se había atrevido a desafiarlo. T. J. apuntó con su bayoneta y atacó, alborozado ante el miedo repentino que se reflejaba en los ojos de Toussaint.

En el presente, T. J. dejó escapar un grito ahogado. Tras sus gafas de montura color ámbar, se le aclaró la vista.

—Mi izquierda, tu derecha —dijo con voz ronca.

Me lancé a un lado. Reconozco que no me dio tiempo a diferenciar la izquierda de la derecha. Me puse boca arriba mientras T. J. levantaba el rifle y disparaba.

Hrungnir, libre ya de las muestras de afecto de Caras de Barro, se alzaba imponente ante nosotros, con el mazo levantado para un último ataque. La bala del mosquete de T. J. le dio en el ojo derecho y lo cegó.

—¡Aaarrgh! —El gigante soltó su arma, cayó sentado en medio de King's Square y aplastó dos bancos del parque bajo su enorme trasero. En un árbol cercano, Caras de Barro colgaba roto y maltrecho, con la pierna izquierda columpiando de una rama a tres metros por encima de su cabeza, pero cuando vio la situación desesperada de Hrungnir, aplastó su cabeza contra su cuello con un sonido de risa.

—¡Adelante! —T. J. me arrancó de mi estupor—. ¡Ayuda a Alex!

Me levanté con dificultad y corrí.

Jack seguía intentando entretener a Mokkerkalfe, pero su número de canto y baile estaba empezando a hacerse pesado. (Con Jack ese momento nunca tarda en llegar.) El gigante de barro trató de apartarlo de un manotazo y la hoja se le clavó en el dorso de su pegajosa mano.

—¡Qué asco! —se quejó Jack—. ¡Suéltame!

Estaba un poco obsesionado con la limpieza. Después de estar tirado en el fondo del río Charles durante mil años, no le entusiasmaba el barro.

Mientras Mokkerkalfe iba de un lado a otro dando pisotones, tratando de sacarse la espada parlante de la mano, yo corrí junto a Alex. Estaba despatarrada, cubierta de barro de la cabeza a los pies, y se quejaba al mismo tiempo que movía los dedos.

Sabía que no le hacían gracia mis poderes curativos. Detestaba la idea de que yo me entrometiese en sus emociones y recuerdos, una parte del proceso que ocurría automáticamente. Pero decidí que su supervivencia era más importante que su derecho a la intimidad.

Le agarré el hombro con la mano y una luz dorada se filtró por mis dedos. El cuerpo de Alex se impregnó de un calor que se extendió de sus hombros a su corazón.

Me preparé para presenciar más imágenes dolorosas. Estaba listo para volver a enfrentarme a su horrible padre o para ver cómo la habían acosado en el colegio o cómo le habían pegado en los refugios para indigentes.

En cambio, me asaltó un solo recuerdo nítido: nada especial, un simple desayuno en el Café 19 del Valhalla, una imagen de mí, el idiota de Magnus Chase, que es como ella me veía. Estaba sentado a una mesa enfrente de ella, sonriendo por algo que me había dicho. Tenía unas migas de pan pegadas a las paletas y llevaba el pelo revuelto. Parecía relajado y contento y rematadamente tonto. Sostuve su mirada un pelín más de lo necesario, y la situación se volvió incómoda, me ruboricé y aparté la vista.

Ese era todo el recuerdo.

Me acordaba de aquella mañana. Recordaba haber pensado: «Vaya, he quedado como un pedazo de idiota, para variar». Pero no había sido un acontecimiento trascendental.

Entonces, ¿por qué ocupaba el primer puesto en los recuerdos de Alex? ¿Y por qué sentí una repentina satisfacción al ver a mi yo tonto desde su perspectiva?

Abrió los ojos bruscamente y me apartó la mano del hombro de un manotazo.

—Basta.

—Perdona...

—¡Mi derecha, tu izquierda!

Me lancé hacia un lado y Alex rodó por el suelo hacia el otro. El puño de Mokkerkalfe, libre ya de la hoja de mi espada, se estampó contra el empedrado de pizarra entre nosotros. Vislumbré a Jack, apoyado en la puerta de la farmacia Boots, cubierto de lodo y quejándose como un soldado moribundo:

—¡Me ha dado! ¡Me ha dado!

El hombre de barro se levantó, dispuesto a matarnos. Jack no podría ayudarnos y Alex y yo no estábamos en condiciones de combatir. Entonces un montón de arcilla apareció de la nada y cayó sobre la espalda de Mokkerkalfe. Caras de Barro había logrado desenredarse del árbol y, a pesar de faltarle la pierna izquierda, a pesar de tener la mano derecha hecha trizas, se puso a actuar como un berserker de cerámica. Atacó a Mokkerkalfe por la espalda arrancando pedazos de barro húmedo como si excavase un pozo derrumbado.

El gigante de barro tropezó e intentó agarrar a Caras de Barro, pero tenía los brazos demasiado cortos. Entonces, con un ruido de succión, nuestro hombre de cerámica quitó algo de la cavidad torácica de Mokkerkalfe, y los dos guerreros se desplomaron.

Mokkerkalfe empezó a echar humo y a derretirse; Caras de

Barro se apartó rodando del cadáver de su enemigo, giró sus dos caras dobles hacia Alex y levantó débilmente el objeto que sujetaba. Cuando me di cuenta de lo que era, el bagel de ajo que había desayunado amenazó con volver al exterior.

Caras de Barro estaba ofreciendo a su creadora el corazón de su enemigo: un corazón real, demasiado grande para un humano. ¿Tal vez era de un caballo o de una vaca? Decidí que prefería seguir en la inopia.

Alex se arrodilló al lado de Caras de Barro y posó la mano sobre la frente doble del guerrero.

—Te has portado bien —dijo con voz temblorosa—. Mis antepasados de Tlatilco estarían orgullosos de ti. Mi abuelo estaría orgulloso de ti. Pero sobre todo yo estoy orgullosa.

La luz dorada de las cuencas oculares de su cráneo parpadeó y acto seguido se apagó. Los brazos de Caras de Barro cayeron. Sus piezas perdieron la cohesión mágica que los unía y se desarmaron.

Alex se permitió llorar su pérdida por espacio de tres latidos. Pude contarlos porque el asqueroso músculo entre las manos de Caras de Barro seguía latiendo. A continuación se levantó, cerró los puños y se volvió hacia Hrungnir.

El gigante no se encontraba en buen estado. Estaba tumbado hecho un ovillo, ciego y borboteando de dolor. T. J. daba vueltas a su alrededor empleando su bayoneta de acero de hueso para cortar los tendones del gigante. Los tendones de Aquiles ya estaban cercenados, de modo que sus piernas resultaban inservibles. T. J. actuó con una eficiencia fría y cruel para dar el mismo tratamiento a los brazos del jotun.

—Por el trasero de Tyr —exclamó Alex, ya sin expresión de rabia—. Recuérdame que no rete nunca en duelo a Jefferson.

Nos acercamos a él.

T. J. presionó la punta de su bayoneta contra el pecho del gigante.

—Hemos ganado, Hrungnir. Dinos dónde está el Hidromiel de Kvasir y no tendré que matarte.

El gigante se carcajeó débilmente. Tenía los dientes manchados de un líquido gris, como los cubos de barbotina del taller de alfarería.

—Es que tienes que matarme, pequeño einherji —dijo con voz ronca—. ¡Forma parte del duelo! ¡Es mejor que dejarme aquí cojo y sufriendo!

—Yo podría curarte —le ofrecí.

Hrungnir frunció el labio.

—Qué típico de un hijo de Frey débil y patético. ¡Recibo la muerte con los brazos abiertos! ¡Saldré renovado del abismo helado del Ginnungagap! ¡Y el día del Ragnarok os encontraré en el campo de Vigridr y partiré vuestro cráneo entre mis dientes!

—De acuerdo, pues —dijo T. J.—. ¡A morir! Pero primero el lugar donde está el Hidromiel de Kvasir.

—Je. —El gigante expulsó más barbotina gris—. Muy bien. Da igual. Los guardias no os dejarán pasar. Id a Fläm, en el antiguo país nórdico que llamáis Noruega. Tomad el tren. No tardaréis en ver lo que buscáis.

—¿Fläm? —Visualicé un delicioso postre con caramelo. Entonces me acordé de que se escribía «flan».

—Así es —dijo Hrungnir—. ¡Y ahora mátame, hijo de Tyr! Adelante. ¡Justo en el corazón, a menos que tengas tan poca fuerza de voluntad como tu amiguito!

—T. J.... —empezó a decir Alex.

—Espera —murmuré.

Algo no encajaba. El tono de Hrungnir era demasiado socarrón, demasiado impaciente. Pero tardé demasiado en resolver el problema. Antes de que pudiera proponer que debíamos matar al gigante de otra forma, T. J. aceptó su desafío final.

Le clavó la bayoneta en el pecho y... ¡la punta dio contra algo interno con un fuerte clinc!

—Aaah. —El último estertor de Hrungnir casi fue de satisfacción.

—Eh, chicos —gritó la voz débil de Jack desde la farmacia—. No le atraveséis el corazón, ¿vale? Los corazones de los gigantes de piedra explotan.

Alex abrió mucho los ojos.

—¡Al suelo!

¡¡¡Bum!!!

Fragmentos de Hrungnir se desperdigaron por la plaza, rompieron ventanas, destrozaron letreros y acribillaron paredes de ladrillo.

Me zumbaban los oídos. El aire olía a chispas de pedernal. Donde antes yacía el gigante no quedaba más que una hilera de grava humeante.

Yo parecía ileso. Alex tenía pinta de estar bien. Pero T. J. se arrodilló, gimiendo, con la mano ahuecada sobre la frente ensangrentada.

—¡Déjame ver! —Corrí a su lado, pero el daño no era tan grave como había temido. Un trozo de metralla se había incrustado por encima de su ojo derecho: una esquirla gris de forma triangular como un signo de exclamación de sílex.

—¡Sácamelo! —gritó.

Lo intenté, pero en cuanto tiré, mi amigo gritó de dolor. Fruncí el ceño. No tenía lógica desde el punto de vista médico. La esquirla no podía estar tan adentro. Ni siquiera había tanta sangre.

—¿Chicos? —dijo Alex—. Tenemos visita.

Los vecinos estaban empezando a salir para ver a qué se debía tanto alboroto, probablemente porque el corazón explosivo de Hrungnir había destrozado todas las ventanas de la manzana.

—¿Puedes andar? —le pregunté a T. J.

—Sí. Creo que sí.

—Pues volvamos al barco. Te curaremos allí.

Le ayudé a levantarse y fui a recoger a Jack, que seguía quejándose de que estaba cubierto de barro. Le devolví la forma de piedra rúnica, cosa que no contribuyó a mejorar mi nivel de agotamiento. Alex se arrodilló junto a los restos de Caras de Barro, recogió la cabeza amputada y la acunó como a un niño abandonado.

A continuación los tres volvimos a atravesar York tambaleándonos en busca de *El Plátano Grande*. Esperaba que los caballos de agua no lo hubieran hundido con nuestros amigos dentro.

22

Tengo malas y... No, en realidad, solo tengo malas noticias

El barco seguía intacto. Pero al parecer Medionacido, Mallory y Samirah habían pagado un precio muy elevado para que se mantuviera así.

Él tenía el brazo izquierdo en cabestrillo, a Mallory le habían cortado el rebelde cabello pelirrojo a la altura de la barbilla y Sam estaba junto a la barandilla empapada, escurriendo su hiyab mágico.

—¿Caballos de agua? —pregunté.

Medionacido se encogió de hombros.

—Nada que no hayamos podido manejar. Media docena de ataques desde ayer al mediodía. Más o menos lo que esperaba.

—Uno me metió en el río arrastrándome por el pelo —se quejó Mallory.

Medionacido sonrió.

—Pues yo creo que te corté el pelo bastante bien, considerando que solo tenía el hacha de combate. Te lo aseguro, Magnus, con la hoja tan cerca de su cuello, tuve la tentación...

—Cállate, zoquete —gruñó ella.

—A eso me refiero —dijo él—. Pero deberíais haber visto a Samirah. Estuvo impresionante.

—No fue nada —murmuró Sam.

Mallory resopló.

—¿Nada? Te hundieron en el río y saliste montada en un caballo de agua. Dominaste a ese animal. No sabía que alguien pudiera hacerlo.

Samirah hizo una pequeña mueca. Retorció otra vez el hiyab, como si quisiera extraer las últimas gotas de la experiencia.

—Las valquirias se llevan bien con los caballos. Seguramente eso lo explica todo.

—Mmm. —Medionacido me señaló—. ¿Y vosotros? Veo que estáis vivos.

Le relatamos la noche en el taller de alfarería y la mañana de destrucción en King's Square.

Mallory miró con el ceño fruncido a Alex, que seguía cubierta de barro.

—Eso explica la nueva capa de pintura de Fierro.

—Y la piedra de la cabeza de T. J. —Medionacido se inclinó para inspeccionar la metralla. La frente del soldado de infantería había dejado de sangrar y la hinchazón había disminuido, pero por motivos desconocidos la esquirla de sílex se negaba a salir. Cada vez que intentaba extraerla, T. J. chillaba de dolor. Incrustada encima de su ceja, la esquirla le daba una expresión de sorpresa permanente.

—¿Te duele? —preguntó Medionacido.

—Ya no —contestó tímidamente T. J.—. Solo cuando alguien intenta sacarla.

—Un momento, entonces. —Hurgó con su mano buena en su morral, sacó una caja de cerillas, extrajo una y la raspó contra el sílex de T. J. La cerilla se encendió de inmediato.

—¡Eh! —se quejó el soldado.

—¡Tienes un nuevo superpoder, amigo mío! —Medionacido sonrió—. ¡Podría sernos útil!

—Basta ya —dijo Mallory—. Me alegro de que todos hayáis sobrevivido, pero ¿le habéis sacado información al gigante?

—Sí —respondió Alex, meciendo la cabeza de Caras de Barro—. El Hidromiel de Kvasir está en Noruega. En un sitio llamado Fläm.

A Medionacido le resbaló la cerilla encendida de las manos y cayó a la cubierta.

T. J. pisó la llama.

—¿Estás bien, grandullón? Tienes cara de haber visto un draugr.

Bajo las patillas de Medionacido parecía que se estuviera produciendo un terremoto.

—Lo de Jorvik ha sido bastante peligroso —dijo—. ¿Y ahora Fläm? ¿Qué posibilidades tenemos?

—Conoces el sitio —aventuré.

—Me voy abajo —murmuró.

—¿Quieres que te cure antes el brazo?

Él negó tristemente con la cabeza, como si estuviera muy acostumbrado a vivir con dolor. A continuación descendió por la escalera de mano.

T. J. se volvió hacia Mallory.

—¿A qué ha venido eso?

—A mí no me mires —le espetó ella—. Yo no soy su niñera.

Pero su voz tenía un dejo de preocupación.

—Pongámonos en marcha —propuso Samirah—. No quiero estar en este río más de lo necesario.

Todos estábamos de acuerdo en eso. York era bonito. Tenía un pescado y unas patatas fritas muy ricos y como mínimo un taller de alfarería aceptable, pero quería largarme de allí.

Alex y T. J. bajaron a cambiarse de ropa y a descansar del combate matutino y Mallory, Sam y yo nos quedamos tripulando el barco. Nos llevó el resto del día regresar al mar siguiendo el río Ouse, pero afortunadamente el viaje transcurrió sin incidentes.

Ningún caballo de agua se abalanzó sobre nosotros y ningún gigante nos retó a un combate o una partida de bingo. Lo peor con lo que nos encontramos fue un puente bajo que nos obligó a plegar el palo mayor, y puede que me cayera encima o puede que no.

Al atardecer, mientras dejábamos atrás la costa de Inglaterra, Sam hizo sus abluciones, rezó mirando al sudoeste, se sentó a mi lado lanzando un suspiro de satisfacción y abrió un envase de dátiles.

Me pasó uno y mordió el suyo. Cerró los ojos mientras masticaba, con la cara transformada de puro éxtasis, como si fuera una experiencia religiosa. Y supongo que lo era.

—El sabor del dátil de cada atardecer —dijo— es como experimentar la alegría de la comida por primera vez. El sabor explota en tu boca.

Mastiqué el dátil. Estaba bueno. No explotó ni me llenó de éxtasis. Claro que yo no me lo había currado ayunando todo el día.

—¿Por qué dátiles? —pregunté—. ¿Por qué no, qué se yo, regalices?

—Es la tradición. —Dio otro mordisco y soltó un «mmm» de satisfacción—. El profeta Mahoma siempre rompía el ayuno comiendo unos dátiles.

—Pero después puedes comer otras cosas, ¿no?

—Oh, sí —dijo con cara seria—. Pienso zamparme toda la comida. Tengo entendido que Alex ha traído refresco de cereza. También quiero probarlo.

Me estremecí. Podía escapar de gigantes, países e incluso mundos enteros, pero parecía que nunca iba a poder huir del Tizer. Tenía pesadillas en las que mis amigos me sonreían con los labios rojos y los dientes teñidos de cereza.

Mientras Sam bajaba a zamparse toda la comida, Mallory se

quedó detrás del timón, vigilando el horizonte, aunque el barco parecía saber adónde íbamos. De vez en cuando, se tocaba los hombros donde antes le llegaba el pelo y suspiraba con tristeza.

Yo la comprendía. No hacía mucho, Blitz me había cortado el pelo para hacer hilo de bordar con el que confeccionar una bolsa de bolos. Todavía tenía recuerdos traumáticos.

—Tardaremos unos días en llegar a Noruega —anunció—. El mar del Norte puede agitarse bastante. A menos que alguien pueda llamar a un dios del mar que sea majete.

Me centré en el dátil. No estaba dispuesto a volver a pedir ayuda a Njord. Ya le había visto a mi abuelo sus preciosos pies para toda la eternidad. Pero me acordé de lo que él me había dicho: después de pasar por Jorvik, estaríamos solos. Sin protección divina. Si Aegir o Ran o sus hijas nos encontraban...

—A lo mejor tenemos suerte —dije débilmente.

Mallory resopló.

—Sí. Suele pasar. Aunque lleguemos a Fläm sanos y salvos, ¿qué es eso de que el hidromiel tiene unos guardianes que son imposibles de vencer?

Ojalá lo supiera. *Guardianes del hidromiel* me parecía otro libro que no me apetecía leer jamás.

Me acordé del sueño en el que Odín me ofrecía la piedra de afilar y luego su cara se transformaba en otra cosa: un rostro curtido con ojos verdes e hileras de dientes. Nunca me había enfrentado a una criatura como esa en la vida real, pero la rabia contenida de su mirada me había resultado inquietante, terriblemente familiar. Pensé en Hearthstone y Blitzen y en dónde podía haberlos enviado Njord a buscar una piedra rara. Una idea empezó a cuajar en mi mente, dando vueltas hasta adquirir aspecto simétrico como un trozo de barro en el torno de Alex, pero no me gustaba la forma que estaba adquiriendo.

—Necesitaremos la piedra de afilar para vencer a los guardianes —dije—. No tengo ni idea de por qué. Solo tenemos que tener confianza...

Mallory rio.

—¿Confianza? Claro. Yo tengo tanto de eso como suerte.

Desenvainó una de sus dagas. Despreocupadamente, cogiendo la hoja por la punta, la lanzó a mis pies. El cuchillo atravesó las tablas y se quedó clavado temblando como la aguja de un contador Geiger.

—Echa un vistazo —me dijo—. Mira por qué no me fío de las «armas secretas».

Saqué el cuchillo de la cubierta. Nunca había tenido en la mano una de las armas de Mallory. La hoja era sorprendentemente ligera; tanto que podía darte problemas. Si la manejabas como una daga normal y la empuñabas con más fuerza de la necesaria, era la clase de cuchillo que se te podía escapar de la mano y cortarte en la cara.

La hoja era un triángulo isósceles largo y oscuro con grabados de runas y nudos celtas, y el mango estaba envuelto en cuero suave y gastado.

No sabía en qué quería Mallory que me fijara, de modo que me limité a decir lo evidente:

—Bonito cuchillo.

—¿Eh? —Desenvainó de su cinturón el arma gemela—. No están afiladas como Jack. No hacen nada mágico, que yo sepa. Tenían que salvarme la vida, pero, como puedes ver —extendió los brazos—, estoy muerta.

—Entonces, ¿tenías las dagas cuando estabas viva?

—Durante mis últimos cinco o seis minutos de vida, sí. —Hizo girar la hoja entre sus dedos—. Antes mis compañeros... me incitaron a que pusiera la bomba.

—Un momento. ¿Tú pusiste la...?

Me interrumpió con una mirada dura en plan: «Nunca interrumpas a una mujer con un cuchillo».

—Fue Loki, que se dedicó a pincharme —dijo—. Su voz sonó entre mi pandilla: el embustero se disfrazó de uno de nosotros. Claro que en aquel entonces no me di cuenta. Luego, después de cometer el acto, me remordió la conciencia. Entonces fue cuando apareció la vieja bruja.

Esperé. Reconozco que no estaba siguiendo muy bien la historia de Mallory. Sabía que había muerto desactivando un coche bomba, pero ¿un coche bomba que ella misma había puesto? Verla como alguien capaz de hacer algo así era todavía más duro que verla con el pelo corto. No tenía ni idea de a quién estaba mirando.

Se enjugó una lágrima como si fuera un molesto insecto.

—La bruja dijo: «Obedece a tu corazón, muchacha». Blablablá. Tonterías por el estilo. Me dio estos cuchillos. Me dijo que son indestructibles. Que no se pueden mellar. Que no se pueden romper. Y, que yo sepa, tenía razón. Pero también me dijo: «Los necesitarás. Utilízalos bien». Así que volví a... a deshacer lo que había hecho. Perdí tiempo intentando averiguar cómo se suponía que estas puñeteras dagas resolverían mi problema. Pero no lo resolvieron. Y... —Abrió las puntas de los dedos a modo de explosión silenciosa.

Me zumbaba la cabeza. Tenía muchas preguntas que me daba miedo hacer. ¿Por qué había puesto la bomba? ¿A quién intentaba hacer volar por los aires? ¿Estaba como una cabra?

Envainó el cuchillo y acto seguido me hizo una señal para que le lanzara el otro. Yo temí que la daga se cayera por la borda o matarla sin querer, pero ella la atrapó sin problemas.

—La bruja también era Loki —dijo—. Tenía que serlo. No le bastó con engañarme una vez. Tenía que engañarme dos veces y hacer que me matase.

—¿Por qué te quedaste las dagas entonces, si son de Loki?

Le brillaron los ojos.

—Porque cuando vuelva a verlo, amigo mío, le voy a envainar estos cuchillos en la garganta.

Guardó la segunda daga, y espiré por primera vez en varios minutos.

—Lo que quiero decir, Magnus —continuó—, es que yo no esperaría que ningún arma mágica, blanca o de otro tipo, resolviera todos nuestros problemas: ya sea el Hidromiel de Kvasir o la piedra de afilar que se supone que tiene que llevarnos hasta el hidromiel. Al final, lo único que cuenta somos nosotros. Lo que Blitzen y Hearthstone han ido a buscar...

Como si sus nombres fueran un hechizo, una ola apareció de repente y rompió a través de la proa del barco. Dos figuras cansadas salieron a trompicones de la espuma del mar. Nuestro elfo y nuestro enano habían vuelto.

—Vaya, vaya. —Mallory se puso en pie mientras se enjugaba otra lágrima e imprimió algo de alegría a su tono—. Gracias por dejaros caer.

Blitzen estaba cubierto de accesorios para protegerse del sol de la cabeza a los pies. El agua salada relucía en su gabardina oscura y sus guantes y una malla negra rodeaba el ala de su salacot y ocultaba su expresión. Cuando se levantó el velo, sus músculos faciales se crisparon y parpadeó repetidas veces, como alguien que acaba de salir de un accidente de coche.

Hearthstone se sentó donde estaba. Puso las manos sobre las rodillas y negó con la cabeza como diciendo: «No, no, no». Había perdido su bufanda, y su atuendo era ahora negro como la tapicería de un coche fúnebre.

—Estáis vivos —dije, eufórico de alivio.

Había estado tan preocupado por ellos que había sentido un nudo en el estómago durante días. Sin embargo, ahora, viendo sus expresiones de horror, me resultaba imposible disfrutar de su regreso.

—Habéis encontrado lo que buscabais —aventuré.

Blitzen tragó saliva.

—Eso... eso me temo, chaval. Njord tenía razón. Vamos a necesitar tu ayuda para lo más difícil.

—Alfheim. —Quería decirlo antes que él para restarle fuerza a la palabra. Esperaba equivocarme. Habría preferido viajar al rincón más peligroso de Jotunheim, los fuegos de Muspelheim o incluso a los servicios públicos de la estación de South Station de Boston.

—Sí —convino. Miró a Mallory Keen—. Querida, ¿serías tan amable de avisar a tus amigos? Tenemos que llevarnos a Magnus. Hearthstone tiene que enfrentarse a su padre por última vez.

23

Sigue el olor a ranas muertas (con la música de «Sigue el camino de baldosas amarillas»)

¿Qué pasaba con los padres?

Casi toda la gente a la que conocía tenía un padre que daba asco, como si todos compitieran por el premio al peor padre del universo.

Yo tenía suerte. No había conocido a mi padre hasta el pasado invierno, y solo había hablado con él unos minutos, pero por lo menos Frey parecía guay. Nos abrazamos. Me dejó quedarme con su espada discotequera y me mandó un barco amarillo chillón cuando lo necesité.

Sam tenía a Loki, que era un pedazo de manipulador. El padre de Alex era un energúmeno maltratador que soñaba con dominar el mundo con sus vajillas. Y Hearthstone..., su caso era peor que el de cualquiera de nosotros. El señor Alderman había convertido su infancia en un Helheim en vida. Yo no quería pasar otra noche bajo el techo de ese hombre, y solo había estado una vez en su casa. No me imaginaba cómo lo soportaba Hearthstone.

Caímos del cielo dorado como uno cae cuando entra en el mundo etéreo de los elfos. Aterrizamos con suavidad en la calle, enfrente de la mansión de Alderman. Como la ocasión anterior, la ancha vía residencial se extendía por todos lados, cercada con muros de piedra y árboles cuidados con mimo, que ocultaban las vastas fincas de elfos millonarios unas de otras. La escasa gravedad hacía que el suelo pareciera blando bajo mis pies, como si pudiera volver a la estratosfera impulsándome como en una cama elástica. (Estuve tentado de intentarlo.)

La luz del sol era tan fuerte como recordaba, de modo que agradecí las gafas oscuras que Alex me había prestado, aunque tuvieran una gruesa montura rosa a lo Buddy Holly. (Ese detalle había sido objeto de cachondeo a bordo de *El Plátano Grande*.)

Por qué habíamos partido de Midgard al atardecer y habíamos llegado a Alfheim durante lo que parecía primera hora de la tarde, no lo sabía. Tal vez los elfos aplicaban el horario de verano élfico.

En la recargada verja de Alderman seguía brillando un monograma de una A con filigranas. A cada lado, los altos muros seguían erizados de pinchos y alambre de espino para disuadir a la chusma. Pero ahora las cámaras de seguridad estaban apagadas e inmóviles y la verja estaba cerrada con una cadena y un candado, y a cada lado de ella, clavados a las columnas de ladrillo, había dos letreros amarillos idénticos con brillantes letras rojas:

PROHIBIDA LA ENTRADA A LA FINCA
POR ORDEN DEL DEPARTAMENTO DE POLICÍA DE ALFHEIM.
SE MATARÁ A LOS INTRUSOS

No «se procederá contra». Ni «se detendrá» o «se disparará». Ese simple aviso —si entras aquí, morirás— era mucho más siniestro.

Paseé la vista por los jardines, que eran aproximadamente del tamaño del jardín público de Boston. La hierba había crecido de forma descontrolada a la intensa luz de Alfheim desde nuestra última visita, bolas de musgo puntiagudas decoraban los árboles y el olor acre a verdín del estanque de los cisnes se filtraba a través de la verja.

El camino de acceso de casi un kilómetro estaba lleno de plumas blancas, posiblemente de los citados cisnes; huesos y mechones de pelo que podrían haber sido de ardillas o mapaches; y un único zapato de vestir negro que parecía haber sido masticado y escupido.

En lo alto de la colina, la antaño imponente mansión Alderman se encontraba en ruinas. El lado izquierdo del complejo se había desplomado y yacía en un montón de escombros, vigas y travesaños carbonizados. Las enredaderas habían invadido por completo el lado derecho y habían adquirido tanto peso que el techo se había venido abajo. Solo dos ventanales quedaban intactos, con los cristales de color marrón ahumado en los bordes debido al incendio. Brillaban al sol y me recordaron de forma inquietante las gafas de francotirador de T. J.

Me volví hacia mis amigos.

—¿Hicimos esto nosotros?

Me sentía más asombrado que culpable. La última vez que huimos de Alfheim, nos habían perseguido unos malvados espíritus del agua y unos policías élficos con armas, por no hablar del desquiciado padre de Hearth. Puede que rompiéramos unas cuantas ventanas al escapar y es posible que también provocáramos un incendio mientras nos fugábamos. De ser así, no podría haber tenido lugar en una mansión más infame.

De todas formas, no entendía cómo la vivienda podía haber quedado tan destrozada, ni la rapidez con la que semejante paraíso residencial se había transformado en esa espeluznante jungla.

—Nosotros solo lo provocamos. —La cara de Blitzen estaba otra vez cubierta por la malla, que hacía imposible descifrar su expresión—. Todos estos destrozos son culpa del anillo.

A la luz fuerte y cálida de Alfheim, no debería haber sido posible experimentar un escalofrío. No obstante, una sensación gélida me bajó por la espalda. En nuestra última visita, Hearth y yo habíamos robado un botín de oro a un viejo enano asqueroso, Andvari, incluido el anillo maldito del tipo. Él había intentado advertirnos de que el anillo no nos daría más que disgustos, pero ¿le habíamos hecho caso? Noooooo. En aquel momento estábamos más centrados en cosas como salvarle la vida a Blitzen. Y la única forma de conseguirlo era con la espada *Skofnung* que obraba en posesión del señor Alderman. ¿El precio por ella? Tropecientos millones de dólares en oro, porque los padres malvados no aceptaban la tarjeta American Express.

Resumiendo, Alderman cogió el anillo maldito. Se lo puso y se volvió todavía más pirado y más malo, cosa que yo no creía posible.

Personalmente, me gustaba que los anillos malditos hicieran como mínimo algo molón, como volverte invisible y dejarte ver el Ojo de Saurón, pero el anillo de Andvari no tenía ninguna ventaja. Sacaba lo peor de ti: avaricia, odio, envidia. Según Hearth, te acababa convirtiendo en un auténtico monstruo, de tal forma que tu exterior se volvía tan repulsivo como tu interior.

Si el anillo seguía obrando su magia sobre el señor Alderman, y si se había apoderado de él con la rapidez con que la naturaleza se había apoderado de esa finca... Sí, no daba buen rollo.

Me volví hacia Hearth.

—¿Está tu padre..., está todavía ahí dentro?

Hearthstone tenía una expresión seria y estoica, como un hombre que por fin había aceptado el diagnóstico de una enfermedad terminal. «Cerca», dijo con gestos. «Pero no el de siempre.»

—No querrás decir...

Me quedé mirando el zapato masticado del camino de entrada. Me preguntaba qué le habría pasado a su dueño. Me acordé del sueño de los grandes ojos verdes y las hileras de dientes. No, Hearth no podía referirse a eso. Ningún anillo maldito podía funcionar tan rápido, ¿no?

—¿Habéis... habéis mirado dentro? —pregunté.

—Me temo que sí. —Blitz hacía señas mientras hablaba, ya que Hearth no podía ver sus labios moverse—. La colección entera de piedras y objetos raros de Alderman ha desaparecido. Y con ella, todo el oro. Así que si la piedra de afilar que estamos buscando estaba en algún rincón de esa casa...

«Lo han cambiado de sitio», dijo Hearthstone por señas. «Parte de su botín.»

El gesto que empleó para decir «botín» consistía en un puño que se cerraba delante de su barbilla, como si agarrase algo valioso: «Tesoro mío. No lo toques o morirás».

Me sentí como si tragase un bocado de arena.

—Y... ¿habéis encontrado el botín? —Sabía que mis amigos eran valientes, pero la idea de que fisgasen dentro de los muros de esa finca me aterraba. Estaba claro que a la población local de ardillas no le había sentado bien.

—Creemos que hemos encontrado su guarida —dijo Blitz.

—Ah, bien. —Mi voz sonó más aguda y más baja de lo normal—. Alderman tiene una guarida. ¿Y, ejem, lo habéis visto a él?

Hearthstone negó con la cabeza. «Solo olido.»

—Vale —comenté—. No da nada de mal rollo.

—Ya lo verás —dijo Blitz—. Es más fácil enseñártelo.

Era una oferta que sin duda quería rechazar, pero de ninguna manera pensaba dejar que mis amigos cruzasen la verja solos.

—¿P-por qué los elfos de la zona no han hecho nada con la finca? —pregunté—. La última vez que estuvimos aquí ni siquiera nos dejaban pasear. ¿No se han quejado los vecinos?

Señalé las ruinas. Una monstruosidad como esa, sobre todo si acababa con la vida de cisnes, roedores y algún que otro elfo que se dedicaba a la venta a domicilio, tenía que estar en contra de las normas de la comunidad de vecinos.

—Hablamos con las autoridades —explicó Blitz—. La mitad del tiempo que hemos estado fuera lo hemos pasado tratando con la burocracia élfica. —Tembló bajo su grueso abrigo—. ¿Te sorprenderías si te dijera que la policía no ha querido hacernos caso? No podemos demostrar que Alderman esté muerto o desaparecido. Hearthstone no tiene ningún derecho legal sobre el terreno. En cuanto a la limpieza de la finca, lo máximo que ha hecho la policía es poner esos ridículos carteles de aviso. No piensan jugarse el tipo, por mucho que se quejen los vecinos. Los elfos se las dan de sofisticados, pero son tan supersticiosos como arrogantes. No todos los elfos, claro. Perdona, Hearth.

Hearthstone se encogió de hombros. «Comprendo a la policía», dijo con gestos. «¿Entrarías tú si no te quedara más remedio?»

Tenía razón. La sola idea de recorrer la parcela, sin poder ver lo que acechaba entre la alta hierba, hacía que se me revolviera el estómago. A la policía de Alfheim se le daba estupendamente intimidar a los vagabundos para que se fueran del barrio, pero enfrentarse a un peligro real en las ruinas de la mansión de un loco... puede que no tanto.

Blitzen suspiró.

—Bueno, es inútil esperar. Vamos a buscar a tu querido papá.

Yo habría preferido cenar otra vez con las hijas asesinas de Aegir o luchar a muerte contra un montón de arcilla. Qué narices, incluso me habría tomado un zumo de guayaba con una manada de lobos en la terraza del tío Randolph.

Saltamos la verja y nos abrimos camino con cuidado entre la

alta hierba. Los mosquitos revoloteaban alrededor de nuestras caras. El sol hacía que me picara la piel y me saliese sudor por los poros. Decidí que Alfheim era un bonito mundo siempre que estuviese cuidado y podado y conservado por criados. Si se dejaba desmadrar, se desmadraba a lo grande. Me preguntaba si los elfos también eran así. Tranquilos, delicados y ceremoniosos por fuera, pero si se les daba rienda suelta... La verdad es que no quería conocer al nuevo y mejorado señor Alderman.

Rodeamos las ruinas de la casa, cosa que me pareció perfecta. Me acordaba muy bien de la alfombra de pelo azul de la antigua habitación de Hearthstone, que mi amigo se había visto obligado a cubrir de oro para pagar el wergild por la muerte de su hermano. Me acordaba de la pizarra con infracciones colgada en la pared, que llevaba la cuenta de la deuda interminable contraída con su padre. No quería volver a acercarme a ese sitio, aunque estuviera en ruinas.

Mientras nos abríamos paso por el patio, algo crujió bajo mi pie. Miré abajo. Mi pie había atravesado la caja torácica de un pequeño esqueleto de ciervo.

—Puaj —dije.

Hearthstone miró los restos secos con el ceño fruncido. Solo quedaban unas cuantas tiras de carne y pelo pegadas a los huesos.

«Comido», dijo por señas, poniendo las puntas de los dedos cerrados debajo de la boca. Ese signo se parecía mucho al de «botín»/«tesoro». A veces la lengua de signos era demasiado precisa para mi gusto.

Pidiendo disculpas en silencio al pobre ciervo, saqué el pie. No sabía qué podía haber devorado al animal, pero esperaba que no hubiera sufrido mucho. Me sorprendió que dejaran existir animales tan grandes en los barrios pijos de Alfheim. Me preguntaba si la policía acosaba a los pobres ciervos por merodear y les esposaba las patitas y los metía en la parte trasera de sus coches patrulla.

Nos dirigimos al bosque situado al fondo de la finca. Los jardines se habían cubierto de vegetación hasta tal punto que no sabía dónde terminaba el césped y dónde empezaba la maleza. Poco a poco, la fronda de los árboles se volvió más tupida hasta que la luz del sol quedó reducida a perdigones amarillos en el suelo del bosque.

Calculé que no estábamos lejos del antiguo pozo en el que el hermano de Hearthstone había muerto: otro sitio que ocupaba uno de los primeros puestos en mi lista de sitios a los que no volvería jamás. De modo que, como es lógico, tropezamos de lleno con él.

Un túmulo ocupaba el lugar donde había estado el pozo lleno. En la tierra árida no crecía ni una mala hierba ni una brizna de hierba, como si no quisieran invadir un claro tan contaminado. Aun así, no me costó imaginarme a Hearthstone y a Andiron jugando allí de niños: Hearth de espaldas, amontonando alegremente piedras, sin poder oír gritar a su hermano cuando el *brunnmigi*, la bestia que vivía en el pozo, surgió de la oscuridad.

—No deberíamos estar aquí...—empecé a decir.

Hearth se dirigió al túmulo como si estuviera en trance. Encima del montón, donde la había dejado en nuestra última visita, había una piedra rúnica:

$$\text{ᛟ}$$

Othala, la runa de la herencia familiar. Hearthstone había insistido en que no volvería a usarla jamás. Su significado había muerto para él en ese sitio. Incluso su nueva colección de runas de serbal, las que le había regalado la diosa Sif, no contenían la de othala. Sif le había advertido que eso le acarrearía problemas y le había dicho que al final tendría que volver allí para reclamar la pieza que le faltaba.

No soportaba cuando las diosas tenían razón.

«¿Debes cogerla?», pregunté con gestos. En un sitio como ese, prefería mantener una conversación silenciosa a utilizar la voz.

Hearthstone frunció el entrecejo, con una mirada desafiante. Hizo un gesto rápido de cortar: hacia un lado y luego hacia abajo, como si trazase al revés un signo de interrogación. «Nunca.»

Blitzen olfateó el aire. «Estamos cerca. ¿Lo oléis?»

Yo solo olía el aroma tenue a materia vegetal en descomposición. «¿Qué?»

—Síí —dijo en voz alta. «Las narices humanas son penosas.»

«Inútiles», convino Hearthstone. El elfo fue el primero en internarse en el bosque.

No nos dirigimos al río, como habíamos hecho la última vez para buscar el oro de Andvari. En esta ocasión avanzamos más o menos en paralelo al agua, abriéndonos camino cuidadosamente a través de las zarzas y las raíces retorcidas de robles gigantescos.

Después de otros cuatrocientos metros, empecé a oler lo que Hearth y Blitzen habían dicho. Me retrotraje a mi clase de biología de octavo, cuando Joey Kelso escondió el hábitat de las ranas de nuestro profesor en los paneles del techo. No se descubrió hasta un mes más tarde, cuando el terrario de cristal cayó en el aula, se rompió en la mesa del profesor y salpicó a la primera fila de cristales, moho, fango y cuerpos de anfibios rancios.

Lo que olí en el bosque me recordó eso, solo que mucho peor.

Hearthstone se detuvo en el linde de otro claro. Se agachó detrás de un árbol caído y nos indicó con la mano que nos juntásemos con él.

«Ahí dentro», dijo por señas. «Único sitio que él podría haber ido.»

Miré a través de la oscuridad. Los árboles del claro habían quedado reducidos a muñecos de palitos carbonizados. El suelo estaba cubierto de mantillo en descomposición y huesos de animal. A unos quince metros de nuestro escondite se alzaba un afloramiento rocoso, y dos de las rocas más grandes estaban apoyadas una sobre la otra formando algo parecido a la entrada de una cueva.

—Ahora esperaremos —susurró Blitz mientras hacía señas— a lo que llaman noche en este sitio dejado de la mano de los enanos.

Hearth asintió con la cabeza. «Saldrá de noche. Entonces veremos.»

Me estaba costando respirar, y no digamos ya pensar en aquel miasma de hedor a ranas muertas. Quedarse allí me parecía una idea terrible.

«¿Quién va a salir?», pregunté con gestos. «¿Tu padre? ¿De ahí? ¿Por qué?»

Hearthstone apartó la vista. Me daba la impresión de que trataba de hacerme un favor no contestando a mis preguntas.

—Ya lo descubriremos —murmuró Blitz—. Si es lo que nos tememos... Bueno, disfrutemos de nuestra ignorancia mientras podamos.

24

Me caía mejor el padre de Hearthstone cuando creía que era un extraterrestre que abducía vacas

Mientras esperábamos, Hearthstone nos dio de cenar. Sacó de su saquito de runas el siguiente símbolo:

$$X$$

A mí me parecía una equis corriente, pero él explicó que se trataba de gebo, la runa de los regalos. Con un destello de luz dorada, apareció una cesta de pícnic rebosante de pan recién hecho, uvas, queso y varias botellas de agua mineral con gas.

—Me gustan los regalos —dije, sin levantar la voz—. Pero ¿no llamará el olor... más atención de la debida? —Señalé la entrada de la cueva.

—Lo dudo —contestó Blitzen—. El olor que sale de esa cueva es más fuerte que cualquiera de las cosas que hay en la cesta. Pero para asegurarnos, comámoslo todo rápido.

—Me gusta tu forma de pensar —dije.

Blitzen y yo le hincamos el diente, pero Hearth se limitó a ponerse cómodo detrás del tronco del árbol caído y a observarnos.

—¿No comes? —le pregunté.

Él negó con la cabeza. «No hambre», dijo por señas. «Además, g-e-b-o hace regalos. No para quien regala. Para quien regala debe ser sacrificio.»

—Ah. —Miré el pedazo de queso que había estado a punto de meterme en la boca—. No me parece justo.

Hearthstone se encogió de hombros y acto seguido nos hizo señas para que continuáramos. No me gustaba la idea de que se sacrificara para que nosotros pudiéramos cenar. El hecho de volver a su hogar y esperar a que su padre saliera de una cueva me parecía suficiente castigo. Él no necesitaba su particular runa del Ramadán.

Por otra parte, habría sido de mala educación rechazar su regalo. Así que comí.

A medida que se ponía el sol, las sombras se alargaron. Sabía por experiencia que Alfheim nunca se quedaba totalmente a oscuras. Como en Alaska en verano, el sol se escondía en el horizonte y volvía a salir. Los elfos eran criaturas de luz, prueba de que «luz» no equivalía a «bien». Había conocido a muchos elfos (con la excepción de Hearth) que lo demostraban.

La oscuridad se intensificó, pero no lo bastante para que Blitz se quitase su material de protección solar. Debía de haber quinientos grados debajo de aquella gruesa chaqueta, pero él no se quejaba. De vez en cuando sacaba un pañuelo del bolsillo y lo metía debajo de la malla para secarse el sudor del cuello.

Hearthstone toqueteaba algo que tenía en la muñeca: una pulsera de cabello rubio trenzado que yo no había visto nunca, pero el color de los mechones me sonaba vagamente...

Le toqué la mano para llamarle la atención. «¿Es de Inge?»

Hearth hizo una mueca, como si fuera un tema delicado. En nuestra última visita, Inge, la sufrida criada del señor Alderman, nos había ayudado mucho. Era una huldra, una especie de elfo con cola de vaca, que conocía a Hearth desde que los dos eran críos. Resultó que también estaba colada por él, y hasta le dio un beso en la mejilla y le declaró su amor antes de huir del caos que se desató en la última fiesta del señor Alderman.

«La visitamos hace unos días», dijo Hearth con gestos. «Mientras reconocíamos el terreno. Ahora vive con su familia.»

Blitz suspiró exasperado, una reacción que, por supuesto, nuestro amigo elfo no pudo oír.

«Inge es una buena mujer», dijo el enano por señas. «Pero...» Formó unas uves con las dos manos y las hizo girar por delante de su frente, como si estuviera sacándose cosas de la mente. En ese contexto, me imaginé que el signo significaba algo así como «delira».

Hearthstone frunció el ceño. «No justo. Ella intentó ayudar. La pulsera de huldra da buena suerte.»

«Si tú lo dices», declaró Blitz por señas.

«Alegro esté a salvo», dije con gestos. «¿Es mágica la pulsera?»

Hearth se disponía a contestar, pero entonces sus manos se quedaron inmóviles. Olfateó el aire e indicó con la mano: «¡¡Al suelo!!».

Los pájaros habían dejado de trinar en los árboles. El bosque entero parecía estar conteniendo la respiración.

Nos agachamos más; nuestra vista apenas asomaba por encima del árbol caído. La siguiente vez que inhalé, aspiré tal hedor a ranas muertas que tuve que contener una arcada.

Al otro lado de la entrada de la cueva, crujieron ramitas y hojas secas bajo el peso de algo enorme.

Se me erizó el vello de la nuca. Ojalá hubiera podido invocar a Jack y estar listo para pelear en caso necesario, pero mi espada no resultaba útil en operaciones de vigilancia, con su tendencia a brillar y cantar.

Entonces, de la entrada de la cueva salió... Oh, dioses de Asgard.

Había mantenido la esperanza de que Alderman no se hubiera transformado en algo tan chungo. A lo mejor lo habían condenado a vivir en forma de cachorro de braco de Weimar o de iguana boba. Pero en el fondo había sabido la verdad desde el principio. Simplemente no había querido reconocerla.

Hearth me había contado historias terroríficas sobre la suerte que corrieron los anteriores ladrones que se atrevieron a robar el anillo de Andvari. Ahora vi que no había exagerado.

De la cueva salió una bestia tan horrorosa que no pude asimilarla de golpe.

Primero me centré en el anillo que brillaba en el dedo del medio de su pata derecha delantera: una pequeña tira de oro clavada en su piel escamosa. Debía de dolerle mucho, como un torniquete. La punta del dedo estaba ennegrecida y arrugada.

Cada una de las cuatro patas del monstruo tenía el diámetro de la tapadera de un cubo de basura. Eran patas cortas y gruesas que se arrastraban a lo largo de un cuerpo como de lagarto, de unos quince metros del hocico a la cola, con la columna surcada de pinchos más grandes que mi espada.

Su cara era la que había visto en sueños: ojos verdes brillantes, hocico chato con orificios viscosos, boca horrible con hileras de dientes triangulares. La cabeza tenía un penacho de plumas verdes. La boca del monstruo me recordaba la del lobo Fenrir: demasiado grande y expresiva para un animal, con unos labios demasiado humanos. Y lo peor de todo: tenía mechones blancos pegados a la frente; los últimos vestigios del cabello antaño admirable del señor Alderman.

El nuevo y dragonesco Alderman salió de su guarida murmurando, sonriendo, gruñendo y luego carcajeándose histéricamente sin motivo aparente.

—No, señor Alderman —susurró—. ¡No debe irse, señor!

Con un rugido de frustración, escupió una columna de fuego

a través del suelo del bosque y abrasó los troncos de los árboles más próximos. El calor me arrugó las cejas como si fueran papel de arroz.

No me atrevía a moverme. Ni siquiera podía mirar a mis amigos para ver cómo se lo estaban tomando.

Estaréis pensando: «Magnus, ya habías visto dragones. ¿A qué viene tanto problema?».

Sí, vale. Había visto algún que otro dragón. Incluso había luchado contra un lindworm anciano en una ocasión, pero nunca me había enfrentado a un dragón que antes había sido un conocido mío. Nunca había visto a una persona transformada en algo tan horrible, tan apestoso, tan malévolo y al mismo tiempo... tan claramente genuino. Ese era el auténtico yo del señor Alderman, con sus peores cualidades hechas carne.

Eso me aterraba. No solo la conciencia de que esa criatura pudiera achicharrarnos vivos, sino la idea de que alguien pudiera tener ese pedazo de monstruo dentro de él. No pude evitar preguntarme qué habría sido de mí si me hubiera puesto ese anillo, si los peores pensamientos y defectos de Magnus Chase hubieran cobrado forma.

El dragón dio otro paso hasta que solo la punta de su cola quedó dentro de la cueva. Contuve la respiración. Si salía a cazar, tal vez pudiéramos entrar corriendo en la cueva mientras estaba fuera, buscar la piedra de afilar que necesitábamos y salir de Alfheim sin tener que luchar. Me habría encantado una victoria fácil como esa.

El dragón se quejó.

—¡Tengo mucha sed! El río no está lejos, señor Alderman. ¿Un trago rápido, quizá?

La criatura rio para sus adentros.

—¡Oh, no, señor Alderman! Sus vecinos son astutos. ¡Farsantes! ¡Trepas! Les encantaría que dejases su tesoro sin vigilar. Todo por lo que tanto ha trabajado: ¡su riqueza! ¡Suya y solo suya! No, señor. ¡Vuelva adentro! ¡Vuelva!

El dragón se retiró a su cueva siseando y escupiendo y no dejó más que hedor a ranas muertas y unos cuantos árboles en llamas.

Yo seguía sin poder moverme. Conté hasta cincuenta, esperando a ver si el dragón volvía a salir, pero parecía que la función de esa noche ya había terminado.

Finalmente, mis músculos empezaron a relajarse. Me puse cómodo detrás del tronco. Me temblaban las piernas de forma incontrolable y tenía unas ganas irresistibles de hacer pipí.

—Dioses —murmuré—. Hearthstone, yo...

No encontraba palabras ni signos para expresarme. ¿Cómo podía compadecer o alcanzar a entender lo que debía de estar sintiendo él?

Apretó los labios con gesto adusto. Sus ojos brillaban con una firme determinación, una mirada que me recordó demasiado a su padre.

Abrió la mano y se dio unos golpecitos en el pecho con el pulgar. «Estoy bien.»

A veces uno miente para engañar a la gente. Otras uno miente porque necesita que la mentira se haga verdad. Supuse que Hearth estaba haciendo lo segundo.

—Eh, colega —susurró Blitzen al mismo tiempo que hacía señas. Su voz sonaba como si el dragón lo estuviera aplastando con su peso—. Magnus y yo lo arreglaremos. Deja que nosotros nos encarguemos.

La idea de que Blitzen y yo nos enfrentásemos solos a ese monstruo no contribuyó a solucionar mis problemas de vejiga, pero asentí con la cabeza.

—Sí. Claro. Podemos hacer que el dragón salga y colarnos...

«Los dos os equivocáis», dijo Hearthstone con gestos. «Debemos matarlo. Y yo debo ayudar.»

25

Tramamos un plan maravillosamente horrible

¿El peor sitio para un consejo de guerra?

¿Qué tal el pozo derrumbado en el que el hermano de Hearthstone había muerto, en medio de un bosque espeluznante, en el mundo que menos gracia me hacía de los nueve existentes, donde no podíamos contar con el más mínimo refuerzo?

Sí, ahí es adonde fuimos.

Saqué a Jack y lo puse al tanto de la situación. Por una vez, no chilló de emoción ni se arrancó a cantar.

—¿Un dragón con un anillo? —Sus runas se fueron atenuando hasta teñirse de gris—. Oh, es grave. Los peores dragones siempre son los que tienen anillos malditos.

Lo traduje a lengua de signos para Hearth, que gruñó. «El dragón tiene un punto débil. La barriga.»

—¿Qué dice? —preguntó Jack.

De entre todos los amigos de Hearthstone, Jack era el único que se negaba obstinadamente a aprender la lengua de signos. Afirmaba que los gestos no tenían sentido para él porque no tenía manos. Personalmente, me parecía que no era más que una revancha porque el elfo no podía leer los labios a Jack ya que Jack no tenía labios. Las espadas mágicas pueden ser así de mezquinas.

—Ha dicho que la barriga es el punto débil del dragón —repetí.

—Oh, bueno, sí. —No parecía entusiasmado—. Su piel es prácticamente imposible de cortar, pero tienen rendijas en la coraza de su barriga. Si pudierais conseguir que se pusiera boca arriba (os deseo buena suerte), podríais clavarme y llegar a su corazón. Pero aunque lo lograseis, ¿habéis atravesado alguna vez la barriga de un dragón con anillo? Yo sí. Es asqueroso. ¡Su sangre es puro ácido!

Traduje todo eso a Hearth.

—¿Su sangre te puede dañar, Jack? —pregunté.

—¡Por supuesto que no! ¡Soy la Espada del Verano! ¡Me forjaron con un acabado mágico que resiste todo tipo de desgaste!

Blitzen asintió con la cabeza.

—Es cierto. Jack tiene un buen acabado.

—Gracias —dijo la espada—. ¡Por lo menos alguien sabe apreciar la buena calidad! Atravesar la barriga de un dragón no me dañará, pero a ti sí. Si te cae una gota de esa sangre cuando estés cortando al dragón, estás acabado. Esa sustancia te corroerá. Nada puede detenerla.

Tenía que reconocer que la cosa no pintaba divertida.

—¿No puedes luchar tú solo? Podrías subir volando hasta el dragón y...

—¿Preguntarle educadamente si podría ponerse boca arriba? —bufó Jack, y sonó como un martillo que golpease un techo de metal corrugado—. Los dragones con anillos se arrastran sobre la barriga por un motivo, chicos. Saben que no deben exponer su punto débil. Además, matar a un dragón con anillo es algo muy personal. Tendrías que empuñarme tú mismo. Un acto así afecta al wyrd.

Fruncí el ceño.

—¿Dices que afecta a qué?

—Al wyrd.

—¿Al guay? —murmuré.

—Se refiere al destino —intervino Blitzen, haciendo señas mientras hablaba para Hearth.

El signo de «destino» consistía en una mano que empujaba hacia delante, como si todo fuera de perlas, y a continuación las dos manos cayeron de repente al regazo de Blitz como si se hubieran estrellado contra un muro y hubieran muerto. Es posible que ya haya dicho que la lengua de signos puede ser un pelín demasiado descriptiva.

—Cuando matas a un dragón con anillo —explicó Blitz—, sobre todo uno que antes era un conocido tuyo, interfieres en una magia poderosa. La maldición del dragón puede tener una fuerte repercusión en tu futuro, puede alterar el curso de tu destino. Puede... mancharte.

Pronunció la palabra «manchar» como si fuera peor que el kétchup o la grasa: como si matar dragones no saliera de tu wyrd ni con un buen prelavado.

Hearthstone habló por señas con gestos entrecortados, como hacía cuando estaba irritado: «Hay que hacerlo. Yo lo haré».

—Colega... —Blitz se movió incómodo—. Es tu padre.

«Ya no.»

«Hearth», dije con gestos. «¿Alguna forma de conseguir la piedra sin matar al dragón?»

Negó categóricamente con la cabeza. «No es eso. Los dragones pueden vivir siglos. No puedo dejarlo así.»

Sus ojos claros se humedecieron. Comprendí impresionado que estaba llorando. Puede parecer una tontería, pero los elfos acostumbraban a controlar y reprimir tanto sus emociones que me sorprendió saber que eran capaces de derramar lágrimas.

Hearth no estaba enfadado. No quería venganza. A pesar de

todo lo que su padre le había hecho, no quería que sufriera como un monstruo perverso. Sif le había advertido de que tendría que volver para reclamar su runa de la herencia perdida. Eso significaba poner punto final a la triste historia de su familia, dar descanso el alma atormentada de su padre.

—Lo entiendo —dije—. De verdad. Pero déjame dar el golpe de gracia. Tú no deberías cargar con eso en tu conciencia, o tu wyrd, o lo que sea.

—El chaval tiene razón —convino Blitz—. Eso no manchará tanto tu destino. Pero ¿si matas a tu propio padre, aunque sea una bendición? Nadie debería tener que hacer frente a una decisión como esa.

Pensé que Samirah y Alex podrían no estar de acuerdo. Ellas tal vez agradecieran la oportunidad de sacar a Loki de nuestras vidas. Pero sabía que, en este caso, Blitz tenía razón.

—Además —terció Jack—, yo soy la única espada que puede cumplir la misión, y no pienso permitir que el elfo me maneje.

Decidí no traducir eso.

—¿Qué dices, Hearthstone? ¿Me dejarás hacerlo?

Las manos del elfo se quedaron suspendidas delante de él como si estuviera a punto de tocar el piano aéreo. Finalmente dijo por señas: «Gracias, Magnus», un gesto parecido al de lanzar un beso y luego un puño con el pulgar debajo de tres dedos, la eme, el signo de mi nombre.

Normalmente, no se habría molestado en decir mi nombre. Cuando hablas con alguien en lengua de signos, es evidente a quién te diriges. Simplemente, lo miras o lo señalas. Hearth empleó el signo de mi nombre como muestra de respeto y afecto.

—Cuenta conmigo, tío —prometí. Se me revolvían las entrañas al pensar en matar al dragón, pero de ninguna manera pensaba dejar que Hearthstone pagara el pato. Su wyrd ya había sufrido bastante por culpa de su padre.

—Bueno, ¿cómo lo hacemos, a ser posible sin que el ácido me disuelva en un montón de espuma de Magnus?

Hearth miró el túmulo. Dejó caer los hombros, como si alguien estuviera amontonando piedras invisibles encima de él. «Hay una forma. Andiron...» Vaciló al hacer el signo del nombre de su hermano. «Solíamos jugar aquí. Hay túneles, hechos por salvajes...» En ese punto hizo un signo que yo no había visto nunca.

—Se refiere a los nisser —explicó Blitzen—. Son más o menos así... —Puso la mano a unos sesenta centímetros del suelo—. Hombrecillos. También se les llama hobs. O di sma. O brownies.

Supuse que no se refería al bizcocho de chocolate.

«En el bosque vivían cientos», dijo Hearth con gestos, «antes de que mi padre llamara al exterminador.»

Un pedazo de pan me subió a la garganta. Un minuto antes, ni siquiera sabía que los brownies existían. Ahora me daban lástima. Me imaginé al señor Alderman haciendo la llamada. «Hola, Adiós-Plagas, hay una civilización en mi jardín que me gustaría exterminar.»

—Entonces..., ¿los túneles de los brownies siguen ahí? —pregunté.

Hearth asintió con la cabeza. «Son estrechos. Pero podrías usar uno para acercarte a la cueva arrastrándote. Si nosotros pudiéramos provocar al dragón para que se acercase al punto en el que tú estás escondido...»

—Yo podría atacarle por debajo —dije—. Directo al corazón.

Las runas de Jack emitieron un furioso brillo verde amarillento.

—¡Es una idea terrible! ¡Te lloverá sangre de dragón!

A mí tampoco me entusiasmaba la idea. Esconderse en un túnel hecho por brownies exterminados mientras un dragón de cinco toneladas se arrastraba por encima planteaba todo tipo de posibles muertes dolorosas. Por otra parte, no pensaba fallarle a Hearthstone. Conseguir la piedra de afilar parecía ahora casi irrelevante. Tenía que ayudar a mi amigo a liberarse de su horrible pasado de una vez por todas, aunque ello significase arriesgarme a bañarme en ácido.

—Vamos a hacer un ensayo —dije—. Si encontramos un buen túnel, a lo mejor podemos apuñalar al dragón rápido y correr a la salida antes de que yo acabe salpicado.

—Grrr. —Jack parecía tremendamente malhumorado. Por otra parte, yo le estaba pidiendo que matase a un dragón—. Supongo que eso significa que me dejarías clavado en el corazón del dragón.

—Cuando el dragón esté muerto, volveré a por ti... ejem, suponiendo que descubra cómo hacerlo sin morir empapado de ácido.

Suspiró.

—Está bien, supongo que merece la pena contemplar la idea. Pero si sobrevives a esto, tendrás que prometerme que después me limpiarás muy bien.

Blitzen asintió con la cabeza, como si las prioridades de Jack le parecieran de lo más lógicas.

—Aun así, necesitaremos una forma de sacar al dragón de la cueva y de asegurarnos de que se arrastra hasta el sitio adecuado —dije.

Hearth se levantó, se acercó al túmulo de su difunto hermano y se lo quedó mirando un largo rato, como si desease que desapareciera. Luego, con los dedos temblorosos, recuperó la runa de othala. La mostró para que la viéramos. No hizo ningún gesto, pero el significado estaba claro:

«Dejadme eso a mí.»

26

Me cuesta wyrdar la compostura

En el Valhalla pasábamos mucho tiempo esperando.

Esperábamos la llamada diaria al combate. Esperábamos nuestras gloriosas muertes definitivas en el Valhalla. Esperábamos en fila para que nos sirvieran tacos en la zona de los restaurantes, porque en el más allá vikingo solo había una taquería, y Odín debería tomar cartas en el asunto.

Muchos einherjar decían que esperar era lo más difícil de sus vidas.

Normalmente, yo no estaba de acuerdo. No me importaba esperar todo lo que hiciera falta a que llegara el Ragnarok, aunque implicase hacer largas colas para conseguir mi ración de pollo asado.

Pero ¿esperar para luchar contra un dragón? No era precisamente mi actividad favorita.

Encontramos un túnel de brownies con bastante facilidad. De hecho, el suelo del bosque tenía tantos agujeros de nisser que me sorprendió no haberme roto la pierna en uno. El túnel que exploramos tenía una salida en el bosque de enfrente del claro y otra a solo nueve metros de la entrada de la cueva. Era perfecto, exceptuando el hecho de que era un pasadizo claustrofóbico y lleno de barro que olía a —no me lo invento— brownies horneados. Me preguntaba si el exterminador había utilizado un soplete para eliminar a los pobrecillos.

Con cuidado y sin hacer ruido, tapamos el agujero más cercano a la cueva con ramas. Allí es donde yo me escondería con la espada lista, esperando a que el dragón se arrastrase por encima de mí. Luego hicimos varios ensayos para que pudiera practicar las estocadas hacia arriba y la salida del túnel.

Al tercer intento, cuando salía arrastrándome jadeando y sudoroso, Jack anunció:

—Veintiún segundos. ¡Peor que la última vez! ¡Fijo que acabas convertido en sopa de ácido!

Blitzen propuso que volviera a intentarlo. Me aseguró que teníamos tiempo, ya que los dragones con anillo eran nocturnos, pero estábamos ensayando tan cerca de la guarida del dragón que yo no quería tentar a la suerte. Además, no quería volver a entrar en aquel agujerito.

Nos retiramos al túmulo, donde Hearthstone había estado practicando su magia en privado. No quiso contarnos lo que había estado haciendo ni lo que planeaba. Pensé que el elfo ya estaba bastante traumatizado sin que yo lo interrogara. Solo esperaba que su señuelo para el dragón funcionara, y que él no fuera el cebo.

Esperamos a que anocheciera turnándonos para echar un sueñecito, pero yo no pude dormir mucho, y cuando lo conseguí, tuve pesadillas. Me encontraba otra vez en el Barco de los Muertos, aunque ahora la cubierta estaba extrañamente vacía. Vestido con su uniforme de almirante, Loki se paseaba de un lado a otro delante de mí, chasqueando la lengua como si yo no hubiera pasado la inspección de uniforme.

—Qué desastre, Magnus. ¿Vas a buscar esa ridícula piedra

cuando te queda tan poco tiempo? —Se me plantó delante, con los ojos tan cerca que podía ver las motas de fuego de sus iris. El aliento le olía a veneno mal enmascarado con menta—. Y aunque la encuentres, ¿qué harás entonces? La idea de tu tío es una insensatez. Sabes que jamás podrás vencerme. —Me dio unos golpecitos en la nariz—. ¡Espero que tengas un plan B!

Su risa cayó sobre mí como una avalancha, me derribó a la cubierta y me dejó sin aire en los pulmones. De repente, estaba otra vez en el túnel de los nisser; los pequeños brownies me empujaban la cabeza y los pies y gritaban intentando pasar. Las paredes de barro se derrumbaron. El humo me picaba en los ojos. Las llamas rugían a mis pies y me abrasaban las botas. Por encima de mi cabeza, gotas de ácido corroían el barro y chisporroteaban por toda mi cara.

Me desperté jadeando y sin poder parar de temblar. Quería coger a mis amigos y largarnos de Alfheim, quería que nos olvidáramos de la maldita piedra de afilar de Bolverk y del Hidromiel de Kvasir. Podíamos buscar un plan B. Cualquier plan B.

Pero mi parte racional sabía que esa no era la solución. Estábamos siguiendo el plan A más demencial y horripilante imaginable, y eso significaba que debía ser el acertado. Solo por una vez, me gustaría participar en una misión que consistiese en cruzar el pasillo, pulsar un botón en el que pusiera SALVAR EL MUNDO y volver a mi habitación para dormir unas horitas más.

En torno al ocaso nos acercamos a la guarida del dragón. Habíamos pasado más de un día en el bosque y no olíamos muy bien. Eso me trajo a la memoria nuestros días como sintecho, cuando los tres nos acurrucábamos en sucios sacos de dormir en los callejones de Downtown Crossing. ¡Ah, sí, qué malos tiempos tan buenos!

Se me erizaba la piel de la mugre y el sudor. Solo podía imaginarme cómo se debía sentir Blitz con su grueso conjunto de protección solar. Hearthstone parecía tan limpio e inmaculado como siempre, aunque la luz vespertina de Alfheim teñía su cabello del color del Tizer. Como siempre, al ser un elfo, el olor corporal más fuerte que producía no era peor que el de un friegasuelos diluido.

Jack me pesaba mucho en la mano.

—Recuerda que el corazón está situado en la tercera rendija de la coraza. Tienes que contar las líneas cuando el dragón se arrastre por encima de nosotros.

—Suponiendo que pueda ver —dije.

—¡Yo te daré luz! Pero acuérdate de dar una estocada rápida y largarte. La sangre saldrá disparada como el agua de una manguera de incendios...

—Entendido —dije intranquilo—. Gracias.

Blitzen me dio una palmadita en el hombro.

—Buena suerte, chaval. Te estaré esperando en la salida para sacarte. A menos que Hearth necesite refuerzos...

Miró al elfo como si esperase más detalles aparte de «Lo tengo todo controlado».

«Lo tengo todo controlado», dijo Hearthstone por señas.

Respiré de forma temblorosa.

—Si tenéis que correr, corred. No me esperéis. Y si... y si no llego, decidles a los demás...

—Se lo diremos —prometió Blitzen. Parecía que supiera lo que yo quería decirles a todos, cosa que estaba bien porque yo no tenía ni idea—. Pero volverás.

Los abracé a los dos, un gesto que ambos aguantaron a pesar de mi olor a sudor.

Entonces, como un gran héroe de la antigüedad, me metí en el agujero a gatas.

Me retorcí por el túnel, con la nariz llena de olor a marga y a chocolate quemado. Cuando llegué a la abertura situada cerca de la guarida del dragón, me hice un ovillo, gruñí, empujé y giré las piernas hasta que mi cabeza quedó orientada en la dirección por la que había venido. (A pesar de lo chungo que sería salir de ese túnel a gatas, salir a gatas hacia atrás, con los pies por delante, habría sido aún peor.)

Me quedé tumbado boca arriba, mirando al cielo a través del entramado de ramas. Invoqué a Jack con cuidado de no matarme. Lo coloqué a lo largo de mi costado izquierdo, con la empuñadura en mi cinturón y la punta apoyada en mi clavícula. Cuando diera la estocada hacia arriba, el ángulo sería complicado. Empleando la mano derecha, tendría que mover la espada en diagonal haciendo palanca, guiar la punta hasta la rendija de la coraza de la barriga del dragón y atravesarla hasta su corazón con todas mis fuerzas de einherji. Después tendría que salir gateando del túnel antes de ser salteado en ácido.

La misión parecía imposible. Probablemente porque lo era.

El tiempo pasaba despacio en el túnel lleno de barro. Mis únicos compañeros eran Jack y unas cuantas lombrices que andaban sobre mis pantorrillas inspeccionando mis calcetines.

Empecé a pensar que el dragón no saldría a cenar. A lo mejor pedía una pizza y un repartidor élfico de Domino's me caería en la cara. Estaba a punto de perder la esperanza cuando el olor pútrido de Alderman me asaltó como mil ranas quemadas lanzándose en plan kamikaze a mis fosas nasales.

Arriba, las ramas entrelazadas se sacudieron cuando el dragón salió de su cueva.

—Tengo sed, señor Alderman —gruñó para sí mismo—. Y también hambre. Inge no me sirve una cena en condiciones desde hace días, semanas, meses. ¿Dónde está esa muchacha inútil?

Se acercó arrastrándose a mi escondite. Me cayó tierra sobre el pecho. Noté una opresión en los pulmones mientras esperaba a que todo el túnel se me viniera encima.

El hocico del dragón eclipsó mi agujero. La criatura solo tenía que mirar abajo y me vería. Sería asado como un nisser.

—No puedo irme —murmuró el señor Alderman—. ¡Hay que vigilar el tesoro! ¡Los vecinos no son de fiar!

Gruñó frustrado.

—Vuelva, pues, señor Alderman. ¡Vuelva a sus funciones!

Antes de que pudiera retirarse, un brillante destello de luz procedente de algún lugar del bosque tiñó el morro del dragón de color ámbar: el tono de la magia rúnica de Hearthstone.

El dragón siseó y le salieron volutas de humo entre los dientes.

—¿Qué ha sido eso? ¿Quién anda ahí?

«Padre.» La voz me dejó helado hasta los huesos. El sonido reverberó, débil y quejumbroso, como un niño que llorase desde el fondo de un pozo.

—¡¡¡No!!! —El dragón dio patadas en el suelo y me sacudió de encima las lombrices de los calcetines—. ¡Imposible! ¡No estás aquí!

«Ven conmigo, padre», suplicó de nuevo la voz.

Yo no había conocido a Andiron, el hermano fallecido de Hearth, pero deduje que estaba oyendo su voz. ¿Había utilizado Hearthstone la runa de othala para invocar una ilusión o había logrado algo más terrible? Me preguntaba adónde iban los elfos cuando morían y si sus espíritus volverían para atormentar a los vivos...

«Te he echado de menos», dijo el niño.

El dragón aulló angustiado y escupió fuego a través de mi escondite apuntando al sonido de la voz. Todo el oxígeno de mi pecho quedó succionado y tuve que reprimir el impulso de jadear. Jack zumbó suavemente contra mi costado para darme apoyo moral.

«Estoy aquí, padre», insistió la voz. «Quiero salvarte.»

—¿Salvarme? —El dragón avanzó muy lentamente.

En la parte inferior de su escamoso pescuezo verde palpitaban venas. Me preguntaba si podría apuñalarle la garganta. Parecía un objetivo blando. Pero estaba demasiado alto, fuera del alcance de mi espada. Además, Jack y Hearthstone habían sido muy específicos: tenía que apuntar al corazón.

—¿Salvarme de qué, mi querido hijo? —El dragón habló en un tono afligido y entrecortado, casi humano... o, mejor dicho, casi élfico—. ¿Cómo es posible que estés aquí? ¡Él te mató!

«No», repuso el niño. «Él me ha enviado para que te advierta.»

El hocico del dragón tembló. Agachó la cabeza como un perro castigado.

—¿Te... te ha enviado él? Es tu enemigo. ¡Mi enemigo!

«No, padre», dijo Andiron. «Por favor, escucha. Él me ha dado la oportunidad de convencerte. Podemos estar juntos en la otra vida. Puedes redimirte, puedes salvarte si entregas el anillo por propia voluntad...»

—¡¡El anillo!! ¡Lo sabía! ¡Sal, embustero!

El pescuezo del dragón estaba ahora muy cerca. Podía deslizar la hoja de Jack hasta su arteria carótida y... Jack me advirtió vibrando en mi mente: *No. Todavía no.*

Ojalá pudiera ver lo que estaba pasando en el linde del claro. Comprendí que Hearth no solo había creado una distracción mágica, sino que había invocado el espíritu de Andiron con la esperanza de que él pudiera salvar a su padre de su aciago destino. Incluso ahora, después de todo lo que Alderman le había hecho, Hearthstone estaba dispuesto a dar a su padre una oportunidad de redimirse, aunque ello significase quedar eclipsado por su hermano una última vez.

El claro se quedó tranquilo y silencioso. A lo lejos susurraban las zarzas.

Alderman siseó.

—¡Tú!

Solo se me ocurría una persona a la que Alderman se dirigiría con tanto desdén familiar. Hearthstone debía de haberse dejado ver.

«Padre», rogó el fantasma de Andiron. «No lo hagas...»

—¡Eres despreciable, Hearthstone! —gritó el dragón—. ¿Te atreves a utilizar la magia para mancillar el recuerdo de tu hermano?

Una pausa. Hearthstone debió de decir algo por señas, porque Alderman contestó bramando:

—¡Utiliza la pizarra!

Apreté los dientes. Como si Hearth tuviese que llevar a todas partes la horrible pizarrita en la que Alderman le obligaba a escribir; no porque no supiera leer la lengua de signos, sino porque disfrutaba haciendo sentir a su hijo como un bicho raro.

—Te voy a matar —dijo el dragón—. ¿Te atreves a intentar engañarme con esta farsa grotesca?

Avanzó tan rápido que no me dio tiempo a reaccionar. Su barriga tapó el agujero de los nisser y me sumió en la oscuridad. Jack encendió sus runas, que iluminaron el túnel, pero yo estaba desorientado debido al miedo y la impresión. Una abertura en la barriga del dragón apareció justo encima de mí, pero no tenía ni idea de cuánta parte de su cuerpo había pasado. Si atacaba ahora, ¿le daría en el corazón? ¿En la vesícula? ¿En el intestino delgado?

¡Esto no va bien!, zumbó Jack en mi mente. *¡Esa es la sexta rendija! ¡El dragón tiene que retroceder!*

Me preguntaba si el señor Alderman respondería a una petición formulada educadamente. Lo dudaba.

El dragón había dejado de moverse. ¿Por qué? El único motivo que se me ocurría era que en ese momento estuviera arrancando a bocados la cara de Hearthstone. Me entró el pánico. Estuve a punto de apuñalar a la bestia en la sexta rendija, desesperado por librar a mi amigo, pero entonces, a través del cuerpo del monstruo que amortiguaba los sonidos, oí gritar una voz potente:

—¡Atrás!

Lo primero que pensé fue que el mismísimo Odín había aparecido delante del dragón, que había intervenido para salvar la vida a Hearthstone para que sus sesiones de entrenamiento en magia rúnica no se echasen a perder. Aquel ruido autoritario era tan fuerte que tenía que ser Odín. Había oído cuernos de guerra jotun con menos potencia.

—¡¡Lárgate, asquerosa y maloliente bestia!! —tronó de nuevo la voz—. ¡¡No mereces que te llamen padre!!

Entonces reconocí el acento: una pizca del sur de Boston con un toque de Svartalf.

Oh, no. No, no, no. No era Odín.

—¡¡No vas a acercarte a mi amigo, así que da marcha atrás a tu apestoso cadáver de rana muerta!!

Visualicé la escena con claridad meridiana: el dragón, aturdido y perplejo, parado en seco al ser detenido por un nuevo rival. No tenía ni idea de cómo unos pulmones tan pequeños podían producir un volumen tan alto. Pero estaba seguro de que lo único que se interponía entre Hearthstone y una muerte abrasadora era un enano bien vestido con salacot.

Debería haberme sorprendido, impresionado, ilusionado. En cambio, me dieron ganas de gritar. En cuanto el dragón volviera en sí, sabía que mataría a mis dos amigos. Chamuscaría a Blitzen y a Hearthstone y solo me dejaría un montón de elegantes cenizas para limpiar.

—¡¡¡Vete!!! —bramó Blitz.

Sorprendentemente, Alderman se deslizó hacia atrás y dejó a la vista la quinta rendija de su coraza.

Tal vez no estaba acostumbrado a que le hablasen en ese tono. Tal vez temía que bajo la mosquitera negra de mi amigo se escondiese un terrible demonio.

—¡Vuelve a tu apestosa cueva! —gritó Blitzen—. ¡Largo!

El dragón gruñó, pero retrocedió una rendija más. Jack zumbaba en mis manos, listo para cumplir nuestra misión. Solo faltaba una sección más de la coraza de la barriga...

—No es más que un enano tonto, señor Alderman —murmuró el dragón para sí—. Quiere su anillo.

—¡Me da igual tu puñetero anillo! —chilló Blitz—. ¡¡¡Fuera!!!

Tal vez el dragón se quedó anonadado ante la amistad leal de Blitzen. O tal vez a Alderman le confundió verlo delante de Hearthstone y el fantasma de Andiron, como un padre que protege a sus crías. Un instinto que para él tenía tan poca lógica como que existiera una persona que no estuviera motivada por la codicia.

Retrocedió varios centímetros más. Ya casi estaba...

—El enano no supone una amenaza, señor —se dijo el dragón en tono tranquilizador—. Será una sabrosa cena.

—¡¿Eso crees?! —rugió Blitz—. ¡¡Ponme a prueba!!

El dragón siseó y... retrocedió un par de centímetros más. Apareció la tercera rendija.

Presa del pánico, manipulé torpemente a Jack y coloqué su punta contra el punto débil de la piel.

Entonces clavé la espada en el pecho del dragón con todas mis fuerzas.

27

Ganamos una piedrecita

Me gustaría deciros que tuve reparos en dejar a Jack hundido hasta la empuñadura en la carne del dragón.

Pero no fue así. Mi mano soltó el mango y me las piré a toda prisa por el túnel como un brownie en llamas. El dragón rugió, golpeó el suelo con las patas por encima de mí y sacudió la tierra. El túnel se derrumbó detrás de mí, me succionó los pies y llenó el aire de gases ácidos.

«¡Ostras!», pensé. «¡Ostras, ostras, ostras!»

Soy muy elocuente en momentos de peligro.

Me pareció que el recorrido por el túnel duraba mucho más de veintiún segundos. No me atrevía a respirar. Me imaginé que se me quemaban las piernas, que si conseguía llegar al exterior, miraría abajo y me daría cuenta de que era un Magnus amputado.

Finalmente, viendo unas manchas negras bailando ante mis ojos, me abrí paso hasta el exterior del túnel. Jadeé y me sacudí hasta quitarme las botas y los vaqueros como si fueran veneno. Porque lo eran. Como me temía, la sangre de dragón me había salpicado los pantalones y estaba chisporroteando a través de la tela. Las botas me echaban humo. Arrastré las piernas desnudas sobre el suelo del bosque, con la esperanza de quitarme toda gota de sangre que quedase. Cuando me miré los pies y las pantorrillas, no vi nada extraño. No tenía cráteres nuevos en la piel. Ni humo. Ni olor a einherji quemado.

Solo podía deducir que el túnel derrumbado me había salvado, pues, al mezclarse con el ácido, el lodo había retrasado la oleada de corrosión. O quizá simplemente había agotado mi suerte hasta el próximo siglo.

El corazón me latía a un ritmo menos frenético. Salí al claro tambaleándome y encontré al dragón verde Alderman tumbado de costado, dando coletazos y sacudiendo las patas. Vomitó un chorro débil de napalm e incendió una franja de hojas muertas y esqueletos de ardilla.

La empuñadura de Jack sobresalía de su pecho. Mi anterior escondite era ahora un sumidero humeante que iba consumiéndolo todo poco a poco hasta el núcleo de Alfheim.

Junto al hocico del dragón se encontraban Hearthstone y Blitzen, ambos desarmados. A su lado, parpadeando como la llama débil de una vela, estaba el espectro de Andiron. Solo había visto al hermano de mi amigo en una ocasión, en el retrato colgado encima de la chimenea de su padre. En ese cuadro parecía un dios joven, perfecto y seguro de sí mismo, trágicamente hermoso. Sin embargo, cuando lo vi ahora enfrente de mí, no era más que un niño: rubio, flaco, de rodillas huesudas. Yo no lo habría elegido de entre una cola de escolares de primaria a menos que pretendiera identificar a los chicos con más probabilidades de sufrir acoso.

Blitz se había levantado la parte delantera de su malla de protección solar, a pesar del riesgo de petrificación; la piel de alrededor de sus ojos estaba empezando a teñirse de gris. Tenía una expresión seria.

El dragón consiguió respirar entrecortadamente.

—Traidor, asesino.

Blitzen cerró los puños.

—Es que no lo aguanto...

Hearthstone se tocó la manga. «Basta.» Se arrodilló junto a la cara del dragón para que pudiera verle hablar por señas.

«Yo no quería esto», dijo con gestos. «Lo siento.»

Los labios de la bestia se fruncieron por encima de sus colmillos.

—Utiliza... la... pizarra, traidor.

Alderman cerró su párpado interior, que nubló su iris verde, y una última columna de humo brotó de los orificios de su hocico. A continuación su enorme cuerpo se quedó inmóvil.

Esperé a que recuperase la forma de elfo, pero no lo hizo.

Su cadáver parecía totalmente satisfecho de permanecer como un dragón.

Hearthstone se puso en pie. Tenía una expresión distante y confundida, como si acabase de ver una película realizada por una civilización extraterrestre y estuviese intentando descubrir su significado.

Blitzen se volvió hacia mí.

—Lo has hecho muy bien, chaval. Esto tenía que pasar.

Lo miré asombrado.

—Le has plantado cara a un dragón. Le has hecho retroceder.

Se encogió de hombros.

—No me gustan los abusones. —Señaló mis piernas—. Tenemos que conseguirte unos pantalones nuevos, chaval. Unos pantalones caqui oscuro te quedarían bien con esa camiseta. O unos tejanos grises.

Comprendía por qué quería cambiar de tema. No quería hablar del valor que había mostrado. No consideraba sus actos dignos de elogio. Era un hecho muy simple: no te convenía despertar a la bestia que Blitzen llevaba dentro.

Hearthstone se volvió hacia el fantasma de su hermano.

«Lo hemos intentado, Hearth», dijo Andiron por señas. «No te culpes.» Tenía las facciones borrosas, pero su expresión era inequívoca. A diferencia del señor Alderman, solo sentía afecto por su hermano.

Hearth se enjugó las lágrimas y se quedó mirando el bosque como si intentase orientarse, y a continuación se dirigió por señas a Andiron: «No quiero volver a perderte».

«Lo sé», asintió el fantasma con gestos. «Yo no quiero irme.»

«Padre...»

Andiron imitó un corte con la palma de la mano, el símbolo de «basta».

«No pierdas un minuto más con él», dijo. «Bastante te quitó ya. ¿Vas a comerte su corazón?»

Eso no tenía sentido, de modo que supuse que había interpretado mal los signos.

El rostro de Hearth se ensombreció. «No lo sé», contestó por señas.

«Ven aquí», le instó Andiron con gestos.

Hearthstone titubeó y luego se acercó muy despacio al fantasma.

«Te voy a contar un secreto», dijo su hermano. «Cuando susurré en el pozo, pedí un deseo. Quería ser tan bueno como tú. Eres perfecto.»

El niño extendió sus brazos espectrales y Hearthstone se inclinó para abrazarlo, pero entonces el fantasma se deshizo en vapor blanco.

La piedra rúnica de othala cayó en la palma de mi amigo, que la examinó un instante como si fuera algo que no hubiera visto nunca: una joya perdida cuyo dueño querría recuperar. Cerró los dedos en torno a la piedra y la presionó contra su frente. Por una vez fui yo quien leyó sus labios. Estaba convencido de que susurró: «Gracias».

Algo sonó en el pecho del dragón. Temí que Alderman hubiera empezado a respirar otra vez, pero entonces me percaté de que era Jack, que temblaba furiosamente tratando de liberarse.

—¡¡Atrapado!! —gritó con voz amortiguada—. ¡¡¡Sagadmedeaguííí!!!

Pisando con cuidado con mis pies descalzos, me dirigí al pozo negro de ácido. Del pecho del dragón seguía goteando sangre que formaba un lago humeante y turbio. No había forma de que me acercase para agarrar la empuñadura.

—¡No puedo alcanzarte, Jack! ¿No puedes salir tú solo?

—¡Saliryoqueno! —chilló—. ¡Acabodedecirquestoyatrapado!

Miré a Blitz frunciendo el entrecejo.

—¿Cómo podemos sacarlo?

Él formó una bocina con las manos y gritó a mi espada como si estuviera al otro lado del Gran Cañón.

—¡Tendrás que esperar, Jack! La sangre del dragón perderá la fuerza dentro de una hora más o menos. ¡Entonces podremos sacarte!

—¡¿Unahoraestásdecoña?! —Su empuñadura vibró, pero permaneció firmemente hundida en la caja torácica de Alderman.

—No le pasará nada —me aseguró Blitz.

Para él era muy fácil de decir. Él no tenía que vivir con la espada.

Llamó la atención de Hearth tocándole el hombro. «Tenemos que buscar piedra de afilar en cueva», dijo por señas. «¿Estás listo?»

Hearth agarró fuerte la runa de othala, estudió la cara del dragón como si buscase algo familiar en ella y a continuación guardó la runa en el saquito y completó su colección.

«Adelantaos vosotros dos», dijo con gestos. «Necesito un momento.»

Blitz hizo una mueca.

—No hay problema, colega. Tienes que tomar una decisión importante.

—¿Qué decisión? —pregunté.

Mi amigo me miró como pensando: «Pobre ingenuo».

—Vamos a ver el tesoro del monstruo, Magnus.

El tesoro era fácil de encontrar. Ocupaba casi toda la cueva. En medio del botín había una marca donde dormía Alderman. No me extrañaba que estuviera tan malhumorado. Dormir sobre un montón de monedas, espadas y copas con joyas incrustadas no debía de ser muy cómodo.

Anduve alrededor del botín, pellizcándome la nariz para no oler el insoportable hedor. La boca todavía me sabía a terrario de clase de biología.

—¿Dónde está la piedra? —pregunté—. No veo ninguna de las antigüedades de Alderman.

Blitz se rascó la barba.

—Bueno, los dragones son muy presumidos. No creo que pusiera las piezas geológicas sin brillo encima del montón. Las ha debido de enterrar, para que solo quedaran expuestas las cosas brillantes. Me pregunto...

Se agachó al lado del tesoro.

—¡Ja! Lo que yo pensaba. Mira.

Del desprendimiento de oro sobresalía la punta de un cordón trenzado.

Tardé un segundo en reconocerlo.

—¿Es... el bolso mágico que nos dio Andvari?

—¡Sí! —Blitz sonrió—. El botín está justo encima. Alderman era avaricioso, cruel y terrible, pero no era tonto. Quería que su tesoro fuera fácil de transportar por si tenía que buscar una nueva guarida.

A mí me parecía que eso también facilitaba enormemente el robo del tesoro, pero no pensaba discutir la lógica de un dragón muerto.

Blitz tiró del cordón. Un tsunami de lona envolvió el tesoro, se sacudió y se encogió hasta que apareció a nuestros pies un simple bolso de mano, apto para hacer la compra o para esconder objetos valorados en varios miles de millones de dólares. Mi amigo lo levantó con solo dos dedos.

Contra la pared del fondo de la cueva, debajo de donde estaba amontonado el tesoro, se hallaban docenas de objetos de Alderman. Muchos se habían aplastado debido al peso del oro. Afortunadamente para nosotros, las piedras son bastante duraderas. Recogí la piedra de afilar redonda y gris que había visto en el sueño. Al sostenerla no experimenté ningún éxtasis. Los ángeles no cantaron. No me sentí todopoderoso, como si fuera capaz de derrotar a los invencibles guardianes del Hidromiel de Kvasir.

—¿Por qué esto? —pregunté—. ¿Por qué vale...? —Era incapaz de expresar con palabras los sacrificios que habíamos hecho. Sobre todo Hearthstone.

Blitzen se quitó el salacot y se pasó los dedos por el cabello pegajoso. A pesar del olor a muerte y putrefacción de la cueva, parecía alegrarse de estar protegido del sol.

—No lo sé, chaval —contestó—. Solo puedo deducir que necesitaremos esa piedra para afilar algún arma blanca.

Eché un vistazo a los demás objetos de Alderman.

—¿Algo más que podamos llevarnos de aquí? Porque no pienso volver.

—Espero que no, porque yo opino lo mismo. —Con evidente reticencia, volvió a ponerse el salacot—. Vamos. No quiero dejar a Hearthstone solo demasiado tiempo.

Resultó que Hearth no estaba solo.

De algún modo había liberado a Jack del pecho del dragón. La espada, que era un arma muy terca, había vuelto a clavarse en el cuerpo del dragón muerto y estaba separándole el pecho a través de una rendija como si realizase una autopsia y Hearth parecía dirigirlo.

—¡Un momento! —dije—. ¿Qué estáis haciendo?

—¡Ah, hola, señor! —Jack se acercó flotando. Parecía alegre para ser una espada cubierta de vísceras—. El elfo me ha pedido que abra la caja torácica. Al menos, estoy casi seguro de que me lo ha pedido. Como ha usado su magia para sacarme, me ha parecido lo mínimo que podía hacer para agradecérselo. Ah, y ya he cortado el anillo. ¡Está ahí al lado, listo para llevar!

Miré abajo. Efectivamente, a escasos centímetros de mi pie descalzo, el anillo de Andvari relucía en el dedo cortado e hinchado del dragón. Tragué bilis.

—¿Listo para llevar? ¿Qué vamos a hacer con él?

«Ponerlo con el tesoro», respondió Hearth por señas. «Llevarlo otra vez al río y devolvérselo a Andvari.»

Blitz recogió el dedo del dragón y lo metió en su bolso de viaje mágico.

—Será mejor que nos demos prisa, chaval, antes de que el anillo empiece a tentarnos para que lo usemos.

—Está bien, pero... —Señalé el dragón medio diseccionado. Yo nunca había sido un cazador, pero mi madre había salido una vez con un tipo que cazaba. Ese hombre nos había llevado al bosque y había tratado de impresionar a mi madre enseñándome a destripar una res. (La cosa no había ido muy bien. Tampoco su relación.)

El caso es que mirando al dragón tuve la certeza de que Jack intentaba extirpar los órganos antes vitales del señor Alderman.

—¿Por qué? —logré preguntar.

Mi espada rio.

—¡Venga ya, creía que lo sabías! ¡Después de matar a un dragón, hay que sacarle el corazón, asarlo y comérselo!

Entonces fue cuando eché la comida.

28

No me pidáis nunca que cocine el corazón de mi enemigo

En lo que llevábamos de misión, había conseguido no vomitar. Iba camino de convertirme en un profesional del vómito contenido.

Pero la idea de comerme el corazón de un dragón —el músculo asqueroso y perverso que Alderman tenía por corazón—, ni de coña. Eso era demasiado.

Me interné en el bosque tambaleándome y tuve arcadas tanto tiempo que estuve a punto de desmayarme. Finalmente, Blitz me agarró el hombro y me apartó del claro.

—Tranquilo, chaval. Lo sé. Vamos.

Cuando recuperé cierta coherencia, me di cuenta de que me llevaba al río donde habíamos conocido a Andvari. No me atreví a decir nada, salvo algún que otro «¡Ay!» cuando pisaba una piedra o una rama o un hormiguero de hormigas de fuego de Alfheim con los pies descalzos.

Por fin llegamos al agua. Desde el borde de una pequeña cascada, contemplé el estanque de Andvari. No había cambiado mucho desde la última vez. Era imposible saber si aquel enano viejo y viscoso todavía vivía allí, disfrazado de pez viejo y viscoso. A lo mejor después de que le robáramos había desistido, se había trasladado a Cayo Hueso y se había retirado. Si era así, estaba tentado de acompañarle.

—¿Estás listo? —Blitz tenía un tono forzado—.Voy a necesitar tu ayuda.

Lo miré a través de la capa amarilla de mis ojos. Sostuvo el bolso de viaje por encima del borde del estanque, dispuesto a dejarlo caer, pero le tembló el brazo y lo retiró, llevando el bolso hacia atrás, como si quisiera salvar el tesoro de su destino. Pero acto seguido volvió a extender el brazo con dificultad; parecía estar haciendo flexiones de brazos con el oro.

—Se... me... resiste... —gruñó—. Para... los... enanos... no... es... fácil tirar... un... tesoro.

Conseguí salir del modo «¿Comer el corazón del dragón? ¿que Helheim...?» y cogí la otra asa del bolso. Enseguida experimenté lo mismo que Blitz. Gloriosas ideas sobre lo que podría hacer con todo aquel tesoro invadieron mi mente: ¡comprarme una mansión! (Un momento..., ya tenía la mansión del tío Randolph, y no me interesaba.) ¡Pillar un yate! (Ya tenía un gran barco amarillo. No, gracias.) ¡Ahorrar para cuando me jubilase! (Estaba muerto.) ¡Mandar a mis hijos a la universidad! (Los einherjar no pueden tener hijos. Estamos muertos.)

El bolso se sacudía y pataleaba. Parecía estar replanteándose su estrategia. *Vale*, susurró en mis pensamientos, *¿y ayudar a los sintechos? ¡Piensa en el bien que podrías hacer con el oro, y lo que hay en este bolso es solo un anticipo! ¡Si te pones ese bonito anillo, tendrás riqueza infinita! ¡Podrías construir viviendas! ¡Dar de comer! ¡Ofrecer formación profesional!*

Esas posibilidades eran más tentadoras... Pero sabía que era una trampa. Ese tesoro jamás haría bien a nadie. Miré mis piernas desnudas, llenas de arañazos y de barro. Me acordé del olor asfixiante de la barriga del dragón y de la expresión triste de Hearthstone al despedirse de su padre.

—Maldito tesoro —murmuré.

—Sí —dijo Blitz—. ¿A la de tres? Uno, dos...

Lanzamos el bolso al estanque. Resistí el impulso de saltar detrás de él.

—Ahí tienes, Andvari —dije—. Que te aproveche.

Aunque tal vez Andvari se había ido. En ese caso, acabábamos de hacer multimillonarias a una familia de truchas.

Blitz suspiró aliviado.

—Bueno, una carga menos. Ahora... lo otro.

Mi estómago se rebeló de nuevo.

—¿No se supone que tengo que...?

—¿Comerte el corazón? ¿Tú? —Blitz negó con la cabeza—. Bueno, tú eres el que lo mataste... Pero en este caso, no. Tú no tienes que comértelo.

—Gracias a los dioses.

—Tiene que hacerlo Hearth.

—¿Qué?

Blitz dejó caer los hombros.

—El dragón era su padre, Magnus. Cuando matas a un dragón con anillo, puedes dar descanso a su espíritu destruyendo su corazón. Puedes quemarlo o...

—Sí, hagamos eso.

—... o puedes comértelo, en cuyo caso heredas todos los recuerdos y la sabiduría del dragón.

Traté de imaginar por qué Hearthstone querría alguno de los recuerdos de su padre o su supuesta sabiduría. Es más, ¿por qué se sentía obligado a dar descanso al espíritu malvado de Alderman? Andiron le había dicho que no malgastase un minuto más preocupándose por su padre muerto, y me parecía un magnífico consejo de hermano.

—Pero si Hearth... ¿No sería canibalismo, o dragonbalismo o algo por el estilo?

—No puedo contestar a eso. —Parecía que Blitz estuviera deseando responder a esa pregunta con un sonoro «¡¡¡Sí, ya sé que es asqueroso!!!»—. Vamos a ayudarle en... lo que decida.

Jack y Hearthstone habían preparado una fogata, y ahora el elfo daba vueltas a un espetón sobre las llamas mientras la espada flotaba a su lado cantando «Roll Out the Barrel» a pleno pulmón, aunque careciera de dicho órgano. Como Hearthstone estaba sordo, era un público ideal.

La escena habría sido encantadora de no ser por el cuerpo de dragón muerto de seis toneladas que se pudría cerca, la expresión enfermiza del rostro de Hearthstone y el reluciente objeto negro del tamaño de un balón de baloncesto que chisporroteaba en el espetón e impregnaba el aire de olor a barbacoa. El hecho de que el corazón de Alderman oliese a comida me dio todavía más asco.

Nuestro amigo hizo señas con su mano libre. «¿Ya está?»

«Sí», contestó Blitzen con gestos. «Tesoro y anillo devueltos. Pez muy rico.»

Hearthstone asintió con la cabeza, aparentemente satisfecho. Su cabello rubio estaba salpicado de barro y hojas, cosa que me recordó, de manera ridícula, el confeti de los desfiles, como si el bosque le estuviera ofreciendo una macabra celebración por la muerte de su padre.

—Hearth, tío... —Señalé el corazón—. No tienes por qué hacerlo. Tiene que haber otra forma.

—¡Eso mismo le he dicho yo! —dijo Jack—. ¡No puede oírme, claro, pero bueno...!

Hearth empezó a hacer señas con una mano, que es como intentar hablar sin vocales. Lo dejó, impotente. Me señaló y acto seguido señaló el espetón: «Hazlo por mí».

Yo no quería acercarme al corazón del dragón, pero era el único que podía hablar y dar vueltas al espetón al mismo tiempo. Hearth podría leerme los labios. Blitzen podría hacer señas, pero tenía la cara cubierta por la malla. Y Jack... en fin, no era de mucha ayuda.

Me hice cargo del asado del órgano. El corazón parecía muy pesado e inestable para el espetón, que estaba colocado sobre dos postes improvisados con troncos de árboles. Mantenerlo en equilibrio sobre las llamas requería mucha concentración.

Hearthstone flexionó los dedos, preparándose para una larga conversación. La nuez le subió y le bajó como si su garganta ya estuviese protestando contra la cena especial de esa noche.

«Si me como el corazón», dijo con gestos, «el conocimiento de padre no se perderá para siempre».

—Sí —dije—, pero ¿por qué quieres que no se pierda?

Sus dedos vacilaron en el aire. «Recuerdos de madre, de Andiron. Conocimientos familiares más antiguos. Conocer mi...»

Hizo una hache con dos dedos extendidos y acto seguido se golpeó el dorso de la otra mano. Supuse que era el signo de «historia», aunque se pareció mucho al gesto de un profesor que pega a un mal estudiante con una regla.

—Pero solo sabrías las cosas desde la perspectiva de tu padre —dije—. Él era venenoso. Como te ha dicho Andiron, no le debes nada. No tiene ninguna sabiduría que ofrecer.

Jack rio.

—¿Verdad que sí? ¡Después de todo, ese tío coleccionaba piedras!

Decidí que era una suerte que Hearth y mi espada no pudieran comunicarse.

Mi amigo apretó la boca. Me entendía perfectamente, pero yo sabía que no le estaba diciendo nada nuevo. Él no quería comerse aquella cosa repugnante. Pero se sentía... No se me ocurría la palabra adecuada en mi idioma ni en la lengua de signos. ¿«Obligado»? ¿«Comprometido moralmente»? Tal vez albergaba la esperanza de que si conocía los pensamientos íntimos de su padre hallaría algún atisbo de amor, algo que pudiera redimir su recuerdo.

Yo sabía que las cosas no eran así. No estaba dispuesto a desenterrar el doloroso pasado. Cuando mirabas detrás del horrible exterior de alguien, normalmente encontrabas un horrible interior, moldeado por una horrible historia. No quería que los pensamientos de Alderman afectasen a Hearthstone al ser ingeridos literalmente por él. Tenía que haber una opción vegetariana. O una budista. Me habría conformado con una comida peliverde.

Blitzen se sentó cruzando las piernas a la altura de los tobillos y le dio una palmadita a su amigo en la rodilla. «Tú eliges. Pero el alma también descansará si eliges lo otro.»

—¡Sí! —asentí—. Destruye el corazón. Déjalo estar...

Entonces la pifié. Me entusiasmé demasiado. Estaba centrado en Hearth y no presté atención a mi trabajo como chef. Di la vuelta al espetón con un pelín de energía de más y el corazón se tambaleó. Los soportes se desplomaron hacia dentro, y todo el tinglado cayó al fuego.

Pero esperad, que la cosa empeora. Con mis rapidísimos e increíblemente estúpidos reflejos de einherji, intenté coger el corazón. Por poco lo atrapé con una mano, pero se me resbaló en las puntas de los dedos y se precipitó a las llamas, donde ardió como si los ventrículos estuvieran llenos de gasolina. El corazón desapareció con un fogonazo rojo.

Pero esperad, que la cosa empeora más. El corazón chisporroteante me dejó grasa hirviendo en las puntas de los dedos. Y, tonto de mí, cerdísimo de mí, hice lo que hace la mayoría de la gente cuando toca algo caliente. Instintivamente me llevé los dedos a la boca.

Sabían a pimiento Naga Jolokia mezclado con zumo concentrado de frutas tropicales. Saqué las puntas de los dedos y traté de escupir la sangre. Me dieron arcadas y me limpié la lengua. Me arrastré farfullando:

—¡No! Pffftsss. ¡No! Pffftsss. ¡No!

Pero ya era demasiado tarde. Esa pizca de sabor a sangre de corazón de dragón se había infiltrado en mi organismo. Podía notar cómo penetraba en mi lengua y zumbaba a través de mis capilares.

—¡Señor! —Jack vino volando hacia mí, con un brillo naranja en las runas—. ¡No debería haber hecho eso!

Reprimí un insulto sobre los poderes divinos de percepción tardía de mi espada.

La cara de Blitzen se hallaba oscurecida por la malla, pero tenía una postura todavía más rígida que cuando se había quedado petrificado.

—¡Chaval! Oh, dioses, ¿te encuentras bien? La sangre de dragón puede... puede sacar cosas raras de tu ADN. Los humanos tenéis ADN, ¿no?

Deseé que no lo tuviéramos. Me llevé las manos a la barriga, temiendo que ya hubiera empezado a transformarme en dragón. O, peor aún, en padre elfo malvado.

Me obligué a mirar a Hearthstone a los ojos.

—Hearth, lo-lo siento mucho. Ha sido un accidente, lo juro. Yo no quería...

Se me quebró la voz. No me creía mis palabras. No sabía por qué iba a hacerlo Hearth. Había propuesto destruir el corazón. Y a continuación lo había hecho. Peor aún, lo había probado.

El rostro de mi amigo era una máscara de sorpresa.

—Dime qué tengo que hacer —rogué—. Encontraré una forma de arreglarlo...

Hearthstone levantó la mano. Había visto el muro de hielo

que alzaba las raras ocasiones en que estaba verdaderamente furioso, pero ahora no vi nada de eso. Antes bien, parecía que sus músculos se estuvieran relajando y que se estuviera destensando. Parecía... aliviado.

«Es el wyrd», dijo por señas. «Has matado al dragón. El destino ha decidido que probases su sangre.»

—Pero... —Me interrumpí antes de disculparme otra vez. La expresión de Hearth dejaba claro que no deseaba que lo hiciera.

«Has dado descanso al alma de mi padre», me explicó con gestos. «Me has evitado ese trago. Pero puede que te cueste un precio. Soy yo quien lo siente.»

Me alegré de que no estuviera enfadado conmigo. Por otra parte, no me gustó el nuevo recelo de su mirada, como si estuviese esperando a ver cómo me afectaba la sangre del dragón.

Entonces, arriba, una voz cantarina dijo: «Menudo cabeza de chorlito».

Me estremecí.

—¿Está bien, señor? —preguntó Jack.

Escudriñé la fronda de los árboles. No vi a nadie.

«Ni siquiera sabe lo que ha hecho, ¿verdad?», dijo otra vocecilla.

«No tiene ni idea», convino la primera voz.

Vi de dónde venían las voces. En una rama a unos seis metros más arriba, dos petirrojos me observaban. Hablaban piando repetidamente, como hacen los pájaros, pero de algún modo su significado me resultaba claro.

«Ah, cascarones», maldijo el primer petirrojo. «Nos ve. ¡Vuela! ¡Vuela!»

Los dos pájaros salieron como flechas.

—¿Chaval? —dijo Blitz.

Me palpitaba el corazón. ¿Qué me estaba pasando? ¿Estaba alucinando?

—Estoy... estoy... sí. —Tragué saliva—. Sí, estoy bien... Creo.

Hearthstone me estudiaba, visiblemente escéptico, pero decidió no llevarme la contraria. Se puso en pie y miró por última vez el cadáver de su padre dragón.

«Nos hemos entretenido demasiado», dijo por señas. «Deberíamos llevar la piedra de afilar al barco. Puede que ya sea tarde para detener a Loki.»

29

Por poco nos convertimos en una atracción turística noruega

Saltar de un acantilado fue lo menos extraño que hice en Alfheim.

Blitz, Hearth y yo fuimos andando hasta un afloramiento rocoso situado en el linde del terreno de Alderman: la clase de sitio desde donde un empresario megalómano podría examinar las fincas de sus vecinos en el valle y pensar: «¡Algún día todo eso será mío! ¡Ja, ja, ja!».

Estábamos a suficiente altura para partirnos las piernas si nos caíamos, de modo que a Hearth le pareció un sitio perfecto. Lanzó raidho, ᚱ, la runa del viaje, y saltamos. El aire ondeó a nuestro alrededor, y en lugar de estrellarnos contra el suelo, nos desplomamos sobre la cubierta de *El Plátano Grande*, justo encima de Medionacido Gunderson.

—¡Eldhusfifls! —rugió.

(Era otro de sus insultos favoritos. Como él mismo explicó, un eldhusfifl era un idiota que se quedaba todo el día sentado junto a la hoguera comunal; en resumen, el tonto del lugar. Además, sonaba muy insultante.)

Nos bajamos de encima de él y le pedimos disculpas. A continuación, le curé el brazo roto, que seguía llevando en cabestrillo y se le había vuelto a romper debido al peso del trasero de un enano caído del cielo.

—Mmm —dijo—. Os perdono, pero acababa de lavarme el pelo. ¡Me habéis estropeado el peinado!

Su pelo no parecía distinto de lo habitual, de modo que no sabía si bromeaba. Pero como no nos mató con su hacha, supuse que no estaba demasiado molesto.

Había anochecido en Midgard y nuestro barco navegaba en alta mar bajo una red de estrellas. Blitz se quitó el abrigo, los guantes y el salacot y llenó sus pulmones de aire.

—¡Por fin!

La primera persona que salió de debajo de la cubierta fue Alex Fierro, que apareció vestida como una motera de los años cincuenta: el cabello verdinegro engominado hacia atrás y la camiseta de manga corta blanca metida por dentro de los vaqueros color lima.

—¡Gracias a los dioses! —Corrió hacia mí, cosa que me levantó el ánimo por un microsegundo hasta que me quitó las gafas de Buddy Holly rosas de la cara—. Mi conjunto no estaba completo sin esto. Espero que no me las hayas rallado.

Mientras Alex limpiaba sus gafas, Mallory, T. J. y Samirah subieron a la cubierta.

—¡Uy! —Sam apartó la vista—. ¿Dónde están tus pantalones, Magnus?

—Ejem, es una larga historia.

—¡Pues ponte algo de ropa, Beantown! —ordenó Mallory—. Y luego cuéntanos la historia.

Bajé a por unos pantalones y unas botas. Cuando volví, la tripulación se había reunido alrededor de Hearth y Blitz, que estaban relatando nuestra aventura en la tierra mágica de los elfos, la luz y los cadáveres de dragón apestosos.

Sam sacudió la cabeza.

—Oh, Hearthstone, siento mucho lo de tu padre.

Los otros asintieron murmurando.

Hearth se encogió de hombros. «Había que hacerlo. Magnus se llevó la peor parte. Probar el corazón.»

Hice una mueca.

—Sí, en cuanto a eso..., debería contaros algo, chicos.

Les hablé de la conversación de los dos petirrojos que había oído.

Alex Fierro resopló y acto seguido se tapó la boca.

—Perdón. No tiene gracia. —«Hearth, tu padre, el corazón», dijo por señas. «Qué horror. No me lo puedo imaginar.» Continuó en voz alta—: De hecho, tengo algo para ti.

Sacó del bolsillo un pañuelo vaporoso de seda rosa y verde.

—Me he fijado en que has perdido el otro.

Hearth cogió el pañuelo como si fuera una reliquia sagrada y se lo enrolló solemnemente alrededor del cuello. «Gracias, cielo», dijo con gestos.

—De nada. —Alex se volvió hacia mí con una sonrisa pícara en los labios—. Pero ya te vale, Magnus. Mira que caérsete el corazón. Y encima probaste la sangre y ahora hablas con los animales...

—Yo no hablo con los animales —protesté—. Solo los escuché.

—... como el doctor Dolittle.

T. J. frunció el entrecejo.

—¿Quién es el doctor Dolittle? ¿Vive en el Valhalla?

—Es el personaje de un libro. —Samirah mordió un pedazo de su sándwich de pepino. Como era de noche, procuraba comer todos los víveres del barco lo más rápido posible—. ¿Has notado algún otro efecto de la sangre del corazón, Magnus? Me preocupas.

—Creo... creo que no.

—Los efectos podrían ser solo temporales —apuntó T. J.—. ¿Todavía te sientes raro?

—¿Más raro de lo normal? —aclaró Alex.

—No —contesté—. Pero es difícil estar seguro. Aquí no hay animales a los que escuchar.

—Yo podría convertirme en hurón —propuso Alex— y así podríamos mantener una conversación.

—Gracias de todas formas.

Mallory Keen había estado probando nuestra nueva piedra de afilar con uno de sus cuchillos. Lanzó la hoja recién afilada contra la cubierta y se clavó hasta la empuñadura en la madera sólida.

—Vaya, vaya.

—Procura no destrozar el barco —dijo Medionacido—. Todavía navegamos en él.

Ella le hizo una mueca.

—Menudo afilador han traído los chicos.

T. J. tosió.

—Sí, ¿podría probarlo con mi bayoneta?

—De ninguna manera. —Mallory se metió la piedra en el bolsillo de la chaqueta—. No me fío de vosotros. Creo que la guardaré yo para que no os hagáis daño. En cuanto a la sangre de dragón, Magnus, yo no me preocuparía. Eres hijo de Frey, uno de los dioses de la naturaleza más poderosos. Puede que simplemente aumente tus capacidades naturales. Es lógico que entiendas a los animales del bosque.

—Ah. —Asentí con la cabeza, ligeramente animado—. Puede que tengas razón. Aun así, me sentiría muy mal si me hubiera llevado parte de la herencia de Hearthstone. ¿Y si el señor Alderman entendía a los animales...?

Mi amigo elfo negó con la cabeza. «Padre no era el doctor Dolittle. No te sientas culpable. He recuperado la runa de othala. Me basta con eso.»

Parecía exhausto, pero aliviado, como si acabase de terminar un examen de seis horas que hubiera temido todo el semestre. Aunque no estuviera seguro de haber aprobado, por lo menos el suplicio se había terminado.

—Bueno —dijo Samirah—, tenemos la piedra de afilar. Ahora tenemos que ir a Fläm, encontrar el Hidromiel de Kvasir y averiguar cómo vencer a sus guardianes.

—Y luego darle de beber el hidromiel a Magnus —terció Alex—, confiando en que le otorgue el don de terminar las frases.

Mallory frunció el ceño como si le pareciese poco probable.

—Después buscamos el Barco de los Muertos y rezamos para que Magnus gane a Loki en un duelo verbal.

—Luego volvemos a atrapar a ese meinfretr —intervino Medionacido—, impedimos que el *Naglfar* zarpe y evitamos el Ragnarok. Suponiendo, claro está, que no lleguemos tarde.

Todo eso me parecía mucho suponer. Habíamos consumido dos días más en Alfheim. El solsticio de verano era aproximadamente dentro de diez días, y estaba seguro de que el barco de Loki podría zarpar mucho antes.

Además, mi mente se quedó atascada en las palabras de Mallory: «Rezamos para que Magnus gane a Loki en un duelo verbal».Yo no tenía la fe de Sam en la oración, sobre todo cuando se trataba de orar por mí.

Blitz suspiró.

—Voy a lavarme. Huelo a trol. Luego pienso dormir un montón.

—Buena idea —dijo Medionacido—. Magnus y Hearth, vosotros deberíais hacer lo mismo.

Ese plan sí que podía secundarlo. Jack había vuelto a adoptar la forma de piedra rúnica y colgaba de la cadena de mi cuello, lo que significada que me dolían los brazos y los hombros como si me hubiera pasado el día serrando piel de dragón, y me picaba la piel de todo el cuerpo como si mi capa antiácido hubiera sido sometida a unas duras pruebas.

T. J. se frotó las manos, entusiasmado.

—Mañana por la mañana deberíamos entrar en los fiordos de Noruega. ¡Estoy deseando ver lo que podemos matar allí!

Dormí sin sueños, cosa que era una agradable novedad, hasta que al final Samirah me despertó zarandeándome. Sonreía demasiado para ser una persona en ayuno.

—Deberías ver esto.

Salí con dificultad del saco de dormir. Cuando me levanté y miré por encima de la barandilla, perdí la capacidad de respirar.

A cada lado del barco, tan cerca que casi podía tocarlos, emergían escarpados acantilados del agua: muros de roca de trescientos metros entreverados de cascadas. Riachuelos blancos de agua de deshielo corrían por las crestas y estallaban en una niebla que descomponía la luz del sol en arcoíris. El cielo había quedado reducido a un desfiladero irregular de color azul intenso situado justo encima. Alrededor del casco, el agua era tan verde que podría haber sido puré de algas.

A la sombra de esos acantilados, me sentí tan pequeño que pensé que solo podíamos estar en un sitio.

—¿Jotunheim?

T. J. rio.

—No, es Noruega. Bonito, ¿verdad?

La palabra «bonito» no le hacía justicia. Me sentía como si hubiéramos llegado a un mundo concebido para seres mucho más grandes, un sitio en el que dioses y monstruos vagaban libremente. Claro que sabía que dioses y monstruos vagaban libremente por todo Midgard. A Heimdal, por ejemplo, le gustaba un puesto de bagels que había cerca de Fenway Park y los gigantes solían pasear por los pantanos de Longview. Pero Noruega parecía su verdadero territorio.

Al pensar en lo mucho que le habría gustado ese lugar a mi madre, me dio un poco de pena. Ojalá hubiera podido compartirlo con ella. Me la imaginaba haciendo senderismo por la cima de aquellos acantilados, disfrutando del sol y del aire puro y fresco.

En la proa se encontraban Alex y Mallory, las dos mudas de asombro. Hearth y Blitz debían de seguir dormidos abajo y Medionacido estaba sentado al timón, con una expresión avinagrada en el rostro.

—¿Qué pasa? —le pregunté.

El berserker observó los acantilados como si fueran a desplomarse encima de nosotros si hacía un comentario negativo.

—Nada. Es precioso. No ha cambiado mucho desde que era un niño.

—¿Fläm es tu ciudad natal? —deduje.

Él soltó una risa amarga.

—Bueno, antes no se le podía llamar ciudad. Y en aquel entonces no se llamaba Fläm. No era más que un pueblo pesquero sin nombre en el extremo del fiordo. Dentro de un momento podrás verlo.

Tenía los nudillos blancos de apretar el timón.

—De niño me moría de ganas de largarme de aquí. Me uní a Ivar el Deshuesado cuando tenía doce años y me hice vikingo. Le dije a mi madre... —Se quedó callado—. Le dije que no volvería hasta que los escaldos cantasen sobre mis heroicas hazañas. No volví a verla nunca.

El barco avanzaba deslizándose, y el tenue aplauso de las cascadas resonaba a través del fiordo. Recordé que Medionacido me había dicho que no le gustaba volver la vista atrás, que no le gustaba revisitar su pasado. Me preguntaba si se sentía culpable por haber abandonado a su madre o decepcionado por que los escaldos no lo hubieran convertido en un gran héroe. Aunque quizá sí que habían cantado sobre sus hazañas, pero, por lo que yo había podido ver, la fama casi nunca duraba más de unos años, y mucho menos siglos. Algunos einherjar del Valhalla se amargaban cuando se enteraban de que nadie nacido después de la Edad Media sabía quiénes eran.

—Eres famoso para nosotros —declaré.

Medionacido gruñó.

—Podría pedirle a Jack que compusiera una canción sobre ti.

—¡Los dioses no lo quieran! —Su ceño siguió fruncido, pero su bigote se torció como si estuviera intentando no sonreír—. Basta ya. Pronto atracaremos. ¡Keen, Fierro, dejad de mirar el paisaje y echad una mano! ¡Girad la vela! ¡Preparad las amarras!

—No somos tus criadas, Gunderson —gruñó Mallory, pero ella y Alex hicieron lo que les pidió.

Doblamos un recodo, y otra vez me quedé sin respiración. En el extremo del fiordo, un valle estrecho dividía las montañas: una capa tras otra de colinas y bosques verdes que se perdían serpenteando a lo lejos como un reflejo infinito. En la orilla rocosa, ensombrecidas por los acantilados, varias docenas de casas rojas, ocres y azules se apiñaban como buscando protección. Atracado en el muelle había un gigantesco transatlántico blanco más grande que la ciudad entera: un hotel flotante de veinte plantas.

—Vaya, eso no estaba antes —masculló Medionacido.

—Turistas —dijo Mallory—. ¿Qué opinas, T. J.? ¿Te parecen lo bastante interesantes para luchar contra ellos?

El soldado de infantería ladeó la cabeza como si estuviera considerando la idea.

Decidí que sería un buen momento para reorientar la conversación.

—En York —empecé—, Hrungnir nos dijo que tomásemos el tren en Fläm y que encontraríamos lo que buscamos. ¿Alguien ve un tren?

T. J. frunció el entrecejo.

—¿Cómo podrían poner vías en un terreno así?

Efectivamente, parecía improbable. Entonces miré por el lado de babor. Un coche pasó volando por el pie de un acantilado. Tomó una curva muy cerrada y desapareció en un túnel a través de la ladera de la montaña. Si los noruegos estaban tan locos como para construir y conducir por carreteras como esa, tal vez estuvieran tan locos como para poner vías de tren de la misma forma.

—Desembarquemos y averigüémoslo —propuso Alex—. Recomiendo que atraquemos lo más lejos posible de ese transatlántico.

—¿No te gustan los turistas? —preguntó Sam.

—No es eso, es que temo que vean el barco vikingo amarillo chillón y crean que es una atracción local. ¿Quieres pasarte todo el día haciendo viajes por el fiordo?

Sam se estremeció.

—Bien pensado.

Llegamos al muelle más alejado del transatlántico. Nuestros únicos vecinos eran un par de barcos pesqueros y una moto acuática con el sospechoso nombre de *Odín II* pintado en el costado. Con un Odín me parecía que había más que suficiente. No ardía en deseos de que tuviera una secuela.

Mientras Mallory y Alex ataban las amarras, eché un vistazo a la ciudad de Fläm. Era pequeña, sí, pero más intrincada de lo que parecía de lejos. Las calles subían y bajaban por las sinuosas colinas, atravesaban grupos de casas y tiendas y se extendían a lo largo de casi un kilómetro por la orilla del fiordo. Había creído que sería fácil localizar una estación de ferrocarril, pero no vi ninguna desde el muelle.

—Podríamos dividirnos —propuso Mallory—. Así abarcaríamos más terreno.

Fruncí el ceño.

—Eso nunca da resultado en las películas de terror.

—Entonces tú vienes conmigo, Magnus —dijo ella—. Yo te mantendré a salvo. —Miró a Medionacido Gunderson frunciendo el entrecejo—. Pero no pienso tener que aguantar otra vez a este patán. Samirah, tú eres útil en caso de apuro. ¿Te apuntas?

La invitación pareció sorprender a Sam, aunque Mallory la había tratado con mucha más deferencia desde el incidente de los caballos de agua.

—Ah, claro.

Medionacido frunció el ceño.

—¡Por mí bien! Yo me quedo a Alex y T. J.

Mallory arqueó las cejas.

—¿Vas a desembarcar? Creía que no querías pisar...

—¡Pues te equivocas! —Parpadeó dos veces, como si se hubiera sorprendido a sí mismo—. ¡Este ya no es mi hogar, es un sitio turístico como cualquier otro! ¿Qué más da?

No parecía convencido. Me preguntaba si serviría de algo proponer un cambio de equipos. Mallory tenía un don para distraer a Medionacido. Yo habría estado dispuesto a cambiarla por... No sé, Alex, por ejemplo. Pero no creía que nadie más valorara la oferta.

—¿Y Hearthstone y Blitz? —pregunté—. ¿No debería despertarlos?

—Que tengas suerte —me deseó Alex—. Están KO.

—¿Podrías plegar el barco con ellos dentro? —inquirió T. J.

—Parece peligroso —dije—. Podrían despertarse y descubrir que están atrapados en un pañuelo.

—Bah, déjalos aquí —propuso Medionacido—. No les pasará nada. Este sitio nunca fue peligroso; lo peor que te podía pasar era morir de aburrimiento.

—Les dejaré una nota —ofreció Sam—. ¿Qué tal si exploramos el sitio durante media hora? Nos reuniremos aquí. Luego, suponiendo que alguien encuentre el tren, iremos todos juntos.

Estuvimos de acuerdo en que ese plan ofrecía pocas posibilidades de que pudiéramos sufrir una muerte violenta. Minutos más tarde, Medionacido, T. J. y Alex se fueron en una dirección mientras que Mallory, Sam y yo íbamos en la otra, deambulando por las calles de Fläm en busca de un tren y enemigos interesantes a los que matar.

30

Fläm, bomba, gracias, mamá

Una vieja no era lo que yo tenía en mente.

Recorrimos tres manzanas entre multitudes de turistas y pasamos por delante de tiendas en las que vendían chocolate y salchichas de ciervo y pequeños recuerdos de madera con efigies de troles. (Uno hubiera creído que cualquier descendiente de los vikingos sabría que no le convenía crear más troles.) Cuando pasábamos por delante de una pequeña tienda de comestibles, Mallory me agarró el brazo con suficiente fuerza para hacerme un moretón.

—Es ella. —Escupió la palabra como un trago de veneno.

—¿Quién? —preguntó Sam—. ¿Dónde?

Mallory señaló una tienda llamada Knit Pickers donde los turistas exclamaban «Oooh» y «Aaah» admirando un escaparate con lana de producción local. (Noruega ofrecía algo para cada persona.)

—La señora de blanco —dijo Mallory.

Vi a quién se refería. En medio del gentío se hallaba una anciana de hombros redondeados y espalda encorvada. Su cabeza se inclinaba estirando el cuello como si tratase de escapar del cuerpo. Llevaba un jersey de punto tan esponjoso que podría haber sido de algodón de azúcar, y en su cabeza se ladeaba un sombrero de ala ancha que hacía difícil verle la cara. Una bolsa con hilo y agujas de hacer punto le colgaba del brazo.

No entendía qué había llamado la atención a Mallory. Yo podría haber elegido sin problema a otras diez personas del transatlántico con pintas más raras. Entonces la anciana miró en dirección a nosotros. Pareció que sus ojos blancos empañados me atravesaran, como si me hubiera lanzado al pecho las agujas de hacer punto al estilo ninja.

La multitud de turistas se movió y la engulló, y la sensación se pasó.

Tragué saliva.

—¿Quién era...?

—¡Vamos! —dijo Mallory—. ¡No podemos perderla!

Corrió hacia la tienda de labores. Samirah y yo nos cruzamos una mirada de preocupación y la seguimos.

Una persona mayor vestida de algodón de azúcar no debería haber podido andar demasiado rápido, pero cuando llegamos a Knit Pickers la señora ya nos llevaba dos manzanas de ventaja. Corrimos tras ella, sorteando grupos de turistas, ciclistas y tíos que cargan con kayaks. Mallory no nos esperó. Cuando Sam y yo la alcanzamos, estaba agarrada a una valla metálica en el exterior de una estación de ferrocarril, soltando juramentos mientras buscaba a su presa desaparecida.

—Has encontrado el tren —observé.

Media docena de vagones anticuados pintados de vivos colores se hallaban parados en el andén. Los turistas subían apretujándose. La vía partía serpenteando de la estación y ascendía por las colinas hasta el desfiladero situado más allá.

—¿Dónde está? —murmuró Mallory.

—¿Quién es? —preguntó Sam.

—¡Allí! —Mallory señaló el último vagón, donde la abuela de algodón de azúcar estaba subiendo a bordo en ese preciso momento.

—Necesitamos billetes —gritó Mallory—. Rápido.

—Deberíamos ir a por los otros —le recordó Sam—. Les hemos dicho que nos reuniríamos...

—¡No hay tiempo!

A Mallory le faltó poco para robar a Sam sus coronas noruegas. (Moneda proporcionada, cómo no, por la siempre previsora Alex.) Después de mucho jurar y agitar las manos, consiguió comprar tres billetes al empleado de la estación y acto seguido pasamos como un rayo por el torniquete y subimos a bordo del último vagón, justo cuando se estaban cerrando las puertas.

En el vagón hacía calor, faltaba el aire y estaba lleno de turistas. A medida que el tren subía traqueteando por la ladera de la montaña, sentí unas náuseas que no experimentaba desde... el día antes, cuando estuve asando el corazón del dragón en Alfheim. Tampoco contribuyó a mejorar la situación que de vez en cuando oyera fragmentos de trinos de pájaros procedentes del exterior: conversaciones que todavía podía entender, casi todas sobre dónde se podían encontrar los gusanos y los bichos más jugosos.

—Bueno, Mallory, explícanos —le pidió Sam—. ¿Por qué estamos siguiendo a esa vieja?

Mallory recorría despacio el pasillo, escudriñando los rostros de los pasajeros.

—Esa mujer es la responsable de que yo muriese. Es Loki.

Sam estuvo a punto de caerse en el regazo de un anciano.

—¿Qué?

Mallory ofreció la versión resumida de lo que me había contado hacía unos días: que había puesto un coche bomba, luego se había arrepentido y después había recibido la visita de una vieja que la había convencido para que volviera y desactivase la bomba

278

utilizando un par de dagas superútiles que resultaron ser superinútiles. Y luego, ¡bum!

—¿Loki? —preguntó Sam—. ¿Estás segura?

Entendía la preocupación que se reflejaba en su voz. Se había estado entrenando para luchar contra su padre, pero no esperaba que el enfrentamiento tuviera lugar allí, ese día. Luchar contra Loki era una asignatura en la que no te interesaba que te pusieran un examen sorpresa.

—¿Quién podría ser si no? —Mallory frunció el ceño—. Aquí no está. Probemos en el siguiente vagón.

—¿Y si lo pillamos? —pregunté—. ¿O la pillamos?

Ella desenvainó una de sus dagas.

—Ya os lo he dicho. Morí por culpa de esa mujer. Pienso devolverle las dagas, con la punta por delante.

En el siguiente vagón, los turistas se pegaban a las ventanillas para hacer fotos de desfiladeros, cascadas y pueblos pintorescos. El suelo del valle estaba formado por cuadrados de tierras de labranza. Las montañas proyectaban sombras puntiagudas como las agujas de un reloj de sol. Cada vez que el tren tomaba una curva, la vista parecía más espectacular que la anterior.

Samirah y yo nos deteníamos continuamente, boquiabiertos ante el paisaje, pero a Mallory no le interesaban las vistas. La anciana no estaba en el segundo vagón, de modo que seguimos adelante.

En el siguiente vagón, a mitad del pasillo, nuestra amiga irlandesa se quedó paralizada. Las dos últimas filas de la derecha estaban dispuestas formando una especie de reservado, con tres asientos que miraban hacia atrás y otros tres que miraban hacia delante. El resto del vagón estaba atiborrado de gente, pero en el pequeño rincón solo se hallaba la anciana. Estaba sentada mirando en nuestra dirección y tarareaba mientras hacía punto, sin prestar atención al paisaje ni a nosotros.

Un gruñido grave empezó a brotar de la garganta de Mallory.

—Espera. —Sam le agarró la muñeca—. Hay muchos mortales en el tren. ¿Podemos al menos confirmar que esa mujer es Loki antes de ponernos a matar y destrozar cosas?

Si yo hubiera intentado hacer ese razonamiento, creo que Mallory me habría dado un porrazo en la entrepierna con la empuñadura de su cuchillo. Pero como fue Sam la que se lo pidió, enfundó su daga.

—Vale —espetó—. Intentaremos hablar con ella primero. Luego la mataremos. ¿Contenta?

—Exultante —dijo Sam.

Eso no describía mi estado de ánimo. Nervioso y patidifuso se le acercaba más. Pero seguí a las chicas cuando se acercaron a la anciana de blanco.

Sin alzar la vista de sus labores, la mujer dijo:

—¡Hola, queridos! Sentaos, por favor.

Su voz me sorprendió. Tenía un sonido juvenil y hermoso, como la de una locutora de radio de una emisora de propaganda en tiempos de guerra tratando de convencer a los soldados enemigos de que estaba de su parte. Nancy de Noruega, tal vez. O Flo de Fläm.

Su cara era difícil de ver... y no solo por el sombrero de ala ancha. Sus facciones brillaban con una luz blanca igual de difusa que su jersey. Parecía que fuera de todas las edades a la vez: una niña, una adolescente, una jovencita y una abuela mayor, todas las caras existentes en el presente como las capas de una cebolla transparente. Tal vez no había sabido decidir qué glamour lucir hoy, de modo que los lucía todos.

Miré a mis amigas. Lo sometimos a votación silenciosa.

«¿Sentarnos?», pregunté.

«¿Matarla?», sugirió Mallory.

«Sentarnos», ordenó Sam.

Nos acomodamos lentamente en los tres asientos de enfrente de la anciana. Estuve atento a sus agujas de coser, temiendo que las empuñara como si fueran armas, pero siguió trabajando con su hilo blanco en lo que parecía una bufanda de algodón roja y blanca.

—¿Y bien? —le espetó Mallory—. ¿Qué quieres?

La mujer chasqueó la lengua con desaprobación.

—¿Es esa forma de tratarme, querida?

—Debería tratarte peor, Loki —gruñó mi amiga—. ¡Por tu culpa me morí!

—Mallory, esta no es Loki —dijo Sam.

El alivio se notaba en su voz. No estaba seguro de cómo lo sabía, pero esperaba que no se equivocase. En el vagón no había espacio para blandir una lanza de luz brillante ni una espada cantarina.

Mallory se sonrojó.

—¿Cómo que no es Loki?

—Mallory Audrey Keen —la reprendió la vieja—. ¿De veras crees que he sido Loki todos estos años? Qué vergüenza. Pocos seres en los nueve mundos odian tanto a Loki como yo.

Yo lo consideré una buena noticia, pero cuando mi mirada coincidió con la de Sam, supe que se estaba haciendo la misma pregunta que yo: «¿Audrey?».

Mallory se movió, con las manos en las empuñaduras de las dagas, como si fuera una esquiadora alpina que se aproximase a un difícil salto.

—Tú estabas en Belfast —insistió—. En mil novecientos setenta y dos. Tú me diste estas dagas inútiles y me dijiste que volviera corriendo a desactivar la bomba del autobús escolar.

Sam se quedó sin respiración.

—¿Autobús escolar? ¿Elegiste como objetivo un autobús escolar?

Mallory hizo todo lo posible por evitar nuestras miradas. Su rostro era del color del zumo de cereza.

—No seáis duros con ella —nos pidió la anciana—. Le dijeron que el autobús estaría lleno de soldados, no de niños. Era el veintiuno de julio. El Ejército Republicano Irlandés estaba poniendo bombas contra los ingleses por todo Belfast: represalia por represalia, como suele ocurrir en esos casos. Los amigos de Mallory querían actuar.

—La policía había disparado a dos de mis amigos el mes anterior —murmuró la chica—. Tenían quince y dieciséis años. Yo quería venganza. —Alzó la vista—. Pero ese día Loki se infiltró en nuestra banda como uno de los chicos. Debió de ser él. Desde entonces he oído su voz provocándome en sueños. Sé que su poder puede arrastrar...

—Oh, sí. —La anciana siguió tejiendo—. ¿Y oyes su voz ahora mismo?

Mallory parpadeó.

—Creo... creo que no.

La anciana sonrió.

—Tienes razón, querida. Loki estuvo allí aquel viernes de julio, disfrazado de uno de vosotros, azuzándoos para ver todo el daño que podíais causar. Tú eras la más enfadada del grupo, Mallory: alguien con más facilidad para la acción que para las palabras. Él sabía perfectamente cómo manipularte.

Mallory se quedó mirando las tablas del suelo. Se bamboleaba con el traqueteo del tren. Detrás de nosotros, los turistas dejaban escapar gritos ahogados de placer cada vez que aparecía un nuevo paisaje.

—Ejem, ¿señora? —Normalmente, no me metía en conversaciones con señoras divinas que daban repelús, pero me sentía mal por Mallory. Independientemente de lo que hubiera hecho en el pasado, parecía muy afectada por las palabras de la mujer. Me acordaba muy bien de esa sensación después de mi último sueño con Loki.

—Si usted no es Loki —dije—, cosa que me parece genial, dicho sea de paso, ¿quién es? Mallory dijo que también estuvo presente el día que ella murió. Después de que ella pusiera la bomba, usted apareció y le dijo...

La intensidad de la mirada de la mujer me clavó al asiento. Dentro de sus iris blancos brillaban unas pupilas doradas como soles diminutos.

—Le dije a Mallory lo que ella sospechaba —me interrumpió—. Que el autobús estaría lleno de niños, y que la habían utilizado. La animé a obedecer a su conciencia.

—¡Hizo que yo muriese! —gritó Mallory.

—Te animé a que te convirtieras en una heroína —dijo tranquilamente la mujer—. Y lo hiciste. El veintiuno de julio de mil novecientos setenta y dos, estallaron otras veinte bombas en Belfast. Ese día pasó a ser conocido como el Viernes Sangriento. ¿Cuán peor habría sido si no hubieras actuado?

Mallory frunció el ceño.

—Pero los cuchillos...

—... fueron un regalo de mi parte —dijo la mujer—, para que murieras armada y fueras al Valhalla. Sospechaba que algún día te serían útiles, pero...

—¿«Algún día»? —inquirió Mallory—. ¡Podría haber mencionado esa parte antes de que volase por los aires intentando cortar los cables de la bomba con ellos?

El ceño fruncido de la mujer pareció estirarse hacia fuera a través de las capas de distintas edades: la niña, la joven, la vieja bruja.

—Mis poderes proféticos tienen corto alcance, Mallory. Solo puedo ver lo que pasará dentro de veinticuatro horas, más o menos. Por eso estoy aquí. Necesitarás esos cuchillos... hoy.

Sam se inclinó hacia delante.

—¿Quiere decir... para conseguir el Hidromiel de Kvasir?

La mujer asintió con la cabeza.

—Tienes buen instinto, Samirah al-Abbas. Los cuchillos...

—¿Por qué deberíamos hacerle caso? —soltó Mallory—. ¡Lo que nos recomiende hacer seguro que acaba matándonos!

La anciana dejó las agujas de punto sobre su regazo.

—Querida, soy la diosa de la adivinación y el futuro inmediato. Yo nunca te diría lo que tienes que hacer. Solo estoy aquí para darte la información que necesitas para elegir bien. En cuanto a por qué deberías hacerme caso, espero que lo hagas porque te quiero.

—¿Que me quiere? —Mallory nos miró con incredulidad, como diciendo: «¿Estáis oyendo lo mismo que yo?»—. ¡Ni siquiera sé quién es usted, vieja!

—Claro que lo sabes, querida.

La silueta de la mujer tembló. Ante nosotros se hallaba sentada una mujer madura de majestuosa belleza, con el cabello largo del mismo color que el de Mallory, recogido en dos trenzas que le caían por los hombros. Su sombrero se convirtió en un casco de guerra de metal blanco, que brillaba y parpadeaba como el gas de neón atrapado. Su vestido blanco parecía hecho del mismo material, solo que tejido en suaves pliegues. En su bolsa de costura, su hilo esponjoso se había convertido en nubes de niebla. La diosa, advertí, había estado tejiendo con nubes.

—Soy Frigg —dijo—, reina de los Aesir. Y soy tu madre, Mallory Keen.

31

Mallory pilla frutos secos

Ya sabéis cómo funciona. Estás a tu bola, viajando en tren por un desfiladero en medio de Noruega, cuando una vieja con una bolsa de hacer punto te dice que es tu madre divina.

Si me dieran una corona por cada vez que esto pasaba...

Cuando Frigg soltó la bomba, el tren paró chirriando como si la propia locomotora preguntase: «¡¿Perdón?!».

Por el aparato de megafonía sonó un aviso ruidoso en nuestro idioma: algo sobre una foto de una cascada. No sabía por qué eso merecía una parada, considerando que habíamos pasado por cien cascadas espectaculares, pero todos los turistas se levantaron y salieron en avalancha del vagón hasta que nos quedamos solos Sam, Mallory, la Reina del Universo y yo.

Mallory llevaba paralizada veinte segundos largos. Cuando el pasillo estuvo despejado, se levantó de golpe, se marchó al final del vagón y volvió, y a continuación gritó a Frigg:

—¡¡¡No se anuncia algo así de repente!!!

Por lo general, gritar a una diosa no es buena idea. Corres el riesgo de ser empalado, fulminado o devorado por gatos domésticos gigantes. (Es cosa de Freya. No preguntéis.) Pero Frigg no parecía molesta. Su serenidad me hizo preguntarme cómo podía estar emparentada con Mallory.

Ahora que su imagen había adquirido claridad y la podíamos ver mejor, advertí unas cicatrices tenues bajo sus ojos blancos y dorados que le surcaban las mejillas como rastros de lágrimas. En un rostro por lo demás de una perfección divina, esas manchas desentonaban, sobre todo porque me recordaban a otra diosa con cicatrices parecidas: Sigyn, la extraña esposa muda de Loki.

—Mallory —dijo Frigg—, hija...

—No me llames así.

—Sabes que es cierto. Durante años has tenido sospechas.

Samirah tragó saliva, como si se hubiera olvidado de hacerlo durante los últimos minutos.

—Un momento. ¿Usted es Frigg?, ¿la esposa de Odín?, ¿la señora de Odín? ¿Es usted la auténtica Frigg?

La diosa rio entre dientes.

—Que yo sepa, querida, soy la única Frigg. No es un nombre muy común.

—Pero... nadie la ve nunca. —Sam se tocó la ropa como si buscase un bolígrafo para pedirle un autógrafo—. O sea... nunca. No conozco a ninguna valquiria ni ningún einherji que haya coincidido con usted. ¿Y Mallory es su hija?

Nuestra amiga irlandesa levantó las manos en el aire.

—¿Quieres dejar de comportarte como una fan, valquiria?

—Pero ¿no ves...?

—¿... a otra madre que no cuida de sus hijos como debe? Sí, la veo. —Miró a la diosa con el entrecejo fruncido—. Si tú eres mi madre, no eres mejor que mi padre.

—Oh, pequeña. —La voz de Frigg se volvió grave—. Tu padre no siempre estuvo tan deshecho como cuando tú lo conociste. Lamento que no lo vieras como yo lo vi, antes de dejarse arrastrar por la bebida y la rabia.

—Habría sido maravilloso. —Mallory parpadeó con los ojos enrojecidos—. ¡Pero como ya has pedido disculpas, todo queda perdonado!

—Mallory —la regañó Sam—, ¿cómo puedes ser tan insensible? Es tu madre. ¡Frigg es tu madre!

—Ya. Lo he oído.

—Pero... —Sam sacudió la cabeza—. ¡Pero eso es bueno!

—Eso lo decidiré yo. —Mallory se dejó caer pesadamente en su asiento, se cruzó de brazos y miró con furia las nubes de la bolsa de costura de su madre.

Traté de ver los parecidos entre ambas. Aparte del cabello pelirrojo, no veía ninguno.

Frigg se envolvía en suaves nubes blancas, irradiaba calma, tranquilidad y melancolía. Mallory se parecía más a un torbellino; era toda ella agitación y furia. A pesar del casco de guerra de la diosa, no me la imaginaba blandiendo dos dagas como tampoco me imaginaba a Mallory sentada en silencio, tejiendo una bufanda de nubes.

Comprendía por qué estaba enfadada. Pero también entendía el anhelo nostálgico de la voz de Samirah. Tanto ella como yo habíamos perdido a nuestras madres. Habríamos dado cualquier cosa por recuperarlas. Encontrar una madre, incluso una que había esperado cincuenta y tantos años para dejarse ver... No era algo para desperdiciar a la ligera.

Entró música por las ventanillas abiertas del lado izquierdo del tren. Una mujer cantaba en alguna parte.

Frigg giró el oído hacia el sonido.

—Ah..., solo es una artista mortal que actúa para los turistas. Se hace pasar por un espíritu de la cascada, pero no es una nøkk de verdad.

Me estremecí.

—Bien.

—En efecto —dijo Frigg—. Hoy vais a estar más que ocupados con la servidumbre del gigante.

Sam se inclinó hacia delante.

—¿La servidumbre del gigante? ¿Se refiere a esclavos?

—Eso me temo —contestó la diosa—. La servidumbre del gigante Baugi vigila el hidromiel. Para vencerlos, necesitaréis la piedra que mi hija lleva en el bolsillo.

Mallory se llevó la mano a un lado de la chaqueta. Me había olvidado de que llevaba la piedra de afilar. Por lo visto, ella también.

—No me gusta la idea de luchar contra esclavos —dijo—. Tampoco me gusta que me llames «hija». No te has ganado el derecho. Todavía no. Puede que no te lo ganes nunca.

En las mejillas de Frigg, las marcas de lágrimas relucían como venas plateadas.

—Mallory..., «nunca» es mucho tiempo. He aprendido a no intentar ver a tan largo plazo. Cada vez que lo intento... —Suspiró—. Siempre hay una tragedia, como lo que le pasó a mi pobre hijo Balder.

«¿Balder? ¿Quién es Balder?», pensé. Para tratar con los dioses nórdicos, necesitaba urgentemente un programa con fotos brillantes en color de todos los jugadores, junto con sus estadísticas de la temporada.

—¿Murió? —aventuré.

Sam me dio un codazo, aunque me pareció una pregunta totalmente legítima.

—Era el más guapo de los dioses —explicó la valquiria—. Frigg soñó que moría.

—Así que traté de impedirlo. —Cogió sus agujas y tejió un punto con vapor de nube—. Hice prometer a todo lo que habita en los nueve mundos que nada haría daño a mi hijo. Se lo pedí a todos los tipos de piedra, a todos los tipos de metal, al agua salada, al agua fresca, al aire y hasta al fuego. El fuego fue difícil de convencer. Pero en los nueve mundos hay muchísimas cosas. Hacia el final, reconozco que estaba cansada y distraída. Pasé por alto una pequeña planta, el muérdago. Cuando me di cuenta de mi descuido, pensé: «Bueno, no importa. El muérdago es demasiado pequeño e insignificante para hacer daño a Balder». Entonces, cómo no, Loki se enteró...

—Me acuerdo de esa parte —dijo Mallory, sin dejar de mirar furiosamente la bolsa de nubes—. Loki engañó a un dios ciego para que matase a Balder con un dardo untado en muérdago. Eso quiere decir que Loki asesinó a... mi hermano.

Saboreó la palabra, probándola. Por su expresión, deduje que no le gustaba.

—Entonces, mamá, ¿fallas a todos tus hijos? ¿Es una costumbre tuya?

Frigg frunció el ceño, y un rastro de tormenta oscureció sus iris gris perla. Deseé que los asientos fueran más anchos para poder apartarme de Mallory.

—La muerte de Balder fue una dura lección —dijo la diosa—. Aprendí que hasta yo, la reina de los Aesir, tengo limitaciones. Si me concentro, puedo averiguar el destino de cada ser vivo, incluso puedo manipular su wyrd hasta cierto punto. Pero solo a corto plazo: veinticuatro horas, a veces menos. Si intento ver más allá, si intento averiguar el destino a largo plazo de alguien... —Separó las agujas y su labor de punto se deshizo en volutas de humo.

»Puedes odiarme, Mallory —continuó Frigg—. Pero para mí es demasiado doloroso visitar a mis hijos, ver lo que les sucederá y no poder cambiarlo. Por eso solo aparezco en las ocasiones en que sé que puedo cambiar las cosas. Hoy, contigo, es una de esas ocasiones.

Mallory parecía estar librando una lucha interna: su ira pugnaba con su curiosidad.

—Está bien —cedió—. ¿Cuál es mi futuro?

Frigg señaló a través de las ventanillas de nuestra derecha. Mi vista se centró e hizo zum a través del valle. Si no hubiera estado sentado, me habría caído. Supuse que la diosa estaba mejorando mi vista y ofreciéndome momentáneamente una nitidez propia de Heimdal.

Al pie de una montaña, una cascada rompía contra un promontorio de granito como si fuera la proa de un barco. En el centro de la roca, entre dos cortinas de agua, había unas puertas de hierro enormes. Y delante de esas puertas, en una franja de tierra entre los dos ríos, se extendía un campo de trigo maduro. Nueve hombres corpulentos, vestidos solo con collares de hierro y taparrabos, trabajaban el campo blandiendo guadañas como un escuadrón de parcas.

Mi vista volvió bruscamente a la normalidad. Al mirar a través del valle, solo podía distinguir el punto donde la cascada rompía sobre la roca, a unos quince kilómetros aproximadamente.

—Ese es el lugar —dijo Frigg—. Y ese es el camino que debéis seguir para alcanzarlo.

Señaló la base de la vía de ferrocarril. Al otro lado de la ventanilla, un rastro de escombros bajaba serpenteando por la ladera del acantilado. Llamarlo «camino» era ser generoso. Yo lo habría llamado «desprendimiento de tierras».

—Hoy, Mallory —anunció la diosa—, necesitarás esas dagas y tu ingenio. Tú eres la clave para recuperar el Hidromiel de Kvasir.

Las dos chicas parecían mareadas. Deduje que también habían recibido una prueba gratuita de Heimdal Visión.

—Supongo que no podías ser más imprecisa —dijo Mallory.

Frigg le dedicó una sonrisa triste.

—Tienes el espíritu aguerrido de tu padre, querida. Espero que puedas dominarlo y utilizarlo, porque él no pudo. Tienes todo lo que necesitas para encontrar el hidromiel, pero puedo darte un último regalo: algo que os ayudará cuando por fin os enfrentéis a Loki. Como aprendí cuando subestimé el muérdago, hasta el más pequeño objeto puede provocar un gran cambio.

Metió la mano en su bolso de costura y sacó una pequeña esfera marrón arrugada... ¿Una castaña? ¿Una nuez? Un fruto seco grande. Separó las dos mitades, mostró que la cáscara estaba vacía y a continuación volvió a encajarlas.

—En el supuesto de que Magnus venza a Loki en el duelo, tú tendrás que encerrar a ese tramposo en esta cáscara.

—Un momento, ¿en el supuesto? —pregunté—. ¿No puede ver mi futuro?

La diosa fijó su extraña mirada blanca en mí.

—El futuro es algo quebradizo, Magnus Chase. A veces el simple hecho de revelar su futuro a alguien puede hacer que ese futuro se destruya.

Tragué saliva y sentí como si un tono agudo reverberase a través de mis huesos y estuviese a punto de rajarlos como el cristal.

—Vale. No destruyamos nada entonces.

—Si vences a Loki —continuó Frigg—, traédnoslo a los Aesir; nosotros nos ocuparemos de él.

Por el tono de su voz, dudaba que los Aesir tuvieran pensado dar una fiesta de bienvenida a Loki.

Lanzó el fruto seco y Mallory lo atrapó entre las puntas de los dedos.

—Un poco pequeño para un dios, ¿no?

—No lo será si Magnus tiene éxito —dijo Frigg—. *Naglfar* todavía no ha zarpado. Tenéis al menos veinticuatro horas. Puede que incluso cuarenta y ocho. Después de eso...

La sangre me retumbaba en los oídos. No veía cómo íbamos a poder hacer todo lo que teníamos que hacer en un día... ni en dos. Desde luego no veía cómo iba a poder reducir a Loki al tamaño de una nuez a base de insultos.

El tren pitó: un sonido lastimero como el de un pájaro llamando a su compañero muerto. (Y podéis creerme, porque entendía los trinos de los pájaros.) Los turistas empezaron a volver al tren en tropel.

—Debo irme —dijo Frigg—. Y vosotros también.

—Pero si acabas de llegar. —El ceño de Mallory se arrugó más. Su expresión se endureció—. No pasa nada. Márchate.

—Oh, querida. —Los ojos de la diosa se llenaron de lágrimas, y la luz de sus pupilas doradas se atenuó—. Siempre estoy cerca, aunque no me veas. Volveremos a vernos... —Una nueva lágrima le cayó por la marca de la mejilla izquierda—. Hasta entonces, confía en tus amigos. Tienes razón: ellos son más importantes que cualquier objeto mágico. Y, pase lo que pase, tanto si decides creerme como si no, te quiero.

Dicho esto, se esfumó, bolsa de costura incluida, y dejó un lustre de condensación en el asiento.

Los turistas se apretujaron otra vez en el vagón. Mallory se quedó mirando la huella húmeda dejada por su madre divina, como si esperase que las gotitas de agua se reorganizasen en algo con sentido: un objetivo, un enemigo, incluso una bomba. Una madre que aparecía de sopetón y proclamaba «Te quiero» era algo que ni los cuchillos ni el ingenio ni la cáscara de nuez podían ayudarle a conquistar.

Me preguntaba si podía decir alguna cosa que la hiciera sentir mejor. Lo dudaba. A Mallory le interesaba la acción, no las palabras.

Al parecer, Sam llegó a la misma conclusión.

—Deberíamos irnos —dijo— antes de...

El tren se puso en marcha dando sacudidas. Lamentablemente, los turistas todavía se dirigían a sus asientos y bloqueaban los pasillos. Cuando pudiéramos abrirnos paso hasta la puerta, el tren ya se habría puesto a toda máquina y habría dejado muy atrás el sendero de la ladera.

Sam miró la ventanilla abierta a nuestra derecha.

—¿Otra salida?

—Es un suicidio —dije.

—Es lo típico —me corrigió Mallory.

Ella fue la primera en saltar por la ventanilla del tren en marcha.

32

Mallory también pilla fruta

No me malinterpretéis.

Si vas a caer por la ladera de una montaña, Noruega es un lugar precioso para hacerlo. Nos deslizamos por delante de bonitos arroyos, rebotamos en árboles majestuosos, caímos de imponentes acantilados y rodamos a través de campos de fragantes flores silvestres. A mi izquierda, Mallory Keen soltaba tacos en gaélico. Detrás de mí, Samirah no paraba de chillar:

—¡Cógeme la mano, Magnus! ¡Magnus!

Yo no podía verla, de modo que no podía acceder a su petición. Tampoco entendía por qué quería que nos cogiéramos de la mano mientras nos despeñábamos fatalmente.

Salí disparado de la ladera de una loma, boté como una bola de pinball en una pícea y finalmente me detuve rodando en una pendiente más nivelada, y mi cabeza se golpeó contra algo peludo y cálido. Con la vista nublada por el dolor, me sorprendí mirando la cara marrón y blanca de una cabra.

—¿Otis? —farfullé.

«Beeeeee», dijo la cabra.

Entendí lo que quería decir; no porque fuera Otis, la cabra

parlante de Thor, sino porque ahora los balidos de las cabras corrientes me resultaban tan comprensibles como los trinos de los pájaros. Había dicho: «No, tonto. Soy Theodore. Y mi barriga no es una almohada».

—Perdona —masculló.

La cabra se levantó y se fue dando brincos, privándome de mi cómodo reposacabezas.

Me incorporé gimiendo. Revisé mi cuerpo y no encontré nada roto. Increíble. Frigg sabía recomendar los caminos menos peligrosos para despeñarse a velocidades mortales.

Samirah cayó en picado del cielo, con el hiyab verde ondeando alrededor de su cara.

—¿No me has oído llamarte, Magnus? ¡No teníais que caer! Iba a bajaros a los dos volando.

—Ah. —Ese momento embarazoso en el que saltas por una ventanilla porque tu amiga ha saltado por una ventanilla y luego te acuerdas de que tu otra amiga puede volar—. Dicho así, tiene mucho más sentido. ¿Dónde está Mallory?

—*Cailleach!* —gritó desde algún lugar próximo.

Reconocí la palabra: el término gaélico para decir «bruja» o «hechicera», que supuse que Mallory estaba usando como apelativo cariñoso para referirse a su figura materna recién descubierta. Por si os interesa, la palabra se pronuncia «qui» seguida de la extracción de una gran cantidad de mocos de la garganta. ¡Probadlo en casa, chavales! ¡Es divertido!

Por fin la vi. Se había fundido con una zarza y tenía la cabeza encajada entre sus dos ramas más grandes y la ropa enredada entre sus ramitas espinosas. Estaba colgando boca abajo con el brazo izquierdo torcido en un extraño ángulo.

—¡Espera! —grité, un comentario estúpido ahora que lo pienso, pues era evidente que no iba a ir a ninguna parte.

Sam y yo conseguimos sacarla de su nuevo amigo frutal.

A continuación invoqué el poder de Frey y le curé mil cortecitos y un hueso fracturado, aunque no pude hacer gran cosa con su orgullo herido ni su humor de perros.

—¿Mejor? —pregunté.

Ella escupió una hoja.

—¿Comparado con hace cinco minutos? Sí. ¿Comparado con esta mañana, cuando no sabía que esa *cailleach* era mi madre? No tanto.

Sacó la nuez del bolsillo. Le había dejado un buen moretón en la cadera al caer por la montaña, pero la cáscara estaba intacta. Pareció tomárselo como una afrenta personal. Se guardó la nuez en la chaqueta junto con la piedra de afilar, murmurando varios insultos sobre el origen de la nuez.

Sam alargó la mano para darle una palmadita en el hombro, pero se lo pensó mejor.

—Sé... sé que estás enfadada.

—¿Sí? —le espetó Mallory—. ¿En qué se nota?

—Pero... Frigg —dijo Sam, como si el nombre solo fuera un persuasivo trabajo entero con tres ejemplos por párrafo y una conclusión—. Ves los parecidos, ¿no?

Mallory flexionó su brazo curado.

—¿Qué parecidos son esos, valquiria? Elige las palabras con cuidado.

Sam hizo caso omiso de la amenaza. Cuando habló, su voz sonó llena de asombro.

—¡Frigg es el poder que se esconde detrás del trono! Odín es el rey, pero siempre está de viaje. Ella controla Asgard. Lo hace sin que nadie se entere. Has oído la historia de cuando Odín fue exiliado, ¿verdad?

Sam me miró en busca de apoyo.

Yo no tenía ni idea de a qué se refería, de modo que dije:

—Sí, por supuesto.

Y ella me señaló como diciendo: «¿Lo ves? ¡Magnus sabe lo que pasa!».

—Vili y Ve, los hermanos de Odín, se quedaron a cargo de Asgard durante su ausencia —dijo—. Pero para ello tuvieron que casarse con Frigg; dos reyes distintos y la misma reina. De todas formas, a los Aesir les fue perfectamente porque ella era la que mandaba.

Mallory frunció el entrecejo.

—¿Estás diciendo que soy como mi madre porque estoy dispuesta a liarme con cualquiera para conseguir el poder?

—¡No! —Sam se ruborizó—. Estoy diciendo que Frigg nunca llama la atención, que nunca se deja ver, pero que es el cemento que mantiene unidos a los Aesir.

Mallory taconeó.

—Ahora me comparas con el cemento que pasa desapercibido.

—Estoy diciendo que eres como tu madre porque eres la Frigg de la planta diecinueve. T. J. y Medionacido nunca se habrían hecho amigos si tú no los hubieras animado, antes se odiaban.

Parpadeé.

—¿De verdad?

—Es cierto —murmuró Mallory—. Cuando yo llegué..., uf. Eran insoportables. O sea, todavía más.

—Exacto —asintió Sam—. Tú los convertiste en un equipo. Luego, cuando Odín se hizo pasar por einherji, ¿crees que fue casualidad que decidiera vivir en tu planta? Eres la representante de Frigg en el Valhalla. El Padre de Todos quería ver de qué pasta estás hecha.

Hacía tiempo que yo no pensaba en eso. Cuando había llegado al Valhalla, Odín había estado viviendo entre nosotros en la planta diecinueve disfrazado de X, el medio trol. A X le gustaban los perros, se le daba bien el combate y no hablaba mucho. Me caía mucho mejor Odín en esa encarnación.

—Ah —gruñó Mallory—, ¿de veras lo crees?

—Sí —contestó Sam—. Y cuando vino Magnus, ¿dónde acabó? En tu equipo. Igual que Alex. Igual que yo. —Abrió las manos—. Así que perdona si antes se me ha caído la baba cuando he conocido a Frigg, pero ella siempre ha sido mi Aesir favorita. Viene a ser lo contrario de Loki. Siempre lo mantiene todo unido mientras que él intenta separarlo. Y saber que tú eres su hija... En fin, me encaja perfectamente. Me siento todavía más honrada de luchar a tu lado.

Más manchas rojas aparecieron en la cara de Mallory, pero esta vez dudaba que fueran de ira.

—Vaya, valquiria, tienes el pico de oro de tu padre. No veo motivo para matarte por lo que has dicho.

Esa era su forma de decir «gracias».

Sam inclinó la cabeza.

—¿Vamos a buscar el Hidromiel de Kvasir?

—Una cosa más —dije, pues no pude evitarlo—. Mallory, si tu segundo nombres es Audrey, y tus iniciales son M.A.K...

Ella levantó el dedo índice.

—No lo digas, Beantown.

—A partir de ahora te llamaremos Mack.

Se puso hecha una furia.

—Mis amigos de Belfast me llamaban así continuamente.

No era un no, así que decidí que teníamos permiso.

La siguiente hora la pasamos de caminata por el valle. Sam trató de enviar un mensaje de texto a Alex para avisarle de que estábamos bien, pero no tenía cobertura. Sin duda el dios nórdico de los móviles había decretado: «¡No tendrás barras!», y ahora estaba partiéndose de risa a nuestra costa.

Cruzamos un tambaleante puente de madera que pasaba por encima de unos rápidos, atravesamos un prado lleno de cabras que no eran Otis y pasamos de las sombras gélidas al sol abrasador mientras entrábamos y salíamos del bosque. Entretanto, yo hacía todo lo posible por dejar de escuchar las voces de pájaros, ardillas y cabras, que no tenían nada bueno que decir de nuestro paso por su territorio. Poco a poco, nos dirigimos a la cascada que habíamos visto desde el tren. Incluso en aquel campo descomunal, era un punto de referencia fácil de localizar.

Nos detuvimos una vez para comer; nuestro almuerzo consistió en un revuelto de frutos secos que Mallory llevaba por casualidad, junto con unas cuantas moras silvestres que cogimos y agua de un arroyo tan fría que me hizo daño en los dientes. Naturalmente, Sam no nos acompañó. Rezó sus oraciones del mediodía en una alfombra de esponjosa hierba verde.

Tengo que decir una cosa sobre el Ramadán: puso freno a mi impulso de quejarme. Cada vez que empezaba a pensar en el mal rato que estaba pasando, me acordaba de que Samirah estaba haciendo lo mismo que yo, pero sin comida ni agua.

Subimos por el otro lado del valle empleando los ríos gemelos de la cascada como guías. Por fin, a medida que las cataratas se aproximaban, oímos unos sonidos ásperos procedentes de la cresta situada enfrente de nosotros: ras, ras, ras; parecían limas metálicas raspando ladrillos.

Me acordé de la visión de los nueve tíos cachas con guadañas que Frigg nos había enseñado. «Magnus, si esos tíos están al otro lado de la montaña, te conviene tener un plan», pensé.

—Bueno, ¿qué es exactamente la servidumbre? —pregunté a mis amigas.

Mallory se secó la frente. La excursión por el valle no le había hecho a su tez clara ningún favor. Si sobrevivíamos a ese día, sufriría graves quemaduras de sol.

—Como dije antes, la servidumbre son esclavos. Estoy bastante segura de que los guardianes a los que vamos a enfrentarnos son gigantes.

299

Traté de conciliar eso con lo que sabía de los gigantes, que, por cierto, no era mucho.

—Entonces, ¿los jotuns esclavizan a otros jotuns?

Sam arrugó la nariz con desagrado.

—Continuamente. Los humanos abandonaron la práctica hace siglos...

—Eso se podría debatir —gruñó Mallory.

—Es cierto —convino Sam—. Lo que quiero decir es que los gigantes lo hacen como lo hacían los vikingos. Los clanes entran en guerra unos con otros, hacen prisioneros de guerra y los declaran su propiedad personal. A veces, la servidumbre puede ganarse la libertad y otras no. Depende del amo.

—Entonces a lo mejor podemos liberar a esos tíos —propuse—. Pasarlos a nuestro bando.

Mallory resopló.

—Guardianes invencibles del hidromiel... a menos que les ofrezcas la libertad, en cuyo caso se convierten en peleles.

—Solo digo...

—No será tan fácil, Beantown. Dejemos de soñar y empecemos a luchar.

Se dirigió al otro lado de la montaña, un acto que me pareció solo un poco menos imprudente que saltar de un tren en marcha.

33

Tramamos un plan horriblemente maravilloso

De poco nos sirvió la estrategia.

Nos asomamos por encima de la cresta y nos encontramos en el linde de un campo de trigo de numerosas hectáreas de ancho. El trigo era más alto que nosotros, cosa que lo habría hecho perfecto para cruzarlo sin ser vistos, solo que los tíos que trabajaban el campo eran todavía más altos: nueve gigantes, y todos con guadañas. La imagen me recordó un videojuego al que había jugado una vez con T.J., pero no me apetecía probarlo con mi verdadero cuerpo.

Cada siervo llevaba un collar de hierro alrededor del cuello. Por lo demás, no tenían más que taparrabos y un montón de músculos. Sus pieles bronceadas, sus cabellos desgreñados y sus barbas chorreaban sudor. Pero a pesar de su tamaño y su fuerza, parecía que les costaba segar el trigo. Los tallos se doblaban contra las hojas de sus guadañas con un sonido similar a una risa y luego volvían a brotar. Debido a ello, los siervos lucían un aspecto tan lamentable como el olor que desprendían...; olían a las sandalias de Medionacido Gunderson.

Más allá del campo se alzaba la cascada con forma de espoleta.

En la cara del acantilado que sobresalía del centro había unas enormes puertas de hierro.

Antes de que uno pudiera decir «Ostras, Mallory», el siervo más cercano —que tenía una melena pelirroja todavía más impresionante que la de nuestra amiga irlandesa— olfateó el aire, se puso derecho y se volvió para mirarnos.

—¡Ajajá!

Los otros ocho también dejaron de trabajar y se volvieron hacia nosotros mientras añadían: «¡Ajajá!, ¡Ajajá!, ¡Ajajá!» como una bandada de extrañas aves.

—¿Qué tenemos aquí? —preguntó el siervo pelirrojo.

—Eso, ¿qué? —preguntó otro con un tatuaje impresionante en la cara.

—Eso, ¿qué? —preguntó un tercero, por si no habíamos oído al tatuado.

—¿Los matamos? —Rojo sondeó a sus colegas.

—Sí, matémoslos —convino Tatuaje.

—¡Un momento! —grité antes de que lo sometieran a una votación que tenía la sensación de que sería unánime—. Hemos venido por un motivo muy importante...

—... que no exige nuestras muertes —añadió Sam.

—¡Bien dicho! —Asentí enérgicamente con la cabeza, y todos los siervos asintieron también, aparentemente impresionados con mi seriedad—. ¡Diles por qué hemos venido, Mack!

Mallory me lanzó su típica mirada en plan «Luego te mataré con los dos cuchillos».

—Bueno, Beantown, pues hemos venido a... ¡a ayudar a estos atractivos caballeros!

El siervo más cercano, Rojo, miró su guadaña con el ceño fruncido. Su hoja curva de hierro estaba casi tan oxidada como Jack cuando lo saqué del río Charles.

—No sé cómo vais a ayudarnos —dijo—. A menos que podáis cosechar el campo por nosotros. El amo solo nos da estas cuchillas sin filo.

Los otros asintieron murmurando.

—¡Y los tallos del trigo son duros como el pedernal! —dijo Tatuaje.

—¡Más duros! —terció otro siervo—. ¡Y el trigo vuelve a crecer en cuanto lo segamos! Solo podremos descansar cuando todo el trigo esté segado, pero... ¡nunca podemos terminar!

Rojo asintió con la cabeza.

—Es como... —Su rostro se ensombreció del esfuerzo—. Como si el amo no quisiera que descansásemos nunca.

Los otros asintieron con la cabeza, reflexionando sobre su teoría.

—¡Ah, sí, vuestro amo! —dijo Mallory—. ¿Quién es vuestro amo?

—¡Baugi! —respondió Rojo—. ¡Gran thane de los gigantes de piedra! Está en el norte preparándose para el fin del mundo. —Lo dijo como si Baugi acabase de ir a la tienda a comprar leche.

—Es un amo muy duro —observó Mallory.

—¡Sí! —convino Tatuaje.

—No —repuso Rojo.

Los otros intervinieron.

—No. ¡No, para nada! ¡Es bueno y amable!

Miraron con desconfianza de un lado a otro, como si su amo pudiera estar oculto entre el trigo.

Sam se aclaró la garganta.

—¿Os manda Baugi que hagáis otras cosas?

—¡Oh, sí! —contestó un siervo del fondo—. ¡Vigilamos las puertas! ¡Para que nadie pueda llevarse el hidromiel de Suttung ni liberar al prisionero de Suttung!

—¿El prisionero de Suttung? —pregunté.

Nueve cabezas de siervo asintieron solemnemente. Habrían

formado una estupenda clase de parvulario si el profesor hubiera podido encontrar libros para colorear y lápices de colores lo bastante grandes.

—Suttung es el hermano del amo —explicó Rojo—. Es el dueño del hidromiel y del prisionero de la cueva.

Otro siervo chilló.

—¡No tenías que decir lo que hay en la cueva!

—¡Es verdad! —Rojo se puso aún más rojo—. Suttung es el dueño del hidromiel y del prisionero que... que puede o puede que no esté en la cueva.

Los otros esclavos asintieron con la cabeza, aparentemente convencidos de que Rojo nos había despistado.

—Si alguien intenta pasar —dijo Tatuaje—, podemos tomarnos un respiro, lo justo para matar a los intrusos.

—Así que —dijo Rojo—, si no habéis venido a segar el trigo, ¿podemos mataros? ¡Nos sería de mucha ayuda! ¡Nos vendría bien un buen descanso para matar!

—¿Descanso para matar? —preguntó un tío del fondo.

—¡Descanso para matar! —dijo otro.

El resto aceptó la propuesta.

Nueve gigantes que gritaban «Descanso para matar» acostumbraban a ponerme un poco nervioso. Pensé en sacar a Jack y mandarle que segase el trigo a los siervos, pero aun así tendríamos que enfrentarnos a nueve tíos que habían recibido órdenes de matar a los intrusos. Jack podría liquidar a nueve gigantes antes de que ellos nos liquidasen a nosotros, pero seguía sin gustarme la idea de cargarme a los siervos cuando podía cargarme a sus amos.

—¿Y si os liberásemos? —pregunté—. Solo como hipótesis, ¿os pondríais en contra de vuestro amo? ¿Huiríais a vuestra tierra natal?

Los ojos de los siervos adoptaron miradas de ensueño.

—Podríamos hacer esas cosas —convino Tatuaje.

—¿Y nos ayudaríais? —preguntó Sam—. ¿O simplemente nos dejaríais que siguiéramos nuestro camino?

—¡Oh, no! —respondió Rojo—. No, primero os mataríamos. Nos encanta matar humanos.

Los otros ocho asintieron con la cabeza entusiasmados.

Mallory me lanzó una mirada asesina como diciendo: «Te lo dije».

—También solo como hipótesis, nobles siervos, si luchásemos contra vosotros, ¿podríamos mataros?

Rojo rio.

—¡Muy gracioso! No, potentes hechizos mágicos obran sobre nosotros. ¡Baugi es un gran hechicero! Nadie puede matarnos, salvo uno de nosotros.

—¡Y nos caemos bien! —dijo otro siervo.

—¡Sí! —asintió un tercero.

Los gigantes se disponían a darse un abrazo de grupo, pero parecieron acordarse de que tenían guadañas en las manos.

—¡Bueno, pues! —A Mallory le brillaban los ojos como si se le hubiera ocurrido una idea maravillosa que yo iba a detestar—. ¡Sé exactamente cómo podemos ayudaros!

Buscó en el bolsillo de su chaqueta y sacó la piedra de afilar.

—¡Tachán!

Los siervos no parecían nada impresionados.

—Es una piedra —dijo Rojo.

—Oh, no, amigo mío —replicó ella—. Esta piedra puede afilar mágicamente cualquier cuchilla y facilitaros mucho el trabajo. ¿Puedo mostrároslo?

Estiró la mano vacía. Después de unos minutos de profunda reflexión, Rojo se sobresaltó.

—Ah, ¿quieres mi guadaña?

—Para afilarla —explicó Sam.

—Y así... ¿trabajar más rápido?

—Exacto.

—Ah. —Rojo le entregó su guadaña.

Era enorme, de modo que los tres tuvimos que colaborar. Yo sujeté el mango y Sam mantuvo la parte superior de la cuchilla pegada al suelo mientras Mallory frotaba la piedra de afilar por los bordes. Saltaron chispas. El óxido desapareció. En un par de pasadas, los dos lados de la hoja brillaban como nuevos a la luz del sol.

—¡La siguiente guadaña, por favor! —dijo Mallory.

Pronto los nueve siervos contaban con herramientas brillantes y afiladas.

—Ahora probadlas en el campo —les sugirió Mallory.

Los siervos se pusieron manos a la obra y se abrieron camino a través del trigo como si fuera papel de regalo. En cosa de unos minutos, habían segado todo el campo.

—Increíble —dijo Rojo.

—¡Viva! —exclamó Tatuaje.

Los otros siervos prorrumpieron en vítores y gritos.

—¡Por fin podremos beber agua! —dijo uno.

—¡Yo podré comer! —terció otro.

—¡Hace quinientos años que me aguanto las ganas de hacer pipí! —dijo un tercero.

—¡Ahora podemos matar a estos intrusos! —propuso un cuarto.

Ese tío me cayó gordísimo.

—Ah, sí. —Rojo nos miró frunciendo el ceño—. Perdonad, mis nuevos amigos, pero al ayudarnos habéis entrado claramente en el campo de nuestro amo, y por eso no sois nuestros amigos y tenemos que mataros.

Yo no era partidario de esa lógica gigantesca, pero, por otra parte, acabábamos de entregar a nueve enemigos enormes unas armas más afiladas con las que matarnos, de modo que no estaba en posición de criticar a nadie.

—¡Un momento, chicos! —gritó Mallory. Agitó la piedra de afilar entre las puntas de los dedos—. ¡Antes de que nos matéis, debéis decidir quién se queda la piedra!

Rojo frunció el entrecejo.

—¿Quién se queda... la piedra?

—Sí —respondió ella—. ¡Mirad, el campo ya está empezando a crecer otra vez!

En efecto, los rastrojos del trigo ya llegaban a los tobillos de los gigantes.

—Necesitaréis la piedra para tener las cuchillas afiladas —continuó Mallory—. Si no, se volverán otra vez romas. El trigo acabará creciendo tanto como antes, y no podréis disfrutar de más descansos.

—Y eso no estaría bien —concluyó Rojo.

—Exacto —convino ella—. Tampoco podéis compartir la custodia de la piedra. Solo puede ser propiedad de uno de vosotros.

—¿En serio? —dijo Tatuaje—. Pero ¿por qué?

La hija de Frigg se encogió de hombros.

—Son las normas.

Rojo asintió sabiamente con la cabeza.

—Creo que podemos fiarnos de ella. Es pelirroja.

—¡Bueno, pues! —exclamó Mallory—. ¿Quién se la queda?

—¡Yo! —gritaron los nueve siervos.

—Se me ocurre una idea —dijo la joven irlandesa—, ¿qué tal si lo echamos a suertes? El que la coja gana.

—Me parece justo —convino Rojo.

Me di cuenta demasiado tarde de lo que pretendía nuestra amiga.

—Mallory... —dijo Sam con inquietud.

Pero ella lanzó la piedra por encima de las cabezas de los siervos y los nueve se acercaron corriendo a cogerla y se abalanzaron unos sobre otros mientras sostenían las largas, afiladas y peligrosas cuchillas. En una situación como esa, se termina con un gran montón de siervos muertos.

Sam se quedó mirando la escena con los ojos como platos.

—Qué pasada. Mallory, ha sido...

—¿Tenías una idea mejor? —le espetó ella.

—No te estoy criticando. Solo...

—He matado nueve gigantes con una piedra. —Su voz sonó ronca. Parpadeó como si todavía le saltasen chispas de la piedra de afilar a los ojos—. Creo que ha estado bastante bien para una jornada de trabajo. Y ahora, venga, abramos esas puertas.

34

Primer premio: ¡un gigante!
Segundo premio: ¡dos gigantes!

Me pareció que Mallory no estaba tan conforme con la matanza de los siervos como dejó entrever.

Al ver que no podíamos abrir las puertas con Jack, utilizando la fuerza bruta ni gritando innumerables veces «Ábrete, sésamo», gritó de rabia. Dio una patada a una puerta, se rompió el pie y se fue cojeando mientras soltaba tacos y seguía chillando.

Samirah frunció el ceño.

—Magnus, ve a hablar con ella.

—¿Por qué yo? —No me gustaba la forma en que Mallory daba tajos al aire con sus dagas.

—Porque tú puedes curarle el pie —respondió, con su irritante sensatez de siempre—. Y yo necesito tiempo para pensar en el problema de la puerta.

No me pareció un buen trato, pero fui mientras Jack avanzaba flotando a mi lado diciendo:

—¡Ah, Noruega! ¡Qué buenos recuerdos! ¡Ah, un montón de siervos muertos! ¡Qué buenos recuerdos!

Me detuve fuera del alcance de las dagas de Mallory.

—Eh, Mack, ¿puedo curarte el pie?

Ella echaba chispas por los ojos.

—Vale. Parece que hoy es del día de Curemos las Heridas Tontas de Mallory.

Me arrodillé y puse las dos manos sobre su bota. Ella soltó un juramento cuando le curé los huesos y se los recoloqué con una oleada de magia veraniega.

Me levanté con cautela.

—¿Qué tal estás?

—Bueno, acabas de curarme, ¿no?

—No me refería al pie. —Señalé a los siervos muertos.

Ella frunció el ceño.

—No he visto otra salida. ¿Y tú?

La verdad, yo tampoco. Estaba convencido de que su solución era el modo en que teníamos que utilizar la piedra de afilar. Los dioses o nuestro wyrd o un retorcido sentido del humor nórdico habían dictado que navegaríamos a la otra punta del mundo, sufriríamos muchas penalidades para obtener una piedra gris y luego la usaríamos para conseguir que nueve esclavos desgraciados se matasen entre ellos.

—Sam y yo no podríamos haberlo hecho —reconocí—. Tú eres una persona de acción, como dijo Frigg.

Jack se acercó flotando, con la hoja temblando y cantando como un serrucho.

—¿Frigg? No me cae bien Frigg, tío. Es demasiado callada. Demasiado retorcida. Demasiado...

—Es mi madre —masculló Mallory.

—¡Ah, esa Frigg! —dijo la espada—. Sí, es majísima.

—La odio —comentó ella.

—¡Dioses, yo también! —se compadeció Jack.

—Oye, ¿por qué no vas a ver qué tal está Sam? —le dije—. A lo mejor tú puedes darle un consejo para abrir las puertas. O puedes cantarle algo. Le encantaría.

—¡Sí! ¡Guay! —Jack se fue zumbando a dar una serenata a Sam, cosa que haría que luego ella quisiera pegarme, pero como era el Ramadán, tendría que portarse bien conmigo. Hala, qué mala persona era.

Mallory probó a apoyar su peso en el pie, y pareció no tener problemas. Yo curaba bien para ser mala persona.

—Estoy bien —dijo sin demasiada seguridad—. Han pasado muchas cosas en un solo día. Enterarme de lo de Frigg, aparte de... todo lo demás.

Pensé en sus continuas discusiones con Medionacido a bordo del barco. No entendía su relación, pero sabía que se necesitaban tanto como Hearthstone necesitaba a Blitzen o nuestro barco vikingo necesitaba ser amarillo. No tenía mucho sentido. No era fácil. Pero era como tenía que ser.

—A él le consume por dentro que discutáis tanto —le dije.

—Pues es tonto. —Titubeó—. O sea... suponiendo que te refieras a Gunderson.

—Eres un lince, Mack.

—Cállate, Beantown. —Se fue a ver cómo estaba Sam.

Delante de las puertas, Jack trataba de ayudar proponiendo canciones que podía cantar a fin de inspirar nuevas ideas para entrar: «Knockin' on Heaven's Door», «I Got the Keys» o «Break on Through (to the Other Side)».

—¿Qué tal ninguna de las anteriores? —dijo Sam.

—«Ninguna de las anteriores»... —Jack meditó—. ¿Es de Stevie Wonder?

—¿Cómo estáis, chicos? —pregunté. No sabía si era físicamente posible estrangular a una espada mágica, pero no quería ver a Sam intentarlo.

—No muy bien —reconoció ella—. No hay cerrojo ni bisagras ni ojo de cerradura. Y Jack se niega a intentar cortar el hierro...

—Oye —dijo Jack—. Estas puertas son una obra maestra. ¡Fijaos en lo bien hechas que están! Además, estoy seguro de que son mágicas.

Sam puso los ojos en blanco.

—Si tuviéramos un taladro, podríamos intentar hacer un agujero en el hierro, y podría meterme reptando como una serpiente. Pero como no tenemos taladro...

—¿Habéis tratado de separar la junta haciendo palanca? —gritó una voz de mujer desde el otro lado de las puertas.

Todos saltamos hacia atrás. La voz había sonado muy cerca de la puerta, como si la mujer hubiera estado escuchando con la oreja pegada al metal.

Jack temblaba y brillaba.

—¡Habla! ¡Oh, preciosa puerta, habla otra vez!

—No soy la puerta —dijo la voz—. Soy Gunlod, hija de Suttung.

—Ah —suspiró Jack—. Qué decepción.

Mallory acercó la boca a la puerta.

—¿Es usted la hija de Suttung? ¿Está vigilando al prisionero?

—No —contestó Gunlod—. Yo soy la prisionera. Llevo encerrada aquí sola... En realidad, he perdido la noción el tiempo. ¿Siglos? ¿Años? ¿Qué es más largo?

Me volví hacia mis amigos para usar la lengua de signos, que era útil incluso cuando no había alguien como Hearthstone delante. «¿Trampa?»

Mallory formó una uve y se golpeó la frente con el dorso de la mano, un gesto que quería decir «tonto». O «No me digas».

«No muchas opciones», dijo Sam por señas. A continuación gritó a través de las puertas:

—Señorita Gunlod, supongo que no habrá un pestillo por dentro. ¿Y un cerrojo que pueda girar?

—Bueno, no sería una cárcel muy buena si mi padre pusiera

un pestillo o un cerrojo donde yo pudiera alcanzarlos. Normalmente, él abre las puertas con mi tío Baugi. Tienen que tirar los dos con su superfuerza de gigantes. Por casualidad no tendrás ahí fuera a dos personas con superfuerza de gigantes, ¿verdad?

Sam me evaluó.

—Me temo que no.

Le saqué la lengua.

—Señorita Gunlod, ¿por casualidad tiene ahí con usted el Hidromiel de Kvasir?

—Un poco —contestó ella—. Odín lo robó casi todo hace mucho. —Suspiró—. ¡Era un encanto! Le dejé escapar, y por eso me encerró mi padre. Pero queda un poco en el fondo de la última cuba. Es el bien más preciado de mi padre. Supongo que os interesa.

—Sería estupendo tenerlo —reconocí.

Mallory me dio un codazo en las costillas.

—Si pudiera ayudarnos, señorita Gunlod, estaríamos encantados de liberarla.

—¡Qué detalle! —dijo ella—. Pero me temo que mi libertad es imposible. Mi padre y mi tío han encadenado mi fuerza vital a esta cueva. Es parte de mi castigo. Me moriría si intentase irme.

Sam hizo una mueca.

—Es un castigo un poco severo.

—Sí. —Gunlod suspiró—. Aunque le di a nuestro mayor enemigo el elixir más valioso de los nueve mundos, así que... puede que me lo buscase. Mi hijo intentó deshacer el hechizo de la cueva, pero ni siquiera él lo logró. ¡Y es el dios Bragi!

Mallory abrió mucho los ojos.

—¿Su hijo es Bragi, el dios de la poesía?

—El mismo. —La voz de Gunlod se llenó de orgullo—. Nació aquí, nueve meses después de que Odín me visitara. Puede que ya haya dicho que era un encanto.

—¿Bragi viene de «braga»? —pregunté.

«No lo estropees, idiota», me espetó Mallory con gestos.

—Magnus está bromeando. Evidentemente, sabe que en nórdico antiguo *brag* significa «recitar poesía». Por eso Bragi es un nombre precioso. La poesía es un don fantástico.

Parpadeé.

—Claro, ya lo sabía. En fin, señorita Gunlod, ¿ha dicho algo sobre separar la junta?

—Sí, creo que sería posible —respondió ella—. Con dos cuchillas, podríais separar las puertas haciendo palanca lo justo para que yo alcanzase a ver vuestras caras, respirase aire fresco y volviese a ver el sol. Con eso me bastaría. ¿Todavía tenéis sol?

—De momento, sí —contesté—, aunque puede que el Ragnarok llegue pronto. Esperamos usar el hidromiel para impedirlo.

—Entiendo. Creo que a mi hijo Bragi le parecería bien —comentó Gunlod.

—Entonces, si conseguimos separar las puertas —dije—, ¿cree que podría pasarnos el hidromiel por la abertura?

—Mmm, sí. Tengo aquí una vieja manguera de jardín. Podría sacar el hidromiel de la cuba con sifón, siempre que tengáis un recipiente donde meterlo.

Yo no sabía qué hacía Gunlod con una vieja manguera de jardín en su cueva. A lo mejor cultivaba setas dentro o a lo mejor la manguera era para humedecer un deslizador acuático.

Sam cogió una cantimplora de su cinturón. Naturalmente, la chica que ayunaba era la única que se había acordado de traer agua.

—Yo tengo un recipiente, Gunlod.

—¡Estupendo! Ahora necesitáis dos cuchillas... finas y muy resistentes. Si no, se partirán.

—¡A mí no me miréis! —dijo Jack—. ¡Yo tengo una cuchilla gruesa y soy tan joven que puedo partirme!

Mallory suspiró. Desenvainó sus cuchillos.

—Señorita Gunlod, da la casualidad de que yo tengo dos dagas finas supuestamente irrompibles. Le aconsejo que se aparte de las puertas. —Introdujo las puntas de las armas en la juntura. Tenían el grosor justo para entrar, casi hasta la empuñadura. Acto seguido apartó un mango del otro y separó las puertas haciendo palanca.

Con un tremendo crujido, las puertas se abrieron formando una rendija como una uve de unos dos centímetros de ancho en el punto en el que se cruzaban las dagas. A Mallory le temblaban los brazos. Debía de estar empleando todas sus fuerzas de einherji para mantener la juntura abierta. Tenía la frente salpicada de gotas de sudor.

—Deprisa —gruñó.

Al otro lado de las puertas apareció la cara de Gunlod: unos gélidos ojos azul claro, pero hermosos enmarcados por mechones de cabello rubio. Inspiró profundamente.

—¡Oh, aire fresco! ¡Y luz del sol! Muchas gracias.

—De nada —dije—. Bueno, ¿qué hay de esa vieja manguera...?

—¡Sí! La tengo lista. —Introdujo por la rendija la punta de una vieja manguera de goma negra. Sam la encajó en la boca de su cantimplora, y empezó a borbotear líquido en el recipiente metálico. Después de tantos desafíos para intentar conseguir el Hidromiel de Kvasir, no esperaba que el sonido de la victoria me diera ganas de buscar un orinal.

—Bueno, ya está —dijo Gunlod, y retiró la manguera. Su rostro volvió a aparecer—. Buena suerte con vuestra misión para impedir el Ragnarok. ¡Espero que os convirtáis en unos estupendos poetas!

—Gracias —contesté—. ¿Seguro que no quiere que intentemos liberarla? Tenemos un amigo en el barco al que se le da bien la magia.

315

—Oh, no os daría tiempo —dijo ella—. Baugi y Suttung llegarán en cualquier momento.

—¿Qué? —chilló Sam.

—¿No he mencionado la alarma silenciosa? —preguntó—. Se dispara en cuanto se tocan las puertas. Calculo que tenéis dos, puede que tres minutos antes de que mi padre y mi tío se lancen sobre vosotros. Deberíais daros prisa. ¡Encantada de conoceros!

Mallory sacó las dagas de la juntura. Las puertas se juntaron con un sonido metálico.

—Por eso no me fío de la gente simpática —dijo, secándose la frente.

—Chicas. —Señalé al norte, hacia las cimas de las montañas. Las siluetas de dos enormes águilas brillaban al sol noruego y aumentaban de tamaño por segundos.

35

Me ayuda la bandada bandarra

—Bueno —dije, que era como solía empezar las conversaciones sobre formas de salvar nuestros traseros de una destrucción segura—. ¿Alguna idea?

—¿Bebernos el hidromiel? —propuso Mallory.

Sam agitó la cantimplora.

—Parece que solo hay un trago. Si no hace efecto lo bastante rápido o si se pasa antes de que Magnus se enfrente a Loki...

Un escuadrón de diminutas versiones de T. J. empezó a pincharme en la barriga con sus bayonetas. Ahora que habíamos conseguido el hidromiel, mi reto con Loki parecía demasiado real, demasiado inminente. Dejé el miedo para más adelante. Tenía problemas más inmediatos.

—No creo que la poesía vaya a servir con esos tíos —dije—. ¿Qué posibilidades tenemos en combate, Jack?

—Mmm —respondió él—. Baugi y Suttung. Los conozco por su reputación. Fuertes. Malos. Lo más probable es que pueda acabar con uno, pero ¿con los dos a la vez antes de que logren aplastaros a todos...?

—¿Podemos escapar de ellos? —pregunté—. ¿Huir volando? ¿Volver al barco a por refuerzos?

Lamentablemente, ya sabía la respuesta. Al mirar a las águilas volar y ver lo grandes que se habían vuelto sus siluetas en el último minuto, supe que no tardaríamos en tenerlos encima. Esos tíos eran muy rápidos.

Sam se colgó la cantimplora del hombro.

—Yo podría escapar de ellos volando, al menos hasta el barco, pero ¿cargando con dos personas? Imposible. Una sola ya me atrasaría.

—Entonces dividámonos y venceremos —dijo Mallory—. Sam, coge el hidromiel. Vuelve volando al barco. Tal vez un gigante te siga. Si no, Magnus y yo lo daremos todo contra ellos. Por lo menos llevarás el hidromiel a los demás.

«La pelirroja es lista», trinó una vocecilla a mi izquierda. «Nosotros podemos ayudaros.»

En un árbol cercano había posada una bandada de cuervos.

—Ejem, chicas —les dije a mis amigas—, esos cuervos afirman que pueden ayudarnos.

«¿Afirman?», graznó otro cuervo. «¿No te fías de nosotros? Manda a tus dos amigas al barco con el hidromiel. Nosotros te echaremos una mano aquí. Lo único que pedimos a cambio es algo brillante. Cualquier cosa servirá.»

Se lo conté a las chicas.

Mallory miró hacia el horizonte. Las águilas gigantes se estaban acercando muchísimo.

—Pero si Sam intenta llevarme, la atrasaré.

—¡La nuez! —dijo Sam—. A lo mejor cabes dentro...

—Oh, no.

—¡Estamos perdiendo tiempo! —se quejó Sam.

—¡Grr! —Mallory sacó la cáscara y separó las dos mitades—. ¿Cómo me...?

Imaginaos que un pañuelo de seda es absorbido por la boquilla de un aspirador y desaparece con un ruido soez. Eso es prácticamente lo que le pasó a nuestra amiga irlandesa. La nuez se cerró y cayó al suelo, mientras una vocecilla gritaba tacos en gaélico en su interior.

Sam recogió el fruto seco.

—Magnus, ¿estás seguro?

—No hay problema. Tengo a Jack.

—¡Tienes a Jack! —cantó él.

Sam salió disparada hacia el cielo y me dejó solo con mi espada y una bandada de pájaros.

Miré a los cuervos.

—Vale, chicos, ¿cuál es el plan?

«¿Plan?», graznó el cuervo más próximo. «Nosotros solo hemos dicho que te ayudaríamos. No tenemos un plan propiamente dicho.»

Malditos cuervos liantes. ¿Y qué clase de pájaro utiliza la expresión «propiamente dicho»?

Como no tenía tiempo para cargarme a toda la bandada, contemplé mis limitadas opciones.

—Está bien. Cuando os dé la señal, lanzaos a la cara del gigante que tengáis más cerca e intentad distraerlo.

«Claro», trinó otro cuervo. «¿Cuál es la señal?»

Antes de que pudiera pensar una, un águila enorme cayó en picado y se posó delante de mí.

La única buena noticia, si se puede considerar tal, es que la otra águila siguió volando detrás de Sam. Nos habíamos dividido. Ahora teníamos que vencer.

Esperaba que el águila que tenía delante se transformase en un gigante pequeño y fácil de derrotar, a ser posible uno equipado con armas Nerf. En cambio, medía casi diez metros y lucía una piel que parecía obsidiana astillada. Tenía el pelo rubio y los ojos azul claro de Gunlod, que creaban un extraño contraste con su piel rocosa y volcánica. Los pelos de su barba estaban salpicados de hielo y nieve como si hubiera estado buceando en una caja de Frosties. Su coraza estaba confeccionada con varias pieles cosidas, incluidas algunas que parecían de especies en peligro de extinción: cebras, elefantes, einherjar, y en su mano brillaba un hacha de doble filo de ónice.

—¡¿Quién osa robar al poderoso Suttung?! —gritó—. ¡Acabo de venir volando de Niflheim y, jo, tengo los brazos cansados!

No se me ocurría ninguna respuesta que no contuviera gritos agudos.

Jack se acercó flotando al gigante.

—No sé, tío —contestó—. Un pavo acaba de birlarte el hidromiel y se ha ido en esa dirección. Creo que se llama Hrungnir. —Señaló más o menos hacia York, en Inglaterra.

A mí me pareció una salida bastante buena, pero Suttung solo frunció el ceño.

—Buen intento —rugió—. Hrungnir nunca se atrevería a hacerme enfadar. ¡Vosotros sois los ladrones, y me habéis hecho dejar una importante tarea! ¡Estamos a punto de botar el gran barco *Naglfar*! ¡No puedo volver volando a casa cada vez que se dispara la alarma!

—¿Así que el *Naglfar* está cerca? —pregunté.

—Oh, no muy lejos —admitió Suttung—. Una vez que entras en Jotunheim, sigues la costa hasta la frontera de Niflheim y... —Frunció el entrecejo—. ¡Deja de intentar engatusarme! ¡Sois ladrones y debéis morir!

Levantó el hacha.

—¡Espere! —grité.

—¿Por qué? —inquirió el gigante.

—Sí, ¿por qué? —preguntó Jack.

No soportaba cuando mi espada se ponía de parte de un gigante. Jack estaba dispuesto a luchar, pero yo tenía malos recuerdos de Hrungnir, el último gigante de piedra al que nos habíamos enfrentado. No había sido fácil hacerlo picadillo. Además, había explotado al morir. Quería obtener todas las ventajas que pudiera frente a Suttung, incluido el uso de mi bandada de cuervos inútiles, para los que todavía no se me había ocurrido una señal.

—Asegura que nosotros somos ladrones —dije—, pero ¿cómo consiguió usted ese hidromiel, ladrón?

Suttung mantuvo el hacha suspendida por encima de su cabeza y nos ofreció una lamentable vista del vello rubio de sus axilas de obsidiana.

—¡Yo no soy un ladrón! Mis padres fueron asesinados por dos malvados enanos, Fjalar y Gjalar.

—Ah, cómo odio a ese par —dije.

—¿Verdad que sí? —convino él—. Los habría matado para vengarme, pero me ofrecieron el Hidromiel de Kvasir. ¡Es mío por derecho de wergild!

—Ah. —Eso echó prácticamente por tierra mi argumento—. Aun así, ese hidromiel se creó a partir de la sangre de Kvasir, un dios asesinado. ¡Les pertenece a los dioses!

—¿Y tú quieres arreglarlo robando el hidromiel una vez más para ti y matando a los siervos de mi hermano? —resumió el gigante.

Puede que ya haya dicho que no me gusta la lógica de los gigantes.

—¿Tal vez? —dije. A continuación, en un golpe de genio, se me ocurrió una señal para mis aliados aviares—. ¡¡Comed, cuervos!!

Por desgracia, los cuervos tardaron en reconocer mi brillantez.

—¡¡¡Muere!!! —gritó Suttung.

Jack trató de interceptar el hacha, pero tenía gravedad, impulso y la fuerza de un gigante detrás. Y él no. Me lancé a un lado cuando el hacha partió el campo en el que estaba.

Mientras tanto, los cuervos mantenían una pausada conversación.

«¿Ha dicho: "Comed, cuervos"?», graznó uno.

«Es una frase hecha», explicó otro. «Significa "reconocer que estabas equivocado".»

«Sí, pero ¿por qué lo ha dicho?», preguntó un tercero.

—¡Grrr! —Suttung sacó el hacha del suelo.

Jack vino volando a mi mano.

—¡Podemos vencerlo juntos, señor!

Esperaba que esas no fueran las últimas palabras que oyese en vida.

«Cuervos», dijo un cuervo. «Eh, un momento. Nosotros somos cuervos. ¡Seguro que esa era la señal!»

—¡Sí! —grité—. ¡A por él!

—¡Vale! —chilló Jack alegremente—. ¡Allá vamos!

Suttung levantó otra vez el hacha por encima de su cabeza y Jack me arrastró al combate mientras los cuervos alzaban el vuelo del árbol y revoloteaban alrededor de la cara del gigante, sin dejar de picotearle los ojos, la nariz y la barba de Frosties.

El gigante rugía, tambaleándose y ciego.

—¡Ja, ja! —gritó Jack—. ¡Ya eres nuestro!

Tiró de mí hacia delante y juntos conseguimos que Jack se clavara en su pie izquierdo.

Suttung aulló. El hacha le resbaló de las manos y la gruesa hoja atravesó el cráneo de su dueño. Y por eso, chicos, es por lo que no tenéis que usar nunca un hacha de combate sin un casco protector.

Cayó con un estruendoso ¡¡¡pam!!! justo encima del montón de siervos.

Los cuervos se posaron en la hierba a mi alrededor.

«No ha sido un duelo muy caballeroso», comentó uno. «Pero eres un vikingo, así que supongo que la caballerosidad no es aplicable.»

«Tienes razón, Godfrey,» convino otro. «La caballerosidad es más bien un concepto de la Baja Edad Media.»

«Os olvidáis de los normandos...», graznó un tercer cuervo.

«Déjalo ya, Bill», dijo Godfrey. «A nadie le interesa tu tesis doctoral sobre la invasión normanda.»

«¿Objetos brillantes?», preguntó el segundo cuervo. «¿Nos das ya los objetos brillantes?»

La bandada entera me miraba con unos ojos negros pequeños y codiciosos.

—Ah... —Yo solo tenía un objeto brillante: Jack, que en ese momento estaba haciendo el baile de la victoria alrededor del cadáver del gigante cantando: «¿Quién ha matado a un gigante? ¡Yo he matado a un gigante! ¿Quién es un matagigantes? ¡Yo soy un matagigantes!».

A pesar de lo tentador que resultaba dejarlo con los cuervos, pensé que podría necesitar mi espada la próxima vez que hubiera que dar una estocada a un gigante en el pie.

Entonces miré el montón de siervos muertos.

—¡Allí! —les indiqué a los cuervos—. ¡Nueve cuchillas de guadaña de lo más brillantes! ¿Servirán?

«Mmm... No sé dónde las pondríamos», meditó Bill.

«Podríamos alquilar un trastero», propuso Godfrey.

«¡Buena idea!», dijo Bill. «Muy bien, chico mortal muerto. Ha sido un placer hacer negocios contigo.»

—Tened cuidado —advertí—. Las cuchillas están afiladas.

«Oh, no te preocupes por nosotros», graznó Godfrey. «A ti te espera más peligro. Solo encontrarás un puerto amigo entre este sitio y el Barco de los Muertos..., si es que se puede considerar amiga la fortaleza de Skadi.»

Me estremecí al recordar lo que Njord me había contado sobre su exesposa.

«Es un lugar horrible», graznó Bill. «Frío, frío, frío. Y ni un objeto brillante. Bueno, con tu permiso, tenemos que empezar a hurgar entre toda esa carroña para encontrar las guadañas brillantes.»

«Me encanta nuestro trabajo», dijo Godfrey.

«¡A mí también!», chillaron los otros cuervos.

Se acercaron aleteando al montón de cadáveres y se pusieron a trabajar, una actividad que no me apetecía contemplar.

Antes de que la bandada pudiera degollarse con las cuchillas de las guadañas y echarme la culpa, Jack y yo emprendimos la larga caminata de vuelta a *El Plátano Grande*.

36

La balada de Medionacido, héroe de la pocilga

Nuestra tripulación se había ocupado del otro gigante.

Lo supe por el cuerpo de gigante descuartizado y decapitado que yacía en la playa al lado de nuestro muelle. No se veía la cabeza por ninguna parte. Unos cuantos pescadores rodeaban el cadáver tapándose la nariz. Tal vez creían que era una ballena muerta.

Samirah estaba sonriente en el muelle.

—¡Bienvenido, Magnus! Estábamos empezando a preocuparnos.

Traté de devolverle la sonrisa.

—Qué va. Estoy bien.

Le expliqué lo que había pasado con los cuervos y con Suttung.

La caminata al barco había sido verdaderamente agradable: solos Jack y yo disfrutando de las praderas y las carreteras rurales de Noruega. Por el camino, cabras y pájaros habían hecho comentarios críticos sobre mi higiene personal, pero los comprendía perfectamente. Parecía que hubiera recorrido la mitad del país caminando y la otra mitad revolcándome por el suelo.

—¡Chaval! —Blitzen vino corriendo por la pasarela, seguido de Hearthstone—. Me alegro de que estés bien... ¡Ostras! —Retrocedió a toda prisa—. Hueles como el contenedor de Park Street.

—Gracias —dije—. Es el olor que buscaba.

Yo no podía decir gran cosa sobre su aspecto porque llevaba la malla de protección solar, pero parecía bastante alegre.

Hearthstone parecía encontrarse mucho mejor, como si un día entero de sueño le hubiera ayudado a superar nuestras experiencias en Alfheim. Llevaba el pañuelo rosa y verde de Alex enrollado informalmente sobre sus solapas de cuero negras.

«¿Piedra ha sido útil?», preguntó por señas.

Pensé en el montón de cadáveres que habíamos dejado en el valle. «Conseguimos el hidromiel», contesté con gestos. «No podríamos haberlo logrado sin la piedra de afilar.»

Asintió con la cabeza, aparentemente satisfecho. «Pero sí que hueles.»

—Eso me han dicho. —Señalé el cadáver del gigante—. ¿Qué ha pasado aquí?

—Eso ha sido todo cosa de Medionacido Gunderson —dijo Sam con los ojos brillantes, y gritó hacia la cubierta del barco—. ¡Medionacido!

El berserker estaba manteniendo una conversación acalorada con T. J., Alex y Mallory, y puso cara de alivio al llegar a la barandilla.

—¡Ah, ahí está! —dijo—. Magnus, ¿quieres hacer el favor de explicarle a T. J. que los siervos tenían que morir? Está echándole la bronca a Mack.

Me sorprendieron tres cosas:

El apodo Mack había sido adoptado oficialmente.

Medionacido estaba defendiendo a Mallory Keen.

Y, ah, claro. Me figuré que a T. J., al ser hijo de un esclavo liberado, podía haberle molestado un poco que hubiéramos matado a nueve siervos.

—Eran esclavos —dijo T. J. con la voz llena de rabia—. Entiendo lo que pasó. Entiendo el razonamiento. Pero aun así... los matasteis. No podéis esperar que esté de acuerdo.

—¡Eran jotuns! —repuso Medionacido—. ¡Ni siquiera eran humanos!

Blitz carraspeó.

—Permíteme que te recuerde una cosa, berserker. Hearth y yo tampoco somos humanos.

—Bah, ya sabes a qué me refiero. No puedo creer que esté diciendo esto, pero Mack hizo lo correcto.

—No me defiendas —le espetó ella—. Eso lo empeora todo. —Se volvió hacia Thomas Jefferson, Jr.—. Siento que las cosas tuvieran que ser así, T. J. De verdad. Fue una chapuza.

Él titubeó. Mallory se disculpaba tan pocas veces que cuando lo hacía resultaba muy convincente. El soldado asintió con la cabeza de mala gana, no como si todo estuviese arreglado, sino como si fuese a considerar sus palabras. Lanzó una mirada fulminante a Medionacido, pero Mallory puso la mano en el hombro del soldado de infantería. Me acordé de lo que Sam había dicho sobre la antigua enemistad de T. J. y Medionacido. Ahora podía ver lo mucho que necesitaban a Mallory para seguir en el mismo equipo.

—Me voy abajo. —T. J. miró por encima del cadáver del gigante—. El aire es más fresco allí. —Se marchó con paso resuelto.

Alex hinchó los carrillos.

—Sinceramente, no veo que tuvierais muchas opciones. Pero tendréis que darle a T. J. un tiempo para que lo asimile. Ya estaba bastante picado después de pasar la mañana recorriendo Fläm y no encontrar más que turistas y recuerdos de troles.

Blitzen gruñó.

327

—Por lo menos ya tenemos el hidromiel. No todo ha sido en vano.

Esperaba que estuviera en lo cierto. Todavía estaba por ver si yo podía vencer a Loki en el duelo verbal, y tenía la sensación de que, por muy mágico que fuera el hidromiel, mi éxito dependería solo de mí. Por desgracia, yo era la última persona de quien dependería si pudiera elegir.

—¿Y este gigante? —pregunté, impaciente por cambiar de tema—. Es Baugi, ¿no? ¿Cómo lo habéis matado?

Todo el mundo miró a Medionacido.

—¡Venga ya! —protestó él—. Todos me habéis ayudado mucho.

«Blitz y yo estábamos durmiendo», dijo Hearthstone por señas.

—T. J. y yo intentamos luchar con él —reconoció Alex—. Pero Baugi nos echó un edificio encima. —Señaló la línea de la costa. No me había dado cuenta antes, pero una de las bonitas casitas azules había sido arrancada de su sitio en la calle principal de Fläm (que ahora era un agujero como un diente mellado) y arrojada a la playa, donde se había desplomado como un castillo hinchable desinflado. No tenía ni idea de lo que pensaban los vecinos, pero no parecía que nadie corriera de acá para allá por la ciudad presa del pánico.

—Cuando volví al barco —empezó a explicar Sam—, el gigante iba solo treinta segundos por detrás de mí. Me quedaba la energía justa para explicar lo que pasaba. Medionacido hizo el resto.

El berserker frunció el ceño.

—No fue para tanto.

—¿Que no fue para tanto? —Sam se volvió hacia mí—. Baugi aterrizó en mitad de la ciudad, adoptó forma de gigante y empezó a dar pisotones por todas partes y a amenazar a gritos.

—Llamó «pocilga asquerosa» a Fläm —masculló el berserker—. Nadie dice eso de mi ciudad.

—Medionacido le atacó —continuó Sam—. Baugi medía unos doce metros...

—Casi catorce —la corrigió Alex.

—Y estaba protegido con glamour, de modo que era todavía más aterrador.

—Como Godzilla. —Alex meditó—. O como mi padre. Me cuesta distinguirlos.

—Pero Medionacido lo atacó igualmente —continuó Sam— gritando: «¡Por Fläm!».

—Ya sé que no es el mejor grito de guerra —reconoció él—. Por suerte para mí, el gigante no era tan fuerte como parecía.

Alex resopló.

—Era bastante fuerte. Pero tú te volviste loco. —Formó una bocina con la mano como si fuera a contarme un secreto—. Este tío da miedo cuando se pone en plan berserker desbocado. Le cortó los pies de un hachazo al gigante y, cuando cayó de rodillas, se puso manos a la obra con el resto.

Medionacido carraspeó.

—Venga, Fierro, tú le arrancaste la cabeza con tu alambre. Se fue volando por allí —señaló al fiordo.

—A esas alturas Baugi ya estaba casi muerto —insistió ella—. Estaba que se caía. Ese es el único motivo por el que la cabeza fue volando tan lejos.

—Bueno, está muerto —dijo Medionacido—. Es lo único que importa.

Mallory escupió por el costado del barco.

—Y yo me lo perdí todo porque estaba encerrada dentro de una nuez.

—Sí —murmuró él—. Así es.

¿Eran imaginaciones mías o Medionacido parecía defraudado porque Mallory se había perdido su momento de gloria?

—Una vez que estás dentro de la nuez —explicó ella—, no

puedes salir hasta que alguien te suelta. A Sam se le olvidó que estaba allí dentro durante cosa de veinte minutos...

—Venga ya —dijo la valquiria—. Fueron más bien cinco.

—Me pareció más.

—Mmm. —Medionacido asintió con la cabeza—. Me imagino que el tiempo pasa más despacio cuando estás dentro de un fruto seco.

—Cállate, zoquete —gruñó Mallory.

Medionacido sonrió.

—Bueno, ¿zarpamos o qué? ¡El tiempo es oro!

La temperatura bajó mientras navegábamos hacia la puesta de sol. En medio del barco, Sam rezaba su oración vespertina. Hearthstone y Blitzen estaban sentados en la proa, contemplando con mudo asombro las paredes de los fiordos, y Mallory bajó a ver a T. J. y a preparar algo de cenar.

Yo me quedé al timón junto a Medionacido Gunderson, escuchando cómo la vela ondeaba al viento y los remos mágicos agitaban el agua perfectamente sincronizados.

—Estoy bien —dijo él.

—¿Mmm? —Lo miré. Tenía la cara teñida de azul entre las sombras de la tarde, como si se la hubiera pintado para el combate (como a veces hacía).

—Ibas a preguntarme si estoy bien —dijo—. Por eso estás aquí, ¿no? Estoy perfectamente.

—Ah. Bien.

—Reconozco que se me hizo raro andar por las calles de Fläm, pensando en que me crie allí en una pequeña choza con mi madre. Un sitio más bonito de lo que recordaba. Y puede que me haya preguntado qué habría pasado si me hubiera quedado allí, me hubiera casado y hubiera llevado una vida normal.

—Ya.

—Y cuando Baugi insultó a la ciudad, perdí los papeles. No esperaba que la vuelta a casa me despertara... emociones.

—Desde luego.

—No es que espere que alguien componga una balada sobre cómo salvé mi ciudad natal. —Ladeó la cabeza como si casi pudiera oír la melodía—. Me alegro de largarme de este sitio. No me arrepiento de las decisiones que tomé cuando estaba vivo, aunque abandoné a mi madre y no volví a verla.

—Claro.

—Y que Mallory haya conocido a su madre... no me ha provocado ninguna emoción especial. Me alegro de que haya descubierto la verdad, aunque se fue corriendo e hizo un viaje peligroso en tren sin decirnos nada, y podría haber acabado muerta, sin que yo hubiera podido saber nunca que le había pasado. Ah, ni que os había pasado a ti y a Sam, por supuesto.

—Por supuesto.

Medionacido golpeó el mango del timón.

—¡Maldita bruja! ¿En qué estaría pensando?

—Esto...

—¿Hija de Frigg? —La risa de Medionacido sonó un poco histérica—. No me extraña que sea tan... —Agitó la mano e hizo unos gestos que podrían haber significado prácticamente cualquier cosa: ¿«desesperante»?, ¿«fantástica»?, ¿«irascible»?, ¿«robot de cocina»?

—Mmm —dije.

Me dio unas palmaditas en el hombro.

—Gracias, Magnus. Me alegro de que hayamos tenido esta charla. Eres legal para ser un curandero.

—Gracias.

—Coge el timón, ¿quieres? No te desvíes del centro del fiordo y estate atento por si ves krakens.

—¿Krakens? —protesté.

Asintió distraídamente con la cabeza y se fue abajo, tal vez a ver cómo iba la cena o a ver a Mallory o a T. J., o simplemente porque yo olía mal.

Por la noche habíamos llegado a alta mar. No estrellé el barco ni desperté a ningún kraken, cosa que estaba bien. No quería ser el tío que hiciera esas cosas.

Samirah vino a popa y me relevó al timón. Masticaba dátiles con su habitual expresión de éxtasis postayuno.

—¿Cómo lo llevas?

Me encogí de hombros.

—¿Considerando el día que llevamos? Bien, supongo.

Levantó la cantimplora y agitó el Hidromiel de Kvasir.

—¿Quieres encargarte de esto? ¿Olerlo o beber un trago o algo por el estilo, para probarlo?

La idea me daba náuseas.

—Quédatelo tú de momento, por favor. Esperaré a que no me quede más remedio que beberlo.

—Muy sensato. El efecto podría no ser permanente.

—No es solo por eso —dije—. Temo que me lo beba y... y que no sea suficiente. Que siga sin poder vencer a Loki.

Pareció que quisiera abrazarme, aunque abrazar a un chico no era algo que una buena musulmana haría.

—Yo tengo las mismas dudas, Magnus. No sobre ti, sino sobre mí. ¿Quién sabe si tendré las fuerzas suficientes para enfrentarme otra vez a mi padre? ¿Quién sabe si alguno de nosotros las tendrá?

—¿Se supone que eso tiene que levantarme la moral?

Sam rio.

—Solo podemos intentarlo. Prefiero creer que nuestras dificultades nos hacen más fuertes. Todo lo que hemos pasado en este viaje... es importante. Aumenta nuestras posibilidades de victoria.

Miré hacia la proa. Blitzen y Hearthstone se habían dormido

uno al lado del otro en sus sacos de dormir al pie del mascarón con forma de dragón. Me parecía un extraño lugar para dormir, teniendo en cuenta la aventura que habíamos vivido en Alfheim, pero los dos parecían tranquilos.

—Espero que tengas razón —dije—. Porque algunas cosas han sido bastante fuertes.

Sam suspiró como si soltase toda el hambre, la sed y los tacos que se había guardado durante el ayuno.

—Ya. Creo que lo más difícil que podemos hacer es aceptar a alguien como es. Nuestros padres. Nuestros amigos. Nosotros.

Me preguntaba si estaba pensando en Loki o quizá en sí misma. Podría haberse referido a cualquiera de los que estábamos en el barco. Ninguno de nosotros éramos libres de nuestro pasado. Durante el viaje nos habíamos mirado en unos espejos bastante crueles.

Mi momento ante el espejo todavía estaba por llegar. Cuando me enfrentase a Loki, estaba seguro de que él disfrutaría exagerando todos mis defectos y dejando al descubierto todos mis miedos y puntos débiles. Si podía, me reduciría a una gimoteante mancha de grasa.

Según Frigg, teníamos hasta el día siguiente para alcanzar el *Naglfar*... o el siguiente como mucho. Me sorprendí vacilando, casi deseando no cumplir el plazo para no tener que enfrentarme a Loki cara a cara. Pero no, mis amigos contaban conmigo. Por todos a los que conocía, por todos a los que no conocía, tenía que retrasar el Ragnarok lo máximo posible. Tenía que ofrecer a Sam y Amir una oportunidad de vivir una vida normal, y a Annabeth y Percy, y a la hermana pequeña de Percy, Estelle. Todos ellos se merecían algo mejor que la destrucción del planeta.

Le di a Sam las buenas noches y extendí mi saco de dormir en la cubierta.

Dormí muy mal y soñé con dragones y siervos, caídas por

montañas y batallas contra gigantes de barro. La risa de Loki resonaba en mis oídos. Una y otra vez, la cubierta se convertía en un espantoso mosaico de queratina de muertos que me envolvía en un asqueroso capullo de uñas de pie.

—Buenos días —dijo Blitzen, mientras me despertaba sacudiéndome.

Hacía un frío de mil demonios y el cielo matutino tenía un color gris acero. Me incorporé y rompí la capa de hielo que se había formado en el saco de dormir. A estribor se alzaban unas montañas nevadas todavía más altas que los fiordos de Noruega y, a nuestro alrededor, el mar era un rompecabezas desordenado de bloques de hielo. La cubierta estaba totalmente llena de escarcha, un detalle que daba a nuestro buque de guerra amarillo chillón un color de limonada aguada.

Blitzen era la única persona, aparte de mí, que se encontraba en la cubierta. Estaba abrigado, pero no llevaba ningún tipo de protección solar, a pesar de que era claramente de día. Eso solo podía significar una cosa.

—Ya no estamos en Midgard —deduje.

Sonrió cansado, sin rastro de humor en los ojos.

—Hace horas que estamos en Jotunheim, chaval. Los demás están abajo, intentando entrar en calor. Tú..., como eres hijo del dios del verano, tienes más resistencia al frío, pero también vas a empezar a tener problemas dentro de poco. A juzgar por lo rápido que está bajando la temperatura, nos estamos acercando a las fronteras de Niflheim.

Temblé instintivamente. Niflheim, el reino primordial del hielo, uno de los pocos mundos que todavía no había visitado, y uno que no ardía en deseos de explorar.

—¿Cómo sabremos cuándo hemos llegado? —pregunté.

El barco dio un bandazo con un ruido de vibración que me desencajó las articulaciones. Me levanté tambaleándome. *El Plá-*

tano Grande estaba parado en el agua, cuya superficie se había convertido en hielo sólido por todas partes.

—Yo diría que ya hemos llegado. —Blitz suspiró—. Esperemos que Hearthstone pueda invocar fuego mágico. Si no, vamos a morir todos congelados en menos de una hora.

37

Alex me arranca la cara a mordiscos

He padecido muchas muertes dolorosas. Me han empalado, decapitado, quemado, ahogado, aplastado y tirado de la terraza de la planta 103.

Prefiero todas esas a la hipotermia.

A los pocos minutos tenía los pulmones como si respirase cristal molido. Llamamos a todos a cubierta para solucionar el problema del hielo, pero tuvimos poco éxito. Envié a Jack a romper el témpano que teníamos enfrente, mientras Medionacido y T. J. utilizaban hachas de guerra para descascarar los lados de babor y estribor. Sam volaba por delante de la embarcación e intentaba remolcarnos. Alex se transformó en una morsa y empujó por detrás. Yo tenía demasiado frío para bromear sobre lo guapa que estaba con colmillos, bigotes y aletas.

Hearthstone invocó una nueva runa:

$$\langle$$

Explicó que se trataba de kenaz: la antorcha, el fuego de la vida. En lugar de desaparecer con un destello, como la mayoría de las runas, kenaz siguió ardiendo por encima de la cubierta de proa: una curva de fuego flotante de un metro y medio de alto que derritió la escarcha de la cubierta y el aparejo. Kenaz nos mantuvo lo bastante calientes para evitar la muerte súbita, pero a Blitz le preocupaba que Hearth se quedase sin energía debido al esfuerzo prolongado. Hacía unos meses, un gasto de energía como ese lo habría matado, y aunque ahora era más fuerte, a mí también me preocupaba lo que pudiera pasarle.

Encontré unos prismáticos entre las provisiones y busqué algo parecido a un refugio o a un albergue en las montañas. No vi más que roca escarpada.

No me percaté de que los dedos se me estaban amoratando hasta que Blitzen lo señaló. Insuflé un poco del calor de Frey a mis manos, pero me mareé por el esfuerzo. Utilizar el poder del verano allí era como tratar de recordar todo lo que había pasado el primer día de clase en la escuela primaria. Sabía que el verano seguía existiendo, en alguna parte, pero era tan lejano, tan vago, que apenas podía evocar su recuerdo.

—B-Blitz, n-no parece que a ti te afecte —observé.

Él se rascó el hielo de la barba.

—Los enanos se adaptan bien al frío. Tú y yo seremos los últimos en morir congelados. Aunque no es un gran consuelo.

Mallory, Blitz y yo tratamos de utilizar los remos para quitar el hielo mientras Medionacido y T. J. lo deshacían. Alternábamos labores, bajábamos a la bodega de dos en dos o de tres en tres para entrar en calor, aunque allí no se estaba mucho más caliente. Habríamos ido más rápido si hubiéramos desembarcado y hubiéramos optado por andar, pero Alex la Morsa informó de que el hielo era demasiado fino en algunos puntos. Además, no teníamos dónde resguardarnos. Por lo menos el barco nos ofrecía víveres y protección del viento.

Se me empezaron a entumecer los brazos. Me había acostumbrado a tiritar hasta tal punto que no sabía si había comenzado a nevar o si se me había nublado la vista. La runa de fuego era lo único que nos mantenía con vida, pero su luz y su calor se iban apagando poco a poco. Hearthstone estaba sentado de piernas cruzadas debajo del kenaz, profundamente concentrado con los ojos cerrados. Gotas de sudor le caían de la frente y se congelaban en cuanto salpicaban en la cubierta.

Al cabo de un rato, hasta Jack empezó a mostrarse apagado. Ya no parecía que le interesara darnos la serenata ni gastar bromas sobre actividades destinadas a romper el hielo.

—Y esta es la parte más agradable de Niflheim —masculló Jack—. ¡Deberíais ver las zonas frías!

No sé cuánto tiempo pasó. Me parecía imposible que allí hubiera podido existir algún tipo de vida que no consistiera en romper hielo, empujar hielo, tiritar y morir.

Entonces, en la proa, Mallory gritó con voz ronca:

—¡Eh! ¡Mirad!

Enfrente de nosotros la nieve se volvía menos espesa. Pocos cientos de metros más adelante, sobresaliendo de la zona principal de acantilados, había una península irregular como la hoja de un hacha oxidada. Una playa estrecha de grava negra rodeaba la base. Y hacia la cumbre del acantilado... ¿parpadeaban aquellos fuegos?

Hicimos virar el barco en esa dirección, pero no llegamos lejos. El hielo se hizo más grueso e inmovilizó el casco como si fuera cemento. Por encima de la cabeza de Hearth, la runa de kenaz ardía débilmente con luz parpadeante. Nos reunimos todos en la cubierta, serios y callados. Nos habíamos abrigado con todas las mantas y las prendas de ropa de sobra que había en la bodega.

—Va-vayamos andando —propuso Blitz. Hasta él estaba empezando a tartamudear—. Formemos parejas para mantener el calor. Cr-cruzaremos el hielo hasta la orilla. A lo mejor encontramos refugio.

No era tanto un «plan de supervivencia» como un plan para morir en otra parte, pero nos pusimos en marcha con determinación. Nos echamos a los hombros todas las provisiones de primera necesidad: comida, agua, la cantimplora con el Hidromiel de Kvasir y las armas. A continuación desembarcamos en el hielo y plegué *El Plátano Grande* en forma de pañuelo, porque arrastrar el barco entre todos habría sido un rollo.

Jack se ofreció a ir flotando delante de nosotros y probar el hielo con su hoja. Yo no estaba seguro de si eso sería más o menos peligroso para nosotros, pero se negó a recobrar la forma de colgante ya que las secuelas del esfuerzo añadido me habrían matado. (Es así de considerado.)

Cuando formamos las parejas, alguien me rodeó la cintura con un brazo. Alex Fierro se apretujó a mi lado y cubrió nuestras cabezas y hombros con una manta. La miré asombrado. Una bufanda de lana rosa le tapaba la cabeza y la boca, de modo que lo único que podía ver eran sus ojos de dos colores y unos mechones de pelo verde.

—Ca-cállate —dijo tartamudeando—. Estás ca-calentito y eres hijo del dios del ve-verano.

Jack encabezó la marcha a través del hielo. Detrás de él, Blitzen hacía lo que podía por sostener a Hearthstone, que avanzaba dando traspiés con la runa de kenaz encima de él, aunque el calor que desprendía ahora era más el de una vela que el de una hoguera.

Sam y Mallory iban detrás, luego T. J. y Medionacido, y por último Alex y yo. Atravesamos penosamente el mar helado en dirección al afloramiento rocoso, pero nuestro destino parecía más lejos a cada paso que dábamos. ¿Era posible que el acantilado fuera un espejismo? Tal vez la distancia era variable en las fronteras de Niflheim y Jotunheim. Una vez, en el palacio de Utgard-Loki, Alex y yo habíamos lanzado una bola de bolos a las Montañas Blancas de New Hampshire, de modo que era posible cualquier cosa.

Ya no me notaba la cara. Mis pies se habían convertido en recipientes de tres litros llenos de helado blando. Pensé en lo triste que sería llegar adonde habíamos llegado, después de enfrentarnos a tantos dioses, gigantes y monstruos, para caer redondos y morir congelados en el quinto pino.

Me abracé a Alex y ella se abrazó a mí. Hacía ruido al respirar. Ojalá todavía tuviera la grasa de morsa, porque era solo piel y huesos, enjuta como un garrote. Me dieron ganas de regañarla: «¡Come, come! Te estás quedando chupada».

Sin embargo, agradecía su calor. En otras circunstancias, ella me habría matado por acercarme tanto y a mí me habría puesto de los nervios tanto contacto físico. Consideraba un triunfo personal haber aprendido a abrazar a mis amigos de vez en cuando, pero normalmente no se me daba bien la cercanía. La necesidad de calor, y tal vez el hecho de que se tratase de Alex, lo hacía soportable. Me concentré en su aroma, una especie de fragancia a cítricos que me hacía pensar en los naranjales de un valle soleado de México; en mi vida había estado en un lugar así, pero olía bien.

—Zumo de guayaba —dijo ella con voz ronca.

—¿Qu-qué? —pregunté.

—Terraza. B-back B-bay. Estuvo bien.

«Se está aferrando a los buenos recuerdos», comprendí. «Intenta seguir con vida.»

—S-sí —convine.

—York —continuó—. Mr. Ch-chippy. No sabías lo que quería decir «pa-para llevar».

—Te odio —dije—. Sigue hablando.

Su risa sonaba como la tos de un fumador.

—Cu-cuando volviste de Alfheim. La expresión... la expresión de tu c-cara cuando te qu-quité las gafas rosa.

—P-pero ¿te alegraste de verme?

—¿Eh? T-tienes cierto valor c-como entretenimiento.

Andando con dificultad sobre el hielo, con las cabezas tan pegadas, casi podía imaginarme que Alex y yo éramos un guerrero de barro con dos caras, un ser dual. La idea era reconfortante.

A unos cincuenta metros del acantilado, la runa de kenaz se apagó chisporroteando, Hearth tropezó contra Blitz y la temperatura bajó de golpe, cosa que yo no creía posible. Mis pulmones expulsaron el poco calor que les quedaba y chillaron cuando traté de inspirar.

—¡Seguid adelante! —nos gritó Blitz con voz ronca—. ¡No pienso morirme con esta ropa!

Obedecimos avanzando paso a paso hacia la estrecha playa de grava, donde al menos podríamos morir en tierra firme.

Blitz y Hearth casi habían llegado a la orilla cuando Alex se detuvo bruscamente.

A mí tampoco me quedaban energías, pero pensé que debía darle ánimos.

—Te-tenemos que s-seguir adelante. —La miré. Estábamos nariz contra nariz bajo las mantas y sus ojos ámbar y marrón brillaban. Se le había caído la bufanda por debajo de la barbilla y noté que su aliento olía a lima.

Entonces, antes de que me diera cuenta de lo que pasaba, me besó. Si me hubiera arrancado la boca a mordiscos, me habría sorprendido menos. Tenía los labios cuarteados y ásperos del frío. Su nariz encajaba perfectamente con la mía. Nuestras caras se alinearon y nuestros alientos se mezclaron. Entonces se apartó.

—No iba a morirme sin hacerlo —dijo.

El mundo de hielo primordial no debía de haberme congelado del todo porque el pecho me ardía como un horno de carbón.

—Bueno. —Frunció el ceño—. Deja de mirarme con la boca abierta y vamos.

Nos dirigimos fatigosamente a la orilla. La mente no me funcionaba bien. Me preguntaba si Alex me había besado para moverme a seguir adelante o para distraerme de nuestra muerte inminente. Me parecía imposible que realmente hubiera querido besarme. En cualquier caso, ese beso fue el único motivo por el que llegué a la playa.

Nuestros amigos ya estaban allí, acurrucados contra las rocas. No parecía que se hubieran percatado de que nos habíamos besado. ¿Por qué iban a hacerlo? Todo el mundo estaba demasiado ocupado muriéndose de frío.

—T-tengo p-pólvora —dijo T. J. tartamudeando—. P-puedo encender f-fuego.

Lamentablemente, no teníamos nada que quemar, salvo nuestra ropa, y la necesitábamos.

Blitz miró tristemente la cara del acantilado, escarpada e inclemente.

—I-intentaré excavar una cueva en la roca —anunció.

Yo le había visto moldear roca sólida con anterioridad, pero requería mucha energía y concentración. Incluso entonces solo había hecho unos simples asideros. No veía de dónde iba a sacar las fuerzas para excavar una cueva entera. Y tampoco es que eso fuera a salvarnos. Pero agradecía su terco optimismo.

Acababa de hundir los dedos en la piedra cuando todo el acantilado retumbó. Una línea de luz brillante perfiló la silueta de una puerta de casi dos metros cuadrados que se abrió hacia dentro con un profundo chirrido.

En la abertura había una giganta terrible y hermosa como el paisaje de Niflheim. Medía tres metros de altura, iba vestida con pieles blancas y grises, tenía unos ojos marrones fríos y airados, y el cabello moreno recogido en múltiples trenzas como un látigo de nueve colas.

—¿Quién osa moldear roca en la puerta de mi casa? —preguntó.

Blitz tragó saliva.

—Ejem, yo...

—¿Por qué no debería mataros a todos? —inquirió la giganta—. ¡O, como ya parecéis medio muertos, podría cerrar la puerta y dejar que os congelarais!

—¡E-espere! —supliqué con voz ronca—. Sk-Skadi... Es usted Skadi, ¿verdad?

«Dioses de Asgard», pensé, «que sea Skadi, por favor, y no una giganta cualquiera llamada Gertrude la Repelente.»

—M-me llamo Magnus Chase —continué—. Mi abuelo es Njord. Él me ha enviado a bu-buscarla.

Una gama de emociones se reflejó en la cara de Skadi: irritación, rencor y puede que un ligero rastro de curiosidad.

—Está bien, chico helado —gruñó—. Podéis pasar. Cuando todos os hayáis descongelado y me hayáis dado explicaciones, decidiré si os utilizo o no como dianas para practicar el tiro con arco.

38

Skadi lo sabe todo, Skadi dispara a todo

Yo no quería soltar a Alex. O tal vez me era físicamente imposible.

Dos criados jotuns de Skadi tuvieron que despegarnos en sentido literal. Uno de ellos me subió a la fortaleza por una sinuosa escalera, con el cuerpo encorvado en la postura de un viejo con cojera.

Comparado con el exterior, el palacio de Skadi parecía una sauna, aunque seguramente la temperatura del termostato no pasaba mucho de cero grados. Me llevaron por elevados pasillos de piedra con techos abovedados que me recordaron las iglesias grandes y antiguas de Back Bay (sitios estupendos para entrar en calor cuando vives en la calle en invierno). De vez en cuando, un ruido estruendoso resonaba por la fortaleza, como si alguien disparase cañones a lo lejos. Skadi gritó unas órdenes a sus criados, y nos llevaron a todos a habitaciones separadas para que nos aseáramos.

Un sirviente jotun me metió en una bañera tan caliente que canté una nota aguda a la que no llegaba desde cuarto. Mientras yo me remojaba, me dio algo de beber: un repugnante brebaje de hierbas que me quemó la garganta y me provocó espasmos en los dedos de las manos y los pies. Me sacó de la bañera, y cuando me puso una túnica y unos pantalones de lana blancos, tuve que reconocer que casi me volví a sentir bien, aunque Jack colgaba otra vez de la cadena de mi cuello en forma de piedra rúnica. Los dedos de mis pies y mis manos habían recuperado su color rosado y me notaba la cara. No se me había caído la nariz de la congelación y tenía los labios en el mismo sitio donde Alex los había dejado.

—Sobrevivirás —masculló el jotun, como si fuera un fracaso personal por su parte. Me dio unos cómodos zapatos de pieles y una gruesa capa calentita, y luego me llevó al salón principal, donde esperaban mis amigos.

El salón era el típico de un vikingo en casi todo: un suelo de piedra toscamente labrado cubierto de paja, un techo hecho con lanzas y escudos, y tres mesas formando una U alrededor de un fuego central; aunque las llamas de Skadi ardían con un fulgor blanco y azul que no parecía desprender calor.

A lo largo de un lado del salón, una hilera de ventanales catedralicios daban a un paisaje borroso debido a la ventisca. No vi ningún cristal en los ventanales, pero el viento y la nieve no pasaban al interior.

En la mesa central, Skadi se hallaba sentada en un trono tallado en madera de tejo y cubierto de pieles. Sus criados iban y venían, colocando platos de pan recién hecho y carne asada, junto con jarras humeantes que olían a... ¿chocolate caliente? De repente Skadi me cayó mucho mejor.

Todos mis amigos iban vestidos con lana blanca como yo, de modo que parecíamos una sociedad secreta de monjes impolutos: la Comunidad de la Lejía. Reconozco que busqué primero a Alex con la esperanza de sentarme a su lado, pero ella estaba en el banco del fondo, apretujada entre Mallory y Medionacido, con T. J. en el extremo.

Cuando me vio, imitó mi cara de embobado como diciendo: «¿Qué miras?».

De modo que todo había vuelto a la normalidad. Un beso en circunstancias de vida o muerte, y volvíamos al sarcasmo habitual. Estupendo.

Me senté al lado de Blitzen, Hearthstone y Sam, que me parecían una compañía perfecta.

Todos hincamos el diente a la cena, menos Sam, que tampoco se había duchado —pues también iba en contra de las normas del Ramadán—, pero se había cambiado de ropa. Su hiyab había mudado de color para hacer juego con su atuendo blanco. No sé cómo lo hacía, pero no miraba con ansia la comida de los demás, cosa que me convenció de que sin lugar a dudas tenía una resistencia sobrehumana.

Skadi, con su cabello con nueve colas sobre los hombros y su capa de pieles que la hacía parecer todavía más corpulenta de lo que ya era, estaba repantigada en su trono, haciendo girar una flecha encima de la rodilla. Detrás de ella, la pared estaba llena de estanterías con diverso material: esquís, arcos, carcajs y flechas. Deduje que era aficionada al tiro con arco combinado con el esquí de fondo.

—Viajeros, bienvenidos a Thrymheim; en vuestro idioma, el Hogar del Trueno —dijo nuestra anfitriona.

Justo en ese momento, un estruendo sacudió el salón: el mismo ¡bum! que había oído en lo profundo de la fortaleza. Entonces supe de qué se trataba: un trueno de una tormenta de nieve. En Boston a veces se oía este tipo de truenos cuando una tormenta de nieve se mezclaba con una tormenta eléctrica. Sonaba como el ruido de unos petardos explotando dentro de una almohada de algodón aumentado un millón de veces.

—El Hogar del Trueno. —Medionacido asintió seriamente con la cabeza—. Un buen nombre, considerando los continuos...

Un trueno volvió a retumbar e hizo tintinear los platos de la mesa.

Mallory se inclinó hacia Alex.

—No alcanzo a Gunderson. Pégale por mí, ¿quieres?

A pesar del enorme tamaño del salón, la acústica era perfecta. Podía oír cada susurro. Me preguntaba si Skadi había diseñado el lugar pensando en eso.

La giganta no había tocado el plato que tenía delante. En el mejor de los casos, estaba ayunando por el Ramadán; en el peor, esperaba a que estuviésemos lo bastante cebados para comernos de plato principal.

Dio unos golpecitos a la flecha de su rodilla mientras me observaba atentamente.

—Conque eres nieto de Njord, ¿eh? —preguntó—. Hijo de Frey, supongo.

—Sí, señora. —No estaba seguro de si el título adecuado era «lady» o «señorita» o «personaza siniestra», pero Skadi no me mató, de modo que supuse que no la había ofendido. Todavía.

—Veo el parecido. —Arrugó la nariz como si la semejanza no fuera un punto a mi favor—. Njord no fue el peor marido del mundo. Era bueno y tenía unos pies preciosos.

—Unos pies espectaculares —convino Blitz, agitando una costilla de cerco para enfatizar.

—Pero no nos llevábamos bien —continuó Skadi—. Diferencias irreconciliables. No le gustaba mi palacio. ¿Os lo podéis creer?

«Tiene un palacio precioso», dijo Hearthstone por señas.

El signo de «precioso» se hacía girando la mano por delante de la cara y luego abriendo las puntas de los dedos en plan «¡puf!». Las primeras veces que se lo vi hacer pensé que estaba diciendo: «Esto hace que me explote la cara».

—Gracias, elfo —dijo nuestra anfitriona (porque los mejores

jotuns entienden la lengua de signos)—. Desde luego el Hogar del Trueno es mejor que el palacio en la costa de Njord. Todas esas gaviotas chillando... ¡No soportaba el ruido!

Otro trueno volvió a sacudir el salón.

—Sí —asintió Alex—, no como aquí, que se respira paz y tranquilidad.

—Exacto —dijo Skadi—. Esta fortaleza la construyó mi padre, que en paz descanse con Ymir, el primer gigante. Ahora Thrymheim es mío, y no tengo intención de abandonarlo. ¡Estoy harta de los Aesir! —Se inclinó hacia delante, sin soltar la flecha puntiaguda—. Pero dime, Magnus Chase, ¿por qué te ha enviado Njord? Dime que no sigue haciéndose ilusiones de que volvamos a estar juntos, por favor.

«¿Por qué yo?», pensé.

Skadi parecía legal. Había conocido a suficientes gigantes para saber que no todos eran malos, del mismo modo que no todos los dioses eran buenos. Pero acababa de decir que estaba harta de los Aesir, por lo que no estaba seguro de si se alegraría de que persiguiéramos a Loki, que era el principal enemigo de los Aesir. Desde luego no quería decirle que mi abuelo, el dios de las pedicuras marítimas, seguía suspirando por ella.

Por otra parte, mi instinto me decía que Skadi se percataría de cualquier mentira u omisión con la facilidad con que oía cualquier susurro en el salón. Thrymheim no era un sitio para tener secretos.

—Njord quería que averiguara lo que usted opina de él —reconocí.

Ella suspiró.

—No me lo puedo creer. No te habrá mandado con flores, ¿verdad? Le dije que dejara los ramos.

—No traigo flores —confirmé, y de repente me compadecí de todos los inocentes repartidores de Niflheim que probablemente habían muerto a flechazos—.Y los sentimientos de Njord no son el principal motivo por el que estamos aquí. Hemos venido a detener a Loki.

Todos los criados dejaron lo que estaban haciendo. Me miraron y a continuación miraron a su señora como si pensasen: «Vaya, esto va a ser interesante». Mis amigos me observaban con expresiones que oscilaban entre «¡Tú puedes!» (Blitzen) y «Por favor, no metas la pata como siempre» (Alex).

A Skadi le brillaban los ojos oscuros.

—Continúa.

—Loki está preparando su barco *Naglfar* para zarpar —dije—. Hemos venido a detenerlo, capturarlo y llevárselo a los Aesir para que no tengamos que luchar en el Ragnarok mañana mismo.

Otro trueno sacudió la montaña.

El rostro de la giganta era imposible de descifrar. Me la imaginé lanzando una flecha a través del salón y clavándomela en el pecho como un dardo de muérdago.

En cambio, echó atrás la cabeza y se rio.

—¿Por eso lleváis el Hidromiel de Kvasir? ¿Pensáis retar a Loki a un duelo verbal?

Tragué saliva.

—Ejem..., sí. ¿Cómo sabe que tenemos el Hidromiel de Kvasir?

La segunda pregunta que me hice, pese a no llegar a expresarla, fue «¿Y va a quitárnoslo?».

La giganta se inclinó hacia delante.

—Soy plenamente consciente de todo lo que sucede en mi palacio, Magnus Chase, y de todo el que pasa por él. He hecho inventario de vuestras armas, vuestras provisiones, vuestros poderes, vuestras cicatrices. —Escudriñó la sala posando la mirada en cada uno de nosotros, no con lástima, sino más bien como si estuviera seleccionando objetivos—. También habría sabido si me hubierais mentido. Alegraos de no haberlo hecho. Bueno, decidme, ¿por qué debería dejaros seguir con vuestra misión? Convencedme de que no os mate.

Medionacido Gunderson se secó la frente.

—Bueno, en primer lugar, lady Skadi, matarnos le causaría muchas molestias. Si conoce nuestras habilidades, sabrá que somos unos magníficos luchadores. Supondríamos un gran reto para usted...

Una flecha se clavó en la mesa con un ruido sordo a dos centímetros de la mano de Medionacido. Ni siquiera vi cómo ocurrió. Miré atrás a Skadi; de repente, la giganta tenía un arco en la mano, con una segunda flecha preparada para disparar.

Medionacido no se inmutó. Dejó su chocolate caliente y eructó.

—Un tiro con suerte.

—¡Ja! —La giganta bajó el arco, y mi corazón empezó otra vez a bombear sangre—. De modo que sois valientes. O insensatos, como mínimo. ¿Qué más me contáis?

—Que no somos amigos de Loki —intervino Samirah—. Y usted tampoco.

Skadi arqueó una ceja.

—¿Qué te hace pensar eso?

—Si fuese amiga de Loki, ya estaríamos muertos. —Sam señaló los ventanales—. El muelle del *Naglfar* está por aquí, ¿verdad? Percibo a mi padre cerca. A usted no le gusta que él reúna a su ejército al lado de su casa. Déjenos seguir con nuestra misión, y quitaremos a mi padre de en medio.

Alex asintió con la cabeza.

—Sí, podemos hacerlo.

—Interesante —meditó Skadi—. Dos hijas de Loki se sientan a mi mesa, y las dos parecéis odiar a vuestro padre más que yo. El Ragnarok crea extrañas alianzas.

T. J. dio una palmada tan fuerte que todos nos sobresaltamos (menos Hearth).

—¡Lo sabía! —Sonrió y señaló a Skadi—. Sabía que esta señora tenía buen gusto. ¿Un chocolate caliente tan delicioso? ¿Un palacio tan alucinante? ¡Y sus criados no llevan collares de esclavos!

La giganta frunció el labio.

—No, einherji. Detesto la esclavitud.

—¿Lo veis?

T. J. lanzó a Medionacido una mirada en plan «Te lo dije». Más truenos hicieron vibrar los platos y las copas, como si estuvieran de acuerdo con el soldado de infantería. El berserker se limitó a poner los ojos en blanco.

—Sabía que esta dama odiaba a Loki —resumió T. J.—. ¡Es una simpatizante natural de la Unión!

La giganta frunció el entrecejo.

—No sé qué quiere decir eso, mi entusiasta invitado, pero tienes razón: no soy amiga de Loki. Hubo una época en que no me parecía tan malo. Me hacía reír. Era encantador. Pero entonces, durante el duelo en el palacio de Aegir... Loki insinuó que... que se había acostado conmigo.

Se estremeció al recordarlo.

—Me faltó al honor delante del resto de los dioses. Dijo cosas horribles. Y por eso, cuando los dioses lo ataron en aquella cueva, yo fui la que buscó la serpiente y la colocó sobre su cabeza. —Sonrió fríamente—. Los Aesir y los Vanir se conformaban con tenerlo atado por toda la eternidad, pero a mí no me bastaba. Yo quería que experimentara el goteo continuo de veneno en la cara para siempre, que experimentara lo mismo que sus palabras me habían hecho sentir a mí.

Decidí que no faltaría al honor a Skadi en un futuro inmediato.

—Vaya, señora...—Blitz tiró de su túnica de lana. Era el único de nosotros que no parecía cómodo con su nueva ropa, probablemente porque el conjunto no le permitía llevar salacot—. Parece que le dio a ese malvado lo que merecía. ¿Nos ayudará, entonces?

Ella dejó su arco sobre la mesa.

—A ver si lo entiendo: tú, Magnus Chase, piensas vencer a Loki, el elocuente maestro de los insultos, en un duelo verbal.

—Exacto.

Parecía que esperase que yo elogiase mi destreza con adjetivos y demás, pero, sinceramente, esa respuesta escueta era lo único que se me ocurría.

—Bueno —dijo Skadi—, menos mal que tenéis el Hidromiel de Kvasir.

Todos mis amigos asintieron con la cabeza. Muchas gracias, amigos.

—Además has hecho bien no bebiéndotelo aún —continuó—. Tenéis tan poca cantidad que es imposible saber cuánto durará su efecto. Deberías bebértelo por la mañana, justo antes de partir, para que tenga tiempo de hacerte efecto antes de enfrentarte a Loki.

—Entonces, ¿usted sabe dónde está? —pregunté—. ¿Tan cerca se encuentra?

No sabía si sentirme aliviado o petrificado.

Skadi asintió con la cabeza.

—Más allá de mi montaña hay una bahía helada donde está amarrado el *Naglfar*. Para un gigante, está a pocas zancadas de distancia.

—¿Y para un humano? —preguntó Mallory.

—No importa —contestó ella—. Os daré unos esquís cuando os vayáis.

«¿Esquís?», dijo Hearth con gestos.

—Yo no quedo bien encima de unos esquís —murmuró Blitz.

Skadi sonrió.

—No temas, Blitzen, hijo de Freya. Mis esquís te quedarán bien. Tendréis que llegar al barco mañana antes de mediodía. Para entonces, el hielo que bloquea la bahía se habrá derretido lo suficiente para que Loki llegue a alta mar. Si eso ocurre, nada podrá detener el Ragnarok.

Mi mirada coincidió con la de Mallory a través del fuego de la chimenea. Su madre, Frigg, había acertado. Cuando subiéramos al *Naglfar*, si es que llegábamos a hacerlo, habrían pasado cuarenta y ocho horas desde nuestra estancia en Fläm.

—Si consigues subir a bordo del barco —dijo Skadi—, tendrás que abrirte paso a través de legiones de gigantes y muertos vivientes. Intentarán matarte, por supuesto. Pero si logras enfrentarte cara a cara con Loki y desafiarlo, se sentirá moralmente obligado a aceptar tu reto. El combate se interrumpirá para el duelo verbal.

—Bueno, entonces está chupado —dijo Alex.

Skadi la observó mientras su cabello como un látigo de nueve colas se deslizaba sobre sus hombros.

—Tienes un concepto interesante de «chupado». Suponiendo que Magnus venza a Loki en el duelo y lo debilite lo suficiente para que lo capturéis..., ¿cómo lo encarcelaréis?

—Esto... —dijo Mallory—. Tenemos una cáscara de nuez.

La giganta asintió con la cabeza.

—Eso está bien. Una cáscara de nuez podría servir.

—Entonces, si venzo a Loki en el duelo —intervine—, y lo encerramos en la cáscara de nuez, etc., nos daremos la mano con la tripulación de Loki, todo el mundo se felicitará por el partido, y nos dejarán marchar, ¿no?

Skadi resopló.

—Ni hablar. El alto el fuego terminará en cuanto acabe el torneo. Entonces, de una forma u otra, la tripulación os matará.

—Vaya, pues, ¿por qué no viene con nosotros, Skadi? —preguntó Medionacido—. Nos vendría bien una arquera en el grupo.

Ella se rio.

—Este me hace gracia.

—Sí, lástima que enseguida deja de hacerla —murmuró Mallory.

La giganta se levantó.

—Esta noche os quedaréis en mi palacio, pequeños mortales. Podréis dormir plácidamente sabiendo que no tenéis nada que temer en el Hogar del Trueno. Pero por la mañana os iréis. —Señaló el abismo blanco que se extendía más allá de sus ventanas—. Lo último que quiero es que Njord se haga ilusiones porque mimo a su nieto.

39

Me vuelvo poético como..., no sé, como una persona poética

A pesar de la promesa de Skadi, no dormí plácidamente.

El frío de la habitación y el continuo estruendo no ayudaban. Ni tampoco la idea de que por la mañana nuestra anfitriona nos iba a equipar con esquís y a tirarnos por una ventana.

Además, no paraba de pensar en Alex Fierro. Bueno, ya sabes, puede que un poco sí que parara. Era una fuerza de la naturaleza, como los truenos de la tormenta de nieve. Te impactaba cuando le daba la gana, dependiendo de diferencias de temperatura y patrones de tormentas que a mí me eran imposible de predecir. Sacudía mis cimientos con fuerza, pero a la vez de una forma extrañamente suave y contenida, bajo un velo de ventisca. Yo no podía atribuirle ningún motivo. Simplemente hacía lo que quería. Al menos, eso es lo que me parecía.

Me quedé mirando el techo un largo rato. Finalmente, salí de la cama, utilicé el lavabo y me puse ropa de lana nueva: blanca y gris, los colores de la nieve y el hielo. El colgante de la piedra rúnica tenía un tacto frío y me pesaba en el cuello, como si Jack estuviera completamente sobado. Recogí mis escasas provisiones y salí a los pasillos del Hogar del Trueno, con la esperanza de no morir a manos de un criado sorprendido o una flecha perdida.

En el gran salón encontré a Sam rezando. Jack zumbó contra mi clavícula y me informó en tono adormilado e irritado que eran las cuatro de la madrugada, hora de Niflheim.

Sam había orientado su alfombra de las oraciones hacia los enormes ventanales abiertos. Supuse que el blanco borroso del exterior era una buena pantalla vacía que mirar mientras meditabas sobre Dios o lo que fuese. Esperé a que terminase. A esas alturas había llegado a reconocer su rutina. Un momento de silencio al final —una especie de plácido colofón que ni siquiera los truenos podían perturbar—, y luego se volvió y sonrió.

—Buenos días —dijo.

—Hola. Has madrugado.

Me di cuenta de que era un comentario estúpido que hacer a un musulmán. Si eras practicante, no dormías hasta tarde porque tenías que estar levantado para las oraciones de antes del amanecer. Desde que estaba con Sam, había empezado a fijarme más en la cadencia del amanecer y el anochecer, incluso cuando estábamos en otros mundos.

—No he dormido mucho —dijo—. He pensado que me daría tiempo a zamparme una buena comida o dos. —Se tocó la barriga.

—¿Cómo reconoces las horas de las oraciones en Jotunheim o dónde está la Meca? —pregunté.

—Ah. Me dejo guiar por la intuición. Está permitido. La intención es lo que cuenta.

Me preguntaba si eso también se podría aplicar a mi reto inminente. A lo mejor Loki decía: «Bueno, Magnus, has dado un espectáculo lamentable en el duelo, pero has hecho lo que has podido y la intención es lo que cuenta, ¡así que has ganado!».

—Oye. —La voz de Sam me arrancó de mis pensamientos—. Lo harás bien.

—Estás muy tranquila —observé—. Considerando..., ya sabes, que hoy es el gran día.

Se ajustó el hiyab, que seguía siendo blanco para hacer juego con su ropa.

—Anoche fue la vigésimo séptima noche del Ramadán. Tradicionalmente, es la Noche del Poder.

Esperé.

—¿Es cuando estáis a tope de energía?

Ella se rio.

—Más o menos. Conmemora la noche en que Mahoma recibió la primera revelación del ángel Gabriel. Nadie sabe exactamente qué noche es, pero es la más sagrada del año...

—Un momento, ¿es vuestra noche más sagrada y no sabéis cuándo es?

Se encogió de hombros.

—La mayoría de la gente la celebra en la número veintisiete, pero sí, no sabemos cuándo es. Es una de las noches de los últimos diez días del Ramadán. El hecho de no saberlo te mantiene alerta. El caso es que anoche me pareció la indicada. Me quedé levantada rezando y pensando, y me sentí... reafirmada. Como si hubiera algo más importante que todo esto: Loki, el Ragnarok, el Barco de los Muertos. Puede que mi padre tenga poder sobre mí porque es mi padre, pero no es el poder más grande que existe. *Allahu akbar.*

Conocía esa expresión, pero nunca se la había oído a Sam. Reconozco que instintivamente se me hizo un nudo en el estómago. A los periodistas les encantaba decir que los terroristas gritaban esa frase justo antes de cometer un acto terrible y volar a personas por los aires.

No pensaba mencionarle eso a Sam. Me imaginaba que era plenamente consciente de ello. No podía andar por las calles de Boston sin que casi a diario alguien le gritase que volviese a su país, y (cuando estaba de mal humor) contestaba: «¡Soy de Dorchester!».

—Sí —dije—. Significa «Dios es grande», ¿verdad?

Sam negó con la cabeza.

—No es una traducción del todo exacta. Significa «Dios es el más grande».

—¿Más grande que qué?

—Que todo. Lo dices para recordarte a ti mismo que Dios es más grande que todo aquello a lo que te enfrentas: tus miedos, tus problemas, tu sed, tu hambre, tu rabia. Hasta tus asuntos con un padre como Loki. —Sacudió la cabeza—. Perdona, a un ateo debe de parecerle muy chungo.

Me encogí de hombros sintiéndome incómodo. Ojalá tuviera su fe. Yo carecía de ella, pero estaba claro que a ella le daba resultado, y necesitaba que tuviera confianza en sí misma, sobre todo hoy.

—Pues parece que estás a tope de energía. Eso es lo que cuenta. ¿Lista para zurrar a unos cuantos muertos vivientes?

—Sí. —Sonrió—. ¿Y tú? ¿Listo para enfrentarte a Alex?

Me preguntaba si Dios era más grande que el puñetazo en la barriga que Sam acababa de darme.

—¿A qué te refieres?

—Venga ya, Magnus. Eres tan cegato para las emociones que casi es enternecedor.

Antes de que pudiera pensar una respuesta ingeniosa —por ejemplo, gritar: «¡Mira allí!» y huir—, la voz de Skadi retumbó a través del salón.

—¡Ahí están mis madrugadores!

La giganta llevaba suficientes pieles blancas para vestir a una familia de osos polares. Detrás de ella, una fila de criados entraron fatigosamente cargados con una colección de esquís de madera.

—¡Vamos a despertar a vuestros amigos para que os pongáis en marcha!

A nuestros amigos no les hizo mucha gracia levantarse. Tuve que echar agua helada a Medionacido Gunderson en la cabeza dos veces; Blitz farfulló algo sobre unos patos y me dijo que me largase, y cuando intenté despertar a Hearth sacudiéndolo, sacó una mano por encima de las mantas y dijo por señas: «No estoy aquí». T. J. salió disparado de la cama gritando: «¡Al ataque!». Afortunadamente, no iba armado, o me habría atravesado.

Finalmente, todos nos reunimos en el salón principal, donde los criados de Skadi nos sirvieron nuestra última comida —perdón, desayuno— compuesta por pan, queso y sidra.

—Esta sidra está hecha con manzanas de la inmortalidad —explicó Skadi—. Hace siglos, cuando mi padre secuestró a la diosa Idún, hicimos sidra fermentando algunas de sus manzanas. Está muy diluida. No os hará inmortales, pero os dará una inyección de resistencia, al menos para pasar por las regiones agrestes de Niflheim.

Apuré la copa. La sidra no me hizo sentir especialmente estimulado, pero sí que me provocó un pequeño hormigueo. Calmó los rugidos de mis tripas.

Después de comer, nos probamos los esquís con distintos grados de éxito. Hearthstone andaba elegantemente como un pato con los suyos (¿quién sabía que los elfos podían andar elegantemente como patos?), mientras Blitz intentaba en vano encontrar un par que hicieran juego con sus zapatos.

—¿Tenéis algo más pequeño? —preguntaba—. ¿Y en marrón oscuro? ¿Tono caoba?

Skadi le acariciaba la cabeza, que era algo que los enanos no apreciaban.

Mallory y Medionacido arrastraban los pies con facilidad, pero los dos tenían que ayudar a T. J. a mantenerse derecho.

—Jefferson, creía que te habías criado en Nueva Inglaterra —dijo Medionacido—. ¿No esquiabas nunca?

—Vivía en una ciudad —masculló el soldado—. Además, soy negro. En mil ochocientos sesenta y uno no había muchos negros que esquiasen por el puerto de Boston.

Sam parecía un poco incómoda con sus esquís, pero como podía volar, no me preocupaba demasiado.

En cuanto a Alex, estaba sentada junto a una ventana abierta poniéndose unas botas de esquí rosa fluorescente. ¿Las había traído ella? ¿Había dado unas coronas de propina a algún criado para que le buscase unas del armario de Skadi? No tenía ni idea, pero estaba claro que no estaba dispuesta a matarse esquiando vestida de un anodino blanco y gris. También llevaba una capa de piel verde —Skadi debía de haber despellejado a varios Grinch para confeccionarla— por encima de sus tejanos malva y su chaleco verde y rosa. Para rematar el conjunto, lucía un gorro de aviador al estilo Amelia Earhart y sus gafas de sol rosa. Cuando yo creía que había visto todos los conjuntos que solo se le podían ocurrir a Alex, se le ocurría uno nuevo.

Mientras se ajustaba los esquís, se despreocupó del resto de nosotros. (Y con «el resto de nosotros» me refiero a mí. Parecía absorta en sus pensamientos; tal vez consideraba lo que le diría a su madre, Loki, antes de intentar rebanarle la cabeza con el garrote.)

Finalmente, todos teníamos los esquís puestos y estábamos en parejas al lado de las ventanas abiertas como un grupo de saltadores olímpicos.

—Bueno, Magnus Chase —dijo Skadi—, ahora solo falta que te bebas el hidromiel.

Sam, que estaba a mi izquierda, me ofreció la cantimplora.

—Oh. —Me pregunté si era peligroso beber hidromiel antes de manejar unos esquís. Tal vez las leyes eran más laxas aquí, en el interior—. ¿Ahora?

—Sí —contestó Skadi—. Ahora.

Destapé la cantimplora. Era el momento de la verdad. Nos habíamos aventurado a través de distintos mundos y habíamos estado a punto de morir en incontables ocasiones. Nos habíamos dado banquetes con Aegir, enfrentado al barro contra el barro, matado a un dragón y sacado hidromiel con una vieja manguera de goma para que yo pudiera beber ese meloso brebaje a base de sangre, que con suerte me volvería lo bastante poético para poner a parir a Loki.

No vi la necesidad de hacer una cata previa. Me bebí el hidromiel en tres grandes tragos. Esperaba que supiera a sangre, pero el Hidromiel de Kvasir sabía más bien a... hidromiel. Desde luego no quemaba como la sangre de dragón, ni provocaba hormigueo como la sidra de la semiinmortalidad de Skadi.

—¿Cómo te sientes? —preguntó Blitz esperanzado—. ¿Poético?

Eructé.

—Me siento bien.

—¿Nada más? —inquirió Alex—. Di algo impactante. Describe la tormenta.

Contemplé la ventisca a través de las ventanas.

—La tormenta es... blanca. Y fría.

Medionacido tosió.

—Estamos todos muertos.

—¡Buena suerte, héroes! —gritó Skadi.

A continuación sus criados nos empujaron al vacío por las ventanas.

40

Recibo una llamada a cobro revertido de Hel

Surcamos el cielo a toda velocidad como cosas que surcan el cielo a toda velocidad.

El viento me azotaba la cara, la nieve me cegaba y hacía tanto frío que tenía frío.

Sí, vale, estaba claro que el hidromiel de la poesía no estaba dando resultado.

Entonces la gravedad se impuso. Odiaba la gravedad.

Mis esquís rozaban y silbaban contra la nieve compacta. Hacía mucho que no esquiaba, y nunca lo había hecho precipitándome por una pendiente de cuarenta y cinco grados con temperaturas bajo cero y en medio de una ventisca.

Se me helaron los globos oculares y el frío me quemó las mejillas, y de algún modo evité caerme. Cada vez que empezaba a bambolearme, los esquís se autocorregían y me mantenían erguido.

A mi derecha, vislumbré a Sam volando, con los esquís a casi dos metros por encima del suelo. Tramposa. Hearthstone pasó zumbando a mi izquierda diciendo por señas: «A tu izquierda», cosa que no me fue de gran ayuda.

Blitzen cayó del cielo enfrente de mí gritando a todo pulmón. Impactó contra la nieve y ejecutó de inmediato una serie de deslumbrantes eslálones, ochos y volteretas triples. O esquiaba mucho mejor de lo que había dejado entrever o sus esquís mágicos tenían un perverso sentido del humor.

Las rodillas y los tobillos me ardían por el esfuerzo y el viento atravesaba mi ropa supergruesa de tejido de gigante. Temía que en cualquier momento daría un traspié que los esquís mágicos no podrían corregir, me golpearía con una roca, me partiría el pescuezo y acabaría tumbado sobre la nieve como... Olvidadlo. Ni siquiera voy a intentarlo.

De repente la pendiente se niveló y la ventisca amainó. Nuestra velocidad disminuyó, y los ocho nos deslizamos suavemente hasta detenernos como si acabáramos de bajar por la pista de esquí para principiantes de una montaña.

(¡Eh, había hecho un símil! ¡A lo mejor estaba recuperando mi talento regular para la descripción!)

Nuestros esquís se soltaron y se fueron por su propia cuenta. Alex fue la primera que se puso en movimiento. Corrió hacia delante y se refugio detrás de una baja protuberancia de piedra que atravesaba la nieve. Supongo que tenía lógica, considerando que ella era el objetivo más vistoso en doce kilómetros cuadrados. El resto de nosotros nos juntamos con ella. Nuestros esquís sin pasajeros dieron la vuelta y regresaron zumbando montaña arriba.

—¿Para esto tanto plan? —Alex me miró por primera vez desde la noche anterior—. Más vale que empieces a sentirte poético pronto, Chase, porque se te acaba el tiempo.

Me asomé por encima de la protuberancia y vi a lo que se refería. A pocos metros de distancia, a través de un fino velo de aguanieve, una masa de agua de color aluminio se extendía hasta el horizonte. En la orilla más cercana, elevándose de la bahía helada, se hallaba la silueta oscura del *Naglfar*, el Barco de los Muertos. Era tan grande que, si no hubiera sabido que era una embarcación de vela, habría pensado que se trataba de otro promontorio como la fortaleza de montaña de Skadi. Escalar su vela mayor habría llevado varios días. Su enorme casco debía de haber desplazado suficiente agua para llenar el Gran Cañón. La cubierta y las pasarelas estaban plagadas de lo que parecían hormigas furiosas, aunque me daba la impresión de que si estuviésemos más cerca, esas figuras se habrían convertido en gigantes y zombis: miles y miles de ellos.

Anteriormente, solo había visto el barco en sueños. Ahora comprendía lo desesperada que era nuestra situación: ocho personas se enfrentaban a un ejército concebido para destruir mundos, y nuestras esperanzas dependían de que yo encontrase a Loki y lo pusiera verde.

Lo absurdo del panorama podría haberme hecho perder la esperanza. En cambio, me cabreó.

No me sentía precisamente poético, pero sí que sentía un ardor en la garganta: el deseo de decirle a Loki exactamente lo que pensaba de él. Me vinieron a la mente unas escogidas metáforas subidas de tono.

—Estoy listo —dije, esperando no equivocarme—. ¿Cómo encontramos a Loki sin que nos maten?

—¿Ataque frontal? —propuso T. J.

—Ejem...

—Es broma —dijo nuestro soldado de infantería—. Está claro que la situación requiere tácticas de distracción. La mayoría de nosotros debemos buscar una forma de llegar a la parte delantera del barco y atacar. Armaremos alboroto para que los malos que están en las pasarelas vayan a por nosotros y Magnus tenga la oportunidad de subir a bordo y retar a Loki.

—Un momento...

—Yo estoy de acuerdo con el Chico de la Unión —dijo Mallory.

—Sí. —Medionacido levantó su hacha de combate—. ¡Hacha de Combate tiene sed de sangre de jotun!

—¡Esperad! —dije—. Es un suicidio.

—No —repuso Blitz—. Chaval, hemos hablado del tema, y tenemos un plan. Yo he traído cuerdas de enano, Mallory tiene garfios y Hearth tiene sus runas. Con suerte, podremos trepar a la proa del barco y sembrar el caos.

Dio unos golpecitos a una de las bolsas de provisiones que había traído de *El Plátano Grande.*

—No te preocupes, les tengo preparadas unas sorpresas a esos guerreros zombis. Tú sube por la pasarela de popa sin que te vean, busca a Loki y exige un duelo. Entonces el combate debería interrumpirse. No nos pasará nada.

—Sí —asintió Medionacido—. Entonces iremos a ver cómo machacas a ese meinfretr en el duelo de insultos.

—Eso es —dijo Sam.

Ni siquiera Alex se quejó. Me di cuenta de que me habían engañado por completo. Mis amigos se habían unido y habían ideado un plan para aumentar mis posibilidades de éxito, independientemente de lo peligroso que fuera para ellos.

—Chicos...

«No hay tiempo que perder», dijo Hearth con gestos. «Toma, para ti.»

Sacó de su saquito la runa de othala y me la dio: la misma piedra que había cogido del túmulo de Andiron. En la palma de mi mano, me recordó el olor a carne de reptil putrefacta y brownies quemados.

—Gracias —dije—, pero... ¿por qué esta runa en concreto?

«No solo significa "herencia"», me explicó por señas. «Othala simboliza "ayuda en un viaje". Utilízala cuando nos hayamos ido. Debería protegerte.»

—¿Cómo?

Él se encogió de hombros.

«A mí no me preguntes. Yo solo soy el hechicero.»

—Está bien —dijo T. J.—. Alex, Sam, Magnus, os veremos en el barco.

Antes de que yo pudiera protestar, o darles las gracias, el resto del grupo se marchó lentamente a través de la nieve. Con su jotunesca ropa blanca, no tardaron en desaparecer en el terreno.

Me volví hacia las chicas.

—¿Cuánto tiempo hace que planeáis esto?

A pesar de tener los labios cuarteados y sangrantes, Alex sonrió.

—Más o menos el mismo que tú llevas empanado. O sea, bastante.

—Deberíamos ponernos en marcha —dijo Sam—. ¿Probamos la runa?

Miré la runa de othala. Me preguntaba si existía una conexión entre la herencia y la ayuda en un viaje, pero no se me ocurría ninguna. No me gustaba de dónde procedía esa runa ni lo que representaba, pero supuse que era lógico que tuviera que usarla. La habíamos conseguido con mucho dolor y sufrimiento, la misma forma en que habíamos obtenido el hidromiel.

—¿La lanzo al aire sin más? —pregunté.

—Me imagino que Hearth diría...—Alex continuó en lengua de signos: «Sí, idiota».

Yo estaba convencido de que Hearth no diría eso.

Tiré la runa. La othala se disolvió en una voluta de nieve. Esperaba que volviera a aparecer en el saquito de mi amigo elfo al cabo de un día o dos, como solía ocurrir con las runas después de usarlas. Desde luego no quería comprarle un recambio.

—No ha pasado nada —comenté. Acto seguido miré a cada lado. Alex y Sam habían desaparecido—. ¡Oh, dioses, os he volatilizado! —Traté de levantarme, pero unas manos invisibles me agarraron por cada lado y me volvieron a sentar.

—Estoy aquí —dijo Alex—. ¿Sam?

—Aquí —confirmó la valquiria—. Parece que la runa nos ha vuelto invisibles. Yo puedo verme, pero vosotros no.

Miré abajo. Sam estaba en lo cierto. Podía verme perfectamente, pero el único rastro de mis dos amigas eran las huellas que habían dejado en la nieve.

Me preguntaba por qué la runa de othala había elegido la invisibilidad. ¿Estaba inspirándose en mi experiencia personal, la sensación de ser invisible que tenía cuando era un sintecho? O tal vez la magia estaba condicionada por la experiencia personal de Hearthstone. Me imaginaba que había deseado ser invisible a los ojos de su padre durante la mayor parte de su infancia. En cualquier caso, no pensaba desaprovechar esa oportunidad.

—Pongámonos en marcha —dije.

—Cogeos las manos —ordenó Alex.

Me tomó la mano izquierda sin ningún afecto especial, como si fuera un palo andante. Sam no me cogió la otra mano, pero sospechaba que no era por motivos religiosos. Simplemente le gustaba la idea de que Alex y yo nos cogiéramos de la mano. Casi podía oírla sonreír.

—Vale —dijo—, vamos.

Avanzamos con dificultad por la protuberancia de piedra en dirección a la orilla. Temía que dejáramos huellas, pero la nieve y el viento borraron rápidamente todo rastro de nuestro paso.

La temperatura y el viento eran tan gélidos como los del día anterior, pero la sidra de Skadi debía de estar surtiendo efecto. Al respirar no notaba como si inhalase cristales y no tenía la necesidad de tocarme la cara cada pocos segundos para asegurarme de que no se me había caído la nariz.

Por encima del aullido del viento y el estruendo de los glaciares al desprender hielo en la bahía, oímos otros sonidos procedentes de la cubierta del *Naglfar*: cadenas que hacían ruido, vigas que crujían, gigantes que escupían órdenes y botas de los recién llegados que atravesaban pesadamente la cubierta de uñas. El barco debía de estar a punto de zarpar.

Nos encontrábamos a unos cien metros del muelle cuando Alex me tiró de la mano.

—¡Agáchate, idiota!

Me quedé quieto y me encogí, aunque no veía qué mejor forma de esconderse podía haber que siendo invisible.

Una tropa de macabros soldados que marchaba hacia el *Naglfar* apareció entre el viento y la nieve y pasó a menos de tres metros de nosotros. No los había visto venir, pero Alex tenía razón: no quería confiar en la invisibilidad.

Sus corazas de cuero manchadas estaban recubiertas de hielo y sus cuerpos no eran más que pedazos secos de carne pegados a huesos. Una espectral luz azul parpadeaba dentro de sus cajas torácicas y sus cráneos, y me imaginé unas velas de cumpleaños desfilando sobre la peor tarta de aniversario de la historia.

Cuando los muertos vivientes pasaron dando fuertes pisotones, me fijé en que las suelas de sus botas estaban tachonadas de clavos, como si fueran tacos. Me acordé de algo que Medionacido Gunderson me había contado en una ocasión: como el camino a Helheim estaba cubierto de hielo, enterraban a los muertos deshonrosos con zapatos con clavos para evitar que resbalasen por el trayecto. Ahora esas botas llevaban a sus dueños de vuelta al mundo de los vivos.

La mano de Alex temblaba en la mía. O puede que fuera yo el que temblaba. Finalmente, los zombis nos dejaron atrás y se dirigieron a los muelles y el Barco de los Muertos.

Me levanté con paso vacilante.

—Que Alá nos defienda —murmuró Sam.

Deseé con todas mis fuerzas que si el Jefazo existía realmente, mi amiga tuviera alguna influencia sobre él. Íbamos a necesitar a alguien que nos defendiera.

—Nuestros amigos se enfrentan a eso —dijo Alex—. Tenemos que darnos prisa.

Tenía razón otra vez. Lo único que me haría desear subir a bordo de un barco lleno de miles de esos zombis era saber que si no lo hacíamos, nuestros amigos tendrían que luchar solos contra ellos. Ni hablar.

Pisé las huellas dejadas por el ejército de muertos vivientes e inmediatamente unas voces susurrantes sonaron en mi cabeza: *Magnus. Magnus.*

Noté unos dolorosos pinchazos en los ojos. Se me doblaron las rodillas. Reconocía esas voces. Algunas eran ásperas y airadas, otras tiernas y dulces. Todas resonaban en mi mente, exigiendo atención. Una de ellas... Una voz era la de mi madre.

Me tambaleé.

—Eh —susurró Alex—. ¿Qué te...? Un momento, ¿qué es eso?

¿Oía ella también las voces? Me volví, tratando de localizar su origen. No lo había visto antes, pero a unos quince metros en la dirección por la que habían venido los zombis, había aparecido un oscuro agujero cuadrado: una rampa que descendía al vacío.

Magnus, susurró la voz del tío Randolph. *Lo siento mucho, muchacho. ¿Podrás perdonarme? Ven. Deja que te vea una vez más.*

Magnus, dijo una voz que solo había oído en sueños: Caroline, la esposa de Randolph. *Perdónalo, por favor. Tenía buen corazón. Ven, querido, quiero conocerte.*

¿Eres nuestro primo?, dijo la voz de una niña; era Emma, la hija mayor de Randolph. *Mi papá también me regaló una runa de othala. ¿Quieres verla?*

Y lo más doloroso de todo, mi madre gritó: ¡*Vamos, Magnus!*, y lo hizo con el tono alegre que empleaba cuando me animaba a que apretara el paso para poder disfrutar de una vista increíble conmigo. Pero ahora había frialdad en su voz, como si tuviera los pulmones llenos de freón. *¡Deprisa!*

Las voces me desgarraban y arrancaban trocitos de mente. ¿Tenía dieciséis años? ¿Tenía doce o diez? ¿Estaba en Niflheim o en Blue Hills o en el barco del tío Randolph?

La mano de Alex se soltó de la mía. Me daba igual.

Me dirigí a la cueva.

—¿Chicos? —dijo Sam detrás de mí.

Parecía preocupada, al borde del pánico, pero su voz no me parecía más real que la de los espíritus susurrantes. Ella no podía detenerme, ni podía distinguir mis huellas en el sendero pisoteado por los soldados zombis. Si echaba a correr, podría avanzar por ese camino helado y sumirme en Helheim antes de que mis amigos supieran lo que había pasado. La idea me entusiasmaba.

Mi familia estaba allí abajo. Hel, la diosa de los muertos deshonrosos, me lo había dicho cuando la había conocido en Bunker Hill. Me había prometido que podía unirme a ellos. Tal vez necesitaban mi ayuda.

Jack emitió una cálida vibración contra mi garganta. ¿Por qué hacía eso?

A mi izquierda, Alex murmuró:

—No. No, me niego a escuchar.

—¡Alex! —dijo Sam—. Gracias a Dios. ¿Dónde está Magnus?

¿Por qué parecía Sam tan preocupada? Recordaba vagamente que estábamos en Niflheim por un motivo. Probablemente, no debería estar internándome en Helheim en ese momento. Probablemente, eso acabaría conmigo.

Las voces susurrantes se volvieron más fuertes, más insistentes.

Mi mente luchaba contra ellas. Resistí el deseo de correr hacia aquella rampa oscura.

Era invisible gracias a la runa de othala: la runa de la herencia.

¿Y si ese era el inconveniente de su magia? Que me permitía oír las voces de mis muertos y me arrastraba a su reino.

Alex volvió a dar con mi mano.

—Lo tengo.

Contuve una oleada de irritación.

—¿Por qué? —pregunté con voz ronca.

—Tranquilo —dijo ella con una voz sorprendentemente dulce—. Yo también las oigo. Pero no puedes hacerles caso.

Poco a poco, la rampa oscura se cerró y las voces cesaron. El viento y la nieve empezaron a borrar las huellas de los zombis.

—¿Estáis bien, chicos? —gritó Sam; su voz sonó una octava más alta de lo normal.

—Sí —respondí, aunque no me sentía muy bien—. Lo-lo siento.

—No lo sientas. —Alex me apretó los dedos—. Yo he oído a mi abuelo. Casi me había olvidado de cómo sonaba. Y otras voces. Adrian... —Se atragantó al pronunciar el nombre.

Yo casi no me atreví a preguntar.

—¿Quién era?

—Un amigo —contestó ella, cargando la palabra de toda clase de posibles significados—. Se suicidó.

Su mano se quedó sin fuerzas dentro de la mía, pero no la solté. Tuve la tentación de utilizar mi poder, de intentar curarla, de compartir las secuelas del dolor e inundar mi mente con los recuerdos de su pasado. Pero no lo hice. No me había invitado a ello.

Sam se quedó callada unos diez segundos.

—Lo siento, Alex. No-no he oído nada.

—Me alegro por ti —dije.

—Sí —convino Alex.

Una parte de mí seguía resistiéndose al impulso de correr a través de la nieve, lanzarme al suelo y arañar la tierra hasta que el

371

túnel volviera a abrirse. Ya hubiera sido solo un frío eco, una trampa o una broma cruel de Hel, había oído a mi madre.

Pero me volví hacia el mar, y de repente me daba más miedo quedarme en tierra firme que subir a bordo del Barco de los Muertos.

—Vamos —dije—. Nuestros amigos cuentan con nosotros.

41

Pido tiempo muerto

La pasarela estaba hecha de uñas de pies.

Si eso no os da ya el suficiente asco, ni todo el Hidromiel de Kvasir del mundo me ayudará a ofreceros una descripción lo bastante repugnante. Aunque la rampa medía casi dos kilómetros de ancho, se llenó de tráfico hasta tal punto que nos costó encontrar un hueco. Decidimos subir a bordo detrás de una tropa de zombis y estuve a punto de recibir el pisotón de un gigante que cargaba con un montón de lanzas.

Una vez en la pasarela, nos desviamos a un lado y nos pegamos a la barandilla.

En vivo y en directo, el barco era todavía más horrible que en sueños. La cubierta —un mosaico reluciente de uñas amarillas, negras y grises, como la piel de una criatura prehistórica acorazada— parecía extenderse eternamente. Cientos de gigantes iban y venían, y su tamaño parecía casi humano en comparación con el barco: gigantes de piedra, gigantes de las montañas, gigantes de hielo, gigantes de las colinas y unos cuantos tipos elegantemente vestidos que podrían haber sido gigantes urbanos, todos enrollando cuerdas, amontonando armas y gritándose entre ellos en distintos dialectos jotuns.

Los muertos vivientes no eran tan trabajadores. Ocupaban casi toda la inmensa cubierta y permanecían firmes en filas de espectral color blanco y azul, decenas de miles, como si esperasen a que les pasasen lista. Algunos estaban montados en caballos zombis, otros tenían perros o lobos zombis a su lado, unos cuantos incluso tenían aves rapaces zombis posadas en sus esqueléticos brazos; todos parecían conformarse con estar en silencio hasta recibir nuevas órdenes. Muchos habían esperado esa batalla definitiva durante siglos, así que debían de pensar que esperar un poco más no les haría daño.

Los gigantes hacían todo lo posible por esquivar a los muertos vivientes. Pisaban con cautela alrededor de las legiones, insultándolos por estar en medio, pero no los tocaban ni los amenazaban directamente. Me imaginaba que yo pensaría lo mismo si me viera compartiendo barco con una horda de roedores armados hasta los dientes y extrañamente bien educados.

Busqué a Loki en la cubierta. No divisé a nadie con un uniforme de almirante blanco luminoso, pero eso no quería decir nada. Con semejantes multitudes, podría estar en cualquier parte, disfrazado de cualquier individuo. O podría estar en alguna dependencia bajo cubierta, disfrutando de un relajado desayuno antes del Ragnarok. El plan consistente en acercarme a él directamente sin que nadie se me opusiera y decirle «Buenas. Te reto a un duelo de insultos, cabeza de chorlito» se había ido al garete.

En la cubierta de proa, a aproximadamente un kilómetro de distancia, un gigante se paseaba de un lado a otro blandiendo un hacha y dando órdenes a gritos. Estaba demasiado lejos para que distinguiera muchos detalles, pero reconocí por mis sueños su figura encorvada y delgada y el intrincado escudo hecho con una caja torácica. Era Hrym, el capitán del barco. Su voz se oía por encima del estruendo de las olas y los gruñidos de los jotuns:

—¡¡Preparaos, haraganes y cobardes!! ¡¡El camino está despejado!! ¡¡¡¡Si no os movéis más rápido, os convertiréis en comida para Garm!!!!

Entonces, detrás del capitán, hacia la proa, una explosión sacudió el barco. Unos gigantes chillones y humeantes dieron volteretas por los aires como acróbatas disparados por cañones.

—¡Nos atacan! —gritó alguien—. ¡A por ellos!

Nuestros amigos habían llegado.

Yo no podía verlos, pero por encima del alboroto oí los tonos estridentes de un toque de corneta. No pude por menos que deducir que T. J. había encontrado el instrumento debajo de sus detonadores, sus gafas de francotirador y su galleta marinera.

Una runa dorada resplandeció en el cielo por encima del capitán Hrym:

ᚦ

Thurisaz, el signo de la destrucción, pero también el símbolo del dios Thor. Hearthstone no podía haber elegido una runa mejor para sembrar el miedo y la confusión entre un montón de gigantes. De la runa salieron disparados rayos en todas direcciones que fulminaron a gigantes y zombis por igual.

La cubierta superior se llenó de más gigantes. Tampoco es que tuvieran muchas alternativas. El barco estaba tan atiborrado de tropas que la multitud empujaba hacia delante a las primeras filas, tanto si querían como si no. Una avalancha de cuerpos bloqueó las rampas y las escaleras, y una muchedumbre adelantó al capitán Hrym y lo arrastró mientras agitaba su hacha por encima de su cabeza y gritaba inútilmente.

La mayoría de las legiones de muertos vivientes se mantuvieron en fila, pero giraron las cabezas hacia el caos, como si tuvieran una ligera curiosidad.

A mi lado, Sam murmuró:

—Ahora o nunca.

Alex me soltó la mano y oí el silbido de su garrote al salir de las presillas de su cinturón.

Empezamos a avanzar; de vez en cuando nos tocábamos los hombros para orientarnos. Me agaché cuando un gigante pasó por encima de mí dando una zancada. Nos abrimos paso entre una legión de soldados de caballería zombis, con las lanzas erizadas de luz helada y los ojos blancos y muertos de sus caballos mirando la nada.

Oí un grito de guerra que sonó como si lo hubiera proferido Medionacido Gunderson. Esperaba que no se hubiera quitado la camiseta como hacía normalmente en combate, de lo contrario, podría resfriarse luchando a muerte.

Otra runa explotó por encima de la proa:

$$|$$

Isa, «hielo», que debía de ser fácil de lanzar en Niflheim. Una ola de escarcha atravesó el lado de babor del *Naglfar* y convirtió una franja entera de gigantes en esculturas de hielo.

A la luz gris de la mañana, vi el destello de un pequeño objeto de bronce que volaba hacia el capitán Hrym, y pensé que uno de mis amigos había lanzado una granada. Pero en lugar de explotar, la «granada» se ensanchó y adquirió un tamaño increíblemente grande hasta que el capitán y una docena de sus amigos jotuns más próximos desaparecieron bajo un pato metálico del tamaño de una cafetería Starbucks.

Cerca de la barandilla de estribor, otro ánade de bronce apareció hinchándose y empujó a un batallón de zombis al mar. Los gigantes gritaron y cayeron hacia atrás en medio del caos, como suele ocurrir cuando llueven del cielo grandes patos metálicos.

—Patos dilatables —dije—. Blitz se ha superado.

—No os paréis —nos instó Alex—. Ya estamos cerca.

Tal vez no deberíamos haber hablado. En la fila de guerreros zombis más cercana, un thane con brazaletes dorados giró su casco con forma de cabeza de lobo en dirección a nosotros y un gruñido brotó de su caja torácica. Dijo algo en un idioma que yo no conocía: su voz sonó húmeda y cavernosa como gotas de agua cayendo en un ataúd. Sus hombres desenvainaron unas espadas oxidadas de unas fundas mohosas y se volvieron para mirarnos.

Miré a Sam y Alex. Eran visibles, de modo que supuse que yo también lo era. Como un chiste malo —la clase de protección mágica que uno esperaría del señor Alderman—, la defensa mágica de othala se había esfumado en el centro mismo de la cubierta principal del barco, delante de una legión de muertos vivientes.

Los zombis nos rodearon. La mayoría de los gigantes seguían corriendo para ocuparse de nuestros amigos, pero unos cuantos jotuns repararon en nosotros, gritaron indignados y vinieron a unirse al grupo de ejecución.

—Bueno, Sam —dijo Alex—, encantada de haberte conocido.

—¿Y a mí? —pregunté.

—Eso todavía está por ver. —Se transformó en un puma y se abalanzó sobre el thane draugr, le arrancó la cabeza con los dientes y acto seguido recorrió las filas pasando sin esfuerzo de lobo a humano y a águila, cada uno más letal que el anterior.

Sam sacó su lanza de valquiria, atravesó a los zombis con una luz abrasadora y quemó a docenas a la vez, pero otros cientos avanzaron empujando hacia delante, con las espadas y lanzas en alto.

Saqué a Jack y grité:

—¡Lucha!

—¡Vale! —gritó él, aunque parecía tan asustado como yo. Giró a mi alrededor, haciendo todo lo posible por mantenerme a salvo, pero me encontré con un problema característico de los hijos de Frey.

Los einherjar tienen un dicho: «Mata primero al curandero».

Esa filosofía militar fue perfeccionada por veteranos guerreros vikingos que, una vez en el Valhalla, aprendieron a jugar a videojuegos. La idea es simple: eliges como objetivo a un tío de las tropas enemigas que pueda curar las heridas de tus adversarios y mandarlos recuperados al combate, matas al curandero, y el resto muere antes. Además, probablemente el curandero sea flojo, blando y fácil de eliminar.

Evidentemente, los gigantes y los zombis también conocían ese consejo. Puede que jugasen a los mismos videojuegos que los einherjar mientras esperaban la llegada del fin del mundo. De algún modo, me identificaron como curandero, se olvidaron de Alex y Sam, y se dirigieron a mí en tropel. Pasaron volando flechas junto a mis oídos. Intentaron clavarme lanzas en la barriga. Me arrojaron hachas entre las piernas. El espacio era demasiado reducido para tantos combatientes. La mayoría de las armas de los draugrs alcanzaron a blancos de su misma especie, pero me figuré que a los zombis no les preocupaba demasiado el fuego amigo.

Hice lo que pude por aparentar que era un guerrero. Echando mano de todas mis fuerzas de einherji, atravesé de un puñetazo la cavidad torácica del zombi más cercano, que fue como atravesar de un puñetazo una cuba de hielo seco. Luego, cuando cayó, le cogí la espada y empalé a su compañero más próximo.

—¿Quién necesita ahora a un curandero? —grité.

Por unos diez segundos, pareció que todo nos iba bien: otra runa explotó, otro pato dilatable sembró la destrucción anseriforme entre nuestros enemigos, el estallido seco del Springfield 1861 de T. J. sonó en la proa, y oí a Mallory soltar juramentos en gaélico.

—¡Soy Medionacido de Fläm! —chilló Medionacido Gunderson.

A lo que un gigante de pocas luces contestó:

—¿Fläm? ¡Menudo poblacho!

—¡Arrrggghhh! —El grito de ira de Medionacido sacudió el barco, seguido del sonido de su hacha de guerra abriéndose paso entre hileras de cuerpos.

Alex y Sam luchaban como unas diabólicas gemelas: la lanza resplandeciente de la segunda y el afiladísimo garrote de la primera arrasaban a los zombis a la misma velocidad.

Pero nos rodeaban tantos enemigos que era cuestión de tiempo que un golpe nos alcanzase. El mango de una lanza me dio en un lado de la cabeza, y me desplomé de rodillas.

—¡Señor! —gritó Jack.

Vi la hoja del hacha de un zombi volando hacia mi cara. Sabía que a Jack no le daría tiempo a detenerla. Con toda la destreza poética de un bebedor de Hidromiel de Kvasir, pensé: «Vaya, qué rollo».

Entonces ocurrió algo que no fue mi muerte.

Noté una violenta presión en mi estómago: la certeza de que todos esos enfrentamientos tenían que terminar, de que debían terminar si queríamos cumplir nuestra misión, y rugí más fuerte aún que Medionacido Gunderson.

Una luz dorada estalló hacia fuera en todas direcciones y arrasó la cubierta del barco. Arrancó las espadas de las manos de sus dueños, hizo girar proyectiles en el aire y los mandó volando al mar, y arrebató lanzas, escudos y hachas a batallones enteros.

Me levanté tambaleándome.

El combate había cesado. Todas las armas dentro del radio sonoro de mi voz habían sido arrancadas violentamente de sus dueños y enviadas fuera de su alcance. Hasta Jack había salido volando por estribor; me imaginaba que tendría noticias de él más tarde si sobrevivía. Todos los presentes en el barco, amigos y enemigos, habían sido desarmados por la Paz de Frey, un poder que yo solo había conseguido invocar una vez.

Gigantes recelosos y zombis confundidos se apartaron de mí, mientras Alex y Sam venían corriendo a mi lado.

Tenía la cabeza a punto de estallar de dolor y todo me daba vueltas. Me faltaba un molar y tenía la boca llena de sangre.

La Paz de Frey era un numerito bastante vistoso, y desde luego llamaba la atención de todo el mundo, pero no era un arreglo permanente. Nada impediría que nuestros enemigos recuperasen sus armas y retomasen el plan de cargarse al curandero.

Pero antes de que pasara el momento de asombro en que se vieron con las manos vacías, una voz familiar habló a mi izquierda:

—Vaya, Magnus. ¡Qué espectacular!

Los draugrs se separaron para dejar ver a Loki con su uniforme de almirante blanco inmaculado, su cabello del color de las hojas en otoño, sus labios llenos de cicatrices torcidos en una sonrisa y sus ojos brillantes de un humor malicioso.

Detrás de él, estaba Sigyn, su sufrida esposa, que había pasado siglos recogiendo veneno de serpiente en una copa para evitar que cayera en la cara de Loki: una labor que no estaba contemplada en los clásicos votos matrimoniales. Su rostro pálido y demacrado era imposible de descifrar, aunque de sus ojos todavía brotaban lágrimas rojo sangre. Me pareció detectar una ligera tirantez en sus labios, como si le decepcionase volver a verme.

—Loki... —Escupí sangre. Apenas podía mover la boca—. Te reto a un duelo verbal.

Él me miró fijamente como si esperase a que terminara la frase. Quizá esperaba que añadiera: «un duelo verbal... con un tío al que se le dan bien los insultos y que impone mucho más que yo».

A nuestro alrededor, las interminables tropas de guerreros parecían contener el aliento, aunque los zombis no tenían aliento que contener.

Njord, Frigg, Skadi, todos me habían asegurado que Loki tendría que aceptar el reto. Era la tradición. El honor lo exigía. Puede que tuviera la boca destrozada, la cabeza como un bombo y ninguna garantía de que el Hidromiel de Kvasir infundiese poesía a mis cuerdas vocales, pero al menos ahora tendría la oportunidad de vencer a ese embaucador en un combate de palabras.

Loki alzó la cara al frío cielo gris y rio.

—Gracias de todas formas, Magnus Chase —dijo—. Pero creo que te mataré.

42

Empiezo desde abajo

Sam atacó. Supongo que ella fue la que menos se sorprendió de que Loki cometiera un acto tan despreciable como rechazar mi reto.

Antes de que su lanza diera en el pecho de su padre, una voz fuerte rugió:

—¡Alto!

Y ella se detuvo.

Mi mente seguía confusa. Por un segundo, pensé que Loki había gritado la orden y que Sam se había visto obligada a obedecer. Todo el entrenamiento y la práctica, todo su ayuno y su seguridad habían sido en vano.

Entonces me di cuenta de que Loki no había dado la orden. De hecho, parecía bastante enfadado. Sam se había detenido por propia voluntad. Multitudes de draugrs y de gigantes se apartaron cuando el capitán Hrym se dirigió cojeando a nosotros. No tenía el hacha. El elaborado escudo de la caja torácica tenía una marca que podía ser obra del pico de un pato muy grande.

Su rostro anciano no era más atractivo de cerca. Del mentón le colgaban mechones de barba de color blanco carámbano y sus ojos azul claro brillaban en lo profundo de sus cuencas como si estuvieran derritiéndose en su cerebro. Su boca curtida hacía difícil saber si estaba enfadado con nosotros o estaba a punto de escupir una pepita de sandía.

Y qué olor, ¡puaj! Las pieles blancas y mohosas de Hrym me hicieron añorar los clásicos olores a viejo del armario del tío Randolph.

—¿Quién ha exigido un reto? —tronó Hrym.

—Yo —contesté—. Un duelo verbal contra Loki, a menos que tenga miedo de enfrentarse a mí.

—Ooooooh —murmuró la muchedumbre.

Loki gruñó.

—Venga ya. No puedes provocarme, Magnus Chase. Hrym, no tenemos tiempo para esto. El hielo se ha derretido. El camino está despejado. ¡Acaba con estos intrusos y zarpemos!

—¡Un momento! ¡Este barco es mío! ¡Yo soy el capitán!

El dios suspiró. Se quitó la gorra de almirante y dio un puñetazo en el interior, tratando claramente de controlar su genio.

—Mi querido amigo. —Sonrió al capitán—. Ya hemos discutido esto. Compartimos el mando del *Naglfar*.

—Tus tropas —dijo Hrym—. Mi barco. Y cuando estemos en desacuerdo, Surt debe romper toda relación.

—¿Surt? —Tragué más sangre. No me entusiasmaba oír el nombre de mi gigante de fuego menos predilecto: el tipo que me había abierto un agujero en el pecho y había tirado mi cadáver en llamas por el puente de Longfellow—. Ejem, ¿Surt también está aquí?

Loki resopló.

—¿Un gigante de fuego en Niflheim? Ni hablar. Verás, mi lerdo y joven einherji, técnicamente Surt es el dueño de este barco..., pero porque el *Naglfar* está registrado en Muspelheim. Las leyes tributarias son allí más favorables.

—¡Eso no viene al caso! —gritó Hrym—. ¡Como Surt no está aquí, el mando definitivo me corresponde a mí!

—No —repuso Loki con forzada paciencia—. El mando definitivo nos corresponde a nosotros. ¡Y yo digo que las tropas tienen que ponerse en marcha!

—¡Y yo digo que un reto planteado de forma correcta debe ser aceptado! Son las reglas de enfrentamiento. A menos que tengas miedo, como dice el muchacho.

Loki rio.

—¿Miedo? ¿A enfrentarme a un niño como este? ¡Por favor! Es un cero a la izquierda.

—Bueno —dije—. Pues muéstranos tu diestra lengua... ¿O es que se te ha quemado con el resto de la cara?

—¡Ooooooh! —exclamó la multitud.

Alex me miró arqueando una ceja. Su expresión parecía decir: «No ha estado tan mal como habría esperado».

Loki miró a los cielos.

—Padre Farbauti, madre Laufey, ¿por qué yo? ¡Este público no sabe apreciar mis aptitudes!

Hrym se volvió hacia mí.

—¿Aceptaréis tú y tus aliados el alto el fuego hasta que el duelo termine?

—Magnus es nuestro contendiente, no nuestro líder —respondió Alex—. Pero, sí, aplazaremos nuestros ataques.

—¿También los patos? —preguntó Hrym con severidad.

Alex frunció el entrecejo, como si fuera una petición muy seria.

—Muy bien. También los patos.

—¡Entonces está decidido! —rugió Hrym—. ¡Te han retado, Loki! ¡Según la antigua costumbre, debes aceptar!

Loki reprimió el insulto que iba a dedicarle al capitán, probablemente porque Hrym era el doble de alto que él.

—Muy bien. Insultaré a Magnus Chase hasta derribarlo en las

tablas de la cubierta y pisotearé sus restos con mi zapato. ¡Entonces zarparemos! Samirah, querida, sujétame la gorra.

Le lanzó su gorra de almirante, pero ella la dejó caer a sus pies y le sonrió fríamente.

—Sujétate tú la gorra, padre.

—¡Ooooooh! —exclamó la multitud.

La ira se reflejó en el rostro de Loki. Casi podía ver las ideas dando vueltas en su cabeza —todas las maravillosas formas en que podría torturarnos hasta matarnos—, pero no dijo nada.

—¡¡Un duelo verbal!! —anunció Hrym—. ¡Que no se den más golpes hasta que termine! ¡Que no se lancen más patos! ¡Dejad que esos guerreros enemigos se acerquen a ver la competición!

Con algunos empujones y juramentos, nuestros amigos se abrieron paso entre la muchedumbre. Considerando lo que habían pasado, tenían buen aspecto. Como temí, Medionacido se había quitado la camiseta. En el pecho, rodeada de un gran corazón, tenía escrita la palabra FLÄM con algo que parecía sangre de gigante.

De la boca del rifle de T. J. salía humo de todos los disparos que había hecho, de su bayoneta caían gotas de baba de zombi, y su corneta estaba tan retorcida que parecía un pretzel de latón. (La verdad es que comprendía a nuestros enemigos por hacer eso.)

Hearthstone parecía ileso, pero agotado; algo comprensible después de liquidar a tantos enemigos con hielo y rayos. A su lado, andaba Blitzen, y gigantes diez veces más grandes que el enano se apresuraban a apartarse de su camino. Algunos murmuraban temerosamente y lo llamaban «señor de los patos», otros se llevaban las manos al cuello, que Blitzen les había apretado con corbatas ceñidas de malla. Los gigantes vivían con miedo a las corbatas.

Mallory Keen daba saltos; al parecer había vuelto a romperse el mismo pie que se había roto en Noruega. Pero saltaba enérgicamente, como una auténtica guerrera e hija de Frigg. Enfundó sus dagas y me dijo por señas: «Tengo la nuez».

Esa habría sido una estupenda frase en clave si hubiéramos sido espías que hablaban de un arma nuclear o algo por el estilo. Lamentablemente, solo quería decir que tenía la nuez. Ahora me tocaba a mí meter a Loki dentro de ella. Me preguntaba si Mallory podría abrirla y absorberlo sin que yo lo venciera antes en un duelo de insultos. Probablemente no. Hasta el momento nada había sido tan sencillo. Dudaba que ahora empezase la versión fácil.

Finalmente, Jack volvió flotando conmigo y masculló:

—¿Yo expuesto a la Paz de Frey? No mola, señor. —A continuación se puso al lado de Samirah para ver el espectáculo.

La muchedumbre formó un corro irregular de unos diez metros de diámetro alrededor de Loki y de mí. Rodeado de gigantes, me sentía como si estuviera en el fondo de un pozo. En el repentino silencio que se hizo, podía oír el rumor de los truenos de nieve a lo lejos, el crujido del hielo al derretirse, la vibración y el chirrido de las amarras de hierro del *Naglfar* tensándose para escapar.

Me iba a estallar la cabeza. De mi boca magullada salía sangre. El agujero donde antes tenía el diente había empezado a dolerme, y no me sentía nada poético.

Loki hizo una mueca y extendió los brazos como para recibirme con un abrazo.

—Vaya, Magnus, mírate: ¡participando en duelos de primera división como un adulto! O como se llame a un einherji que no puede envejecer, pero que está aprendiendo a no ser un mocoso llorica. ¡Si no fueras tan insignificante, puede que estuviera impresionado!

Sus palabras me escocieron. Me escocieron en sentido literal. Pareció que entrasen en mis canales auditivos como ácido y corriesen por mis trompas de Eustaquio y mi garganta. Traté de contestar, pero él pegó su cara llena de cicatrices a la mía.

—Pequeño hijo de Frey, te has metido en un combate que no puedes ganar, sin la menor idea, sin planificación, ¡solo con un poco de hidromiel en el estómago! ¿De veras creías que eso compensaría tu absoluta falta de aptitudes? Supongo que tiene lógica. Estás muy acostumbrado a depender de tus amigos a la hora de luchar. ¡Ahora te toca a ti! ¡Qué triste! ¡Un perdedor sin talento! ¿Sabes acaso lo que eres, Magnus Chase? ¿Te lo digo?

La multitud rio y se dio empujones. Yo no me atrevía a mirar a mis amigos. Me invadía la vergüenza.

—M-mira quién habla —logré decir—. ¿Tú eres un gigante que se hace pasar por dios o un dios que se hace pasar por gigante? ¿Estás de parte de alguien aparte de ti mismo?

—¡Por supuesto que no! —Loki rio—. En este barco, todos trabajamos por nuestra cuenta, ¿verdad que sí, cuadrilla? ¡Cada uno cuida de sí mismo!

Los gigantes rugieron y los zombis se movieron y susurraron; sus halos azul claro crepitaron en sus cráneos.

—Loki cuida de Loki. —Tamborileó con los dedos sobre sus medallas de almirante—. No puedo fiarme de nadie más.

Su esposa, Sigyn, ladeó ligerísimamente la cabeza, pero él no pareció darse cuenta.

—¡Por lo menos soy sincero! —continuó Loki—. ¡Y respondiendo a tu pregunta, soy un gigante! Lo que pasa, Magnus, es que los Aesir son una generación distinta de gigantes. ¡De modo que también son gigantes! Todo ese asunto de la enemistad entre los dioses y los gigantes es absurdo. Solo somos una gran familia mal avenida. Eso es algo que tú deberías entender, pequeño humano disfuncional. Tú dices que eliges a tu familia, dices que tienes un nuevo grupo de hermanos y hermanas en el Valhalla... Pero qué tierno. Deja de mentirte. Uno nunca escapa de su familia, uno es igual que su familia real. Tú eres débil y enamoradizo como Frey, desesperado y sin carácter como tu viejo tío Randolph y ridículamente optimista y muerto como tu madre. Pobre chaval. Encarnas lo peor de tus dos familias: la de los Frey y la de los Chase. ¡Eres un desastre!

La muchedumbre rio. Pareció que aumentasen de tamaño y me ahogasen con sus sombras.

Loki se acercó elevándose amenazante por encima de mí.

—Deja de mentirte, Magnus. Eres un don nadie. Eres un error, uno de los muchos bastardos de Frey. Él abandonó a tu madre y se olvidó por completo de ti hasta que rescataste su espada.

—Eso no es cierto.

—¡Claro que sí! ¡Y lo sabes! Por lo menos yo reconozco a mis hijos. ¡Sam y Alex me conocen desde que eran niñas! ¿Y tú? Ni siquiera has merecido una tarjeta de cumpleaños de Frey. ¿Y quién te corta el pelo?

Aulló.

—Ah, claro. Te lo cortó Alex, ¿no? No pensaste que eso significase algo, ¿verdad? A ella le trae sin cuidado Magnus Chase. Solo necesitaba utilizarte. Es digna hija de su madre. Estoy muy orgulloso de ella.

El rostro de Alex estaba lívido, pero no dijo nada. Ninguno de mis amigos se movió ni hizo un ruido. Esa era mi batalla. Ellos no podían intervenir.

¿Dónde estaba la magia del Hidromiel de Kvasir? ¿Por qué no me venía a la mente una ocurrencia pasable? ¿De veras creía que el hidromiel compensaría mi absoluta falta de aptitudes?

Un momento... Esas eran las palabras de Loki, ¡se me habían metido en el cerebro! No podía permitir que me manipulase de esa forma.

—Eres malvado —dije. Pero soné poco convincente.

—¡Venga ya! —Loki sonrió—. No me vengas con ese rollo

del bien y el mal. Ni siquiera es un concepto nórdico. ¿Tú eres bueno porque matas a tus enemigos, pero tus enemigos son malos porque te matan a ti? ¿Qué clase de lógica es esa?

Se inclinó hacia mí. Sin duda ahora era más alto que yo. La parte superior de mi cabeza le llegaba a los hombros.

—Te contaré un secretillo, Magnus. No existen los buenos y los malos. Solo los competentes y los incompetentes. Yo soy competente. Tú... no.

No me empujó, al menos físicamente, pero me tambaleé hacia atrás. Estaba marchitándome en sentido literal bajo las risas de la multitud. Hasta Blitzen era ahora más alto que yo. Detrás de Loki, Sigyn me observaba con interés, mientras sus lágrimas rojas caían relucientes por sus mejillas.

—Uy. —Loki hizo un mohín con falsa compasión—. ¿Qué vas a hacer ahora, Magnus? ¿Quejarte de que soy malo? ¿Criticarme por cometer asesinatos y engaños? ¡Venga, adelante! ¡Canta mis grandes éxitos! Ya te gustaría a ti ser tan competente. Tú no sabes luchar. No sabes pensar rápido. ¡Ni siquiera sabes expresarte delante de tus supuestos amigos! ¿Qué posibilidades tienes contra mí?

Yo seguía encogiéndome. Unas cuantas frases más de Loki y mediría sesenta centímetros. Alrededor de mis botas, el material de la cubierta empezó a chirriar y a moverse, y las uñas de mis manos y mis pies comenzaron a curvarse hacia arriba como ávidos brotes vegetales.

—¡Da lo mejor de ti! —me retó Loki—. ¿No? ¿Sigues sin poder hablar? ¡Entonces te diré lo que realmente pienso de ti!

Miré las caras malintencionadas de los gigantes y las caras adustas de mis amigos, que formaban todas un corro a mi alrededor, y supe que estaba en un pozo del que no saldría jamás.

43

Termino a lo grande

Traté desesperadamente de dar con los mejores insultos: «Eres un meinfretr», «Eres tonto», «Eres feo».

Sí..., la verdad es que no eran muy impresionantes, sobre todo viniendo de un tío que se estaba encogiendo literalmente al ser atacado por Loki.

Esperando hallar inspiración, volví a mirar a mis amigos. Sam tenía una expresión severa y decidida; de algún modo todavía creía en mí. Alex Fierro tenía una expresión airada y desafiante; de algún modo todavía pensaba que, si yo metía la pata, me mataría. A Blitz le había dado un tic en el ojo como si estuviera viéndome estropear una preciosa prenda de sastrería. Hearthstone parecía cansado y agotado, y escudriñaba mi cara como si buscase una runa perdida. T. J., Mallory y Medionacido estaban en tensión, vigilando a los gigantes que les rodeaban, probablemente tratando de idear un plan B en el que la B fuese del Bobo de Magnus.

Entonces mi mirada se posó en Sigyn, que se hallaba discretamente de pie detrás de su marido, con sus manos entrelazadas y sus extraños ojos rojos clavados en mí como si estuviese esperando.

¿Esperando qué? Había permanecido al lado de su marido cuando todos los demás lo habían abandonado. Durante siglos había cuidado de él y había impedido en la medida de lo posible que el veneno de la serpiente le cayese en la cara, a pesar de que Loki la había engañado, la había maltratado verbalmente y no le había hecho caso. Incluso ahora apenas la miraba.

Sigyn era increíblemente leal. Sin embargo, en la cueva de Loki, durante la ceremonia de matrimonio de los gigantes, yo estaba casi seguro de que ella nos había ayudado distrayendo a su marido en un momento decisivo para evitar que nos matara a mis amigos y a mí.

¿Por qué se sometía a su marido de esa forma? ¿Qué quería? Parecía que actuase sutilmente para minarlo, que quisiera retrasar el Ragnarok y ver a su esposo otra vez en la cueva, atado a las rocas y sufriendo.

Tal vez Loki estaba en lo cierto. Tal vez no podía fiarse de nadie, ni siquiera de Sigyn.

Entonces pensé en lo que Percy Jackson me había dicho en la cubierta del barco *Constitution*: que mi mayor virtud no era mi entrenamiento, sino el equipo que me rodeaba.

Se suponía que la finalidad de un duelo verbal era bajar los humos a la gente, ridiculizarla. Pero yo era un curandero. Yo no ridiculizaba a la gente. Yo la sanaba. No podía seguir las reglas de Loki y esperar ganar. Tenía que jugar con mis propias reglas.

Respiré hondo.

—Voy a hablarte de Mallory Keen.

La sonrisa de Loki vaciló.

—¿Quién es esa y por qué debería interesarme?

—Me alegro de que me lo preguntes. —Proyecté mi voz a la muchedumbre con todo el volumen y la seguridad que me permitieron mis diminutos pulmones—. Mallory Keen sacrificó su vida para reparar el error que había cometido y salvó las vidas de muchos colegiales. Ahora es la guerrera más feroz y la que mejor insulta del Valhalla. Mantiene unidos a los guerreros de la planta diecinueve como un equipo, incluso cuando tenemos ganas de matarnos entre nosotros. ¿Es alguno de vosotros capaz de semejante camaradería?

Los gigantes se movieron incómodos. Los draugrs se miraron unos a otros como pensando: «Hace una eternidad que quiero matar a ese tío, pero ya está muerto».

—¡Mallory abrió las puertas de la cueva de Suttung con solo dos dagas! —continué—. ¡Venció a los nueve siervos de Baugi sin más armas que el engaño y una piedra! ¡Y cuando descubrió que era hija de Frigg, se abstuvo de atacar a la diosa!

—Oooh. —Los gigantes asintieron elogiosamente con la cabeza.

Loki rechazó mis palabras con un gesto de la mano.

—Creo que no entiendes cómo funciona un duelo verbal, hombrecito. Eso ni siquiera son insultos...

—¡Voy a hablarte de Medionacido Gunderson! —grité para hacerme oír por encima de él—. ¡Un berserker extraordinario, la gloria de Fläm! Conquistó reinos con Ivar el Deshuesado. ¡Mató al gigante Baugi sin ayuda de nadie, salvó su ciudad natal y enorgulleció a su madre! ¡Ha pilotado nuestro barco a través de los nueve mundos, su hacha ha causado más daños que la mayoría de los batallones, y lo ha hecho todo sin camiseta!

—Y está estupendo... —murmuró otro gigante, hincando el dedo al berserker en los abdominales. Medionacido le apartó la mano de un manotazo.

—¡Y las hazañas de Thomas Jefferson Junior son dignas de cualquier palacio vikingo! —chillé—. Arremetió contra el fuego enemigo para enfrentarse cara a cara a su peor pesadilla, Jeffrey Toussaint. ¡Murió aceptando un desafío imposible como digno hijo de Tyr! Él es el alma de nuestra comunidad, un motor que nunca se para. Venció al gigante Hrungnir con su fiel Springfield 1861 y lleva la esquirla de sílex del corazón del gigante encima del ojo como medalla de honor, que además enciende cerillas!

—Mmm. —Los gigantes asintieron con la cabeza, pensando sin duda en lo útil que les sería a ellos para encender sus pipas bajo los fríos vientos de Niflheim.

—¡Y Blitzen, hijo de Freya! —Sonreí a mi amigo enano, cuyos ojos se estaban humedeciendo—. Venció a Eitri Junior en las forjas de Nidavellir y es el creador de la mejor moda de vanguardia de los nueve mundos. ¡Cosió la bolsa de bolos mágica de Peque! Se enfrentó cara a cara con las manos vacías al dragón Alderman y obligó al monstruo a recular. ¡Sus corbatas de acero inoxidable patentadas y sus patos dilatables son la materia de la que están hechas las pesadillas de los jotuns!

Varios gigantes asintieron gimiendo, aterrados.

—¡Basta ya! —espetó Loki—. ¡Esto es ridículo! ¿Qué es toda esta... esta positividad? Magnus Chase, tu peinado sigue siendo horrible y tu ropa...

—¡Hearthstone! —rugí. ¿Eran imaginaciones mías o estaba creciendo? Parecía que ahora podía mirar a mi oponente a los ojos sin estirar el cuello—. ¡El mejor mago de runas de los nueve mundos! ¡Su valentía es legendaria! Está dispuesto a sacrificar cualquier cosa por sus amigos. Ha superado los más horribles desafíos: la muerte de su hermano, el desprecio de su familia...

Se me quebró la voz de la emoción, pero Loki no rompió el silencio. Todos los presentes me miraban expectantes, algunos con lágrimas en los ojos.

—Su propio padre se transformó en dragón —dije—. Y, sin embargo, Hearthstone se enfrentó a él, se enfrentó a sus peores pesadillas y salió victorioso, rompiendo una maldición y venciendo el odio con compasión. Sin él, no estaríamos aquí. Es el elfo más poderoso y más querido que conozco. Es mi hermano.

Hearthstone se llevó la mano al corazón. Tenía la cara rosada como el pañuelo que Alex le había dado.

El capitán Hrym se sorbió la nariz. Parecía que quisiera abrazar al elfo, pero que temiera quedar mal delante de su tripulación.

—Samirah al-Abbas —dije—. ¡Hija de Loki, pero mejor que él!

El dios rio.

—¿Cómo? Esa chica ni siquiera es...

—¡Una valquiria, obligada por juramento a cumplir las misiones más importantes de Odín! —Las palabras me salían ahora fácilmente. Percibía un ritmo en ellas, una cadencia y una seguridad imparables. Tal vez se debía al Hidromiel de Kvasir. O tal vez se debía a que estaba diciendo las mayores verdades que conocía—. ¡Habéis visto su lanza de luz abrasar a vuestras fuerzas en combate! Su resistencia es como el acero. Su fe es inquebrantable. ¡Ha superado el influjo de su padre! ¡Salvó nuestro barco de los temidos vatnavaettirs! ¡Escapó volando del gran Baugi en forma de águila y entregó el Hidromiel de Kvasir a nuestra tripulación! Y lo ha hecho todo al mismo tiempo que ayunaba por el Ramadán.

Varios gigantes dejaron escapar gritos ahogados. Algunos se llevaron las manos a la garganta como si acabasen de darse cuenta de la sed que tenían.

—Samirah —gruñó Loki—, conviértete en lagartija y vete, querida.

Sam lo miró con el ceño fruncido.

—No, padre, ni de coña. ¿Por qué no te conviertes tú?

—¡Oooh! —Algunos gigantes incluso aplaudieron.

Definitivamente, ahora era más alto de lo normal. O, un momento... Loki estaba encogiendo.

Pero necesitaba más. Me volví hacia Alex.

—¡Voy a contártelo todo sobre Alex Fierro!

—¿Te dejas lo mejor para el final? —preguntó ella con un dejo desafiante en la voz.

—¡Es nuestra arma secreta! —dije—. ¡El terror de Jorvik! ¡La creadora de Caras de Barro, el guerrero de cerámica!

—Tengo unos preciosos salvamanteles individuales de Caras de Barro —comentó un gigante con su amigo de al lado.

—¡En la Casa de Chase, este chico decapitó a un lobo sin más armas que un alambre y luego bebió zumo de guayaba del cuerno de mis antepasados!

—¿Chico? —preguntó un gigante.

—Deja que siga —dijo otro.

—¡En una ocasión decapitó a Grimwolf, el lindworm mayor! —continué—. ¡Venció la brujería de Utgard-Loki en un terrorífico torneo de bolos! ¡Se ganó la confianza y el afecto de la diosa Sif! Me mantuvo con vida en la travesía por el mar helado de Niflheim, y cuando ayer me besó debajo de aquella manta... —Miré los ojos de dos colores de Alex—. En fin, fue lo mejor que me ha pasado en la vida.

Me volví hacia el dios. Me ardía la cara. Tal vez me había sincerado un pelín más de lo que pretendía, pero no podía permitir que eso me frenara.

—Loki, ¿me has preguntado quién soy? Soy miembro de este equipo. Soy Magnus Chase, de la planta diecinueve del Hotel Valhalla. Soy hijo de Frey, hijo de Natalie, amigo de Mallory, Medionacido, T. J., Blitzen, Hearthstone, Samirah y Alex. ¡Esta es mi familia! Esta es mi othala. Sé que siempre me apoyarán, y por eso estoy aquí, victorioso, en tu barco, rodeado de mi familia, mientras que tú..., incluso en medio de miles de secuaces, sigues estando solo.

Loki siseó. Retrocedió y topó con un muro de ceñudos draugrs.

—¡No estoy solo! ¡Sigyn! ¡Querida esposa!

Sigyn había desaparecido. En algún momento del duelo debía

de haberse retirado y haberse mezclado con el gentío. Ese acto silencioso era más elocuente que siglos de maltrato verbal.

—¡Alex! ¡Samirah! —Loki intentó esbozar una sonrisa de confianza—. Vamos, queridas. ¡Sabéis que os quiero! No me lo pongáis difícil. Matad a vuestros amigos por mí y todo quedará perdonado.

Alex se ajustó su peluda capa de pieles verde sobre el chaleco.

—Lo siento, mamá. Me temo que tengo que decir que no.

Loki corrió hacia Samirah, quien le hizo retroceder a punta de lanza. El embaucador medía ahora aproximadamente un metro de altura. Trató de cambiar de forma. Le brotó pelo de la frente. En el dorso de sus manos aparecieron escamas de pescado. Nada parecía mantenerse.

—No puedes esconderte de ti mismo, Loki —dije—. Adoptes la forma que adoptes, seguirás siendo tú: solo, despreciado, resentido, desleal. Tus insultos son vacíos y desesperados. No tienes ninguna posibilidad contra nosotros, porque tú no cuentas con ningún «nosotros». Eres Loki, siempre solo.

—¡Os odio a todos! —gritó el dios, echando espumarajos por la boca. Sus poros rezumaban ácido, que siseaba contra la cubierta—. ¡Ninguno de vosotros sois dignos de mi compañía, y mucho menos de mi liderazgo!

A medida que se encogía, su cara llena de cicatrices empezó a tensarse y a crisparse de la ira. Charcos de ácido humeaban a su alrededor. Me preguntaba si era todo el veneno que la víbora de Skadi había vertido sobre él a lo largo de los siglos o si simplemente era parte de su propia esencia. Quizá Sigyn había intentado proteger a su marido de la serpiente porque sabía que ya estaba lleno de veneno. Loki a duras penas podía impedir que su forma humana se licuara en esa sustancia.

—¿Crees que tu alegre discursito sobre la amistad significa algo? —gruñó—. ¿Ahora toca un abrazo de grupo? ¡Me dais asco!

—Tendrás que hablar más alto —dije—. Cuesta oírte; estás muy abajo.

Loki se paseaba echando pestes por encima de los charcos de su veneno, con una estatura que ahora no pasaba de varios centímetros.

—¡Os mataré lentamente! ¡Haré que Hel torture a los espíritus de todos vuestros seres queridos! ¡Conseguiré...!

—¿Escapar? —preguntó Samirah, cerrándole el paso con la punta de su lanza cuando él salió disparado hacia la izquierda. El dios corrió hacia la derecha, pero Alex posó su bota de esquí rosa para detenerlo.

—Va a ser que no, mamá —dijo—. Me gustas ahí abajo. Y, ahora, Mallory Keen tiene un bonito regalo de despedida que darte.

Mack dio un salto hacia delante y sacó la nuez.

—¡No! —chilló Loki—. ¡No, no os atreveréis! Jamás...

Nuestra amiga lanzó la nuez hacia el dios en miniatura y entonces la cáscara se abrió, aspiró a Loki con un espantoso sonido de succión y acto seguido se cerró. La nuez hizo ruido y tembló sobre la cubierta. Una vocecilla gritaba obscenidades dentro, pero la cáscara permaneció cerrada.

Los gigantes miraron la nuez con el ceño fruncido.

El capitán Hrym se aclaró la garganta.

—Ha sido muy interesante. —Se volvió hacia mí—. ¡Enhorabuena, Magnus Chase! Has ganado el duelo verbal con todas las de la ley. ¡Estoy impresionado! Espero que aceptes mis disculpas por tener que mataros a todos.

44

¿Por qué ellos tienen cañones? Yo también quiero

No acepté sus disculpas.

Ni tampoco mis amigos. Formaron un círculo protector a mi alrededor y empezaron a abrirse paso a tajos a través de las filas enemigas, avanzando poco a poco hacia el lado de estribor del barco.

Mallory Keen, que todavía cojeaba de una pierna, recogió su perversa nuez y se la metió en el bolsillo, y a continuación demostró su destreza con las dos dagas clavando sus hojas en la entrepierna del capitán Hrym.

Medionacido y T. J. luchaban como máquinas de matar. No quiero atribuirme el mérito de su entusiasmo, pero se abrían camino a través de las filas de draugrs de una forma impresionante, como si estuvieran decididos a ser tan feroces como yo los había descrito, como si mis palabras los hubieran hecho más grandes mientras que a Loki lo habían hecho más pequeño.

—¡Seguidme! —gritó Sam, abriéndose paso a estribor con un rayo de su lanza de luz. Alex blandía su garrote como un látigo y cortaba las cabezas de todo gigante que se acercase demasiado.

Yo temía que Blitzen acabase pisoteado por la multitud, pero

Hearthstone se arrodilló y colocó al enano sobre sus hombros. Vale, eso era una novedad. Pensé que no tendría la fuerza física suficiente para cargar con Blitz, que era bajo pero robusto y no estaba precisamente hecho un chaval. Sin embargo, Hearth lo logró, y por la naturalidad con que Blitz aceptó el paseo, me dio la impresión de que ya lo habían hecho antes.

Blitz lanzaba corbatas y patos dilatables como collares de carnaval y sembraba el terror entre las tropas enemigas. Mientras tanto, Hearth arrojó una runa familiar hacia la cubierta de proa:

$$\mathsf{M}$$

Ehwaz, la runa del corcel, explotó con una luz dorada. De repente, flotando en el aire por encima de nosotros, apareció nuestro viejo amigo Stanley, el caballo de ocho patas.

Stanley escudriñó el caos y relinchó como diciendo: «¿Un cameo en la escena de lucha? Vale». A continuación se lanzó a la refriega, galopó por los aires sobre los cráneos de los jotuns y sembró el caos general.

Jack vino volando a mi lado zumbando furiosamente.

—Tengo cuatro cosas que decirte.

—¿Qué? —Me agaché cuando una lanza pasó volando por encima de mi cabeza.

—Das ese discurso tan bonito —dijo Jack—. ¿Y a quién dejas fuera? ¿En serio?

Golpeó tan fuerte a un gigante con la empuñadura que el pobre salió volando hacia atrás y derribó a una fila de soldados de caballería zombis como fichas de dominó.

Tragué saliva, avergonzado. ¿Cómo podía haberme olvidado de mi espada? Jack odiaba que se olvidasen de él.

—¡Tú has sido mi arma secreta! —dije.

—¡Eso lo has dicho de Alex!

—Ejem, quería decir que tú has sido mi as en la manga. ¡Estaba reservando lo mejor para, ya sabes, la poesía de urgencia!

—¡Menudo cuento! —Se abrió paso a espadazos a través del grupo de draugrs más cercano como si fuera una batidora.

—Le... le pediré a Bragi, el dios de la poesía, que escriba personalmente un poema épico sobre ti —solté, y me arrepentí de la promesa nada más hacerla—. ¡Eres la mejor espada de la historia! ¡De verdad!

—Un poema épico, ¿eh? —Emitió un fulgor de un tono rojo más brillante, o tal vez era toda la sangre que chorreaba por su hoja—. De Bragi, ¿eh?

—Por supuesto —contesté—. Y ahora larguémonos de aquí. Enséñame de lo que eres capaz para que luego pueda describírselo a Bragi.

—Hum. —Jack giró hacia un gigante urbano y lo cortó en pimpantes trocitos—. Supongo que puedo hacerlo.

Se puso manos a la obra lanzando tajos a nuestros enemigos como un comprador frenético que rebusca en unos percheros en rebajas.

—¡No, no, no! —chilló Jack—. ¡No me gustáis! ¡Fuera de mi camino! ¡Sois feos!

Pronto nuestro grupo de héroes llegó a la barandilla de estribor. Lamentablemente, si saltábamos por la borda nos enfrentábamos a una caída de ciento veinte metros como mínimo hasta las grises aguas heladas. Se me revolvió el estómago. Era el doble de distancia que el salto del palo mayor del *Constitution* que tan mal me había salido.

—Moriremos si saltamos —observó Mallory.

La horda de enemigos nos empujó contra la barandilla. Por muy bien que luchásemos, no haría falta que nuestros enemigos nos dieran para matarnos. Eran tan numerosos que nos aplastarían o nos tirarían por la borda.

Saqué el pañuelo amarillo.

—Puedo invocar a *Milkillgulr* como hicimos en el palacio de Aegir.

—Pero ahora vamos a caer —dijo Alex—. No a flotar hacia arriba. Y no tenemos a Njord para que nos proteja.

—Tiene razón —chilló Blitz, lanzando un generoso puñado de corbatas a sus admiradores—. Aunque el barco no se destroce con el impacto, nuestros huesos sí que lo harán.

Sam miró por el costado.

—Y aunque sobreviviéramos, esos cañones volarían nuestro barco.

—¿Cañones?

Seguí su mirada. No me había fijado, probablemente porque las troneras habían estado cerradas, pero ahora el costado del casco del *Naglfar* estaba lleno de hileras de bocas de cañón.

—No es justo —dije—. Los vikingos no tienen cañones. ¿Cómo es que el *Naglfar* tiene cañones?

T. J. pinchó a un zombi con su bayoneta.

—Presentaré una queja al Comité Regulador del Ragnarok. ¡Pero, sea lo que sea, tenemos que hacerlo ya!

—¡Estoy de acuerdo! —gritó Medionacido, mientras su hacha rebanaba a una manada de lobos esqueléticos.

—Tengo un plan —anunció Sam—. No va a gustaros.

—¡Me encanta! —gritó Blitz—. ¿En qué consiste?

—En saltar —respondió ella.

Alex esquivó una jabalina.

—¿Y lo que hemos dicho antes de rompernos todos los huesos del cuerpo...?

Cuando tu valquiria te dice que saltes, saltas. Yo fui el primero en lanzarme por la borda. Traté de recordar lo que Percy me había enseñado —paracaidista, águila, flecha, trasero—, aunque sabía que cayendo de esa altura, todo daría igual.

Caí al agua con un fuerte ¡paf! Me había muerto suficientes veces para saber qué esperar: un dolor repentino y abrumador seguido de una oscuridad absoluta. Pero no fue lo que ocurrió. En lugar de eso, salí a la superficie, jadeando y tiritando, pero totalmente ileso. Comprendí que algo me mantenía a flote.

El agua se agitaba y borboteaba a mi alrededor como si hubiera caído en un jacuzzi. La corriente tenía un tacto casi sólido entre mis piernas, como si estuviera sentado a horcajadas sobre una criatura esculpida en agua del mar. Justo encima de mí, una cabeza emergió de las olas: un pescuezo fuerte de agua gris, una crin de escarcha, un hocico majestuoso que escupía volutas de vaho gélido por los orificios nasales. Estaba montado en un vatnavaettir: un caballo de agua.

Mis amigos también se zambulleron en el agua, y cada uno cayó sobre el lomo de un espíritu equino. Los vatnavaettirs relincharon y corcovearon cuando empezaron a caer lanzas a nuestro alrededor.

—¡Vámonos! —Sam se lanzó en picado con su lanza resplandeciente y aterrizó en el lomo del caballo de agua líder—. ¡Hacia la desembocadura de la bahía!

Los caballos salieron disparados del Barco de los Muertos. Los gigantes y los draugrs gritaban indignados, las lanzas y las flechas chapoteaban en el mar, los cañones retumbaban y los proyectiles explotaban tan cerca de nosotros que nos salpicaban de agua, pero los vatnavaettirs eran más rápidos y más manejables que cualquier barco. Zigzaguearon y atravesaron la bahía como cohetes a una velocidad increíble.

Jack se me acercó volando.

—Eh, ¿has visto cómo he destripado a ese?

—Sí —contesté—. ¡Ha sido increíble!

—¿Y cómo le he cortado los miembros a ese jotun?

—¡Y tanto!

—Espero que hayas tomado notas para el poema épico de Bragi.

—¡Por supuesto! —Tomé nota mental de que tenía que empezar a tomar más notas mentales.

Otra figura equina pasó zumbando por encima de nosotros: Stanley, el caballo de ocho patas, que venía a comprobar que estábamos bien. Relinchó como diciendo: «Bueno, supongo que ya hemos terminado. ¡Que paséis un buen día!».

A continuación subió disparado hacia las nubes de color gris oscuro.

Mi caballo de agua era sorprendentemente cálido, como un animal vivo, lo que impidió que las piernas y la entrepierna se me congelasen por completo en el agua glacial. Aun así, me acordé de las historias de Mallory y Medionacido sobre vatnavaettirs que arrastraban a sus víctimas al fondo del mar. ¿Cómo estaba controlándolos Samirah? Si la manada decidía darse una zambullida, estábamos muertos.

Sin embargo, seguimos avanzando hacia el desfiladero de los glaciares en la desembocadura de la bahía. Ya podía ver cómo el agua empezaba a congelarse de nuevo y los témpanos de hielo se cuajaban y endurecían. El verano en Niflheim, que duraba unos doce minutos, había terminado.

Detrás de nosotros, el estruendo de los cañones se oía por encima del agua, pero el barco *Naglfar* seguía amarrado. Solo esperaba que como su almirante estaba encerrado en una nuez, la nave se viera obligada a permanecer atracada.

Salimos disparados de la bahía al mar helado, mientras nuestros caballos de agua se abrían camino cuidadosamente a través de los témpanos de hielo partidos. Luego giramos al sur hacia el mar abierto de Jotunheim, mucho más seguro aun estando plagado de monstruos.

45

Si os enteráis de lo que pasa en este capítulo, por favor, decídmelo porque yo no entiendo ni papa

Tres días es mucho tiempo para navegar con una nuez malvada.

Después de que los caballos de agua nos dejaran —«Se han aburrido», explicó Sam, cosa que preferíamos a que nos ahogaran—, yo invoqué *El Plátano Grande* y todos subimos a bordo, y Hearthstone consiguió invocar la runa del fuego, kenaz, que nos salvó de morir congelados. Navegamos hacia el oeste, confiando en que nuestro barco mágico nos llevara a donde teníamos que ir.

Las primeras doce horas aproximadamente, actuamos impulsados por adrenalina y terror puros, nos pusimos ropa seca, le curé el pie a Mallory, comimos y no hablamos mucho (gruñíamos y señalábamos las cosas que necesitábamos). Ninguno pegó ojo. Sam recitó sus oraciones, una proeza increíble, ya que el resto de nosotros no podríamos haber formado frases simples.

Finalmente, cuando el sol gris se puso y el mundo todavía no había tocado a su fin, empezamos a creernos lo que había pasado: que el *Naglfar* no había zarpado detrás de nosotros, que Loki no escaparía de su diminuta cárcel, que el Ragnarok no empezaría ese verano y que habíamos sobrevivido.

Mallory agarraba la nuez, negándose a soltarla. Estaba acurrucada contra la proa examinando el mar con los ojos entornados, mientras su pelo se agitaba al viento. Después de una hora más o menos, Medionacido Gunderson se sentó a su lado y ella no lo mató. Él le murmuró un largo rato; unas palabras que no me esforcé por oír. Ella se puso a llorar y expulsó algo que parecía casi tan amargo como el veneno de Loki. Medionacido la rodeó con el brazo; no parecía exactamente contento, sino más bien satisfecho.

Al día siguiente, Blitzen y Hearthstone se pusieron en plan padrazos y se aseguraron de que todo el mundo tenía comida, de que todo el mundo estaba caliente y de que nadie estaba solo si no quería estarlo. Hearth pasó mucho tiempo escuchando a T. J. hablar de la guerra y la esclavitud y lo que constituía un desafío honorable. Hearth escuchaba de maravilla.

Blitz estuvo sentado con Alex Fierro toda la tarde enseñándole a hacer un chaleco de malla. Yo no estaba seguro de que ella necesitara un chaleco de malla, pero la costura parecía calmarlos a los dos.

Después de sus oraciones vespertinas, Samirah se me acercó para ofrecerme un dátil y masticamos nuestros frutos contemplando cómo las extrañas constelaciones de Jotunheim parpadeaban por encima de nosotros.

—Estuviste increíble —dijo.

Hice una pausa para asimilarlo. Samirah no era muy dada a prodigar elogios, del mismo modo que Mallory no era muy dada a prodigar disculpas.

—Bueno, no fue poesía —contesté al fin—. Más bien puro pánico.

—Puede que no haya mucha diferencia. Acepta el cumplido, Chase.

—Vale. Gracias. —Me quedé de pie a su lado observando el horizonte. Era agradable estar con una amiga disfrutando de las estrellas, sin tener que preocuparme de si me moría durante los próximos cinco minutos.

—Tú también lo hiciste fenomenal —dije—. Le plantaste cara a Loki y lo venciste.

Sam sonrió.

—Sí. Esta noche he tenido que dar muchas gracias en mis oraciones.

Asentí con la cabeza. Me preguntaba si yo también debería dar las gracias a alguien..., aparte de a mis amigos del barco, claro. A Sigyn, quizá, por su ayuda silenciosa y su resistencia pasiva a su marido. Si los dioses volvían a encerrar a Loki en la cueva, me preguntaba si lo acompañaría.

Tal vez el tío Randolph también mereciese un agradecimiento por dejarme aquellas notas sobre el Hidromiel de Kvasir. Había intentado hacer algo correcto al final, por mucho que me hubiera traicionado.

Al pensar en él me acordé de las voces de Helheim que me habían tentado a unirme a ellas en la oscuridad. Guardé ese recuerdo bajo llave. No me sentía suficientemente fuerte para hacerle frente aún.

Sam señaló a Alex, que se estaba probando su nuevo chaleco.

—Deberías ir a hablar con ella, Magnus. Menuda bomba soltaste en el duelo.

—¿Te refieres a...? Oh. —Se me encogió el estómago de la vergüenza, como si intentara esconderse detrás del pulmón derecho. Delante de mis siete mejores amigos y varios miles de enemigos, había anunciado lo mucho que me había gustado el beso de Alex.

Sam rio entre dientes.

—Seguramente, ella no se enfade mucho. Ve. Sácatelo de encima.

Para ella era fácil decirlo. Sabía exactamente en qué punto de su relación con Amir se encontraba. Estaba felizmente prometida y no tenía que preocuparse por los besos secretos debajo de las mantas porque era una buena chica musulmana y nunca haría algo así. Yo, por desgracia, no era una buena chica musulmana.

Me acerqué a Alex. Blitzen me vio venir, me saludó nervioso con la cabeza y escapó.

—¿Te gusta, Magnus? —Alex extendió los brazos, luciendo su rutilante nueva prenda.

—Sí —dije—. No a mucha gente le queda bien un chaleco de malla con estampado escocés.

—No es escocés —me corrigió—. Es más bien a cuadros.

—Vale.

—Bueno... —Se cruzó de brazos y suspiró, examinándome en plan «¿Qué vamos a hacer contigo?». Era una mirada que había recibido de profesores, entrenadores, trabajadores sociales, policías y algunos de mis parientes más cercanos—. Tu declaración en el *Naglfar*... me pilló totalmente por sorpresa, Magnus.

—Yo... ejem. Sí. La verdad es que no lo pensé.

—Está claro. ¿A qué vino eso?

—Pues al beso que me diste.

—Me refiero a que no puedes sorprender a alguien así. ¿De repente soy lo mejor que te ha pasado en la vida?

—Yo... yo no dije eso exactamente... —Me interrumpí—. Mira, si quieres que lo retire...

No podía formar un razonamiento completo. Y no veía la forma de escapar de esa conversación con mi dignidad intacta. Me pregunté si estaría sufriendo el síndrome de abstinencia del Hidromiel de Kvasir y pagando el precio por mi actuación triunfal en el *Naglfar*.

—Voy a necesitar algo de tiempo —dijo Alex—. O sea, me siento halagada, pero todo esto es muy repentino...

—Ah.

—No salgo con cualquier einherji con cara bonita y peinado chulo.

—No. Sí. ¿Cara bonita?

—Te agradezco la oferta. En serio. Pero vamos a aparcarlo de momento y ya te diré algo. —Levantó las manos—. Un poquito de espacio, Chase.

Se alejó a grandes zancadas y miró atrás con una sonrisita que hizo que se me enroscaran las uñas de los pies en los calcetines de lana.

Hearthstone apareció a mi lado, con una expresión inescrutable como siempre. Su bufanda, por motivos desconocidos, era ahora de cuadros rojos y blancos. Observamos cómo Alex se marchaba.

—¿Qué ha pasado? —le pregunté.

«No hay palabras para eso en la lengua de signos», dijo.

Nuestra tercera mañana en el mar, T. J. gritó desde la driza:

—¡Eh! ¡Tierra!

Yo pensaba que la expresión era «Tierra a la vista», pero tal vez en la guerra de Secesión hacían las cosas de otra forma. Todos nos dirigimos atropelladamente a la proa de *El Plátano Grande*. Un inmenso paisaje llano de color rojo y dorado se extendía a través del horizonte, como si navegáramos directamente hacia el desierto del Sáhara.

—Eso no es Boston —observé.

—Ni siquiera es Midgard. —Medionacido frunció el entrecejo—. Si nuestro barco ha seguido las corrientes que habría tomado el *Naglfar*, eso quiere decir...

—Que vamos a atracar en Vigridr —terció Mallory—. El Último Campo de Batalla. Este es el sitio en el que todos moriremos algún día.

Por extraño que parezca, nadie gritó: «¡Dad la vuelta al barco!».

Nos quedamos paralizados mientras *El Plátano Grande* nos llevaba al interior, rumbo a uno de los tropecientos muelles que sobresalían de las olas. Al final del embarcadero, un grupo de figuras nos esperaba: hombres y mujeres, todos espléndidos con sus armaduras brillantes y sus capas de vivos colores. Los dioses habían aparecido para recibirnos.

46

Gano un albornoz esponjoso

A lo largo de la orilla desierta, que contaba con el paseo marítimo más largo del universo, se extendían miles de quioscos vacíos y kilómetros de puntos para hacer cola, con indicadores que señalaban hacia aquí y hacia allá:

JOTUNS ➝

⟵ AESIR

TAQUILLA ➝

⟵ GRUPOS ESCOLARES

Nuestro muelle tenía un gran letrero rojo con un pájaro estilizado y un gran número rojo. Debajo, en nuestro idioma y en runas, el letrero rezaba:

¡RECUERDA, HAS APARCADO EN CUERVO CINCO!

¡QUE PASES UN BUEN RAGNAROK!

Pensé que nuestra plaza de aparcamiento podría haber sido peor. Podríamos haber atracado en Conejito Doce o Hurón Uno.

Reconocí a muchos de los dioses del comité de bienvenida. Frigg estaba ataviada con su vestido de nubes blancas y su reluciente casco de guerra, y llevaba su bolsa de material de punto debajo del brazo. Sonrió dulcemente a Mallory.

—¡Hija mía, sabía que lo conseguiríais!

No estaba seguro de si se refería a que lo sabía porque podía adivinar el futuro o porque tenía confianza en nosotros, pero de todas formas me pareció un bonito comentario por su parte.

Heimdal, el guardián del puente del arcoíris, me sonrió, con sus ojos totalmente blancos como la leche helada.

—¡Os he visto venir a ocho kilómetros de distancia, Magnus! Ese barco amarillo... ¡Qué pasada!

Thor parecía recién levantado. Tenía el cabello pelirrojo aplastado en un lado y la cara surcada de marcas de almohada. Su martillo, *Mjolnir*, le colgaba del cinturón, sujeto a los pantalones con una cadena de bicicleta. Se rascó sus peludos abdominales por debajo de su camiseta de Metallica y se tiró afablemente un pedo.

—He oído que has convertido a Loki en un hombrecillo de cinco centímetros. ¡Bien hecho!

Su esposa, Sif, que llevaba el cabello rubio suelto, corrió a abrazar a Alex Fierro.

—Estás preciosa, querida. ¿Ese chaleco es nuevo?

Un hombre corpulento de piel morena, calva reluciente y coraza de cuero negra al que no había visto nunca ofreció la mano izquierda a Thomas Jefferson Junior. Al dios le faltaba la mano derecha y tenía la muñeca cubierta con una chapa de oro.

—Hijo mío, has estado muy bien.

T. J. se quedó boquiabierto.

—¿Papá?

—Coge mi mano.

—Yo...

—Te desafío a que cojas mi mano —se corrigió el dios Tyr.

—¡Acepto! —dijo T. J., y dejó que lo subiera al muelle.

Odín llevaba un traje de tres piezas de malla gris oscuro que deduje que el propio Blitzen le había hecho a medida. El Padre de Todos tenía la barba perfectamente recortada y el parche de su ojo brillaba como el acero inoxidable. Sus cuervos, Pensamiento y Recuerdo, se hallaban posados en sus hombros, y sus plumas negras combinaban de maravilla con su chaqueta gris.

—Hearthstone —dijo—, buen trabajo con la magia rúnica, muchacho. ¡Los trucos de visualización que te enseñé deben de haber dado buenos resultados!

El elfo sonrió débilmente.

Otros dos dioses avanzaron desde el fondo del grupo. Nunca los había visto juntos, pero ahora resultaba evidente lo mucho que los dos hermanos gemelos se parecían. Freya, la diosa del amor y la riqueza, resplandecía con su vestido dorado, envuelta en aroma a rosas.

—¡Oh, Blitzen, mi chico guapo!

Derramó lágrimas de color rojo dorado por un valor aproximado de cuarenta mil dólares por todo el muelle mientras abrazaba a su hijo.

A su lado estaba mi padre, Frey, el dios del verano. Con sus tejanos gastados, su camisa a cuadros y sus botas, y el pelo y la barba rubios descuidados, parecía que acabara de volver de una excursión de tres días.

—Magnus —dijo, como si nos hubiéramos visto hacía cinco minutos.

—Hola, papá.

Alargó la mano con aire vacilante y me tocó el brazo.

—Buen trabajo. De verdad.

Jack, que estaba convertido en piedra rúnica, zumbó y tiró hasta que lo desenganché de la cadena del cuello. Adoptó forma de espada, con sus ojos morados brillantes de irritación.

—Hola, Jack —dijo, imitando la voz grave de Frey—. ¿Cómo te va, Jack, viejo amigo?

Mi padre hizo una mueca.

—Hola, *Sumarbrander*. No pretendía hacerte el vacío.

—Sí, claro. ¡Pues que sepas que Magnus va a pedirle a Bragi que componga un poema épico sobre mí!

Frey arqueó una ceja.

—¿Ah, sí?

—Esto...

—¡Lo que oyes! —Jack resopló—. ¡Frey nunca consiguió que Bragi escribiera un poema épico sobre mí! Lo único que me dio fue una ridícula tarjeta de felicitación por el Día de la Espada.

Incorporación a mis notas mentales: existía una cosa llamada Día de la Espada. Maldije en silencio la industria de las tarjetas de felicitación.

Mi padre sonrió con cierta tristeza.

—Tienes razón, Jack. Una buena espada merece un buen amigo. —Me apretó el hombro—. Y parece que tú has encontrado uno.

Agradecí el alentador comentario. Por otra parte, temí que mi padre hubiera convertido mi apresurada promesa de buscar a Bragi en un decreto por mandato divino.

—¡Amigos! —gritó Odín—. ¡Retirémonos a nuestra tienda de banquetes en el campo de Vigridr! ¡He reservado el pabellón Lindworm Siete! Es aquel de allí. Si os perdéis, seguid las flechas color malva. Una vez reunidos —su expresión se volvió pensativa—, debatiremos el destino de todos los seres vivos.

Creedme, con estos dioses ni siquiera se puede comer sin debatir el destino de todos los seres vivos.

El pabellón de banquetes estaba instalado en medio del campo de Vigridr, que se encontraba muy lejos de los muelles, ya que (según Samirah) Vigridr se extendía quinientos kilómetros en todas direcciones. Afortunadamente, Odín había dispuesto una pequeña flota de cochecitos de golf.

El paisaje estaba compuesto en su mayoría por praderas rojizas y doradas, con algún que otro río, colina y arboleda, para variar. El pabellón propiamente dicho estaba hecho de cuero curtido y con los laterales abiertos. Dentro, la chimenea principal estaba encendida y las mesas repletas de comida. Me recordó las fotos que había visto en antiguas revistas de viajes de gente que participaba en safaris de lujo y se daba banquetes en plena sabana africana. A mi madre le encantaban las revistas de viajes.

Los dioses se sentaron a la mesa de los thanes, como era de esperar. Las valquirias corrían de un lado a otro sirviendo a todo el mundo, aunque se distraían cuando veían a Samirah y se acercaban a abrazarla y a cotillear con ella.

Una vez que todo el mundo estuvo acomodado y el hidromiel servido, Odín pronunció con voz grave:

—¡Sacad la nuez!

Mallory se levantó y, tras lanzar una mirada rápida a Frigg, que asintió con la cabeza en señal de aliento, se dirigió al pedestal de piedra situado delante de la chimenea y dejó la nuez. Acto seguido volvió a su asiento.

Todos los dioses se inclinaron hacia delante. Thor echaba chispas por los ojos, Tyr entrelazó los dedos de su mano izquierda con los apéndices inexistentes de su mano derecha y Frey se acarició su barba rubia.

Freya hizo un mohín.

—No me gustan las nueces, aunque sean una magnífica fuente de ácidos grasos omega tres.

—Esta nuez no tiene valor nutricional, hermana —dijo Frey—. Contiene a Loki.

—Ya lo sé. —Ella frunció el ceño—. Lo decía en general...

—¿Está Loki bien encerrado? —preguntó Tyr—. ¿No saldrá de repente y me retará a un duelo personal?

El dios parecía pensativo, como si hubiera estado soñando con esa posibilidad.

—La nuez lo contendrá —aseguró Frigg—. Al menos hasta que volvamos a encadenarlo.

—¡Bah! —Thor levantó el martillo—. ¡Debería aplastarlo ahora mismo! Nos ahorraría a todos muchos problemas.

—Cariño —dijo Sif—, ya lo hemos hablado.

—Ya lo creo —asintió Odín, y sus cuervos graznaron en el alto respaldo de su trono—. Mi noble hijo Thor, hemos tratado este tema aproximadamente ocho mil seiscientas treinta veces. No sé si escuchas atentamente. No podemos cambiar nuestro destino anunciado.

Thor resopló.

—¿Para qué sirve ser un dios entonces? ¡Tengo un martillo perfecto, y esta nuez está suplicando que la casque! ¡¿Por qué no cascarla?!

A mí me pareció un plan bastante razonable, pero no lo dije. No acostumbraba a llevarle la contraria a Odín el Padre de Todos, que controlaba el más allá y mi derecho al minibar en el Hotel Valhalla.

—Tal vez... —dije, y me cohibí cuando todas las miradas se volvieron hacia mí—. No sé..., podríamos pensar un sitio más seguro para mantenerlo. Por ejemplo, y estoy pensando en voz alta, ¿una cárcel de máxima seguridad con carceleros de verdad? ¿Y cadenas que no estén hechas con los intestinos de sus hijos? De hecho, creo que podríamos pasar totalmente de hacerlas con cualquier tipo de intestinos...

Odín rio entre dientes, como si yo fuera una mascota que hubiera aprendido una nueva gracia.

—Magnus Chase, tú y tus amigos os habéis comportado de forma valiente y noble. Ahora debéis dejar el asunto en manos de los dioses. No podemos introducir cambios significativos en el castigo de Loki. Solo podemos restituirlo a como era, de forma que controlemos la gran secuencia de hechos que desemboque en el Ragnarok. Por lo menos de momento.

—Grrr. —Thor se bebió su hidromiel—. No hacemos más que retrasar el Ragnarok. ¿Por qué no acabamos de una vez? ¡Me vendría bien un buen combate!

—Hijo mío —dijo Frigg—, estamos retrasando el Ragnarok porque destruirá el cosmos tal como lo conocemos, y porque la mayoría de nosotros moriremos. Tú incluido.

—Además —añadió Heimdal—, ahora tenemos la capacidad de hacer selfis de calidad con nuestros móviles. ¿Te imaginas lo que mejorará la tecnología dentro de unos siglos? ¡Estoy deseando emitir el apocalipsis en realidad virtual a mis millones de *followers* de la cibernube!

Tyr señaló un bosquecillo cercano de árboles dorados con expresión pensativa.

—Yo moriré allí... a manos de Garm, el perro guardián de Hel, pero no sin antes reventarle la cabeza. Estoy deseando que llegue ese día. Sueño con los colmillos de Garm desgarrándome el estómago.

Thor asintió con la cabeza de forma comprensiva, como pensando: «¡Sí, qué buenos ratos!».

Oteé el horizonte. Yo también estaba destinado a morir en el Ragnarok, suponiendo que antes no me matasen en una misión peligrosa. No sabía dónde sería exactamente, pero podíamos estar comiendo en el mismo sitio en el que yo sería empalado, o Medionacido sería abatido con una espada en la barriga, o Alex... No podía pensar en ello. De repente me dieron ganas de estar en cualquier sitio menos allí.

Samirah llamó la atención tosiendo.

—Lord Odín —dijo—, ¿qué planes tiene entonces para Loki, ya que sus ataduras originales fueron cortadas?

El Padre de Todos sonrió.

—No te preocupes, mi valiente valquiria. Loki será devuelto a la cueva de castigo. Lanzaremos nuevos encantamientos en el lugar para ocultar su situación y evitar más brechas. Volveremos a forjar sus cadenas y nos aseguraremos de que son más resistentes que nunca. Los mejores herreros enanos han aceptado el encargo.

—¿Los mejores herreros enanos? —preguntó Blitz.

Heimdal asintió con la cabeza, entusiasmado.

—¡Eitri Junior nos ha hecho una oferta por las cuatro ataduras!

Blitz empezó a soltar juramentos, pero Hearthstone tapó la boca a su amigo. Yo estaba convencido de que Blitzen se levantaría y empezaría a lanzar patos dilatables en un arrebato de ira.

—Entiendo... —dijo Samirah, a quien claramente no le entusiasmaba el plan de Odín.

—¿Y Sigyn? —pregunté—. ¿La dejará quedarse otra vez al lado de Loki si así lo desea?

Odín frunció el ceño.

—No lo había pensado.

—No haría ningún mal —dije rápidamente—. Ella... ella tiene buenas intenciones. Estoy convencido de que no quería que él escapase.

Los dioses murmuraron entre ellos.

Alex me lanzó una mirada inquisitiva; sin duda se preguntaba por qué me interesaba tanto la esposa de Loki. Yo tampoco estaba seguro de por qué me parecía tan importante. Si Sigyn quería estar al lado de su marido, ya fuese por compasión o por otro motivo, me parecía lo mínimo que los dioses podían hacer por ella. Sobre todo considerando que habían asesinado a sus hijos y utilizado sus entrañas como cadenas para sujetar a su padre.

Me acordé de lo que Loki me había dicho sobre el bien y el mal, los dioses y los gigantes. Tenía razón. Yo no estaba necesariamente sentado con los buenos. Solo estaba sentado con uno de los bandos de la guerra definitiva.

—Muy bien —decidió Odín—. Sigyn podrá quedarse con Loki, si lo desea. ¿Alguna otra pregunta sobre el castigo de Loki?

Me di cuenta de que muchos de mis amigos tenían ganas de levantarse y decir: «Sí. ¡¿Estáis locos?!».

Pero ninguno lo hizo, ningún dios puso objeciones ni sacó armas.

—Debo decir —comentó Freya— que esta es la mejor reunión divina que hemos celebrado en siglos. —Me sonrió—. Procuramos no coincidir muchos de los nuestros en el mismo sitio. Normalmente, da problemas.

—La última vez fue el duelo verbal con Loki —masculló Thor—. En el palacio de Aegir.

No me gustaba que me recordasen a Aegir, pero me trajo a la memoria cierta promesa.

—Lord Odín, yo... yo me comprometí a llevarle a Aegir una muestra del Hidromiel de Kvasir como recompensa por que no nos matara y nos dejara marchar, pero...

—No temas, Magnus Chase. Hablaré con él en tu nombre. Puede que hasta le conceda una pequeña muestra del Hidromiel de Kvasir de mi reserva especial, suponiendo que me incluya en la lista de afortunados que disfrutan de su hidromiel con especias de tarta de calabaza.

—Y a mí —dijo Thor.

—Y a mí —dijeron los demás dioses, levantando las manos.

Parpadeé.

—¿Tienen... una reserva especial de Hidromiel de Kvasir?

—¡Pues claro! —contestó Odín.

Eso planteaba interesantes preguntas, como por qué los dioses nos habían hecho correr por todo el universo arriesgando nuestras vidas para robarle ese hidromiel a los gigantes cuando Odín podría haberme dado un poco. Probablemente, esa simple solución no se le había ocurrido al Padre de Todos. Él mandaba, no compartía.

Mi mirada se cruzó con la de mi padre, que movió la cabeza como diciendo: «No preguntes. Los Aesir son raros».

—¡Bueno, pues! —Odín dio un puñetazo en la mesa—. Estoy de acuerdo con Freya. Esta reunión ha ido sorprendentemente bien. Cogeremos la nuez. Y a vosotros, héroes, os enviaremos de vuelta al Valhalla para que disfrutéis de un gran banquete en vuestro honor. ¿Algún asunto más antes de que levantemos la sesión?

—Lord Odín —dijo Frey—. Mi hijo y sus amigos nos han sido de mucha ayuda. ¿No deberíamos... recompensarles? ¿No es lo habitual?

—Mmm. —El Padre de Todos asintió con la cabeza—. Tienes razón. ¡Podría convertirlos a todos en einherjar del Valhalla! Pero, ah, casi todos ya lo son.

—Y al resto de nosotros —añadió Sam rápidamente— nos gustaría seguir vivos un poco más, lord Odín, si no le importa.

—¡Ya está! —dijo el dios—. ¡Como recompensa, nuestros héroes vivos podrán seguir con vida! Y también os regalaré a cada uno cinco copias autografiadas de mi nuevo libro, *Heroísmo motivacional*. En cuanto a los einherjar, además del banquete de celebración y los libros, os premiaré con un albornoz de algodón turco del Hotel Valhalla para cada uno de vosotros. ¿Qué me decís?

Odín parecía tan satisfecho consigo mismo que ninguno de nosotros se sintió con el valor de quejarse. Nos limitamos a asentir con la cabeza y a sonreír con poco entusiasmo.

—Mmm, un albornoz de algodón turco —dijo T. J.

—Mmm, seguir con vida —comentó Blitz.

Nadie mencionó los libros de motivación autografiados.

—Por último, Magnus Chase —dijo el Padre de Todos—, tengo entendido que fuiste tú el que se enfrentó cara a cara con Loki y se llevó la peor parte de sus crueles insultos. ¿Quieres pedir algún favor especial a los dioses?

Tragué saliva. Miré a mis amigos, tratando de hacerles saber que no me parecía justo recibir un trato especial. La derrota de Loki había sido un trabajo en equipo. De eso se trataba. Lo habíamos atrapado gracias a los elogios que había dedicado a nuestro equipo, no a mi talento.

Además, no tenía una lista de favores en el bolsillo trasero. Era un hombre con pocas necesidades. Vivía feliz sin favores.

Entonces me acordé del último acto de reparación del tío Randolph al tratar de conducirme al Hidromiel de Kvasir. Pensé en lo triste y solitaria que parecía su casa ahora, y en lo feliz y tranquilo que me había sentido en la terraza con Alex Fierro. Incluso me acordé de un consejo que el anillo de Andvari me había susurrado mentalmente, justo antes de que devolviera el tesoro al pez.

Othala. Herencia. La runa más difícil de entender.

—Lo cierto, lord Odín —dije—, es que hay un favor que me gustaría pedir.

47

Sorpresas para todos, algunas incluso buenas

El típico trayecto de vuelta a casa.

Viajamos en cochecitos de golf, tratando de recordar dónde habíamos atracado el buque de guerra, navegamos hacia la peligrosa desembocadura de un río desconocido, fuimos absorbidos por rápidos que nos lanzaron despedidos a los túneles de debajo del Valhalla, saltamos de un barco en marcha y vimos cómo *El Plátano Grande* desaparecía en la oscuridad, sin duda para recoger al siguiente grupo de afortunados aventureros a los que les esperaban la gloria, la muerte y las artimañas para aplazar el Ragnarok.

Los demás einherjar nos recibieron como héroes y nos llevaron al salón de banquetes para celebrarlo a lo grande. Allí descubrimos que Helgi había preparado una sorpresa especial a Samirah, gracias a un chivatazo del mismísimo Odín. De pie junto a nuestra mesa habitual, con aspecto muy confundido y una tarjeta de identificación colgada del cuello que proclamaba VISITANTE. ¡MORTAL! ¡NO MATAR!, se hallaba Amir Fadlan.

Parpadeó varias veces cuando vio a Sam.

—E-estoy hecho un lío. ¿Eres real?

Ella se llevó las manos a la cara mientras los ojos se le llenaban de lágrimas.

—Oh, soy real. Me muero de ganas de darte un abrazo.

Alex señaló a la multitud que entraba a raudales para cenar.

—Será mejor que no lo hagas. Como aquí todos somos tu familia, tienes delante a varios miles de carabinas armados hasta los dientes.

Me di cuenta de que Alex se incluía en ese grupo. En algún momento del viaje a casa, había pasado a ser varón.

—Aquí es... —Amir miró a su alrededor asombrado—. ¿Aquí es donde trabajas, Sam?

Ella emitió un ruido a medio camino entre una risa y un sollozo alegre.

—Sí, amor mío. Lo es. Y es *Eid al-Fitr*, ¿verdad?

Amir asintió con la cabeza.

—Nuestras familias piensan cenar juntas esta noche. Ahora mismo. No sabía si estarías libre para...

—¡Sí! —Samirah se volvió hacia mí—. ¿Puedes pedirles disculpas a los thanes de mi parte?

—No tienes por qué disculparte —le dije en tono tranquilizador—. ¿Significa eso que el Ramadán ha terminado?

—¡Sí! —Sonreí.

—Te invito a almorzar un día de esta semana. Iremos a comer al sol y no pararemos de reír.

—¡Trato hecho! —Extendió los brazos—. Abrazo al aire.

—Abrazo al aire —convine.

Alex sonrió.

—Con vuestro permiso, me parece que estos van a necesitar mis servicios de carabina.

Yo no quería darle permiso, pero no tenía otra opción. Sam, Amir y Alex se fueron corriendo a celebrar el *Eid* y a zampar enormes cantidades de deliciosa comida.

El resto de nosotros pasamos la noche bebiendo hidromiel, recibiendo palmaditas en la espalda varios miles de veces y oyendo a los thanes dar discursos sobre lo estupendos que éramos, aunque la calidad de los héroes era muy superior en sus tiempos. Arriba, en las ramas del árbol Laeradr, ardillas, wombats y pequeños ciervos corrían de un lado a otro como siempre. Las valquirias iban a toda velocidad aquí y allá, sirviendo comida e hidromiel.

Hacia el final del banquete, Thomas Jefferson, Jr. intentó enseñarnos algunas de sus antiguas canciones de marcha del Regimiento Cincuenta y cuatro de Massachusetts, y Medionacido Gunderson y Mallory se lanzaban platos por turnos y se revolcaban por los pasillos, besándose, mientras los demás vikingos se reían de ellos. Me alegraba el corazón verlos otra vez juntos..., aunque también me hacía sentir un poco vacío.

Blitzen y Hearthstone se habían vuelto tan habituales del Valhalla que Helgi anunció que iban a nombrarlos invitados de honor del hotel, donde tendrían libertad para moverse a sus anchas, aunque aclaró que no tendrían habitaciones, ni llaves del minibar, ni inmortalidad, de modo que debían actuar en consecuencia y evitar los proyectiles voladores. Recibieron unos grandes cascos en los que ponía EINHERJI DE HONOR, con los que no parecieron muy entusiasmados.

Cuando la fiesta estaba terminando, Blitzen me dio unas palmaditas en la espalda, que me dolía de todas las demás palmaditas que había recibido esa noche.

—Nos vamos, chaval. Tenemos que dormir.

—¿Seguro? —pregunté—. Todo el mundo va a ir a la fiesta de después. Vamos a jugar a tirar de la cuerda sobre un lago de chocolate.

«La cosa promete», dijo Hearthstone por señas. «Pero te veremos mañana. ¿Vale?»

Yo sabía que lo que realmente me estaba preguntando era si el favor que le había pedido a Odín iba en serio.

—Sí —prometí—. Mañana, entonces.

Blitz sonrió.

—Eres un buen tío, Magnus. ¡Va a ser alucinante!

El juego de la cuerda fue divertido, pero nuestro equipo perdió. Creo que tuvo algo que ver con que Hunding fuera nuestra ancla y quisiera bañarse en chocolate.

Al final de la noche, agotado, feliz y empapado en sirope de chocolate, volví tambaleándome a mi habitación. Al pasar por delante de la puerta de Alex Fierro, me detuve un instante a escuchar, pero no oí nada. Todavía estaría disfrutando del *Eid al-Fitr* con Sam y Amir. Esperaba que se lo estuvieran pasando en grande. Se lo merecían.

Entré en mi habitación dando traspiés y me quedé en el recibidor chorreando chocolate por toda la alfombra. Afortunadamente, en el hotel había un estupendo servicio de limpieza. Me acordé de la primera vez que había entrado en la habitación, el día que había muerto cayendo del puente de Longfellow. Me había quedado mirando maravillado las instalaciones: la cocina, la biblioteca, el sofá y la tele de pantalla grande, y el gran atrio con el cielo nocturno estrellado titilando a través de las ramas del árbol.

Ahora había más fotos sobre la repisa de la chimenea. Una o dos aparecían por arte de magia cada semana. Algunas eran viejos retratos de mi familia: mi madre, Annabeth, incluso el tío Randolph y sus hijas y su esposa en épocas más felices. Pero también había fotografías nuevas: mis amigos de la planta diecinueve y yo, o una foto que me había hecho con Blitz y Hearth cuando éramos sintechos. Le habíamos pedido prestada la cámara a alguien para hacernos un selfi de grupo. No tenía ni idea de cómo el Hotel Valhalla había rescatado esa instantánea del éter. Tal vez

Heimdal tenía una biblioteca en la nube con todos los selfis de la historia.

Por primera vez, me di cuenta de que entrar en esa habitación era como volver a casa. Puede que no viviera eternamente en el hotel. De hecho, esa tarde había comido en el sitio donde seguramente moriría algún día. Aun así, era un lugar agradable en el que colgar la espada.

Hablando del tema... Me quité la cadena del cuello, con cuidado de no despertar a Jack, y dejé el colgante de la runa sobre la mesita para el café. Él tarareaba satisfecho en sueños; probablemente soñaba con *Contracorriente*, la espada de Percy, y con todas las demás armas que había amado. No sabía cómo iba a localizar al dios Bragi y a conseguir que escribiese un poema épico sobre Jack, pero era un problema que tendría que esperar a otro día.

Acababa de quitarme la pegajosa camiseta empapada en chocolate cuando una voz dijo detrás de mí:

—Deberías cerrar la puerta antes de empezar a cambiarte.

Me volví.

Alex estaba apoyado contra el marco de la puerta, con los brazos cruzados sobre el chaleco de malla y las gafas rosa en la punta de la nariz. Movió la cabeza con gesto de incredulidad.

—¿Has perdido un combate de lucha en el barro?

—¿Eh? —Miré abajo—. Es chocolate.

—Vale. No voy a preguntar.

—¿Qué tal el *Eid*?

Se encogió de hombros.

—Bien, supongo. Mucha gente feliz de fiesta. Mucha comida y mucha música. Parientes que se abrazaban. No era mi rollo, la verdad.

—Ya.

—He dejado a Sam y Amir en buena compañía con sus familias. Parecían... «Felices» no es suficiente para describirlo. ¿Encantados? ¿Extasiados?

—¿Colados hasta las trancas? —propuse—. ¿En el séptimo cielo?

Alex me miró a los ojos.

—Sí. Eso sirve.

Ploc, ploc... Gotas de chocolate caían de las puntas de mis dedos de una forma totalmente irresistible y atractiva.

—En fin —dijo Alex—, estaba pensando en tu propuesta.

Se me hizo un nudo en la garganta. Me pregunté si tenía una alergia al chocolate de la que no era consciente y me estaba muriendo de una forma nueva e interesante.

—¿Mi qué? —chillé.

—La de la mansión —me aclaró—. ¿A qué crees que me refería?

—Claro. La propuesta de la mansión. Por supuesto.

—Cuenta conmigo —dijo—. ¿Cuándo empezamos?

—¡Genial! Mañana podemos hacer la primera visita. Conseguiré las llaves. Luego tendremos que esperar a que los abogados hagan su trabajo. ¿Un par de semanas?

—Perfecto. Ahora ve a ducharte. Estás hecho un asco. Te veré en el desayuno.

—Vale.

Se volvió para irse, pero vaciló.

—Una cosa más.

Se me acercó.

—También he estado pensando en tu declaración de amor eterno o lo que fuese.

—Yo no... no fue...

Me plantó las manos en los lados de mi cara pegajosa y me besó.

No pude evitar preguntarme si era posible disolverse en chocolate a nivel molecular y derretirse en un charco en la alfombra. Porque así es como me sentí. Estoy convencido de que el Valhalla tuvo que resucitarme varias veces durante ese beso. De lo contrario, no sé cómo seguí de una pieza cuando por fin Alex se apartó.

Me observó de forma crítica, contemplándome con sus ojos de color marrón y ámbar. Ahora tenía un bigote y una perilla de chocolate, y le caía chocolate por la pechera del chaleco.

Os seré sincero. Una pequeña parte de mi cerebro pensó: «Alex es ahora un chico. Acabo de besar a un tío. ¿Cómo me siento?».

El resto de mi cerebro contestó: «Alex Fierro acaba de besarme. Me parece genial».

En realidad, podría haber hecho algo embarazoso y ridículo como la citada declaración de amor eterno, pero Alex me lo ahorró.

—Eh. —Se encogió de hombros—. Seguiré pensándomelo. Ya te diré algo. Mientras tanto, dúchate sin falta.

Se fue silbando una melodía de Frank Sinatra que podría incluirse perfectamente en el hilo musical del ascensor: «Fly Me to the Moon».

Se me da estupendamente obedecer órdenes. Fui a ducharme.

48

Casa Chase abre sus puertas

Los abogados de Odín eran buenos.

En dos semanas todo el papeleo estuvo terminado. El Padre de Todos tuvo que discutir con varias comisiones urbanísticas, con el despacho del alcalde y con varias asociaciones del barrio, pero superó esos obstáculos en un tiempo récord, como solo un dios con dinero infinito y experiencia en la oratoria motivacional podía lograr. El testamento del tío Randolph se había formalizado plenamente y Annabeth había firmado encantada.

—Me parece genial, Magnus —me dijo por teléfono desde California—. Eres increíble. Ahora... ahora mismo necesitaba una buena noticia.

Sus palabras me pusieron en alerta. ¿Por qué parecía que Annabeth había estado llorando?

—¿Estás bien, prima?

Ella hizo una larga pausa.

—Lo estaré. Cuando... cuando llegamos aquí, recibimos malas noticias.

Esperé. Ella no entró en detalles. Yo no insistí. Ya me lo contaría cuando quisiera. Aun así, deseé poder tirar de ella a través del teléfono y darle un abrazo. Ahora que estaba en la otra costa del país, me preguntaba cuándo volvería a verla. ¿Iban los einherjar también a la Costa Oeste? Tendría que preguntárselo a Samirah.

—¿Percy está bien? —pregunté.

—Sí, está bien —contestó—. Bueno..., todo lo bien que se puede esperar.

Oí la voz amortiguada de él de fondo.

—Quiere saber si alguno de sus consejos te ayudó en la travesía por mar —me transmitió Annabeth.

—Por supuesto —respondí—. Dile que tuve el trasero apretado todo el viaje, como él me dijo.

Esas palabras le arrancaron una risa entrecortada.

—Se lo diré.

—Cuídate.

Ella respiró de forma temblorosa.

—Lo haré. Tú también. Hablaremos más la próxima vez que te vea.

Eso me dio esperanzas. Habría una próxima vez. No sabía lo que estaba pasando en la vida de mi prima, no sabía con qué malas noticias estaba lidiando, pero al menos mis amigos y yo los habíamos librado a ella y a Percy del Ragnarok. Esperaba que tuvieran la oportunidad de ser felices.

Me despedí y volví al tajo.

Al cabo de dos semanas, la Mansión Chase estaba abierta.

Nuestros primeros huéspedes se instalaron el 4 de julio, Día de la Independencia. Alex y yo habíamos tardado varios días en convencerlos de que nuestra oferta era seria y no un timo.

«Sabemos por lo que estáis pasando», les decía Alex a esos chicos. «Nosotros también hemos vivido en la calle. Podéis quedaros todo el tiempo que queráis. No os juzgaremos. No esperamos nada. Solo pedimos respeto mutuo, ¿vale?»

Ellos llegaron, boquiabiertos y temblando del hambre, y se quedaron. No anunciamos nuestra presencia en el barrio. No le dimos mucha importancia. Desde luego no se lo refregamos a los vecinos por la cara. Pero en los documentos legales, la mansión figuraba como Casa Chase, una residencia para jóvenes sin hogar.

Blitzen y Hearthstone también se instalaron. Ejercían de cocineros, sastres y consejeros. Hearth les enseñaba la lengua de signos y Blitz dejaba trabajar a los chicos en su tienda, Lo Mejor de Blitzen, que estaba calle abajo y que había reabierto justo a tiempo para la temporada alta.

Alex y yo íbamos y veníamos del Valhalla a la mansión para echar una mano y reclutar a nuevos chicos. Algunos se quedaban mucho tiempo. Otros no. Algunos solo querían un sándwich o algo de dinero, o una cama para dormir por la noche, y desaparecían a la mañana siguiente. No pasaba nada. No los juzgábamos.

De vez en cuando pasaba por delante de las habitaciones y encontraba a Alex abrazando a un chico nuevo que lloraba a lágrima viva por primera vez desde hacía años; ella se limitaba a estar allí, a escuchar, a entender.

Alzaba la vista y me hacía un gesto con la cabeza para que siguiera adelante, como diciendo: «Déjame espacio, Chase».

El día de la inauguración, el 4 de julio, celebramos una fiesta para nuestros huéspedes en la terraza. Blitzen y Hearthstone asaron hamburguesas y perritos calientes en la parrilla. Los chicos vieron con nosotros los fuegos artificiales sobre el Hatch Shell en el paseo marítimo, con las luces que chisporroteaban a través de las nubes bajas y bañaban de rojo y azul los edificios de arenisca.

Alex y yo nos recostamos uno al lado del otro en las tumbonas, donde habíamos estado sentados después de matar al lobo en la biblioteca de Randolph unas semanas antes.

Ella estiró el brazo y me cogió la mano.

No lo había hecho desde que habíamos ido al Barco de los Muertos amparados por la invisibilidad. Yo no pregunté por el gesto. Tampoco lo infravaloré. Simplemente, decidí disfrutar de él. Con Alex no te queda más remedio que hacer eso. Para ella los cambios son cruciales. Los momentos no duran. Tienes que disfrutar de cada uno por lo que representa.

—Qué bien —dijo.

Yo no sabía si se refería a lo que habíamos conseguido con la Casa Chase, a los fuegos artificiales o a que nos cogiéramos de la mano, pero estaba de acuerdo.

—Sí, qué bien.

Pensé en lo que podría pasar después. Nuestro cometido como einherjar no terminaba nunca. Hasta el Ragnarok, siempre tendríamos más misiones que emprender y más batallas que librar. Y todavía tenía que encontrar al dios Bragi y convencerlo para que compusiera un poema épico para Jack.

Además, había aprendido suficiente sobre la runa de othala para saber que tu legado nunca te abandona. Del mismo modo que Hearthstone había tenido que volver a visitar Alfheim, yo todavía tenía asuntos delicados de los que ocuparme. Los principales, el camino oscuro a Helheim, las voces de mis parientes muertos, los gritos de mi madre. Hel me había prometido que algún día volvería a verla. Loki había presagiado que los espíritus de mi familia padecerían por lo que yo le había hecho. Al final, tendría que buscar la tierra helada de los muertos y verlo con mis propios ojos.

Pero de momento teníamos fuegos artificiales. Teníamos a nuestros amigos, nuevos y viejos. Y yo tenía a Alex Fierro a mi lado, cogiéndome la mano.

Todo se podía terminar en cualquier momento. Los einherjar sabemos que estamos destinados a morir. El mundo se acabará. El panorama general no se puede cambiar. Pero mientras tanto, como Loki había dicho en una ocasión, podemos decantarnos por alterar los detalles. Así es como controlamos nuestro destino.

A veces hasta Loki tiene razón.

Glosario

AEGIR: señor de las olas.

AESIR: dioses de la guerra, próximos a los humanos.

ALLAHU AKBAR: Dios es el más grande.

ARGR: «poco viril», en nórdico.

BALA MINIÉ: tipo de bala utilizada en rifles de avancarga durante la guerra de secesión.

BALDER: dios aesir hijo de Odín y frigg, hermano de muchos, incluido Thor; era tan atractivo, elegante y alegre que irradiaba luz.

BERSERKER: guerrero nórdico desenfrenado en la batalla y considerado invulnerable.

BIFROST: puente del arcoíris que une Asgard con Midgard.

BOLVERK: seudónimo utilizado por Odín.

BOSQUECILLO DE GLASIR: árboles del reino de Asgard, fuera de las puertas del Valhalla, con hojas de color rojo dorado. Glasir significa «reluciente».

BRAGI: dios de la poesía.

BRUNNMIGI: ser que orina en pozos.

CAILLEACH: «bruja» o «arpía», en nórdico.

433

CORÁNICO: relacionado o perteneciente al Corán, el principal texto religioso del islam.

DRAUGR: zombi nórdico.

DUELO VERBAL: competición de insultos en la que los contrincantes deben mostrar prestigio, poder y seguridad.

EID AL-FITR: fiesta celebrada por los musulmanes para marcar el final del Ramadán.

EINHERJAR (einherji, sing.): grandes héroes que han muerto valientemente en la Tierra; soldados del ejército eterno de Odín; se preparan en el Valhalla para el Ragnarok, cuando los más valientes se unirán a Odín contra Loki y los gigantes en la batalla librada en el fin del mundo.

EINVIGI: «combate individual», en nórdico.

ELDHUSFIFL: «tonto del lugar», en nórdico.

ESCALDO: poetas que componían en las cortes de los líderes durante la época vikinga.

FARBAUTI: marido jotun de Laufey y padre de Loki.

FENRIR: lobo invulnerable producto de la aventura de Loki con una giganta; su poderosa fuerza infunde miedo incluso a los dioses, quienes lo mantienen atado a una roca en una isla. Está destinado a liberarse el día del Ragnarok.

FREY: dios de la primavera y el verano, el sol, la lluvia y las cosechas, la abundancia y la fertilidad, el crecimiento y la vitalidad. es el hermano gemelo de Freya y, al igual que ella, se asocia con una gran belleza. es el señor de Alfheim.

FREYA: diosa del amor; hermana gemela de Frey.

FRIGG: diosa del matrimonio y la maternidad; esposa de Odín y reina de Asgard; madre de Balder y Hod.

GARM: perro guardián de Hel.

GINNUNGAGAP: vacío primordial; niebla que oculta las apariencias.

GJALLAR: cuerno de Heimdal.

GLAMOUR: ilusión mágica.

HALAL: carne preparada como exige la ley musulmana.

HEIMDAL: dios de la vigilancia y guardián del Bifrost, la entrada de Asgard.

HEL: diosa de los muertos deshonrosos; fruto de la aventura de Loki con una giganta.

HELHEIM: inframundo, gobernado por Hel y habitado por aquellos que murieron de debilidad, vejez o enfermedad.

HIDROMIEL DE KVASIR: bebida que concede el don de la oratoria, creada a partir de una combinación de la sangre de Kvasir y miel.

HRUNGNIR: peleón.

HUGIN Y MUNIN: cuervos de Odín, cuyos nombres significan «Pensamiento» y «Recuerdo», respectivamente.

HULDRA: duendecillo del bosque domesticado.

IDÚN: hermosa diosa de la juventud que proporciona a los demás dioses y diosas las manzanas de la inmortalidad.

INSHA'ALLAH: si Dios quiere.

JORMUNGANDR: serpiente del mundo, fruto de la aventura de Loki con una giganta; su cuerpo es tan largo que envuelve la Tierra.

JOTUN: gigante.

KENAZ: la antorcha, el fuego de la vida.

KONUNGSGURTHA: «palacio del rey», en nórdico.

KVASIR: hombre creado a partir de la saliva de los dioses aesir y vanir para representar el tratado de paz firmado entre ellos después de su guerra.

LAERADR: árbol situado en el centro del Salón de Banquetes de los Muertos, en el Valhalla, que contiene animales inmortales que desempeñan tareas concretas.

LAUFEY: esposa jotun de Farbauti y madre de Loki.

LINDWORM: temible dragón del tamaño y la longitud de un tráiler de dieciocho ruedas, con solo dos patas delanteras y unas alas marrones curtidas similares a las de un murciélago que son demasiado pequeñas para volar.

LOKI: dios de las travesuras, la magia y el artificio; hijo de dos gigantes, Farbauti y Laufey; experto en magia y transformismo. Se comporta de forma maliciosa o heroica con los dioses asgardianos y la humanidad. Debido al papel que desempeñó en la muerte de Balder, Loki fue encadenado por Odín a tres rocas gigantescas con una serpiente venenosa enroscada sobre su cabeza. El veneno de la serpiente irrita de vez en cuando la cara de Loki, y sus retorcimientos provocan terremotos.

MAGRIB: cuarta de las cinco oraciones diarias realizadas por los musulmanes practicantes, rezada justo después de la puesta de sol.

MEINFRETR: pedo apestoso.

MILKILLGULR: «amarillo grande», en nórdico.

MIMIR: dios aesir que, junto con Honir, se cambió por los dioses vanir Frey y Njord al final de la guerra entre los Aesir y los Vanir. Cuando a los Vanir dejaron de gustarles sus consejos, le cortaron la cabeza y se la enviaron a Odín, que la colocó en una fuente mágica cuya agua le devolvió la vida, y Mimir absorbió todos los conocimientos del árbol de los mundos.

MJÖÐ: «hidromiel», en nórdico.

MJOLNIR: martillo de Thor.

NAGLFAR: el Barco de Uñas, también conocido como el Barco de los Muertos.

NJORD: dios vanir del mar, padre de Frey y Freya.

NØKK: nixie, o espíritu del agua.

NORNAS: tres hermanas que controlan el destino de los dioses y los humanos.

ODÍN: el «Padre de Todos» y rey de los dioses; dios de la guerra y la muerte, pero también de la poesía y la sabiduría. Al cambiar un ojo por un trago de la fuente de la sabiduría, Odín adquirió unos conocimientos sin igual. Posee la capacidad de observar los nueve mundos desde su trono en Asgard; además de su gran palacio, también reside en el Valhalla con los más valientes de los muertos en combate.

ORO ROJO: moneda de Asgard y el Valhalla.

OTHALA: herencia.

RAGNAROK: el día del Juicio Final, cuando los einherjar más valientes se unirán a Odín contra Loki y los gigantes en la batalla librada en el fin del mundo.

RAMADÁN: época de purificación espiritual alcanzada a través del ayuno, el sacrificio y las oraciones, celebrada el noveno mes del calendario islámico.

RAN: diosa del mar; esposa de Aegir.

SIERVO: esclavo, sirviente o cautivo.

SIF: diosa de la tierra; madre de Uller, al que tuvo con su primer marido; Thor es su segundo esposo; el serbal es su árbol sagrado.

SIGYN: esposa de Loki.

SKADI: giganta de hielo casada con Njord.

SLEIPNIR: corcel de ocho patas de Odín; solo Odín puede invocarlo; uno de los hijos de Loki.

SUHUR: comida tomada antes del amanecer por los musulmanes practicantes durante el Ramadán.

SUMARBRANDER: la Espada del Verano.

THANE: señor del Valhalla.

THOR: dios del trueno; hijo de Odín. Las tormentas son los efectos terrenales de los viajes del poderoso carro de Thor por el cielo, y los relámpagos están provocados por el lanzamiento de su gran martillo, *Mjolnir*.

THRYM: rey de los jotuns.

THRYMHEIM: Hogar del Trueno.

TVEIRVIGI: combate doble.

TYR: dios del valor, la ley y el duelo judicial; perdió una mano de un mordisco de Fenrir, cuando el lobo fue dominado por los dioses.

UTGARD-LOKI: el hechicero más poderoso de Jotunheim; rey de los gigantes de las montañas.

VALHALLA: paraíso de los guerreros al servicio de Odín.

VALQUIRIA: sierva de Odín que escoge a héroes muertos para llevarlos al Valhalla.

VANIR: dioses de la naturaleza; próximos a los elfos.

VATNAVAETTIR: caballo de agua.

VIGRIDR: llanura que será el lugar de la batalla entre los dioses y las fuerzas de Surt durante el Ragnarok.

VILI Y VE: los dos hermanos pequeños de Odín que, junto con él, desempeñaron un papel en la formación del cosmos y son los primeros Aesir. Cuando Odín estuvo ausente durante mucho tiempo, Vili y Ve gobernaron en su lugar con Frigg.

WERGILD: deuda de sangre.

WYRD: destino.

YMIR: antepasado de todos los dioses y los jotuns.

Los nueve mundos

ASGARD: hogar de los Aesir.

VANAHEIM: hogar de los Vanir.

ALFHEIM: hogar de los elfos de la luz.

MIDGARD: hogar de los humanos.

JOTUNHEIM: hogar de los gigantes.

NIDAVELLIR: hogar de los enanos.

NIFLHEIM: mundo del hielo, la niebla y la bruma.

MUSPELHEIM: hogar de los gigantes de fuego y los demonios.

HELHEIM: hogar de Hel y los muertos deshonrosos.

Runas
(por orden de aparición)

LAGAZ: agua, licuar.

FEHU: runa de Frey.

OTHALA: herencia.

GEBO: regalo.

RAIDHO: viajar.

KENAZ: la antorcha.

ISA: hielo.

THURISAZ: runa de Thor.

EHWAZ: caballo, transporte.

Índice

1. Percy Jackson se empeña en matarme   9
2. Sándwiches de falafel con guarnición de Ragnarok . . 17
3. Heredo un lobo muerto y ropa interior 27
4. Un momento. Si actúas ahora, te llevas un segundo
   lobo gratis. 36
5. Me despido de Erik, Erik, Erik y también de Erik . . . 47
6. Tengo una pesadilla con uñas de pies 61
7. Todos nos ahogamos 70
8. En el palacio del hipster malhumorado 81
9. Me vuelvo vegetariano temporal 90
10. ¿Podemos hablar de hidromiel?. 99
11. Mi espada te lleva a (pausa dramática) Funkytown . . . 110
12. El tío de los pies 118
13. Malditos abuelos explosivos 129
14. No ocurre nada. Es un milagro. 137
15. ¡Mono!. 145
16. El hombre de babas contra la sierra mecánica.
    Adivinad quién gana 151
17. Un montón de piedras nos tienden una emboscada . . 159

18. Amaso plastilina a muerte. 169

19. Asisto a una reunión motivacional de zombis. 179

20. Tveirvigi = el peor vigi 189

21. Nos divertimos operando a corazón abierto. 196

22. Tengo malas y... No, en realidad, solo tengo malas
noticias. 206

23. Sigue el olor a ranas muertas (con la música de
«Sigue el camino de baldosas amarillas») 215

24. Me caía mejor el padre de Hearthstone cuando creía
que era un extraterrestre que abducía vacas 225

25. Tramamos un plan maravillosamente horrible 231

26. Me cuesta wyrdar la compostura. 237

27. Ganamos una piedrecita. 247

28. No me pidáis nunca que cocine el corazón de mi
enemigo 256

29. Por poco nos convertimos en una atracción turística
noruega 265

30. Fläm, bomba, gracias, mamá 276

31. Mallory pilla frutos secos 285

32. Mallory también pilla fruta. 294

33. Tramamos un plan horriblemente maravilloso 301

34. Primer premio: ¡un gigante! Segundo premio: ¡dos
gigantes! 309

35. Me ayuda la bandada bandarra 317

36. La balada de Medionacido, héroe de la pocilga. 325

37. Alex me arranca la cara a mordiscos 336

38. Skadi lo sabe todo, Skadi dispara a todo. 344

39. Me vuelvo poético como..., no sé, como una persona
poética 355

40. Recibo una llamada a cobro revertido de Hel 362

41. Pido tiempo muerto 373

42. Empiezo desde abajo 382

43. Termino a lo grande 390
44. ¿Por qué ellos tienen cañones? Yo también quiero . . . 398
45. Si os enteráis de lo que pasa en este capítulo, por
    favor, decídmelo porque yo no entiendo ni papa 404
46. Gano un albornoz esponjoso 410
47. Sorpresas para todos, algunas incluso buenas 421
48. Casa Chase abre sus puertas 428

Glosario 433
Los nueve mundos 439
Runas (por orden de aparición) 441